El guardián oscuro

books4pocket

Christine Feehan

El guardián oscuro

Traducción de Alejandro Ramírez Molina

EDICIONES URANO

Argentina - Chile - Colombia - España
Estados Unidos - México - Perú - Uruguay - Venezuela

Título original: *Dark Guardian*
Copyright © 2002 by Christine Feehan

© de la traducción: Alejandro Ramírez Molina
© 2008 by Ediciones Urano, S.A.
            Aribau, 142, pral. – 08036 Barcelona
            www.edicionesurano.com
            www.books4pocket.com

1ª edición en books4pocket noviembre 2012

Impreso por Novoprint, S.A.
Energía 53
Sant Andreu de la Barca (Barcelona)

Fotocomposición: books4pocket

ISBN: 978-84-15139-54.6
Depósito legal: B-25.782-2012

Código Bic: FRD
Código Bisac: FIC027030

Impreso en España – *Printed in Spain*

Este libro está dedicado a
Jonathan Carl Woods hijo.

Jamás habríamos podido tener
un yerno más maravilloso.

Esposo de nuestra hija Manda,
padre de nuestra nieta Skyler,
guardián y protector de nuestros seres queridos,
eres todo lo que un hombre debería ser.
Tienes todo lo que un héroe debería tener.
Siempre te llevaremos en nuestros corazones.

Prólogo

Lucian
Valaquia, 1400

El pueblo era demasiado pequeño para resistir al ejército que tan rápido avanzaba hacia él. Nada había retenido a los turcos otomanos. Todo había quedado destruido a su paso, todos habían sido asesinados, cruelmente asesinados. Empalaban los cadáveres en toscas estacas y los abandonaban a merced de los carroñeros. La sangre corría a raudales. No había clemencia para nadie, ni para el más joven de entre los niños ni para el más viejo de entre los ancianos. Los invasores quemaban, torturaban y mutilaban, dejando tras de sí tan sólo un rastro de ratas, fuego y muerte.

El pueblo estaba sumido en el silencio; ni siquiera los niños se atrevían a llorar. Lo único que sus habitantes eran capaces de hacer era mirarse unos a otros en medio de su desesperación e impotencia. No había remedio, nada detendría la masacre, caerían como habían caído antes que ellos todos los pueblos al paso de aquel terrible adversario. Eran muy pocos y sólo contaban con sus armas de campesinos para rechazar el avance de las hordas enemigas. Estaban indefensos.

Fue entonces cuando, de entre la espesa niebla de aquella noche, dando grandes zancadas, aparecieron los dos guerreros. Avanzaban al unísono, en perfecta armonía, con paso perfecto. Sus movimientos, fluidos, ágiles y totalmente sigilosos, tenían una peculiar gracia animal. Eran los dos altos y anchos de hombros, tenían el cabello largo y suelto y ojos de muerte. Algunos aseguraban que era posible ver las llamas rojas del infierno ardiendo en el fondo de aquellos ojos negros de mirada gélida.

Los hombres, aun los adultos, se apartaban de su camino y las mujeres se escondían en la oscuridad, mientras los dos guerreros, sin necesidad de mirar a su alrededor, lo veían todo a su paso. Estaban revestidos, como si de una segunda piel se tratara, de una autoridad natural. Se detuvieron y se quedaron tan inmóviles como las montañas que los rodeaban cuando el anciano del pueblo salió a su encuentro justo por encima de las cabañas dispersas, donde pudieron fijar la mirada en la pradera vacía que los separaba del bosque.

—¿Qué hay de nuevo? —les preguntó—. Hemos oído hablar de las matanzas por doquier. Ahora nos toca a nosotros. Y no hay nada que pueda detener esta tormenta de muerte. No tenemos adónde ir, Lucian, ni dónde esconder a nuestras familias. Lucharemos, pero, como todos los demás, seremos derrotados.

—Tenemos prisa esta noche, anciano, pues nos necesitan en otra parte. Se dice que nuestro príncipe ha sido asesinado. Tenemos que volver con nuestro pueblo. Siempre has sido un hombre bueno y amable. Gabriel y yo saldremos esta noche y haremos lo que podamos para ayudaros antes de proseguir nuestro viaje. El enemigo puede ser muy supersticioso.

El tono de su voz era puro y bello, como terciopelo. Cualquiera que lo escuchara no tenía más remedio que hacer lo que Lucian ordenaba. Todo el que lo oía hablar no deseaba otra cosa que no fuera escucharlo una y otra vez. Su voz era capaz por sí sola de cautivar, de seducir, de matar.

—Id con Dios —susurró, agradecido, el anciano del pueblo.

Los dos hombres, a un ritmo perfecto, fluido, sigiloso, prosiguieron su camino. Una vez que hubieron perdido de vista el pueblo, sin pronunciar palabra, cambiaron de forma exactamente al mismo tiempo, metamorfoseándose en búhos. Agitando las alas con fuerza en la noche, se elevaron en círculos por encima de los límites del bosque en busca del lugar donde pernoctaba el ejército. A unos cuantos kilómetros del pueblo divisaron el suelo cubierto de centenares de hombres.

Una niebla espesa, blanca y a ras del suelo lo cubrió todo. El viento cesó y la neblina quedó suspendida en el aire, densa e inmóvil. Sin previo aviso, los búhos se abalanzaron silenciosos desde el cielo, lanzando sus afiladas garras directamente a los ojos de los centinelas. Parecían hallarse en todas partes a la vez, realizando su trabajo con tan precisa sincronización que ya lo habían acabado antes de que nadie hubiera podido acudir a socorrer a los guardias. Los gritos de dolor y pánico quebraron la apacible calma, el ejército se puso en pie, echando mano de sus armas, buscando a un enemigo en la espesa niebla blanca. Pero lo único que hallaron fue a sus propios centinelas, con las cuencas de los ojos vacías y las caras ensangrentadas, corriendo a ciegas de un lado a otro.

De entre el grueso de los guerreros se escuchó un crujido, luego otro. Crujido tras crujido, filas de soldados iban cayendo al suelo, de dos en dos, con el cuello roto. Parecía como si, escondido en la espesa niebla, un enemigo invisible fuera atacando veloz a un hombre tras otro, partiéndoles el cuello con sus propias manos. Se hizo el caos. Todos corrieron despavoridos, internándose en el bosque, gritando, pero, surgiendo de la nada, unos lobos descargaron entonces sus poderosas fauces sobre el ejército en desbandada. Unos caían sobre sus propias lanzas, como si estuvieran obedeciendo órdenes, otros, incapaces, por más que lo intentaban con todas sus fuerzas, de contrarrestar aquel impulso, se las clavaban a sus compañeros de armas. Todo era sangre, muerte, terror. Los soldados oían voces susurrando en sus cabezas, en el mismo aire, susurros de derrota y de muerte. La tierra se inundó de sangre. La noche siguió avanzando inexorable hasta que no quedó un solo rincón donde esconderse del horror invisible, del espectro de la muerte, de las bestias salvajes que habían venido a derrotar al ejército.

Por la mañana, los habitantes de Valaquia marcharon a la batalla: no encontraron más que muertos.

Lucian
Los Cárpatos, 1400

El aire despedía un hedor a muerte y destrucción. Por todas partes no había más que pueblos humanos en ruinas y envueltos en llamas. Los antiguos, de la raza de los carpatianos, habían intentado en vano salvar a sus vecinos, pero el enemigo había atacado con el sol en su cenit, sorprendiéndolos indefensos, pues sus poderes estaban debilitados a aquella hora del día. Tantos carpatianos y tantos humanos habían sido sacrificados, hombres, mujeres y niños, todos por igual. De entre aquellas gentes, sólo quienes se habían mantenido suficientemente alejados, habían logrado escapar al demoledor embate.

Julian, joven y fuerte, aunque aún no era más que un muchacho, contempló con tristeza la vista que se ofrecía a sus ojos. Habían quedado tan pocos de su raza. Y su príncipe, Vladimir Dubrinsky, había muerto junto con su compañera eterna, Sarantha. Era una catástrofe, un golpe del que su estirpe tal vez nunca lograra recuperarse. Se quedó de pie, erguido y firme, su larga cabellera rubia cayéndole por encima de los hombros.

—¿Qué haces aquí? —le preguntó Dimitri, tras aparecer a sus espaldas—. Ya sabes que es peligroso exponerse en un lugar como éste, a cielo descubierto. Hay tantos a quienes les gustaría matarnos. Se nos ha pedido que nos mantengamos cerca unos de otros.

Y, pese a su juventud, se acercó a Julian, más joven aún, para protegerlo.

—Yo me sé cuidar solo —replicó éste con firmeza—. Y tú, ¿qué haces tú aquí afuera? —le preguntó agarrándolo del brazo—. Los he visto. Estoy seguro de que eran ellos. Lucian y Gabriel. Lo eran —afirmó con veneración.

—No puede ser —susurró Dimitri, mirando a todas partes, agitado y asustado a la vez.

Nadie, ni siquiera los adultos, pronunciaba los nombres de los gemelos cazadores. Lucian y Gabriel. Eran una leyenda, un mito, y estaban más allá de la realidad.

—Pero estoy seguro. Sabía que vendrían cuando supieran lo de la muerte del príncipe. ¿Qué otra cosa podrían hacer? Estoy seguro de que han ido a ver a Mikhail y a Gregori.

—¿También está aquí Gregori? —le preguntó con voz entrecortada el mayor de los muchachos al más joven y lo siguió a través del espeso bosque—. Nos va a pillar espiándolo, Julian. Él lo sabe todo.

—Los voy a ver de cerca, Dimitri —replicó el joven rubio, encogiéndose de hombros y esbozando una sonrisa maliciosa—. No temo a Gregori.

—Pues, deberías. Además, he oído que Lucian y Gabriel en realidad son no muertos.

—¿Quién te ha contado eso? —inquirió Julian entre carcajadas.

—Escuché a dos varones que lo estaban comentando. Decían que nadie podría sobrevivir tanto tiempo cazando y matando sin transformarse.

—Los humanos han estado en guerra y nuestro pueblo ha sufrido la devastación de ese proceso. Incluso nuestro príncipe ha muerto. Los vampiros están por todas partes. Todos matan a todos. No creo que nos debamos preocupar por Gabriel y Lucian. Si en verdad fueran vampiros, ya estaríamos todos muertos. Nadie, ni siquiera Gregori, los podría derrotar en la batalla —replicó Julian—. Son tan poderosos que nadie sería capaz de aniquilarlos. Siempre han sido leales al príncipe. Siempre.

—Nuestro príncipe ha muerto. No tienen por qué serle leales a Mikhail, su heredero.

Obviamente, Dimitri reproducía las palabras de algún adulto.

Julian, exasperado, agitó la cabeza y continuó su camino, proponiéndose a partir de ese momento mantenerse en silencio. Avanzó lentamente a través de la espesura hasta que apareció la casa. Lejos de allí se oyó, fuerte y solitario, el aullido de un lobo. Otro lobo respondió, y otro más. Estos últimos estaban mucho más cerca. Julian y Dimitri cambiaron de forma. No iban a perderse a las dos figuras legendarias: Lucian y Gabriel eran los más grandes cazadores de vampiros de la historia de su pueblo. Era bien sabido que nadie podía derrotarlos. La noticia de que habían aniquilado con sus propias manos a todo un ejército invasor durante la noche había precedido su llegada. Nadie sabía con exactitud cuántos cadáveres tenían en su haber en los últimos siglos, pero se aseguraba que era un número extremadamente elevado.

Julian adoptó la forma de una marmota pequeña y se acercó a la casa. Mientras se aproximaba al porche, no perdía de vista la posibilidad de que apareciera algún búho. Fue entonces cuando los oyó: cuatro voces susurrando en el interior de la casa. Aunque era joven, Julian tenía ya la increíble capacidad auditiva de los carpatianos. Usó su aguzado oído para captar cada una de las palabras. Los cuatro carpatianos más grandes en persona se encontraban en aquella casa y no se perdería aquel acontecimiento. Apenas era consciente de que Dimitri se le estaba acercando.

—No tienes elección, Mikhail —sonó una voz suave. Era increíble, puro terciopelo, imponente y tierna a la vez—. Tienes que asumir el mando. Así lo impone la línea de sangre. Tu padre presagió su propia muerte y dejó instrucciones claras al respecto. Tienes que asumir el liderazgo. Gregori te asistirá en estos tiempos de grandes dificultades y nosotros haremos la labor que tu padre nos encomendó. El mando no corresponde a nuestro linaje. Es tuyo.

—Lucian, tú eres un antiguo. Uno de vosotros debe gobernar nuestro pueblo. Somos tan pocos; hemos perdido a nuestras mujeres, a nuestros hijos. Sin mujeres, ¿qué harán nuestros varones? —Julian reconoció la voz de Mikhail—. No tendrán más elección que encontrar el alba o transformarse en no muertos. Dios sabe que de eso ya hemos tenido bastante. Aún no tengo la sabiduría necesaria para dirigir a nuestro pueblo en estos tiempos tan difíciles.

—Tienes la sangre y el poder, y, lo más importante, nuestro pueblo cree en ti. Nos temen, temen nuestro poder y nuestro conocimiento y todo lo que representamos. —La voz de Lucian sonaba bella, convincente.

Julian amaba el sonido de aquella voz; podría pasarse una eternidad escuchándola. No era de extrañar que los adultos temieran su poder. Incluso siendo tan joven, era capaz de reconocer en ella un arma. Y eso que Lucian simplemente estaba conversando con normalidad. ¿Cómo sonaría si se propusiera asumir el mando de los que le rodeaban? ¿Quién sería capaz de resistirse entonces a una voz como aquélla?

—Te juramos lealtad, Mikhail —prosiguió Lucian—, tal y como hicimos con tu padre, y te proporcionaremos todos los conocimientos que podamos para ayudarte en este trance. Gregori, ya sabemos que eres un gran cazador. ¿Los lazos que te unen a Mikhail son lo suficientemente fuertes como para acompañarlo en los días oscuros que han de venir?

Aunque la voz de Lucian seguía siendo igual de suave, exigía la verdad.

Julian aguantó la respiración. Gregori era pariente de sangre de Gabriel y Lucian. Los Oscuros. Quienes pertenecían a aquel linaje siempre defendían a su raza, eran ellos quienes imponían justicia frente a los no muertos. Gregori gozaba ya de gran poder por derecho propio, y no parecía posible obligarlo a responder. Y, sin embargo, lo hizo:

—Mientras viva Mikhail, me comprometo a velar por su seguridad y la de su linaje.

—Servirás a nuestro pueblo, Mikhail, y nuestro hermano te servirá a ti como nosotros hicimos con tu padre. Así ha de ser. Gabriel y yo continuaremos luchando para acabar con la dominación que los no muertos ejercen sobre los humanos y sobre nuestra propia raza.

—Son tantos —observó Mikhail.

—Ciertamente, ha habido muchas muertes, muchas batallas, nuestras mujeres casi han sido exterminadas. Los varones necesitan creer en el futuro, Mikhail. Tienes que encontrar la manera de devolverles la esperanza, o ya no tendrán motivos para resistir cuando la oscuridad los alcance. Debemos tener hembras para dotar a nuestros varones de compañeras eternas. Nuestras mujeres son la luz que nos ilumina en la oscuridad. Nuestros varones son predadores, oscuros, peligrosos cazadores, más y más letales con el paso de los siglos. Si no somos capaces de encontrar compañeras eternas, al final, todos los carpatianos acabaremos transformándonos en vampiros, nuestra raza se extinguirá, y nuestros varones perderán el alma. Reinará la devastación, como nunca antes hemos podido imaginar. Es tu cometido evitar que eso pase, Mikhail, tienes un cometido colosal.

—Al igual que tú —contestó Mikhail con suavidad—. Seguir siendo uno de nosotros después de haber arrebatado tantas vidas no es poca cosa. Nuestro pueblo tiene mucho que agradecerte.

Julian, aún dentro de su cuerpo de marmota, retrocedió para escabullirse entre los arbustos, pues no quería que los antiguos lo sorprendiesen. Se dio la vuelta al escuchar un crujido entre los matorrales que tenía justo detrás. Allí descubrió a dos hombres altos, de pie, en completo silencio, de ojos oscuros y vacíos, de rostros tan inmóviles que parecían esculpidos en roca. A su alrededor, una neblina, como caída del cielo, los dejó aturdidos en el suelo a él y a Dimitri. Julian aguantó la respiración y se quedó mirando estupefacto. Gregori, como si quisiera protegerlos, se materializó muy cerca de los dos muchachos, casi frente a ellos. Cuando Julian ladeó la cabeza para mirar a su alrededor, los míticos cazadores, como si nunca hubieran estado allí, ya se habían ido, dejando a los chicos solos ante Gregori.

• • •

Lucian
Francia, 1500

El sol se desvanecía en el cielo dejando atrás brillantes colores que se iban rindiendo lentamente al negro carbón de la noche. Bajo la superficie del suelo un corazón comenzaba a latir: Lucian estaba tendido en la rica tierra curativa. Las heridas de la última terrible batalla ya estaban curadas. Exploró mentalmente el área que rodeaba su lugar de descanso y sólo notó el movimiento de los animales. La tierra reventó con fuerza cuando se desenterró de golpe hacia el cielo para aspirar aire. Su mundo cambiaría para siempre aquella noche. Gabriel y Lucian eran dos gemelos idénticos. Tenían el mismo aspecto, pensaban de igual modo, luchaban de igual modo. A lo largo de los siglos habían adquirido conocimientos en todas las áreas y materias, y los compartían el uno con el otro.

Todos los varones carpatianos perdían sus emociones y la capacidad de ver los colores a medida que iban envejeciendo. Quedaban relegados a un mundo oscuro y lúgubre en el que sólo su sentido de la lealtad y el honor los libraba de transformarse en vampiros mientras esperaban a su compañera eterna. Gabriel y Lucian habían hecho un pacto: si uno de los dos se transformaba en vampiro, el otro le daría caza y lo mataría antes de ir al encuentro del alba y, por tanto, de su propia destrucción. Desde hacía algún tiempo, Lucian era consciente de que Gabriel estaba luchando con su propio demonio interior, consumido, como estaba, por la oscuridad que lo invadía por dentro. Las continuas batallas le estaban pasando factura y Gabriel ya estaba muy próximo a la transformación.

Lucian inspiró profundamente, tomando aire en la noche clara. Se había propuesto conservar a Gabriel con vida, mantener su alma a salvo. Había un modo de conseguirlo: si lo convencía de que se había transformado en un no muerto, Gabriel no tendría más remedio que darle caza. Eso lo libraría de combatir con nadie más que con Lucian y, al ser incapaz de matarlo, debido a que sus poderes eran idénticos, le daría un motivo para resistir. Lucian levantó el vuelo en busca de su primera víctima.

Lucian
Londres, 1600

La joven de sonrisa maquillada estaba de pie en la esquina de la calle. La noche era fría y oscura; estaba tiritando. En alguna parte, escondido en la oscuridad, había un asesino que ya había matado a dos conocidas suyas. Le había suplicado a Thomas que no la mandase esa noche a la calle, pero él, después de abofetearla varias veces, la había obligado a salir de la casa a empujones. Tenía los brazos cruzados sobre el pecho y ponía todo su empeño en parecer complacida con lo que estaba haciendo.

Un hombre subía calle arriba. A la muchacha se le cortó la respiración y el corazón comenzó a latirle con fuerza. Llevaba un abrigo oscuro, sombrero de copa y bastón. Parecía un hombre de clase alta que se hubiera decidido a dar una vuelta por aquella barriada. Ella adoptó una de sus poses y se quedó a la espera. Él pasó de largo. Sabía que Thomas la azotaría si no llamaba a aquel desconocido, si no intentaba seducirlo, pero fue incapaz de hacerlo.

El hombre se detuvo y retrocedió. Dio varias vueltas a su alrededor, lentamente, examinándola de arriba abajo, como si se tratara de un pedazo de carne. Ella intentó sonreírle, pero había algo en él que la atemorizaba. Sacó un puñado de monedas y las agitó con ostentación. Sonreía con desprecio; sabía que estaba asustada. Señaló con el bastón en dirección a un callejón.

Ella fue. Sabía que no debía hacerlo, pero la idea de presentarse en casa ante Thomas con las manos vacías la atemorizaba tanto como pensar en meterse en el callejón con aquel desconocido.

La trató sin miramientos, obligándola allí mismo a llevar a cabo todo tipo de prácticas. La lastimó a conciencia, y ella no tuvo más opción que aguantar sin oponer resistencia. Cuando hubo acabado, la tiró al suelo de un empujón y le empezó a dar patadas con uno de sus elegantes zapatos. Cuando ella alzó la vista y vio la navaja abierta en su mano, supo que era el asesino. Ya no había tiempo de gritar. Estaba a punto de morir.

Fue entonces cuando, detrás de su asesino, apareció otro hombre. Era el joven más bello que había visto jamás, alto y de hombros anchos, oscuro cabello largo y suelto y ojos negros de mirada gélida. Se materializó de la nada y tan cerca de su atacante que ella no acertaba a comprender cómo había llegado hasta allí sin ser visto por ninguno de los dos. Simplemente, acercó las manos, cogió al asesino por el cuello y se lo retorció con firmeza.

Corre. Vete ya. Oyó con claridad las palabras dentro de su cabeza y no pudo esperar siquiera para darle las gracias por haberle salvado la vida. Salió corriendo de allí tan rápido como pudo.

Lucian aguardó hasta estar seguro de que ella le había obedecido e inclinó entonces la cabeza sobre el cuello del asesino. Era imprescindible desangrar a su víctima y dejarla allí como prueba para que Gabriel la encontrase.

—Tal y como esperaba, aquí te encuentro, Lucian. No puedes esconderte de mí. —Oyó la voz suave de Gabriel a sus espaldas.

Lucian dejó caer el cadáver al suelo. Volvían a jugar al ratón y al gato, un juego en el que, después de tantos años, nadie más podía participar. Se conocían tan bien el uno al otro, habían coreografiado sus batallas durante tantos años, que cada uno sabía lo que el otro estaba pensando casi antes de que lo pensara. Cada uno sabía dónde estaban los puntos débiles y fuertes de su adversario. En los últimos años se habían infligido a menudo heridas graves el uno al otro, para acabar separándose, al borde de la muerte, en busca de la tierra donde sanar. Lucian se volvió hacia su hermano gemelo con una sonrisa desganada y sin brillo que, sin embargo, suavizaba los duros contornos de su boca.

—Pareces cansado.

—Matar a tu presa antes de alimentarte... Esta vez te ha podido la gula, Lucian.

—Quizá me he equivocado —reconoció Lucian en voz baja—, pero no te preocupes por mí. Soy más que capaz de encontrar cuerpos calientes sin ayuda de nadie. Nadie puede derrotarme; ni siquiera mi hermano, que me dio su palabra de hacer algo tan sencillo.

Gabriel le lanzó un golpe fuerte y rápido, tal y como Lucian sabía que iba a ocurrir. Y así se enzarzaron, una vez más, en una batalla a muerte que habían estado ensayando durante siglos.

Lucian
París, la actualidad

Gabriel estaba agazapado, en una actitud propia de un guerrero. Tras él, su compañera eterna observaba con preocupación cómo se acercaba un hombre alto y elegante. Tenía el aspecto de lo que realmente era: un predador oscuro, peligroso. Sus ojos negros brillaban amenazantes; ojos de cementerio. Ojos de muerte. En sus movimientos había una gracia animal, un rumor de poder.

—Atrás, Lucian —le previno Gabriel con voz leve—. No pondrás en peligro a mi compañera.

—Entonces harás lo que prometiste hace tantos siglos. Debes hacerlo. —Su voz era un susurro aterciopelado, una orden suave.

Gabriel reconoció el secreto de aquel mandato justo en el momento en que saltó hacia delante para atacar. En el último instante, escuchando claramente en su mente las palabras de desacuerdo de su compañera, adelantó la garra hasta la garganta de su hermano gemelo, para darse cuenta entonces de que Lucian acogía su muerte con los brazos abiertos. *Ningún vampiro haría tal cosa. Nunca. Los no muertos luchan hasta el último aliento de su vida para acabar con la vida de todo lo que encuentren en su camino. No es un acto propio de un vampiro sacrificar su propia vida.*

Lo entendió cuando ya era demasiado tarde. Ya brotaba un chorro de gotas carmesí, arqueándose al caer. Gabriel intentó volverse, acercarse hasta donde estaba su hermano, pero el poder de Lucian era demasiado grande. Le resultó imposible moverse, se quedó paralizado simplemente porque así lo quería su hermano. Estaba sorprendido, tenía los ojos abiertos como platos: qué gran poder tenía Lucian. Gabriel era un antiguo, más poderoso que cualquiera sobre la faz de la Tierra (sólo Lucian lo igualaba, según había creído hasta ese momento).

—Tienes que dejar que te ayudemos —suplicó con dulzura Francesca, la compañera eterna de Gabriel. Su voz sonaba cristalina, tranquilizadora. Era una gran sanadora. Si había alguien que pudiera evitar la muerte de Lucian, ésa era ella—. Sé qué estás tratando de hacer. Quieres acabar con tu vida.

—Gabriel te tiene a ti para que cuides de su salud —respondió Lucian. Su blanca dentadura asomó resplandeciente—. Ése era mi cometido; ahora ha llegado a su fin. Quiero descansar.

La sangre le inundaba la ropa, le corría por los brazos sin que él hiciera intento alguno por detenerla. Se limitaba a mantenerse en pie, firme y erguido. Ni sus ojos, ni su voz, ni su expresión dejaban traslucir reproche alguno.

Gabriel sacudió la cabeza.

—Has hecho todo esto por mí. Llevas cuatrocientos años engañándome. Evitaste que matara, que me transformara. ¿Por qué? ¿Por qué razón arriesgaste tu alma de esa forma?

—Sabía que había una compañera esperándote. Alguien muy sabio me lo contó hace muchos años, y yo estaba seguro de que no mentía. No perdiste tus sentimientos y emociones tan rápido como yo. Los mantuviste vivos durante siglos. Yo todavía era un principiante cuando los perdí, pero tu mente entró en conexión psíquica con la mía, y así pude compartir tu alegría de vivir, y ver a través de tus ojos. Gracias a ti pude recordar todo aquello que ya no hubiera podido tener.

Lucian se tambaleó.

Gabriel, que había estado esperando el momento en que Lucian comenzara a flaquear, aprovechó la oportunidad para acercarse de un salto hasta donde él estaba y lamerle, para que se cerraran, las heridas que le había abierto.

Su compañera, a su lado, tomó entre sus manos la mano de Lucian con delicadeza.

—Piensas que tu existencia ya no tiene razón de ser.

Lucian, extenuado, cerró los ojos.

—Llevo dos mil años cazando y matando, hermana. Tengo el alma tan agujereada como un colador. Si no me voy ahora, tal vez no lo pueda hacer más adelante, y mi amado hermano se verá forzado a intentar matarme. Y no sería nada fácil. Tiene que mantenerse a salvo. He cumplido con mi deber. Dejadme descansar en paz.

—Hay otra —le dijo Francesca con dulzura—. No es como nosotros. Es mortal. Es joven y está pasando por momentos terribles. Sólo te lo puedo decir a ti. Si no la encuentras tú sufrirá toda su vida una angustia y una desesperación inimaginables incluso para nosotros, por muchos dones que tengamos. Tienes que vivir por ella. Por ella tienes que resistir.

—¿Me estás diciendo que tengo una compañera eterna?

—Y que te necesita urgentemente.

—No soy hombre delicado. Llevo tanto tiempo matando; no sé vivir de otra manera. Hacer que una mortal se atara a mí sería condenarla a vivir con un monstruo.

A pesar de su negativa, Lucian no ofreció resistencia cuando la compañera eterna de Gabriel comenzó a tratarle la terrible herida. Éste, por su parte, comenzó a llenar la habitación de hierbas curativas y a entonar los ancestrales cantos curativos, tan antiguos como el tiempo.

—Ahora te voy a curar, hermano mío —dijo ella con ternura—. El monstruo en el que crees haberte vuelto será capaz de proteger a esa mujer de los monstruos que, de no ser por ti, acabarían destruyendo a una persona como ella.

Gabriel se hizo un corte a la altura de la muñeca y acercó la herida hasta la boca de su hermano gemelo.

—Por mi propia voluntad te ofrezco la vida. Toma lo que necesites para sanar. Te llevaremos a un lugar profundo, bajo la tierra, y te velaremos hasta que hayas recobrado todas tus fuerzas.

—Ahora te debes a tu compañera eterna —le recordó Francesca en un susurro—. No tienes más remedio que encontrarla y librarla del peligro.

Jaxon, cinco años
Florida (Estados Unidos)

—Mira, tío Tyler —vociferó llena de orgullo Jaxon Montgomery mientras saludaba a su tío desde lo alto de la gran torre de madera a la que acababa de trepar.

—Estás loco, Matt. —Russel Andrews meneó la cabeza y, haciéndose sombra en la cara, dirigió la vista hacia una réplica de las altas plataformas que servían para el entrenamiento de los reclutas de los SEALs, los grupos de operaciones especiales de la armada estadounidense—. Jaxx se podría romper la nuca si se cae. —Miró entonces hacia la delicada mujer que, acostada en una tumbona, estaba acariciando a su hijo recién nacido—. ¿Qué dices tú, Rebecca? Jaxx aún no tiene ni cinco años y Matt ya la entrena para las Fuerzas Especiales —añadió Russell.

Rebecca Montgomery sonrió distraída y miró a su marido para ver qué opinaba.

—Jaxon es genial —respondió Matt en seguida y, cogiendo la mano de su esposa, se la acercó a los labios y los apretó contra sus nudillos—. Le encantan esas cosas. Ya lo hacía prácticamente antes de aprender a andar.

Tyler Drake respondió a la pequeña con un saludo.

—No sé, Matt. Puede que Russell tenga razón. Es tan pequeñita. Ha sacado la belleza y la constitución de Rebecca —dijo Tyler sonriendo—. La verdad es que en eso tuvimos mucha suerte. En lo demás es idéntica a ti. Es atrevida, una pequeña guerrera, igualita a su papá.

—No estoy tan seguro de que sea bueno para ella —añadió Russell, frunciendo el entrecejo. No podía apartar la mirada de la niña. Tenía el corazón en un puño. Su propia hija tenía siete años y jamás le hubiera permitido acercarse a la torre que sus compañeros, Matt Montgomery y Tyler Drake, habían construido en el jardín trasero—. Matt, ya sabes que se puede forzar a un niño a crecer más rápido de la cuenta. Jaxon no es más que un bebé.

Matt soltó una carcajada.

—Ese bebé, como tú la llamas, es capaz de hacerle el desayuno a su madre y de servírselo en la cama y, además, de cambiarle los pañales al pequeño. Lleva leyendo desde que tenía tres años. Y cuando digo leyendo, digo leyendo de verdad. Le encanta poner a prueba sus capacidades físicas. En el cursillo de instrucción hay muy pocas cosas que no sea capaz de hacer. Yo le he estado enseñando artes marciales y Tyler la está adiestrando en supervivencia. La niña está encantada.

—Tyler, no puedo creer que le estés dando alas a Matt —intervino Russell algo molesto—. Nunca escucha a nadie más que a ti. La niña os adora a los dos, y ninguno de vosotros tenéis el más mínimo sentido común en lo que a ella se refiere. —Se contuvo como pudo para no añadir que Rebecca era un desastre como madre—. Espero que no se te ocurra la feliz idea de llevarla a nadar al mar.

—Puede que Russell tenga razón, Matt. —La voz de Tyler sonó un poco preocupada—. Jaxon es una pequeña estrella con corazón de leona, pero quizá le estemos exigiendo demasiado. Además, no tenía ni idea de que la dejabas cocinar para Rebecca. Podría ser peligroso.

—Alguien tiene que hacerlo —replicó Matt, encogiendo sus anchos hombros—. Jaxon sabe lo que hace. Cuando no estoy en casa, tiene claro que ella es la responsable de cuidar a Rebecca. Y ahora, encima, está el pequeño Mathew. Y, por si te interesa saberlo, Jaxx ya sabe nadar muy bien.

—¿Te das cuenta de lo que estás diciendo, Matt? —inquirió Russell—. Jaxon es una niña, tiene cinco años, es un bebé. ¡Rebecca! Por el amor de Dios, eres su madre. —Como de costumbre, tanto el padre como la madre hacían oídos sordos a todo lo que no querían oír. Matt trataba a Rebecca como a una muñeca de porcelana. Ninguno de los dos prestaba demasiada atención a su hija. Exasperado, Russell se volvió, suplicante, hacia el mejor amigo de Matt—. Tyler, di algo.

—No deberías presionarla tanto —respondió Tyler, asintiendo lentamente con la cabeza—. Jaxon es una niña excepcional, pero aún no es más que eso, una niña.

Tenía la mirada puesta en Jaxon, que seguía gesticulando sonriente. Sin mediar más palabras, se levantó y se dirigió dando zancadas hacia la torre donde la niña permanecía llamándolo con insistencia.

Jaxon, siete años
Florida (Estados Unidos)

Los gritos que se oían en el cuarto de su madre eran desgarradores. Rebecca no tenía consuelo. Bernice, la esposa de Russell Andrews, había llamado al médico para que le administrara algún tranquilizante. Jaxx se tapó los oídos con las manos, en un intento de amortiguar los lastimeros quejidos. El pequeño Mathew había estado llorando un rato en su habitación, y era evidente que su madre no iba a acudir a consolarlo. Jaxon se enjugó las lágrimas que no cesaban de brotarle de sus propios ojos, alzó la vista y atravesó el pasillo en dirección al cuarto de su hermano.

—No llores, Mattie —canturreó con cariño y ternura—. No te preocupes por nada. Ya estoy aquí. Mamá está muy disgustada por papá, pero, si permanecemos juntos, lo vamos a superar. Juntos, tú y yo. Y vamos a conseguir que mamá lo supere también.

El tío Tyler había acudido a casa en compañía de otros dos oficiales para informar a Rebecca de que su marido ya no volvería nunca. Algo terrible había sucedido durante la última misión. Rebecca no había dejado de gritar desde entonces.

Jaxon, ocho años

—¿Cómo está hoy mamá, cariño? —le preguntó Tyler con dulzura, agachándose para dar un beso a Jaxon en la mejilla.

Dejó un ramo de flores sobre la mesa y se volvió hacia la niña que había adorado desde el mismo instante en que nació.

—Hoy no tiene muy buen día —admitió Jaxon muy a su pesar. Al tío Tyler siempre le contaba la verdad acerca de su madre, pero sólo a él, a nadie más, ni siquiera al tío Russell—. Creo que ha vuelto a tomar demasiadas pastillas de ésas. No creo que salga de la cama, y cuando intento contarle algo sobre Mathew, no hace más que mirarme fijamente. Por fin ya no necesita pañales; estoy tan orgullosa de él. Pero mamá no le dice absolutamente nada. Si alguna vez lo coge entre sus brazos, lo aprieta con tanta fuerza que el niño acaba llorando.

—Jaxx, quiero hacerte una consulta —dijo el tío Tyler—. Es importante que me digas la verdad. Tu mamá está mala la mayor parte del tiempo, y tú tienes que cuidar de Mathew, ocuparte de la casa, ir a la escuela. Estaba pensando que, quizá, debería mudarme a vivir aquí y echarte una mano.

A Jaxon se le iluminaron los ojos.

—¿Mudarte a vivir con nosotros? ¿Cómo?

—Podría casarme con tu madre y ser tu padre. No como Matt, por supuesto, sino como padrastro vuestro. Creo que eso ayudaría a tu madre, y a mí me encantaría estar aquí contigo y con el pequeño Mathew. Pero sólo si tú quieres, cariño. Si no es así, ni siquiera le diré una sola palabra de todo esto a Rebecca.

—Por eso has traído flores, ¿no? —le preguntó entonces Jaxon, mientras se le dibujaba una sonrisa en la cara—. ¿De verdad crees que ella estaría dispuesta a hacerlo? ¿Hay alguna posibilidad?

—Creo que la puedo convencer. El único rato que tienes libre es cuando te llevo a entrenar. Por cierto, te estás haciendo todo un experto en tiro al blanco.

—Toda una experta en tiro al blanco, tío Tyler —lo corrigió Jaxon, sonriendo burlona de pronto—. Y la otra noche, en clases de kárate, le di una patada a Don Jacobson en el culo.

Jaxon se sorprendía riendo únicamente cuando el tío Tyler se la llevaba a jugar a los soldados al área de entrenamiento de la Fuerzas Especiales. Chica o no, se estaba convirtiendo en una digna contendiente, y eso la colmaba de orgullo.

Jaxon, trece años

Era una novela de misterio, muy apropiada para una noche de tormenta. Las ramas de los árboles crujían en la ventana y la lluvia caía con estrépito sobre el tejado. La primera vez que lo oyó, Jaxon pensó que aquel ruido había sido producto de su imaginación, leyendo, como estaba, un libro tan espeluznante. Pero entonces se quedó agarrotada, el corazón empezó a

latirle con fuerza. Era él, de nuevo. Estaba segura. Tan sigilosamente como pudo, se deslizó fuera de la cama y abrió la
puerta.

Los ruidos que provenían del dormitorio de su madre se
oían amortiguados, pero ella los oyó de todas formas con claridad. Oía a su madre sollozando, suplicante. Y también aquel
ruido peculiar que le era tan familiar. Hasta donde le alcanzaba la memoria había estado siempre tomando clases de kárate y sabía muy bien cómo era el sonido de un puñetazo. Corrió pasillo abajo, hasta el cuarto de su hermano, para
comprobar primero cómo estaba. Sintió alivio al hallarlo profundamente dormido. Cuando Tyler se ponía así, escondía a
Mathew de él. A veces parecía odiar al niño y la mirada se le
tornaba entonces fría, inquietante, si la posaba sobre él, especialmente si el niño estaba llorando en ese momento. No le
gustaban los llantos, y Mathew era tan pequeño, que se echaba a llorar al mínimo arañazo, por leve que fuera. O cada vez
que Tyler le dirigía una de sus miradas feroces.

Jaxon inspiró profundamente y se quedó de pie justo ante
la puerta del dormitorio de su madre. Le costaba creer que
Tyler se comportara de aquella manera con su madre y con
Mathew. Lo amaba. Siempre lo había querido. Tyler había pasado horas entrenándola como a un soldado y ella respondía
con todo su ser al ejercicio físico. Le encantaban los cursos con
que la desafiaba. Era capaz de escalar acantilados casi inacce-
sibles y de deslizarse por minúsculos túneles en un tiempo
récord. En el campo de tiro se sentía como pez en el agua, disparando armas o luchando cuerpo a cuerpo. Podía incluso
hasta seguirle la pista a Tyler, proeza que casi nadie en su unidad era capaz de realizar. Y se sentía especialmente orgullosa
de ello. Tyler parecía siempre satisfecho de ella, y siempre la
trataba con cariño y ternura. Jaxon había creído que él ama-

ba a su familia con la misma lealtad fiera y el mismo afán protector que ella les dispensaba. Ahora, confusa, deseaba que su madre fuera una persona con la que se pudiera conversar y razonar. Estaba empezando a darse cuenta de que tras los irresistibles encantos de su padrastro, en realidad se escondía su necesidad permanente de controlarlo todo y a todos los que lo rodeaban. Ni Rebecca ni Mathew estaban a la altura de lo que él esperaba de ellos, y lo acababan pagando caro.

Jaxon inspiró profundamente y entreabrió la puerta con gran sigilo. Tal y como Tyler le había enseñado que tenía que comportarse en situaciones de peligro, se quedó completamente inmóvil. Éste tenía a su madre aprisionada contra la pared, agarrándola con una mano por el cuello. A Rebecca, presa del pánico, los ojos se le salían de las órbitas.

—Me resultó tan sencillo, Rebecca. Siempre se creyó tan superior que no pensó que nadie pudiera jamás con él. Pues yo sí pude con él. Y ahora te tengo a ti y a sus hijos, justo como le dije que haría. De pie encima de él me quedé mirando, entre risas, cómo agonizaba. Supo lo que yo te iba a hacer; de eso me aseguré bien. Siempre has sido una inútil. Le conté que te daría una oportunidad, pero tú fuiste incapaz de estar a la altura, ¿no es verdad? Te mimó igual que tu papaíto. Rebecca, la princesita. Siempre nos miraste por encima del hombro. Siempre te creíste tan superior a nosotros, sólo porque tenías todo ese dinero. —Se inclinó tanto sobre ella que tenía la frente pegada a la suya y la rociaba de saliva a cada palabra que pronunciaba—. Todo tu preciado dinero iría a parar ahora mismo a mis manos si algo te pasara, ¿no es cierto?

La sacudió como a una muñeca de trapo, cosa nada difícil, pues Rebecca era una mujer muy pequeña.

En aquel momento Jaxon supo que Tyler se proponía matar a Rebecca. Tyler odiaba a su madre, y a su hermano también. La niña era lo bastante inteligente como para darse cuenta, aún habiéndolo oído fuera de contexto, de que, con toda probabilidad, había matado a su padre. Ambos habían sido miembros de los grupos de operaciones SEALs de la armada, hombres muy difíciles de matar, pero seguro que su padre no había contado con la traición de su mejor amigo.

Alcanzó a ver cómo su madre, en un acto de desesperación, le rogaba con la mirada que se mantuviera alejada de allí. Rebecca temía por la vida de Jaxon, temía que Tyler se volviera contra la niña si ésta intentaba interferir.

—¿Papi? —La voz de Jaxon penetró con deliberada suavidad la noche cargada de amenazas—. Algo me ha despertado. He tenido una pesadilla. ¿Subes a hacerme compañía? No te importa, ¿verdad, mamá?

Pasaron unos segundos antes de que a Tyler se le relajara la tensión de los hombros, rígidos como una barra de hierro. Los dedos se le fueron desprendiendo, lentamente, del cuello de Rebecca. El aire acudió de golpe a sus pulmones, aunque permanecía encogida contra la pared, paralizada por el miedo, intentando reprimir el acceso de tos que le asaltaba la maltrecha garganta. Tenía la mirada fija en los ojos de Jaxon, intentando con disimulo, desesperadamente, avisar a su hija del peligro. Tyler estaba completamente loco, era un asesino, no había escapatoria. La había advertido de lo que pasaría si intentaba dejarlo, y Rebecca sabía que no tenía fuerzas suficientes para salvarlos. Ni siquiera a su hijo Mathew.

Jaxon le dedicó a Tyler una sonrisa cargada de ingenuidad infantil.

—Siento haberte molestado, pero, de verdad, he oído algo, y el sueño era tan real. Cuando estás junto a mí me siento siempre a salvo.

Aunque sentía retortijones en el estómago como protesta por su terrible mentira y le sudaban las palmas de las manos, se las arregló para fingir, con ojos cándidos, toda la inocencia del mundo.

Tyler le lanzó a Rebecca una dura mirada por encima del hombro al coger a Jaxon de la mano.

—Vete a la cama, Rebecca. Voy arriba a acompañar a Jaxon. Dios es testigo de que tú nunca lo has hecho, ni siquiera cuando estaba enferma.

Le apretaba la mano con fuerza, y aunque aún lo notaba tenso, Jaxon pudo sentir también la calidez que desprendía siempre que estaban juntos. Fuera lo que fuera lo que había poseído a su padrastro justo hacía un momento, parecía haberse disipado una vez había entrado en contacto físico con ella.

A lo largo de los dos años siguientes, Jaxon y Rebecca intentaron ocultar a Mathew su creciente preocupación por el estado mental de Tyler. Mantenían al niño tan alejado de él como podían, pues parecía actuar como una especie de catalizador, transformando la personalidad del que otrora había sido un hombre tierno. Tyler se quejaba a veces de que Mathew lo observaba y el niño aprendió a evitarlo mientras estaban en la misma habitación. Tyler, por su parte, le clavaba una mirada fría, impasible, o llena de odio, mientras que a Rebecca la miraba como un completo desconocido. Sólo Jaxon parecía poder conectar con él y mantenerlo centrado. Aquella tremenda responsabilidad la asustaba. Era capaz de ver el mal, cada vez más extendido, creciendo en el interior de su «tío» Tyler, y, después de un tiempo, su madre acabó por confiarle plenamente la tarea de afrontarlo. Se quedaba en su dormitorio, tomando las pastillas que Tyler le suministraba e ignorando a sus dos hijos. Cada vez que Jaxon intentaba contarle que tenía miedo de que Tyler hiciera daño al niño, Rebecca se tapaba entera con las mantas y comenzaba, entre lamentos, a mecerse hacia atrás y hacia delante.

Desesperada, Jaxon trató de hacerle ver a «tío Russell» y a otros miembros del entorno de Tyler que posiblemente éste no estuviera bien. Ellos simplemente se echaron a reír y se lo contaron después a Tyler. Se puso furioso; Jaxon estaba segura de que asesinaría a toda la familia. Y, aunque había sido ella quien había hablado, culpó a Rebecca, repitiendo hasta la saciedad que había sido ella quien había obligado a la niña a decir mentiras acerca de él. Le dio tal paliza que Jaxon quiso llevarla al hospital, pero él se negó. Rebecca permaneció semanas enteras en cama y se vio recluida, más tarde, a los límites de la casa. Jaxon se pasaba buena parte de su tiempo creando una fantasía acerca de Tyler, fingiendo que no había problema alguno en su hogar. Mantenía a su hermano alejado de él y evitaba, en la medida de sus posibilidades, que descargara su ira sobre su madre. Pasaba cada vez más tiempo con él en el campo de tiro, aprendiendo cuanto podía acerca de autodefensa, armas, camuflaje y rastreo. Eran los únicos lapsos de tiempo en que estaba segura de que su madre y su hermano estaban realmente a salvo. Los otros miembros de los SEALs estaban encantados de contribuir a su instrucción, y Tyler parecía comportarse con normalidad en esas ocasiones. Rebecca se había apartado tanto del mundo real que Jaxon no se atrevía a coger a su hermano y fugarse, pues hubiera tenido que dejar a su madre y estaba segura de que Tyler la mataría. Ambos hermanos tenían un mundo secreto que no se atrevían a compartir con nadie. Vivían atenazados por el miedo.

Jaxon, decimoquinto cumpleaños

Durante la clase de ciencias, de pronto, lo supo. La asaltó una abrumadora premonición de peligro. Se dio cuenta de ello mientras respiraba con dificultad y sentía que el aire no le llegaba a los pulmones. Sacó de su pupitre los libros y los papeles con tanta precipitación que se le desparramaron por el suelo al salir corriendo del aula. Aunque el profesor la llamó, ella lo ignoró y continuó su carrera. El viento parecía azotarla con fuerza mientras se precipitaba calle abajo, tomando todos los atajos que conocía.

Al aproximarse a la casa, Jaxon aminoró la marcha abruptamente; sentía el corazón aporreándole el pecho. La puerta principal, enteramente abierta, invitaba a entrar. De pronto, su mente cayó presa de la oscuridad. Sintió una necesidad apremiante de detenerse, de retroceder, sintió la premonición con tanta intensidad que se quedó paralizada un momento. Mathew estaba en casa, enfermo, no había ido a la escuela. El pequeño Mathew, que se parecía tanto a su padre, que tan fácilmente desataba la furia asesina de Tyler. Su Mathew.

Tenía la boca seca, y el sabor del miedo era tan intenso que no sabía si podría contener las ganas de vomitar. Con el estómago contraído y unas palpitaciones que le azotaban la cabeza con más y más fuerza, estuvo a punto de sucumbir a un incontrolable impulso de autoconservación. Se obligó a adelantar el pie derecho. Dio un paso. Le costó hacerlo, como si estuviera atravesando arenas movedizas. Tenía que ir a mirar dentro de la casa. Tenía que hacerlo. La fuerza que la empujaba a continuar avanzando era mayor que su instinto de supervivencia. En el aire flotaba un olor nuevo para ella, y, sin embargo, su instinto le decía de qué se trataba.

—¿Mamá? —susurró en voz alta aquella palabra, un talismán que había de restaurar el orden normal de su mundo, que debía ahuyentar la verdad, la certeza que le sacudía las sienes.

Sólo consiguió obligar a su cuerpo a moverse agarrándose a las paredes de la casa para avanzar lentamente y con gran esfuerzo. Luchaba contra sus propios instintos, luchaba contra su resistencia a afrontar lo que encontraría allí dentro. Tapándose la boca con firmeza para no gritar, volvió lentamente la cabeza para permitir que sus ojos vieran lo que había en el interior de la casa.

El salón tenía el mismo aspecto de siempre: familiar, confortable. Pero eso, lejos de ayudarla a superar el miedo, la aterrorizó. Jaxon se forzó a avanzar hacia el pasillo. Vio, en el marco de la puerta del cuarto de Mathew, una mancha de sangre, brillante y roja. El corazón empezó a latirle con tanta fuerza que le pareció que le iba a atravesar el pecho. Siguió andando despacio, pegada a la pared, hasta que alcanzó la entrada del dormitorio de su hermano. Rezando con fervor, abrió la puerta empujándola muy despacio con un dedo.

El horror de aquella visión quedaría grabado en su cerebro para el resto de su vida. Las paredes estaban salpicadas, y la colcha inundada de sangre. Mathew estaba tumbado de lado sobre la cama con la cabeza colgándole del colchón en ángulo recto. Tenía las cuencas de los ojos vacías, sus ojos risueños se habían ido para siempre. Fue incapaz de contar cuántos navajazos tenía su cuerpo. Jaxon no entró en el cuarto. No pudo entrar. Algo mucho más poderoso que su voluntad la retenía. De pronto, ya no pudo mantenerse en pie y cayó redonda al suelo mientras un grito sordo, de rotundo rechazo, la desgarraba por dentro.

No había estado allí para defenderlo, para salvarlo. Era responsabilidad suya. De los dos, ella era la fuerte, y le había fallado. Mathew, con sus rizos brillantes y su alegría de vivir, lo había pagado con su vida. Jaxon no quería moverse, no se veía capaz de hacerlo. Pero, entonces, por fortuna, la mente pareció quedársele en blanco y consiguió levantarse arrastrándose contra la pared para seguir avanzando pasillo abajo en dirección al dormitorio de su madre. Ya sabía lo que iba a encontrarse. Se intentaba convencer de que estaba preparada para lo peor.

Esta vez la puerta estaba completamente abierta. Jaxon se obligó a mirar en el interior. Rebecca yacía desplomada en el suelo. Sabía que era su madre por la melena rubia que, como un halo, le rodeaba la cabeza aplastada. El resto de ella era un amasijo empapado en sangre, imposible de reconocer. No fue capaz de apartar la mirada. Se le cerró la garganta. Se asfixiaba, no podía respirar.

Oyó un ruido. Era, en realidad, un ruido muy leve, pero bastó para activar todo lo que había aprendido durante años de instrucción. Saltó a un lado y, al darse la vuelta, se encontró de cara con su padrastro. Tenía las manos y los brazos ensangrentados, la camisa llena de salpicaduras y manchas. Sonreía, con el semblante sereno, con la mirada cálida propia de una bienvenida.

—Ya se han ido, cariño. Nunca más tendremos que escucharlos gimotear de nuevo.

Tyler le tendió una mano convencido de que ella la tomaría.

Jaxon, cautelosamente, dio un paso atrás. No quería alarmar a Tyler, que no parecía darse cuenta de que tenía sangre por todas partes.

—Tío Tyler, yo debería estar en la escuela.

Su voz no le sonó natural ni a ella misma.

Tyler frunció el ceño bruscamente.

—No me has llamado tío Tyler desde que tenías ocho años. ¿Ya no me llamas papá? Tu madre te ha puesto en mi contra, ¿no? —la interrogó, mientras avanzaba hacia ella.

Jaxon se quedó callada, inmóvil, con una mirada inocente en el rostro.

—Nadie podría jamás ponerme en tu contra. Sería imposible. Además, ya sabes que mamá no quiere saber nada de mí.

Tyler se tranquilizó. Estaba tan cerca de ella que la podía tocar. Pero Jaxon no podía permitirlo: su inmensa autodisciplina no era tan grande como para dejar que la tocara con las manos manchadas con la sangre de su familia. Lo atacó sin previo aviso, hundiéndole de lleno el puño en la garganta y lanzándole una patada a la rótula. Acto seguido, apenas lo hubo golpeado, se dio la vuelta y salió corriendo. No miró atrás ni una sola vez; no se atrevió a hacerlo. Tyler estaba entrenado para responder incluso herido y, en cualquier caso, la niña era demasiado pequeña en comparación con su padrastro. Sus golpes quizá lo habían dejado aturdido, pero jamás conseguirían incapacitarlo por completo para seguir luchando. Con suerte, habría logrado romperle la rodilla, pero no estaba segura de ello. Atravesó la casa corriendo y salió disparada. Jaxon se sintió afortunada de vivir al amparo de la base naval, el entorno seguro con el que Rebecca siempre se había mostrado tan satisfecha. Gritó a pulmón lleno mientras cruzaba la calle en dirección a la casa de Russell Andrews.

Bernice, la esposa de Russell, salió, angustiada, a ver qué pasaba.

—¿Qué te pasa, cariño? ¿Te has lastimado?

Russell acudió también y, pasándole un brazo por los delgados hombros, le preguntó:

—¿Se encuentra mal tu madre?

Sabía que algo andaba mal; conocía a Jaxon. Siempre había sido una niña imperturbable, juiciosa, con una serenidad a prueba de bombas. Si Rebecca hubiera caído enferma, seguro que habría pedido asistencia médica. Pero estaba tan pálida, parecía un fantasma. Se veía el horror en sus ojos, el pánico en su expresión. Russell recorrió con la mirada la calle hasta la casa: todo estaba en calma, la puerta seguía abierta. Hacía viento, un aire frío y limpio. Sin saber por qué, sintió escalofríos al mirar hacia allí.

Russell se disponía a cruzar la calle, pero Jaxon lo cogió del brazo.

—No, tío Russell, no vayas solo. Ya no los puedes salvar. Están muertos. Llama a la Policía Militar.

—¿Quién está muerto, Jaxon? —le preguntó Russell en voz baja, seguro de que Jaxon no mentiría.

—Mathew y mi madre. Tyler los ha matado. Le dijo a mi madre que también había matado a mi padre. Últimamente ha estado muy raro, muy violento. Odiaba a mamá y a Mathew. Intenté decíroslo, pero ninguno de vosotros quiso creerme —respondió Jaxon entre sollozos, tapándose la cara con las manos—. No quisisteis escucharme. Ninguno de vosotros quiso hacerme caso. —Se sentía desfallecer, con el estómago revuelto repasó mentalmente las escenas que acababa de ver; pensó que iba a enloquecer—. Todo estaba lleno de sangre. Le ha arrancado los ojos a Mathew. ¿Por qué lo habrá hecho? Mathew no era más que un chiquillo.

Russell la llevó junto Bernice.

—Ocúpate de ella, querida. Está a punto de sufrir una conmoción.

—Los ha matado a todos, a toda mi familia. Me los ha quitado a todos. Y yo no les salvé la vida —dijo Jaxon en voz baja.

Bernice la abrazó con fuerza.

—No te preocupes, Jaxon, ahora estás con nosotros.

Jaxon, diecisiete años

—Hola, guapa.

Don Jacobson se agachó para removerle a Jaxon la melena rubia y alborotada. Intentó no actuar con excesiva posesividad, pues la muchacha siempre derribaba por el suelo a quienquiera que se le intentaba acercar. Había levantado un muro enorme a su alrededor, y nadie parecía capaz de franquearlo para entrar en su mundo. Desde la muerte de su familia, Don sólo la había visto reír en compañía de Bernice y Russell Andrews y de su hija, Sabrina, que era dos años mayor que ella y estaba en casa para pasar las vacaciones de primavera.

—¿Adónde vas con tanta prisa? Master Chief me ha contado que tienes mejores marcas que sus nuevos reclutas.

Jaxon sonrió un tanto ausente.

—Cada vez que tiene un grupo nuevo mis marcas son mejores que las de sus nuevos reclutas. Llevo entrenando toda la vida. Más me vale ser buena, si no Master Chief ya hace tiempo que me habría expulsado. Las que no son buenas no pueden servir en los SEALs. Es lo único para lo que valgo. Me licencié pronto y me dieron muchos premios en la escuela, y ahora no tengo ni idea de lo que quiero hacer. —Se pasó la mano despreocupadamente por el pelo, despeinándoselo todavía más—. Soy más joven que la mayoría de los cadetes, pero, la verdad, me siento mucho mayor que la mayoría de ellos; a veces me entran ganas de ponerme a gritar.

Don sintió un deseo ardiente de abrazarla, de consolarla.

—Siempre has sido tan inteligente, Jaxx. No permitas que nadie te moleste.

Sabía que su angustia, en realidad, se debía a que no había logrado superar el trauma de lo que le había sucedido a su familia. ¿Cómo había de lograrlo? Le parecía algo harto difícil de conseguir.

—Bueno, ¿y adónde vas con tanta prisa?

—Sabrina ha vuelto a casa; vamos a ir al cine esta noche. Le prometí no llegar tarde esta vez. —Jaxon hizo una mueca—. Siempre que vengo al centro de entrenamiento se me hace tarde. Parece que nunca consigo salir de aquí a tiempo.

El curso de instrucción era el único sitio donde tenía la mente tan ocupada en algo diferente que no podía pensar en otra cosa ni recordar nada más. Se obligaba a realizar ejercicios físicos tan duros que conseguía mantener a raya a sus demonios, aunque sólo fuera durante un rato.

Hacía tanto tiempo que no se sentía a salvo que ya ni recordaba lo que era pasar una noche durmiendo plácidamente. Tyler Drake andaba suelto, escondido en alguna parte. Jaxon sabía que estaba cerca de allí; a veces, sentía su mirada. El único que la creía era Russell. Ahora ya la conocía bien. Sabía que no era alguien que le diera rienda suelta a su fantasía, ni que fuera propensa al histerismo. Tenía una especie de sexto sentido muy fuerte que la advertía de la proximidad de un peligro. Había estado entrenando años enteros junto a Tyler. Si aseguraba haber detectado algún indicio de su presencia, Russell la creía a pies juntillas.

—¿Qué ponen? —preguntó Don—. Hace tiempo que no veo una buena película.

Estaba probando suerte, con todo su desparpajo, por si lo invitaba a acompañarlas.

Ella, encogiéndose de hombros y con aire distraído, no pareció notar nada.

—No estoy segura. La iba a elegir Sabrina.

El corazón empezó a latirle con fuerza. Parecía una locura: estaba allí, de pie, al aire libre, junto a un muchacho que conocía desde que era pequeña y, sin embargo, se sentía distante, muy lejos de allí y extrañamente sola. La oscuridad se estaba adueñando de su interior, un miedo espantoso se apoderaba de ella.

Don se decidió entonces a tocarla. Se había marchado tan callada y pálida; temía por ella.

—Jaxon, ¿te encuentras mal?

—Algo no va bien —respondió ella con voz tan queda que casi no la oyó.

De un salto, Jaxon se apartó de él. Éste, renuente a dejarla marchar en ese estado, apretó el paso para mantenerse a su lado. Estaba tan fría y retraída a la vez, que Don no podía creer lo que estaba viendo. Ignorándolo por completo, se echó a correr a toda prisa en dirección a su hogar de acogida. Tras la muerte de su madre y su hermano y la misteriosa desaparición de su padrastro, Russell y Bernice Andrews la habían recogido en su casa para darle un hogar pleno de atenciones. Russell y los otros miembros de su equipo de los SEALs habían continuado con su entrenamiento al darse cuenta de que necesitaba acción y ejercicio físico para aliviar los recuerdos de su pasado traumático. El padre de Don formaba parte del mismo equipo y a menudo charlaba con su hijo sobre la tragedia acaecida. Nadie estaba totalmente seguro de que Tyler Drake hubiera asesinado a Mathew Montgomery, tal y como se había jactado de haber hecho ante Rebecca, pero estaba bastante claro que había sido él quien había acabado con la vida de ésta y la de su hijo Mathew.

Mientras corría a toda velocidad junto a Jaxon, Don sintió que algo no andaba bien. No era por lo difícil que podía resultar mantenerse a su ritmo: aunque lo estaba obligando a sudar, estaba en buena forma y era mucho más alto que ella. Era la expresión de Jaxon, que le hacía tener la certeza de que sabía algo que él ignoraba. Algo terrible. Deseó tener a mano un teléfono móvil. Al doblar una esquina, reconoció a un policía militar.

—¡Oiga, síganos! ¡Dese prisa! ¡Algo va mal!

Lo dijo a voz en grito, con convicción, sin temer en lo más mínimo que podía acabar haciendo el ridículo. Esta vez estaba seguro; lo sabía con la misma certeza que Jaxon mientras subían la calle a la carrera en dirección al hogar donde la habían acogido.

Jaxon se detuvo bruscamente en la entrada del jardín, alzó la vista hacia la puerta y se quedó mirándola fijamente. Estaba entreabierta, y parecía invitarlos a entrar. Don se le quiso adelantar, pero ella, temblorosa, lo agarró del brazo.

—No entres. Quizá siga dentro.

Don intentó pasarle un brazo por encima; nunca la había visto tan agitada. Tenía un aspecto frágil, parecía estar sintiendo una congoja inmensa. Pero ella se apartó bruscamente de él, lanzando miradas furtivas a diestro y siniestro por el jardín, inspeccionando el terreno.

—No me toques, Don. Estemos donde estemos, no te acerques a mí. Como crea que me intereso por ti, encontrará la manera de asesinarte.

—Jaxx, pero si ni siquiera sabes todavía lo que ha pasado ahí dentro —protestó el muchacho.

Sin embargo, una parte de él se negaba a entrar y comprobar si Jaxon tenía razón. El mal parecía impregnar toda la casa.

Los policías militares subieron con paso firme y arrogante por el camino de entrada al jardín.

—A ver, muchachos, ¿qué es lo que pasa aquí? No nos hagáis perder el tiempo. ¿Sabéis de quién es esta casa?

Jaxon asintió con la cabeza.

—Mía. De los Andrews. Tengan cuidado. Creo que Tyler Drake ha estado aquí. Creo que ha vuelto a asesinar —respondió y, bruscamente, se sentó en el césped; las piernas le fallaban.

Los dos policías militares se miraron el uno al otro.

—¿Nos estáis tomando el pelo? —Todo el mundo había oído hablar de Tyler Drake, un antiguo miembro de los SEALs que, presuntamente, había asesinado a su familia, se había dado a la fuga y seguía escondido en alguna parte—. ¿Por qué iba a volver aquí?

Jaxon no respondió. Lo único que podía dar por respuesta era la oscuridad que invadía su interior. Tyler había asesinado a la familia Andrews porque la habían acogido en su seno: ella le pertenecía; en su mente retorcida le habían usurpado su posición. Se le tenía que haber ocurrido antes que acabaría haciendo algo así. Había matado a su padre por creer que no tenía derecho alguno sobre ella. Lo mismo había pasado con su madre y con su hermano. Por supuesto, antes o después, habría asesinado a los Andrews. Para él debía de ser perfectamente lógico. Alzó las piernas y comenzó a mecerse hacia delante y hacia atrás. No levantó la vista hasta que los dos policías militares abandonaron la casa a la carrera y empezaron a vomitar sobre el inmaculado césped.

Capítulo 1

Jaxon Montgomery introdujo de un golpe el cargador en la pistola y le lanzó a su compañero una mirada furibunda.

—Esto es una trampa, Barry. Se huele de lejos. Me sorprende que no te des ni cuenta. ¿Dónde has dejado tu sexto sentido? Creía que los hombres tendríais una especie de instinto de supervivencia innato.

Barry Radcliff resopló con sorna.

—Tú eres la que dirige el grupo, cielo; estamos todos siguiéndote a ti.

—Un punto para mí, compañero. No tienes sentido de autoconservación. —Jaxx, mirándolo por encima del hombro, le sonrió burlona—. Sois todos unos inútiles.

—Cierto, pero tenemos buen gusto. Estás muy bien, vista desde atrás. Somos hombres, cielo; no podemos hacer nada contra las hormonas.

—¿Es ésa vuestra excusa? ¿Las hormonas desbocadas? Pensé que os gustaba vivir al límite. Ay, estos osados y entusiastas kamikazes.

— Aquí la única kamikaze eres tú. Nosotros no hacemos más que acompañarte para mantener tu precioso culito a salvo de todos los líos en los que te metes —le espetó Barry y echó un vistazo a su reloj—. Tú decides, Jaxx. ¿Lo intentamos o tiramos la toalla?

Jaxx cerró la mente a todo lo demás: la oscuridad de la noche, el frío cortante, la adrenalina que le invadía la sangre reclamando acción. La nave industrial era demasiado accesible. No había manera de registrar los almacenes de la parte superior del edificio sin quedar demasiado expuestos. Nunca había estado tan satisfecha de un informante. Todo le decía a gritos que era una trampa, que ella y los oficiales de policía que la acompañaban iban directos a meterse en una emboscada.

Sin vacilar, se colocó el diminuto transmisor a la altura de los labios y dijo:

—Operación abortada, muchachos. Retirada. Una señal cuando esté despejado. Barry y yo os cubriremos hasta que tengamos noticias vuestras. Despejad la zona.

—¡Qué dureza! —Jaxon percibió el sarcasmo en la voz de Barry—. La mujer prodigio.

—Cierra el pico —replicó ella bruscamente, con una voz que, aunque suave, dejaba traslucir cierta preocupación.

Sus ojos no descansaban ni un segundo, moviéndose constantemente de un lado a otro, peinando a conciencia los alrededores. Sintió el peligro con más intensidad.

Oyó un chasquido en el minúsculo auricular que tenía en la oreja.

—¿Vamos a permitir que una mujer asustada arruine la mayor redada de la historia? —Era el nuevo. El que le habían endosado en su equipo en contra de su voluntad. El que contaba con ciertas influencias políticas en el ministerio y ascendía imparable. Benton. Craig Benton.

—Retírate, Benton. Es una orden. Si quieres, lo discutimos después —le ordenó Jaxx, aunque reconocía, con tristeza, que era él la causa de los avisos que escuchaba en su interior advirtiéndole a gritos del peligro.

Benton quería ser un héroe, pero no había sitio para héroes en su forma de trabajar.

Barry, rígido de los pies a la cabeza, estaba junto a ella soltando blasfemias. Lo tenía tan claro como ella. Había sido su pareja de trabajo el tiempo suficiente como para saber que cuando Jaxx decía que había problemas era porque se iba a desatar un infierno.

—Está entrando. Está entrando. Lo estoy viendo en la puerta lateral.

—Baja —gruñó Jaxx mientras avanzaba—. Voy a intentar sacarlo de ahí. Tú te encargas de que todos los demás bajen aquí. Esto va a ser una guerra. Mantén a los muchachos fuera de ahí hasta que recibamos apoyo. Es una emboscada.

Tan pequeña y delgada, y vestida con su ropa y gorra oscuras, Barry apenas sí podía distinguirla en la oscuridad de la noche. Nunca hacía ruido al moverse: era inquietante. Se descubrió mirando insistentemente adonde ella estaba para asegurarse de que no la perdía de vista. Ahora también él se había puesto en movimiento. De ninguna forma iba a dejar a su compañera entrar sola en aquel edificio. Dio las órdenes y llamó para pedir refuerzos, pero, acto seguido, la siguió. Se decía a sí mismo que lo hacía, no porque fuera Jaxx Montgomery, sino porque era su compañera, no por amor, sino por ética profesional.

—Deberíais ver este sitio —sonó la voz en todos los auriculares—. Entrad. Aquí hay almacenados suficientes productos químicos como para volar media ciudad.

—Estúpido, lo que hay aquí son suficientes productos químicos como para volar el edificio contigo dentro. Sal de ahí de una puñetera vez. —Era Jaxx en acción, con su voz suave y mordaz, agitando su humillante látigo. Cualquiera que la oyera se acababa poniendo de su parte.

Inquieto, Craig Benton miró a su derecha y luego a su izquierda. De pronto, aquel lugar le dio escalofríos. Comenzó a retroceder, avanzando de espaldas hacia la puerta. Repentinamente, sintió un mordisco en la pierna, agudo y desagradable, que lo empujó hacia atrás y lo derribó al suelo. Se vio tirado sobre el frío cemento alzando la vista hacia los almacenes. Reinaba el silencio. Se llevó la mano hasta la pierna para palpársela y se la encontró molida y en carne viva.

—¡Me han dado, me han dado! Dios, ¡me han dado, me han dado! —gritó.

Jaxon habría traspasado la puerta la primera, pero Barry la empujó con el hombro, apartando su menuda figura a un lado. Lanzándose después al interior de la nave, se revolcó por el suelo hacia su derecha intentando ponerse a cubierto en alguna parte. Oyó el silbido de las balas que pasaron zumbando junto a él antes de empotrarse en un cajón de embalaje que tenía a sus espaldas. Le pareció que había hecho una señal de aviso a Jaxx, pero ya no estaba seguro de que fuera así mientras avanzaba arrastrándose hacia donde estaba Benton. Todo ocurría demasiado rápido y se limitaba a fijar la vista en su objetivo: sacar a aquel idiota de allí y largarse de aquel infierno.

Consiguió alcanzar a Benton.

—Cállate —le espetó.

¿Por qué tenía que ser aquel novato tan grande como un defensa de rugby? Iba a resultarle muy difícil sacarlo a rastras de allí, y si Craig insistía en seguir gritando, él mismo iba a acabar dándole un tiro.

—Vamos.

Cogió a Benton por debajo de los brazos y, tratando de mantenerse agachado y a cubierto, emprendió el camino de vuelta hacia la puerta. Era un camino muy largo. Les cayó una lluvia de balas y, como alguien, deliberadamente, estaba esparciendo los productos químicos por el suelo, empezaron a producirse explosiones por todas partes. Se declararon varios fuegos. Sintió la punzada del primer tiro en el cuero cabelludo. El segundo le dio de lleno: el brazo derecho se le entumeció, soltó a Benton y cayó al suelo.

Entonces apareció Jaxx. Jaxon Montgomery, su pareja de trabajo. Nunca paraba hasta que todo había pasado, nunca abandonaba a un compañero en apuros. En aquella nave de almacenes, Jaxon iba a morir junto a él. Mientras corría hacia ellos, los cubría con sus disparos.

—Levanta, gandul. No estás tan mal herido. Mueve el culo, sal de aquí.

Ah, sí, ésa era su Jaxx. Siempre dispuesta a sacarlo del atolladero. Benton, el muy condenado, estaba ya arrastrándose hacia la puerta, intentando ponerse a salvo. Barry también lo intentaba. Estaba muy desorientado, el humo y el calor se lo ponían más difícil. Algo andaba mal en su cabeza: sentía fuertes punzadas y palpitaciones, todo parecía confuso y lejano. El cuerpecito de Jaxx cayó junto a él, sus hermosos ojos bien abiertos, en alerta.

—Nos has metido en un lío del demonio, amigo —le dijo en voz baja—. No te detengas. —Le echó un vistazo rápido para evaluar las heridas y se entregó a tareas más urgentes—. Va en serio, Barry. Mueve el culo.

Obviamente, era una orden.

Jaxx colocó de un golpe otro cargador en su pistola y, con la intención de cubrir a su compañero, atrayendo los disparos hacia sí misma, se echó a rodar por el suelo, se puso de rodillas y disparó hacia los almacenes del piso superior. Mientras arrastraba su pesado cuerpo hacia la entrada, Radcliff pudo vislumbrar fugazmente cómo caía un hombre desde arriba.

La satisfacción fue inmediata. Jaxx era una experta tiradora. Si disparaba contra algo, lo derribaba seguro. Incluso si morían esa noche, al menos se habrían llevado a un enemigo por delante. Algo le hizo volver la cabeza justo en el instante en que una ráfaga alcanzó a Jaxx, empujando su cuerpecito más de un metro hacia atrás. Cayó como una muñequita de trapo sobre el suelo de la nave industrial; una mancha oscura se fue extendiendo a su alrededor.

Enfurecido y rabioso, Barry intentó alzar la pistola, pero su brazo no respondía. Lo único que podía hacer era arrastrarse hacia delante o arrastrarse hacia atrás. Se arrastró hacia atrás, tirando de su cuerpo para cruzar la distancia que lo separaba de ella, que, tendida inmóvil en el suelo, volvió la cabeza ligeramente para mirar hacia donde él estaba.

—No, Jaxx. No me hagas esto.

—Vete de aquí.

—Lo digo en serio, maldita sea. No lo hagas.

Intentaba alcanzarla desesperadamente, convencerla de que se moviera. Tenía que ponerse en movimiento y salir de allí con él.

—Estoy cansada, Barry. Hace mucho tiempo que estoy cansada. Hay más gente que puede dedicarse a salvarle la vida a los demás.

Susurró las palabras tan bajo que Barry casi ni las oyó.

—¡Jaxx!

Intentó cogerla entre sus brazos, pero no le respondían. De pronto, a su izquierda, se cerró de golpe una puertecilla, dejándolos atrapados en el interior. Sí, Benton tenía razón: había suficientes productos químicos en la nave como para catapultarlos y esparcirlos por toda la ciudad. Se quedó a la espera, aguardando a que la muerte les llegara de un momento a otro.

Fue entonces cuando empezaron los gritos, gritos de pavor, horribles, desgarradores. Entre el humo y el resplandor de las llamas vio cuerpos cayendo al suelo. No daba crédito a sus ojos: un lobo gigantesco, salvaje, se abalanzaba sobre un hombre que intentaba huir, atravesándole el pecho con sus poderosas fauces hasta alcanzarle el corazón. El lobo parecía estar en todas partes a la vez, abatiendo hombre tras hombre, desgarrando tejidos y carne, quebrando huesos con sus mandíbulas. Barry lo vio entonces retorcerse para cambiar su forma por la de un búho colosal que se precipitó sobre otro de los hombres, para arrancarle, con sus garras y su pico, los ojos de la cara. Fue una pesadilla inenarrable de sangre, muerte y merecido castigo.

Barry no habría supuesto jamás que en él anidaba tanta violencia como para imaginar una visión tan terrible. Tenía claro que le habían alcanzado al menos dos balas, sentía la sangre goteándole por la cara y el brazo. Era obvio que estaba sufriendo alucinaciones. Fue por eso que ni siquiera hizo el intento de disparar al lobo mientras éste se dirigía hacia la esquina de la nave donde él se encontraba. Lo observó mientras se acercaba, admirado por su manera de moverse, las ondulaciones de sus músculos, su agilidad para sortear, saltando por encima de ellos, todos los obstáculos que se encontraba en su camino. Venía directo hacia él, sin duda atraído por el olor a sangre, o, al menos, eso es lo que pensaba Barry, confundido por su vívida imaginación.

El lobo se quedó un buen rato mirándolo fijamente a los ojos. Tenía unos ojos muy extraños, casi completamente negros, inteligentes, pero carentes de toda emoción. Barry no se sintió amenazado, más bien tenía la impresión de que estaba desnudándole el alma con la mirada, juzgándolo quizá. Permanecía inmóvil, dispuesto a hacer lo que le pidiera aquel animal prodigioso. Sintió sueño; los párpados le pesaban tanto que ya no los podía mantener abiertos. Mientras se quedaba aletargado, hubiera podido jurar que había visto al lobo retorciéndose de nuevo y adoptando la forma de un hombre.

Los latidos de un corazón despertaron a Jaxon Montgomery. Latía alto y fuerte, rápido y agitado. De forma automática buscó a tientas su pistola. Siempre tenía un arma a mano, pero no la encontró bajo la almohada ni junto a su cuerpo. El corazón latió con más fuerza todavía, y notó en la boca el sabor cobrizo del miedo. Mientras se llenaba los pulmones de aire, se obligó a abrir los ojos. No pudo por menos que quedarse mirando estupefacta la habitación en la que estaba. No era un hospital, ni, desde luego, el dormitorio de su minúsculo apartamento. Era una habitación preciosa. Las paredes eran de un malva tenue, tan luminoso que era imposible decidir si el color era real o sólo producto de su imaginación. Las alfombras eran gruesas y de un malva más intenso, una réplica de los colores de los altos ventanales que se abrían en tres de las paredes. Se trataba de diseños complejos y relajantes, que despertaban en Jaxx la ilusión de estar sana y salva, cosa que, como ella sabía, era imposible. Sólo para asegurarse de que estaba realmente despierta, se hundió las uñas en las palmas de la manos.

Volvió la cabeza para examinar el resto de la habitación. Estaba amueblada con imponentes muebles de época; la cama, de cuatro columnas, era más cómoda que cualquier otra en la que hubiera dormido a lo largo de toda su vida. Sobre el gran tocador reposaban algunos artículos femeninos: un cepillo para el pelo, una pequeña caja de música y una vela. Eran preciosos y parecían antiguos. Había varias velas repartidas por la estancia, todas prendidas de tal manera que se tenía la impresión de que la habitación misma disfrutaba de la suave iluminación. A menudo había soñado con tener un cuarto así, tan bonito y elegante, con vidrieras de colores. Otra vez se le pasó por la cabeza que podría no estar despierta.

Los latidos del corazón sonaban tan fuerte que se convenció de que estaba perfectamente despierta y de que, necesariamente, otras personas estaban cuidando de ella. Otras personas que no tenían modo alguno de conocer la amenaza que su presencia suponía para ellas. Ya encontraría la manera de protegerlas. Jaxx miró frenéticamente por todas partes en busca de su pistola. Con toda seguridad estaba herida: tenía dificultades para moverse. Hizo un diagnóstico, intentando mover con cuidado los brazos y, después, las piernas. Su cuerpo no parecía dispuesto a responder. Podía moverse si se concentraba y ponía en ello todo su empeño, pero no parecía merecer la pena. Estaba muy cansada y le dolía la cabeza. Los incesantes latidos de aquel corazón la estaban volviendo loca.

Una sombra se dibujó sobre la cama y su propio corazón la aporreó con tanta fuerza que le produjo dolor. Se dio cuenta, entonces, de que aquel sonido provenía de su propio pecho. Jaxon volvió lentamente la cabeza. Un hombre estaba de pie junto a ella. Muy alto y fornido. Un predador. Se dio cuenta de ello al instante. Había visto muchos predadores, pero éste era su máximo exponente. Resultaba evidente que así era por su completa quietud. Espera; confianza; poder; peligro. Era peligroso. Más peligroso que cualquier criminal que se hubiera cruzado en su camino hasta ese momento. No tenía ni idea de cómo sabía tales cosas, pero las sabía. Aquel hombre se creía invencible, y ella tenía la secreta sospecha de que, posiblemente, lo fuera. No era joven ni viejo: resultaba imposible decir qué edad tenía. Ojos negros y carentes de toda emoción. Vacíos. Una boca sensual, realmente erótica, y unos dientes muy blancos. Tenía los hombros anchos. Era bello y atractivo. Más que atractivo: era absolutamente cautivador.

Jaxx suspiró e intentó no caer presa del pánico. Intentó que su rostro no dejara traslucir sus pensamientos. Más allá de toda duda: no tenía aspecto de doctor. Ni tampoco de alguien a quien ella hubiera podido derribar sin esfuerzo en un combate cuerpo a cuerpo. Entonces sonrió, y, por un instante, asomó a su mirada un atisbo de jocosidad que le confería un aspecto completamente diferente: cálido, aún más sexy. Ella tuvo la impresión de que estaba leyendo sus pensamientos y riéndose de ella. Bajo la manta, su mano se movía sin descanso buscando su pistola.

—Estás angustiada —declaró solemnemente.

Su voz era bella, suave como terciopelo, encantadora, casi seductora. Tenía un extraño acento que ella no supo ubicar y una manera de modular las palabras muy a la antigua usanza.

Jaxon intentó, parpadeando agitadamente, disimular su confusión, sorprendida, como estaba, por el rumbo que estaban tomando sus pensamientos. Nunca pensaba en el sexo y no entendía por qué aquel extraño le parecía tan erótico. Para su espanto, comprobó que no le salía la voz.

—Necesito mi pistola.

Era una especie de desafío, una forma de poner a prueba su manera de reaccionar.

Aquellos ojos negros estudiaron su rostro atentamente, sometiéndola a una prueba que le resultó incómoda. Aquellos ojos veían demasiado, y Jaxon tenía mucho que esconder. Su rostro no expresaba, no desvelaba absolutamente nada, y eso que Jaxx era muy buena leyendo en los rostros de la gente.

—¿Estás planeando dispararme? —le preguntó con una voz igualmente delicada, pero esta vez con aire jocoso.

Estaba agotada. Tenía que luchar para mantener las pestañas separadas. Observó un extraño fenómeno: se le ralentizó el pulso hasta que su corazón latió al mismo ritmo que el de él; exactamente al mismo ritmo. Ambos corazones latían al unísono. Los podía escuchar latiendo. Su voz, a pesar de ser un completo desconocido, le resultaba familiar, pero nadie que hubiera conocido a un hombre como aquél podría haberlo olvidado jamás. No lo conocía, era imposible.

Se humedeció los labios; estaba increíblemente sedienta.

—Necesito mi pistola.

Fue hasta el tocador: no caminaba, se deslizaba. Hubiera podido quedarse mirando cómo se movía toda una eternidad. Su cuerpo era como el de un animal, un lobo o un leopardo, un poderoso felino. Se movía con fluidez, sigiloso. Fluía, incluso ahora que el movimiento había cesado y estaba completamente inmóvil. Le pasó la pistola.

Le resultó familiar al tacto; era una extensión de su propio cuerpo. Casi al instante, parte de sus temores se desvanecieron.

—¿Qué me ha sucedido?

De forma maquinal, intentó revisar el cargador, pero sentía los brazos pesados como el plomo y era incapaz de levantar la pistola lo suficiente como para poder hacerlo.

Cuando él quiso recuperarla, sus dedos le rozaron la piel. La inundó un torrente de calor tan inesperado que apartó, bruscamente, las manos de él. Él, por su parte, se limitó a soltarle los dedos del arma con delicadeza y mostrarle el cargador, lleno y con un cartucho en la recámara, antes de devolverle la pistola poniéndosela en la palma de la mano.

—Te dispararon varias veces, Jaxon. Aún estás muy enferma.

—Pero esto no es un hospital.

Siempre desconfiaba, eso era lo que la mantenía con vida. Aunque, bien pensado, debería estar muerta.

—Estás corriendo un grave peligro teniéndome aquí —trató de advertirle, pero sus palabras ya casi no se oían; apenas le quedaba un hilo de voz.

—Duerme, cariño. Vuélvete a dormir —le respondió él en voz baja, y el tono aterciopelado de su voz se filtró en su cuerpo y en su mente con la efectividad de una poderosa droga.

La tocó entonces, acariciándole el pelo. Su tacto le resultaba a Jaxon familiar y un poco posesivo. La tocaba como si tuviera derecho a hacerlo. La estaba acariciando. Ella se sintió confundida: lo conocía, era parte de ella; aunque era un completo desconocido, lo conocía íntimamente. Suspiró, incapaz de evitar que se le cerraran los párpados, cediendo a una necesidad imperiosa de dormir.

Lucian se quedó sentado al borde de la cama, observándola mientras dormía. Era lo más sorprendente que le había ocurrido en todos sus siglos de existencia. Había estado esperando casi dos milenios por esa mujer y no era en absoluto como se la había imaginado. Las mujeres de su raza eran altas y elegantes, de ojos oscuros, de oscuro y abundante pelo. Eran criaturas poderosas y hábiles. Plenamente consciente de que su especie estaba al borde de la extinción, sabía que sus mujeres eran custodiadas como valiosos tesoros, y, sin embargo, eran mujeres poderosas, no frágiles y vulnerables, como aquella joven.

Tocó su pálida piel. Dormida, casi parecía un duende, un hada de leyenda. Era tan pequeña, tan menuda, toda ojos. Bellos ojos. La clase de ojos en los que un hombre podría perderse. Tenía varios tonos de rubio en el pelo, abundante y suave, pero corto y descuidado, como si se lo cortara a la ligera cada vez que se tropezaba con unas tijeras. La había imaginado con una melena larga, no con esas greñas. Se vio, una y otra vez, tocándole el pelo, suave, como hilos de seda. Era un pelo rebelde, que no se dejaba atusar, pero descubrió que sentía debilidad por aquel cabello revuelto.

Ella vivía atenazada por el miedo. Así era su mundo, así había sido desde que era una chiquilla. Y Lucian no tenía ni idea de que poseía una vena protectora tan fuerte. Llevaba tantos siglos sin sentir nada, que ahora, en presencia de aquella humana, sentía demasiadas cosas. Los que habían intentado hacerle daño en la nave industrial habían pagado caro sus crímenes. Lucian la había sumergido en un profundo letargo, ralentizando su corazón y sus pulmones mientras la sacaba de aquel lugar de muerte y destrucción. También había salvado a su compañero, y le había implantado en la mente el recuerdo de una ambulancia que se llevaba a Jaxx. Había conseguido salvarla dándole su sangre, antigua y vigorosa. Se había transformado en luz y había entrado en su maltratado cuerpo siguiendo la tradición de su pueblo, para iniciar su curación desde el interior. Tenía enormes heridas y había perdido mucha sangre. Sólo haciendo uso de su sangre podía salvarle la vida, pero era peligroso para ambos. El descubrimiento de su especie por parte de cualquier humano sería una sentencia de muerte para su raza. Para él era prioritario, en primer lugar, protegerla y, en segundo término, asegurar la continuidad de su propia gente. Su labor había consistido siempre en proteger a ambas especies.

Se había tomado el tiempo necesario para ocultar las pistas que había dejado en el hospital donde debían haberla ingresado, implantando recuerdos de llamadas a la ambulancia aérea y de su traslado a una unidad especial de urgencias. Toda la documentación parecía haberse extraviado y los ordenadores se habían bloqueado. Nadie tenía una explicación exacta de lo ocurrido.

Lucian se descubrió a sí mismo enredándose una vez más el pelo de Jaxon entre los dedos. Ni siquiera tenía un nombre decente. Jaxon, ¿qué nombre era ése para una mujer? Meneó la cabeza. Desde hacía algún tiempo, había estado observándola, pensando cuál sería la mejor manera de acercarse a ella. Si hubiera sido una mujer de su especie, simplemente la habría reclamado como propia, se habrían unido y habrían dejado que la naturaleza siguiera su curso. Pero esta mujer era humana, y tan frágil. Había entrado en contacto con su mente muchas veces a lo largo de las últimas semanas mientras establecía su nuevo hogar. Le parecía que tenía muchos secretos. La compañera eterna de Gabriel le había dicho que la encontraría en alguna parte del mundo pasando por grandes dificultades. Había acertado: la vida de Jaxon no había sido nada fácil. No había tenido una infancia digna de evocación: en su memoria sólo había problemas, muerte y violencia. Se creía responsable de la seguridad de todos los que la rodeaban. Y así había vivido toda su juventud: haciéndose responsable de los demás. A fin de cuentas, nadie había cuidado de ella jamás. Lucian tenía la intención de remediar aquella situación, pero presentía que ella no sabría cómo reaccionar ante tal intromisión.

Lo primero que se le había venido a la cabeza al despertarse había sido que tenía que proteger a los demás. A él. A Lucian le pareció curioso. Le parecía chocante que hubiera intentado avisarle, precisamente a él, de que corría peligro. Incluso sabiendo que era un predador y que podía ser peligroso, lo único que le importaba era protegerlo. Le resultaba fascinante. Había algo en ella que le agitaba el corazón y le hacía sentir ganas de sonreír con sólo mirarla. Bastaba con eso: la miraba y era feliz. Nunca había experimentado tales emociones, así que las observaba atentamente para examinarlas.

Ya con el primer sonido de su voz había recuperado la visión de los colores. Vívidos, brillantes. Después de haber vivido tantos siglos en un mundo en blanco y negro —como les pasaba a los varones carpatianos que habían perdido sus emociones— Lucian quedó casi cegado al ver los colores. Azules y rojos, naranjas y verdes; todas las tonalidades allá donde mirara. El tacto de sus cabellos rubios entre el índice y el pulgar le resultó de una suavidad desconocida hasta entonces. Experimentaba todas aquellas sensaciones intensamente.

Poco a poco, la idea de comer se fue colando entre sus pensamientos. Había consumido mucha energía curando a Jaxon y su sangre necesitaba recuperarse. Lanzó de nuevo un fuerte impulso a su mente para que se quedara dormida mientras salía de caza. La ciudad estaba llena de presas esperando por él. Salió al balcón y se metamorfoseó: esta vez eligió la forma de un búho. Agitando sus poderosas alas se elevó sobre la ciudad. Sus agudos ojos estaban hechos para ver en la oscuridad, su aguzado oído registraba cualquier sonido que se produjera debajo de él. Era capaz de oír los latidos de un corazón, el susurro de una voz, los sonidos de la vida en movimiento. Los ruidos de la ciudad, del tráfico, del bombeo de la sangre en las venas, rebosantes de vida, ejercían sobre él una poderosa atracción.

Fue a dar a un parque, un terreno ideal para cazar. Se posó en la copa de un árbol y plegó las alas con cuidado. Inspeccionó los alrededores. A su derecha oyó las voces de dos hombres. Cambió entonces a su forma habitual, levitando hasta el suelo mientras lo hacía. Emitió con la mente un reclamo silencioso, llamando a sus presas a presentarse ante él. Llevaba tantos siglos entregando asesinos a los brazos de la muerte que le había costado un alarde de disciplina limitarse a comer cuando salía de caza.

Los dos hombres, fornidos y saludables, respondieron a su llamada: eran dos corredores que, tras su carrera nocturna, estaban haciendo estiramientos de piernas. Ninguno de los dos olía a alcohol ni a drogas. Comió a toda prisa, pues sentía la necesidad de volver junto a Jaxon. Ésta había estado inconsciente más tiempo del que a él le hubiera gustado y, ahora que estaba durmiendo, Lucian se dio cuenta de que ella nunca se había entregado a las pautas normales del sueño de los seres humanos, tan necesario para sus cuerpos. Cuando se quedaba dormida sin que él se lo impusiese, se agitaba en sueños, angustiada. Lucian tenía muy claro que ella pasaba la mayoría de las noches ocupada en su trabajo, apurando su capacidad física hasta el límite del agotamiento. Y, sin embargo, sus sueños eran terribles. Él, que había compartido algunos de ellos en conexión psíquica con ella, conocía a fondo a sus demonios. Tenía demasiados demonios, y él pretendía exorcizar a cada uno de ellos.

Ante todo, Lucian no quería permanecer separado de ella por más tiempo del estrictamente necesario. No podía estar separado de ella: comprendió que no podía prescindir de su presencia. Él, que nunca había necesitado a nadie, necesitaba tocarla, saber que estaba bien. Ahora que estaba a su cuidado, pretendía unirla a él de tal forma que nadie, fuera humano o carpatiano, pudiera arrebatársela. Jaxon no se libraría de él. Le había dado su sangre y había tomado, él mismo, una mínima porción de la suya, suficiente como para que pudieran establecer conexión psíquica cada vez que quisieran.

Volvió a su encuentro, una vez más pletórico de fuerza. Y su fuerza era colosal. Tendría que ser delicado con ella. Si le quedaba algo de delicadeza, si alguna vez había tenido algo de delicadeza, pretendía ponerla al servicio de Jaxon. Si alguien la merecía, ésa era ella.

Se sentó al borde de la cama y le retiró la imposición de permanecer dormida, para estrecharla, a continuación, entre sus brazos.

—Soy tu compañero eterno, muchacha. No tienes ni idea de lo que eso significa; no eres carpatiana, así que me espero cierta resistencia por tu parte. —Lucian le pasó el mentón por encima de la cabeza—. Te prometo ser tan delicado y paciente como pueda, pero ya no puedo esperar mucho tiempo. Las emociones que estoy sintiendo no son capaces de amansar a la fiera salvaje que hay en mí.

Jaxon parpadeó. Se sintió confusa y desconcertada, como si estuviera soñando. La voz relajante que oía le resultaba tan bella y familiar. Mantenía sus demonios a raya y le permitía sentirse, hasta cierto punto, segura.

—¿Quién eres? ¿De qué te conozco?

—Tu mente me conoce. Tu corazón y tu alma me reconocen —le respondió mientras, lleno de ternura, le acariciaba con el pulgar la línea perfecta del pómulo, simplemente porque adoraba el roce de su piel contra la de ella—. Tengo que realizar nuestra unión, Jaxon. No tengo alternativa. Sería peligroso esperar. Siento no poder darte más tiempo.

—No entiendo.

Alzó la vista para mirar sus ojos negros y debería haber sentido miedo de lo que vio: le estaba clavando una mirada cargada de posesividad, algo que ningún hombre se había atrevido a hacerle nunca. Jaxon no propiciaba tales sentimientos en los hombres. Y, sin embargo, por alguna extraña razón, aquel peligroso desconocido hacía que sintiera cariño. Anhelo.

—Sé que no entiendes nada ahora mismo, Jaxon, pero ya lo entenderás en su momento.

Lucian le sostuvo firmemente la barbilla con los dedos, de forma que sus oscuros ojos capturaran su mirada.

Fue como caer en un pozo negro, sin fondo. Infinito. Intemporal.

Lucian susurró su nombre e inclinó la cabeza hasta su suave cuello, aspirando su aroma. Se apartara adonde se apartara, él la volvía a encontrar. Apropiándose de ella, la cogió con fuerza entre sus brazos, apretándolos hasta que se recordó a sí mismo que estaba muy delicada. Ella se sintió increíblemente diminuta y ligera, pero también ardiente y seductora. Estaba atizando en él un fuego que era mejor no avivar. La repentina y apremiante necesidad lo sobresaltó: ella era joven y vulnerable, y, de momento, debería haber sentido únicamente el deseo de protegerla.

Lucian pasó la boca por su piel con delicadeza, con ternura, acariciándola levemente. De pronto, otra vez la necesidad, golpeándolo con fuerza, imperiosa. Escuchaba su corazón latiendo al ritmo del suyo propio. Escuchaba la sangre corriendo por sus venas, la presión ardiente y seductora que lo llamaba, que desencadenaba en él un apetito irresistible por su cuerpo. Cerrando los ojos, saboreó su capacidad de sentir, sin importarle lo terriblemente incómodo que eso fuera, sin importarle que su cuerpo le estuviera pidiendo a gritos aliviarse. Buscó las pulsaciones de la vena con la lengua, le humedeció la zona una vez, dos veces, y, entonces, se la rasgó con delicadeza para, finalmente, clavarle los dientes hasta el fondo.

De pronto, ella agitó los brazos nerviosa y gimió, dejando escapar un tierno susurro de intimidad que provocó una tensión aún mayor en el cuerpo de Lucian. Era dulce y suculenta, tenía un sabor que nunca antes había probado, indescriptible. Le provocaba adicción, como si hubiera sido diseñada para satisfacer cada una de sus necesidades. Nunca habría de tener suficiente. Impuso su disciplina frente a su avidez por el éxtasis que su cuerpo prometía. Con una pasada de la lengua, selló, sin dejar huella, los diminutos orificios que le había abierto con los dientes. Ningún médico habría detectado rastro alguno de ellos.

Cuidándose de mantenerla sumergida en su embelesamiento, Lucian le abrió la camisa y la fue estrechando entre sus brazos hasta sujetarle la cabeza por detrás con las palmas de las manos. Mientras la sensualidad natural de Jaxon brotaba bajo los efectos de su hechizo, él sentía su propio cuerpo arder de deseo. La uña de uno de sus dedos se alargó hasta quedar afilada como una cuchilla. Dibujó con ella una línea sobre su propio corazón y apretó la boca de ella contra su pecho para proseguir con el ritual de unión.

Al primer roce de sus labios, se sintió atravesado por una pasión tan fogosa, una necesidad tan intensa, tan profunda, que Lucian, famoso por su férreo control de sí mismo, estuvo a punto de ceder a la tentación de tomar lo que por derecho le pertenecía. Se percató de que estaba temblando, su cuerpo bañado por una fina capa de sudor. Inclinándose sobre ella, le susurró al oído aquellas palabras que penetraron en la noche, en su mente. Le dijo que ya nadie podría separarlos jamás, que ya no podría permanecer alejada de él por más de unas horas.

—Te reclamo como mi compañera eterna. Te pertenezco. Te ofrezco mi vida. Te doy mi protección, mi fidelidad, mi corazón, mi alma y mi cuerpo. Tomo bajo mi custodia todo lo que te pertenece. Tu vida, tu felicidad y tu bienestar serán mi bien más preciado y estarán para siempre por encima de mi vida, mi felicidad y mi bienestar. Eres mi compañera eterna, unida a mí y bajo mi protección para toda la eternidad.

A pesar de que su cuerpo no se había fusionado con el de ella, sintió un alivio tremendo. Su corazón y el de ella eran uno y el mismo, unidos como dos mitades de un mismo corazón. Sus almas se fundieron de tal manera que su luz femenina brillaba resplandeciente dentro de él, mitigando la terrible oscuridad que lo había amenazado durante siglos. En aquel instante se dio cuenta de que encontrar una compañera eterna, tras haber vivido en la oscuridad casi toda su vida, tras aquel infierno lúgubre y peligroso en que había consistido su existencia, superaba cualquier sueño que hubiera podido imaginar.

Jaxon Montgomery era literalmente su corazón y su alma. Sin ella no habría razón para seguir existiendo. Ya no podría volver al vacío y la oscuridad en que había vivido tanto tiempo. Las palabras del ritual los habían unido de tal forma que ninguno de los dos podría ya escapar del otro.

Pero Lucian no se engañaba a sí mismo: la necesitaba mucho más de lo que ella lo podría necesitar a él jamás —aunque, según le parecía a él, lo necesitaba, y mucho. Tenía que detenerse y pensar antes de seguir haciendo valer sus derechos. Con mucha delicadeza dejó de alimentarla, cerrando él mismo su propia herida. Su sangre los uniría y la ayudaría a curarse. Además, transformaría su cuerpo de humana, convirtiéndola en una mujer de su especie. La conversión era un proceso arriesgado, una dura prueba para el cuerpo y para la mente. Una vez llevada a cabo, no había vuelta atrás. Jaxon sería como él, necesitaría sangre para sobrevivir, buscaría refugiarse del sol en el acogedor regazo de la tierra. Si no era una verdadera psíquica —la única clase de humanas que se podían convertir en carpatianas—, la experiencia la precipitaría al borde de la locura, y Jaxon habría de ser sacrificada. Lucian se recostó hacia atrás y la liberó de su oscuro hechizo.

Jaxon, parpadeando, se recostó sobre las almohadas. Lucian sabía que eran muy pocas las humanas que podían convertirse con éxito, pero se sentía, a la vez, convencido de que ella, su verdadera compañera eterna, era una de ellas. El corazón de Jaxon se ajustaba al suyo; estaba seguro de ello. Mientras pronunciaba las palabras del ritual había sentido los lazos que los unían a los dos. Aun así, el conocimiento intelectual de algo no le bastaba para creer en ello con el corazón. No quería jugar con su salud. Hacía falta intercambiar sangre tres veces para dar por finalizado el proceso de conversión, pero su vista y su oído ya eran más agudos, más como los de los carpatianos. Pronto tendría problemas para consumir carne y muchos otros productos. Lo necesitaría a su lado. Por el momento, él había cambiado en la vida de ella todo lo que se había atrevido a cambiar.

—Sigo sin saber quién eres.

Bajo las mantas, los dedos de Jaxon se aferraban a la empuñadura de su pistola. Se sentía somnolienta. Y este desconocido le seguía resultando tan familiar. No le gustaban los acertijos, y no tenía ni idea de dónde estaba. Sólo sabía que estaba muy enferma y que había tenido extraños sueños con un príncipe oscuro que le chupaba la sangre y la unía a él para toda la eternidad. Aquel desconocido que rondaba su cama tenía algo exótico y diferente. Era fino y elegante, a la par que salvaje e indómito. Jaxon encontró esa peligrosa combinación sensual e irresistible.

Lucian le sonrió: los destellos de su perfecta dentadura blanca suavizaban las líneas duras de sus rasgos sombríos.

—Soy Lucian Daratrazanoff. Un nombre muy antiguo y respetado, pero muy difícil de pronunciar correctamente en este país. Basta con Lucian.

—¿Es que te conozco? —Jaxon deseó no estar tan débil. Ni haber tenido aquellos sueños, tan peculiares y eróticos, con aquel hombre. Se sentía extraña en su presencia, especialmente porque no entendía nada—. ¿Por qué estoy aquí en lugar de en un hospital?

—Necesitabas cuidados especiales —respondió con sinceridad—. Estuviste a punto de morir, Jaxon, y no estaba dispuesto a permitir que tu vida corriera peligro.

—A mi compañero, Barry Radcliff, le dispararon. Recuerdo que volvió por mí.

Todo lo demás le resultaba confuso. No tenía idea de cómo había salido de la nave de almacenes, pues Barry no habría estado en condiciones de sacarla de allí.

—Está en el hospital, y mejora más rápido de lo esperado. Es un hombre fuerte, y muy valeroso.

Las palabras de Lucian sobre su compañero le hacían justicia, aunque no añadió que aquel hombre estaba enamorado de ella.

—Pensé que iba a morir. Debería haberme muerto —susurró para sí en voz baja.

Había deseado la muerte. La terrible responsabilidad que oprimía sus delgados hombros era una carga mucho más pesada de lo que estaba dispuesta a llevar a cuestas toda su vida. Se obligó a abrir los párpados para poder mirarlo.

—Estás corriendo un grave peligro. No puedes estar conmigo. Estemos donde estemos, no estarás seguro. No estás a salvo.

Lucian le sonrió y extendió la mano para peinarle los cabellos que le caían a los lados de la cara. Su tacto era increíblemente tierno y le hizo sentir una extraña sensación de seguridad. Su voz era tan pura y bella que hubiera deseado que siguiera hablándole toda la vida. Su acento era sexy y la atravesaba como una oleada de añoranza de algo que ella apenas sí era capaz de reconocer.

—No te preocupes por mí, muchacha. Soy capaz de protegernos a los dos. Conozco al hombre que temes y, mientras permanezcas en esta casa, estarás a salvo. Está bien entrenado, pero le resultaría imposible pisar estos terrenos sin ser detectado.

—Tú no lo conoces. Matará a todo el mundo sin sentir el más mínimo remordimiento por ello. Aunque sólo me estés ayudando, lo interpretará como una amenaza para él.

Se estaba empezando a agitar, los ojos abiertos como platos de preocupación.

—Aunque sea lo único que te creas, Jaxon, cree lo que te voy a decir: no hay ningún hombre tan peligroso en el mundo entero como el que está ahora mismo contigo en esta habitación. Tyler Drake no puede llegar hasta ti. Ya no puede decidir sobre tu vida: ahora estás bajo mi protección.

Habló en un tono práctico, en absoluto arrogante o jactancioso.

Jaxon volvió a caer en sus ojos negros de nuevo. Aquellos ojos bellos, tan inusuales. Un tanto desorientada, pestañeó agitada para romper el hechizo que la tenía hipnotizada.

—Ya veo que estás convencido. Mi padre era un miembro de los SEALs, al igual que mi padre adoptivo, Russell Andrews. Tyler Drake se las arregló para matarlos a los dos. No puedes pensar que estás a salvo mientras estés conmigo.

Los párpados le pesaban demasiado como para mantenerlos abiertos y, a pesar de su intención de convencerlo, se le estaban cerrando. No tenía energía suficiente para protegerlo. Atemorizada por ello, sintió su corazón aporreándole el pecho dolorosamente.

—Tranquila, Jaxon. Tómate un respiro, relájate. Soy yo quien ha de cuidar de ti, y no al revés, aunque me satisface mucho que quieras protegerme. Sea como sea, nadie sabe dónde estás. Te he traído a un lugar totalmente seguro. Duerme, cariño, y recupérate.

Por efecto de su voz, tan relajante y persuasiva, se le reguló la respiración hasta ponerse exactamente al mismo ritmo que la de él. No sabía por qué quería hacer lo que él le imponía, pero era imposible ignorar el impulso que la obligaba a obedecer. Sin oponer resistencia se le cerraron los ojos.

—Espero que seas tan fuerte como piensas. Pero estarías más seguro si llamaras a mi jefe y le permitieras que te enviase a un par de muchachos a montar guardia. —Su voz se fue desvaneciendo hasta que ya no consiguió articular más que un susurro ininteligible—. Mejor todavía, estarías más seguro simplemente si te alejaras de mí sin mirar atrás.

—Crees que estaría más seguro, ¿verdad? —le respondió Lucian, enredándose una vez más su suave pelo entre los dedos.

Había en su voz un tono jocoso. Fuera por lo que fuera, conseguía que su corazón acabara cediendo. Le resultaba tan familiar que le parecía conocerlo íntimamente, por más que no lo reconocía en absoluto. Salvo su tacto. Conocía su tacto. Y el sonido de su voz. Conocía su voz. Aquel acento, seductor y aterciopelado, la manera de modular las frases. La manera en que, aparentemente, formaba parte de su memoria. Y, lo que le resultaba particularmente más extraño: que empezaba a creer en él.

Lucian observó cómo se dejaba llevar sin oponer resistencia. Ella habría preferido que no le hubiese salvado la vida, pero ahora, preocupada por su seguridad, había recogido la antorcha y aceptaba ser su guardiana. Estaba dispuesta a protegerlo incluso sin saber quién era. Lucian había pasado ya un buen rato en estrecha conexión psíquica con ella. En un primer momento, había sido necesario hacerlo simplemente para mantenerla con vida. Más tarde, lo había hecho porque quería conocerla, conocer sus recuerdos, su manera de pensar, sus sueños, las cosas que le importaban. Albergaba más compasión por los demás de lo que era saludable. Lo necesitaba a él para encontrar el equilibrio.

Le asombraba la intensidad de los impulsos sexuales que sentía hacía ella, y que no le hubiera ocurrido antes algo así. Rara vez había mirado a una mujer con otra intención que no fuera la de satisfacer el hambre. Y ahora sentía un apetito diferente, y mucho más intenso de lo que se hubiera podido imaginar. Simplemente por interés intelectual Lucian había compartido en alguna ocasión las mentes de los humanos para experimentar cómo era el sexo. Pero esa necesidad urgente que se propagaba por su cuerpo como un incendio era completamente diferente incluso de aquello: parecía tomar las riendas de su mente, ahuyentando de ella todo pensamiento sensato.

Protectores. Lucian sabía que los varones carpatianos nacían con el tremendo deber de proteger a las mujeres y niños de su especie. Pero la actitud protectora que le inspiraba Jaxon era diferente. Había dedicado su vida a hacer de guardián de carpatianos y humanos por igual, y, sin embargo, la intensidad de las emociones que ella suscitaba en él era mucho mayor. No sospechaba que el vínculo con ella habría de ser tan fuerte. Había vivido casi toda su vida en la oscuridad y la sombra, estaba familiarizado con la violencia, se sentía cómodo en su presencia. Era completamente oscuro y peligroso.

Pero ahora quería conocer la ternura, la delicadeza. Se conocía a sí mismo mucho mejor que la mayoría de los hombres. Se sabía poderoso y peligroso, y se aceptaba así. Ahora, sin embargo, en presencia de Jaxon, acostada en la cama, tan frágil y vulnerable, lo era todavía más.

Suspirando, se recostó sobre la cama junto a ella. Mientras fuera humana y necesitara permanecer sobre el suelo para sobrevivir, sería incapaz de ofrecerle toda la protección necesaria durante el día, pues la luz solar restaba poderes a los carpatianos. Normalmente, se habría mantenido bajo tierra hasta el anochecer. Ello suponía un problema para ambos, ya que ella no podría permanecer separada de él durante tantas horas sin sufrir enormemente. Se tumbó junto a ella. Le impondría el sueño hasta la próxima puesta de sol. Mientras tanto, la red de protección que urdiría alrededor de ellos y los lobos que dejaría sueltos los mantendrían a salvo de cualquier ser, humano o no, que pudiera intentar hacerles daño. Rodeó el pequeño cuerpo de Jaxon en el refugio del suyo propio, mucho mayor, y sumergió la cara en la fragancia suave de sus cabellos.

Capítulo 2

Lo primero que Jaxon percibió fue su olor: limpio, fresco, sexy. Meneó interiormente la cabeza, regañándose a sí misma. Ahora ya lo conocía: su tacto, su voz, su aroma. Incluso en sueños había mantenido la mano enroscada alrededor de la empuñadura de su pistola. Ahora había rebajado la fuerza con que la tenía agarrada y, de hecho, la había soltado sobre la sábana, a su lado. Se sentía segura. Acostada, con los ojos cerrados, reflexionaba sobre ello. El sentimiento de seguridad. No recordaba haber experimentado nunca algo parecido. Le parecía extraño sentirse segura precisamente ahora que, herida y débil, estaba sola y, sin saber dónde, con un completo desconocido.

Abrió los ojos y allí estaba él, encima de ella, exactamente donde sabía que lo encontraría. Lo sentía dentro de su mente, estaba segura de poder encontrarlo en medio de una multitud sin necesidad de buscarlo. Con sólo mirarlo se le cortó la respiración: era tan alto, y estaba revestido de poder como si de una segunda piel se tratara. No, mejor dicho: era la personificación del poder. Deseaba oírlo hablar, deseaba oír su voz. Amaba el sonido de su voz. La asustaba su desproporcionada reacción ante él. Se había entrenado para no sentir nada por nadie, especialmente si se trataba de un hombre, convencida de que Tyler Drake resurgiría si se le ocurría mostrar interés por alguno.

—¿Te sientes mejor esta noche? —le preguntó Lucian palpándole la frente.

Jaxon sintió la calidez de su tacto como un río de lava a través de su cuerpo.

—Pareces cansado —replicó ella y, frunciendo el ceño, le preguntó—: ¿Te has pasado toda la noche en vela cuidando de mí?

La idea de tener a un extraño atendiéndola mientras dormía debería haberla desconcertado, pero, tratándose de él, no le molestó. Lo estudió. Físicamente era bello, muy parecido a un dios de la mitología griega. Pero sus ojos cansados llevaban demasiado tiempo abiertos y se sintió preocupada por si no estaba durmiendo lo suficiente. Repentinamente, deseó extender el brazo y tocarle la mejilla de incipiente barba.

—Aquí soy yo el que te cuida a ti, cariño. —Su boca, perfectamente esculpida, se arqueó con una leve sonrisa—. No necesitas pensar en nadie más que en ti. Se te están curando muy bien las heridas. Otro día más, y podremos devolverte al hospital para que tus amigos comprueben con sus propios ojos que estás viva y recuperándote. Aunque ya los he tranquilizado, necesitan verte.

Lucian controlaba las mentes humanas con facilidad y sin dedicar grandes esfuerzos a esa tarea. Llevaba siglos haciéndolo. Pero controlar a tantos humanos, y a tales distancias, era un tanto fatigoso. Aun así, no estaba dispuesto a renunciar a cuidar de Jaxon personalmente para ponerla en manos del personal del hospital, hasta que no estuviera seguro de que le darían el alta en seguida. No quería que le hicieran análisis de sangre, y sabía que sería muy vulnerable en el caso de que Tyler Drake o cualquiera de los enemigos que se había granjeado a causa de su trabajo decidiera acabar la labor que otra persona, como era notorio, había comenzado.

—Quiero incorporarme.

Intentó hacerlo y comprobó con sorpresa que aún se encontraba muy débil.

Lucian tomó de pronto su cuerpo ligero entre sus manos y la sentó erguida, acomodando, después, las almohadas a su espalda y las mantas a su alrededor. Estaba incluso más pálida de lo normal.

—Respira profundamente. Así no te sentirás tan débil —le dijo con firmeza.

—¿Tienes idea de lo raro que es todo esto? —le contestó ella, entonces, con una sonrisa dibujada en los labios—. Ya sé que esto no es un hospital. Ni siquiera es un sanatorio ni nada por el estilo, ¿no? Y tú no eres médico.

Observando cómo se desplazaba por el cuarto dando pasos raudos, fluidos, totalmente sigilosos, no podía evitar comparar sus movimientos con los de un gran felino de la jungla. Había algo amenazador en él, pero, al mismo tiempo, resultaba sensual, y la hacía sentirse a salvo, aunque también la intimidaba de una manera desconocida para ella. ¿Qué era? ¿Seguridad o peligro? Si era un predador de tal magnitud, ¿cómo es que su sistema interior de alerta no hacía saltar las alarmas? Soltó el aire despacio, con cuidado. Comprendió que no se sentía amenazada como agente de la seguridad del Estado, sino como mujer.

Lucian, dejando la ventana a sus espaldas, se volvió hacia ella. Afuera, la noche era oscura y algo tormentosa. Se oía la lluvia cayendo incesante, el viento soplando entre los árboles, empujando sus ramas contra las paredes.

—Puede que no sea médico en el sentido habitual del término, pero curo a la gente. A ti te he curado.

Jaxon entendió, una vez más, que tenía razón. Sabía todo tipo de cosas acerca de él, cosas que no tenía por qué saber, intimidades. Sabía que había viajado alrededor del mundo, por todos los continentes, varias veces, que hablaba innumerables lenguas, que era rico, aunque el dinero no era para él más que un medio, y no un fin en sí mismo, sabía que había estado buscándola durante mucho, mucho tiempo.

Mientras ella valoraba su situación, los ojos negros de Lucian se posaron en los suyos, atentamente, los ojos de un predador observando a su presa. Su mente perseguía a la de ella como una sombra: observaba sus pensamientos, sus procesos mentales, la manera que tenía de analizar sus sentimientos.

Jaxon era consciente de aquel extraño fenómeno, de la manera en que su corazón latía al unísono con el de él, de la forma en que el ritmo de su respiración se ralentizaba hasta ponerse al paso de la de Lucian. Siendo él un completo desconocido, ¿cómo era posible que supiera tanto acerca de su vida? Sabía que amaba el arte y las antigüedades. Tenía vastos conocimientos en ambas materias, conocía a artistas y artesanos. Con todo, no había sido hasta hacía poco que había comenzado a admirar y a disfrutar la belleza de las pinturas y las esculturas, de la música y las antigüedades. Había curado a innumerables personas; las había curado de un modo extraño y muy particular. Ese aspecto de él le resultaba confuso, y lo aparcó en algún rincón de su mente para ulteriores análisis. Y a ella la había sanado de la misma manera que a todos los demás.

—Has estado hablándome mientras dormía —susurró, intentando plantear una explicación razonable de por qué sabía tantas cosas acerca de él—. ¿Es por eso que sé tanto sobre ti?

Cauteloso, Lucian se encogió de hombros en un ademán fluido, perfectamente espontáneo.

—¿Es tan importante eso?

Con sólo mirarla sentía ganas de sonreír. Era sorprendente cómo su mera existencia le había cambiado ya la vida. Deseaba quedarse mirándola toda su vida: la forma de su cara, la curva de sus mejillas, sus pestañas largas, todo. Después de tanta fea oscuridad, de tanta iniquidad como había visto a lo largo de los siglos, Jaxon se le aparecía como un milagro.

Todo en él tenía a Jaxx hechizada. No quería separase ya de él. Quería quedarse allí con él, encerrados los dos bajo llave en su mundo privado, muy lejos de aquello que ella sabía que era la realidad. Se sentía segura y protegida. Adoraba su manera de mirarla. Por momentos, descubría en sus ojos destellos imprevistos: destellos de deseo, de posesividad, de simpatía y ternura. Deseaba tanto saborear todas esas cosas. No quería perderlas.

—Supongo que no —se oyó a sí misma responder.

Lucian tenía una voz tan dulce. Escucharla era como estar envuelta en terciopelo. Pero Jaxon no estaba dispuesta a engañarse a sí misma. Por muy sexy y fascinante que fuera, tenía la impresión de que, si era lo suficientemente estúpida como para darle carta blanca, fácilmente podría caer en aquella arrogancia machista y autoritaria que tanto le ponía los pelos de punta.

Él se echó a reír. Sintió el sonido de su risa acariciándole la piel como si hubiera sido una mano. Sintió primero la picadura del deseo, después, la necesidad desplegada en su pleno apogeo. Se quedó aterrorizada: no estaba preparada para experimentar sentimientos tan intensos. ¿Se le notaba? De hecho, se puso a mirar alrededor, temerosa de que alguien más pudiera estar viendo cómo miraba a Lucian. Se sentía culpable.

—Tienes que llevarme a casa —dijo, entonces, con voz ronca.

Tenía un nudo en la garganta. Todo aquello era pura fantasía, la realidad era dura y fea. Su presencia allí acabaría provocándole la muerte a aquel hombre tan bello, que terminaría pagando con su vida que ella se hubiera fijado en él, porque había sido lo suficientemente bueno como para prestarle ayuda.

Lucian atravesó la habitación deslizándose tan rápido que ni siquiera lo vio moverse. Era un hombre alto, musculado, de todo punto elegante, sigiloso al andar, pero tenía que haberlo visto. En un abrir y cerrar de ojos, ya estaba allí, de pie, junto a ella, tendiendo la mano para cogerle la barbilla entre dos dedos. Le inclinó la cabeza hacia arriba, obligándola a mirarlo a sus ojos negros. Ella en seguida se dejó caer hacia delante, hacia él, para fundirse con su persona, protegida y segura.

—Cariño, no tienes necesidad de angustiarte. No puedo verte así. De verdad, se me parte el corazón. —Le pasaba el pulgar por la piel, adelante y atrás, acariciándosela con la suavidad de una pluma, provocando una oleada de calor que recorrió su torrente sanguíneo en un instante—. Nadie te hará daño.

—No estoy preocupada por mí, estúpido.

Jaxon estaba irritada. Lucian no parecía capaz de entender que corría un grave peligro. Qué arrogante era.

Súbitamente, Lucian cambió por completo de actitud: se desvaneció su sonrisa, los ojos se le tornaron fríos como el hielo. Había vuelto la cara hacia la ventana. Ante sí tenía ahora al predador, al cazador. Ya no había ternura ni delicadeza en él; otra vez era el guerrero sin escrúpulos.

—Quédate aquí, Jaxon —murmuró, casi ausente, exigiendo obediencia—. Pronto estaré de vuelta.

Y, sin más, se fue. En un abrir y cerrar de ojos había desaparecido de la habitación. Jaxon, sentada en la cama, encontró, sin titubeos, la pistola sobre la manta y la rodeó con la mano: era una prolongación de su brazo; le resultaba tan familiar. Ahora sentía lo mismo que había sentido Lucian: la oscuridad colándose a hurtadillas en su mundo, entrando sigilosa, filtrándose en su mente con tanta insidia que, en un primer momento, no se había percatado de ello. El peligro se cernía sobre ellos, sorprendiéndolos en su seguro refugio.

Lo sintió con abrumadora certeza. Tanto era así que Jaxon casi no podía ni respirar. Quienquiera que fuera el que los estaba acechando era alguien absolutamente diabólico. Estaba segura de que Tyler Drake la había encontrado de nuevo. La acosaba con una voluntad implacable. Era invencible, nadie había sido capaz de acercársele para provocarle siquiera el más mínimo rasguño. Mataba a placer.

Una vez, hacía tiempo, después de que su propia familia y, más tarde, su familia adoptiva hubieran sido asesinadas, le había tocado el turno a una vecina suya. Era una mujer joven en silla de ruedas, llena de vida y siempre dispuesta a sonreír, con la que Jaxon se reunía para tomar café en buena compañía. Desde entonces, ya no se había permitido tener ni una sola amistad más. Incluso en su trabajo, se aseguraba de dar la impresión de que cambiaba a menudo sus hábitos. En público, nunca le sonreía a nadie ni se relacionaba con persona alguna por temor a que se desencadenara la furia asesina de Tyler. Su actual situación —viviendo sola en casa de un hombre— era el escenario perfecto para provocar, una vez más, a aquel maniaco vengativo que, a buen seguro, ahora se proponía matar a Lucian.

Parecía obvio que Lucian no era consciente del alto grado de instrucción militar que Tyler había adquirido en los grupos especiales SEALs de la armada. Era un camaleón, se fundía con el medio. Era un francotirador soberbio, acertaba en el blanco a una distancia extraordinaria. Jaxon reconocía en Lucian a un hombre peligroso. Lo llevaba escrito en los ojos, en el porte de sus hombros, en su andar confiado, en su manera de moverse. Pero eso no significaba que no estuviera al alcance de Tyler Drake, del mismo modo que lo habían estado su padre y su padre adoptivo, Russell Andrews, tan bien entrenados como él.

Jaxon echó la colcha a un lado. Llevaba puesta tan sólo una camisa masculina de seda. Dada su pequeña estatura, le caía por debajo de las rodillas, cosa que, en cualquier caso, no le preocupó en absoluto: el pudor era lo último que ocupaba su mente en aquel momento. El sentimiento de peligro se hizo entonces más fuerte que antes. Lucian se hallaba en dificultades, tenía que acudir junto a él. Éste no la conocía tan bien como para valorar su grado de instrucción y lo ventajoso que podía resultar tenerla de su parte.

Mantenerse de pie le resultó mucho más difícil de lo que había imaginado. Llevaba días sin levantarse. Sentía que se le doblaban las piernas; estaba muy débil. Ignorando su cuerpo, que se resistía a obedecer, y con sumo cuidado de no hacer ningún ruido, avanzó hacia la puerta. No conocía la distribución de la casa y, a juzgar por el tamaño de su habitación, el edificio debía de ser enorme, pero confiaba en encontrar a Lucian. Se sentía conectada a él. No iba a permitir que nada le ocurriera. Para ella era muy simple: no iba a dejar que nadie le hiciera daño, bajo ningún concepto, y menos aún en su nombre.

Su dormitorio daba a un rellano amplio y largo que acababa en una magnífica escalera a cada lado. Las alfombras eran gruesas y parecían completamente nuevas. Todo lo que iba descubriendo en la casa le resultaba perfecto. Se percató de ello porque todo le parecía ideal, como si Lucian, en un acto de amor, se hubiera ocupado de disponer personalmente cada detalle. Cada cuadro, cada escultura, el empapelado de las paredes, las alfombras y las vidrieras de colores, todo era tal y como había soñado siempre, incluso hasta en lo referente a su preferencia por el mobiliario de época.

Jaxon pasó de largo junto a todo aquello, sigilosamente, descalza, sin producir el más mínimo sonido mientras comenzaba a descender. A mitad de la escalera descubrió un vano abierto en la pared, una puerta de cristal ornamentada que conducía a un balconcillo. Abrió la puerta con sumo cuidado de no hacer ruido alguno. De pronto, quedó empapada por la lluvia y temblando de frío por el gélido viento que la azotaba, pero apenas si notó nada. Sus ojos, adaptándose a la oscuridad, no buscaban más que su objetivo.

En un primer momento no vio nada. Un relámpago atravesó, zigzagueante, el cielo, iluminando el recinto que había a sus pies. Fue entonces cuando vio a Lucian, de pie, completamente inmóvil en mitad del inmenso patio. A varios metros de distancia, cubierta con una larga capa negra, se alzaba otra figura entre las sombras. Jaxon se percató de que sus ojos parecían adaptarse rápidamente a la falta de luz, proporcionándole una excelente visión nocturna, y comprobó que su agudo oído, nuevo y extraño, según le pareció, captaba la extraña conversación que estaban manteniendo los dos hombres.

La voz de Lucian sonaba aún más bella de lo habitual, grave, de una pureza aterciopelada que se colaba bajo la piel y se filtraba en la mente.

—Ya que has osado ir tan lejos como para desafiarme con tal desfachatez —le decía—, no me queda más remedio que complacerte, Henrique.

—No sabía que eras tú, Lucian. —La otra voz sonaba horrible, un ruido estridente que chirriaba como las uñas al arañar una pizarra—. Se te había dado por muerto estos últimos cinco siglos. De hecho, se decía que habías pasado a engrosar nuestras filas.

La figura se dio la vuelta y Jaxon pudo verla entonces con total nitidez. La imagen era terrorífica: la cabeza no era más que una calavera gris, ahoyada y ovoide, con unas cuantas hebras de pelo lacio cayéndole de la coronilla; los ojos despedían un fulgor carmesí; la nariz no era más que un gran boquete; tenía las encías hundidas; los dientes, afilados y sucios. Cuando aquel engendro alzó una mano, asomaron unas uñas largas de su garra. Su aspecto era espantoso.

Jaxon quiso lanzarle un grito de aviso a Lucian. El extraño intentaba resultarle halagador, pero ella sentía las oleadas de odio que irradiaba. En lo más profundo de su ser, allí donde ella reconocía cosas que otros no podían intuir, sabía que el monstruo que Lucian tenía enfrente se proponía atacarlo a la primera oportunidad que se le presentase.

—El problema de hacer caso a los chismorreos, Henrique, es que pueden resultar totalmente falsos. Yo soy, entre mi gente, quien administra la justicia. Siempre he sido leal a nuestro príncipe, y siempre lo seré. Tú has elegido infringir nuestras leyes y las de toda la humanidad.

La voz de Lucian sonaba tan bella que Jaxon, completamente cautivada por ella, tuvo que agitar la cabeza varias veces para mantenerse concentrada en lo que era realmente importante. El frío cortante y la lluvia torrencial la ayudaron a conseguirlo. Apuntó hacia abajo el cañón de su pistola, sujetándola entre las manos con pulso firme. Para no correr el riesgo que suponía la posibilidad de que aquel desconocido mantuviera su propia arma escondida, se dispuso a dispararle a la cabeza.

Con un extraño zigzagueo de sus pies, Henrique comenzó a avanzar lentamente sobre el suelo adoquinado del patio. Parecía un espantapájaros, feo y diabólico, como salido de una película de terror. Lucian no parecía alterarse, manteniéndose en todo momento de cara a Henrique. Jaxon encontró fascinante el extraño movimiento de los pies de éste y se alongó más sobre la baranda forjada en hierro para poder observarlo mejor. El aguacero le aplastaba la mata de pelo greñudo contra la cabeza, las gotas de lluvia le empapaban las largas pestañas, el agua, por acción del viento, le azotaba los ojos. Y, sin embargo, una vez más, el mal tiempo se puso de su parte, ayudándola a liberarse del hechizo que sobre ella ejercían los movimientos de aquel engendro. De nuevo, encañonó con firmeza el arma hacia su cabeza. Si decidiera lanzarse al ataque, no le daría tiempo de lastimar a Lucian.

Súbitamente, el desconocido retorció su cuerpo alto y delgado. Jaxon reprimió un grito cuando vio cómo el hombre se convertía en un animal, un lobo salvaje, de largo pelaje jaspeado y fauces de afilados colmillos, que se abalanzaba directamente sobre Lucian. Hincando sus potentes patas traseras en el suelo, la fiera saltó sobre él dispuesta a descuartizarlo.

Lucian se desvaneció en el aire tan rápidamente que no quedó de él más que una sombra borrosa. Pese a los extraños fenómenos que estaba presenciando, Jaxon intentó serenarse apuntando con la pistola a la terrible bestia. Sus colmillos destilaban saliva y sus ojos rojos centelleaban de rabia. El estampido de los truenos la ensordecía mientras un rayo tras otro iluminaba el cielo. Creía que Lucian acabaría cayendo para estamparse contra los duros adoquines antes de ser devorado por el lobo, pero aterrizó sin dificultad, casi despreocupadamente, sobre éste y le retorció la cabeza sin piedad. El chasquido de su cuello resonó en la noche. Lucian saltó a un lado, apartándose del animal.

Éste soltó un rugido y, adoptando de nuevo forma humana, con la cabeza colgándole de manera repulsiva hacia un lado, enseñó a Lucian sus dientes descoloridos mientras los hacía castañetear y rechinar. Aunque, como había podido comprobar Jaxon, Lucian le había partido el cuello, fuera como fuera, aquel engendro seguía siendo extremadamente peligroso. Apretó el gatillo y vio cómo se abría un boquete en medio de su repulsiva frente justo cuando Lucian pareció esfumarse por un instante.

A punto estuvo de desmayarse cuando volvió a verlo aparecer a la derecha del monstruo. Intentó pedirle a gritos que se mantuviera alejado de él, pero, presa del pánico, se le cerró la garganta y no pudo articular sonido alguno. Comprobó entonces con horror que la bestia volvía a blandir sobre él las repugnantes garras que tenía por manos. Lucian le respondió con una embestida de su brazo, que, como una poderosa sombra, le clavó el puño hasta el fondo del pecho. Jaxon oyó entonces un terrible sonido de succión y vio que, al retirar el brazo, tenía en la palma de la mano el corazón palpitante de la fiera. De un salto, se retiró hacia atrás mientras Henrique caía al suelo profiriendo un chillido agudo. Aunque parecía imposible, el engendro seguía vivo, se revolcaba por el suelo, extendiendo con avidez las manos hacia Lucian, y volvía a deslizarse sobre los adoquines, tirando de sí mismo sin dar tregua.

La razón le decía a Jaxon que, en verdad, nada de aquello podía estar ocurriendo —estaba más allá de los límites de la realidad—, y, sin embargo, insistía en apuntar con su pistola directamente al cuerpo de aquella bestia repulsiva que seguía arrastrándose hacia Lucian. Pudo ver cómo se extendía su sangre oscura como una mancha sobre el adoquinado. Sin previo aviso, una bola incandescente se precipitó entonces desde el cielo sobre la funesta imagen de pesadilla que yacía abatida en el suelo, incinerándola por completo hasta que la consumió totalmente, sin dejar rastro de ella ni de la sangre que había derramado. Observó cómo Lucian arrojaba con indolencia el corazón a las llamas y mantenía después las manos sobre el fuego hasta que la sangre que le manchaba la piel desaparecía enteramente, como si nunca hubiera estado allí, y sin provocarle quemadura alguna. Jaxon se quedó mirando fijamente la escena que transcurría a sus pies. La tormenta se estaba disipando, el viento se llevaba las cenizas hacia el sur. Poco después, en el patio ya no quedaba más que Lucian, solo, de pie. Se dio la vuelta y alzó la mirada dirigiéndola sin titubear hacia donde se encontraba Jaxon.

Ella se había quedado estupefacta, sin aliento, mirándolo atónita, con la boca abierta. Se dio cuenta de que seguía apuntando hacia abajo con la pistola; se le pasó por la cabeza la idea de dispararle. ¿Se había vuelto loca o es que Lucian había llevado a cabo un prodigio increíble? Decidió entonces retirarse cuanto antes al interior de la casa, pues él, al contrario que ella, conocía los terrenos y la distribución del edificio y sólo tardaría unos minutos en volver a su encuentro. Jaxon bajó las escaleras a paso ligero, giró en dirección opuesta a la entrada y encontró, casi de inmediato, una puerta. Tras abrirla de un tirón, se echó a correr en medio de la oscuridad de la noche, en busca de un terreno elevado, cualquier sitio desde donde poder observar, escondida, si él se le intentaba acercar. Vino a dar, sin embargo, a lo que parecía un sólido muro.

Súbitamente, sintió unas manos fuertes sujetándola con firmeza. Lucian estaba frente a ella; otra vez había sucedido lo imposible. De ninguna manera se podía atravesar tan rápido la casa entera desde el patio hasta donde ella se encontraba.

Mientras intentaba volver la pistola hacia él para apuntarle con ella, oyó su suave risa muy próxima a su oído.

—No creo que sea muy buena idea para ninguno de los dos, amor mío.

Se la retiró de la mano sin dificultad, y la tomó a ella entre sus brazos, acunándola en su pecho e inclinando el torso hacia delante para resguardarla de la lluvia.

—Te cuesta obedecer, ¿no es verdad? —le preguntó con aquel mismo aire divertido, aquella jocosidad tierna que despertaba un sentimiento tan peculiar en su corazón.

—Me quiero ir.

Temblaba tanto que le castañeteaban los dientes, y no estaba segura de si se debía al frío y la lluvia o al miedo que Lucian, y todo lo él representaba, despertaban en ella. Pues, más allá de toda duda, y con independencia de que fuera guapo, sexy y de que tuviera una voz tan bonita, no era un hombre común.

Poco después, ya estaban en el interior de la casa. Tras ellos, la puerta quedó cerrada a cal y canto.

—Te dije que te quedaras en la cama.

—Quería echarte una mano.

Hundió la cara en su hombro, pues sabía que no tenía adónde ir y estaba helada, asustada y exhausta. Y él era cálido y fuerte, y le daba la impresión de ser capaz de manejar cualquier situación sin dificultad. Con él se sentía segura.

—No iba a permitir que te enfrentaras solo a eso que había ahí afuera, fuese lo que fuese —añadió, y se quedó horrorizada al comprobar que se estaba disculpando.

—Y lo que conseguiste fue darte un susto de muerte —replicó él sin cambiar el tono de su voz.

Ella alzó la cabeza y le lanzó una mirada de reproche.

—No fui yo quien provocó esa situación. Esa cosa, ¿qué era? Le atravesé la cabeza de un disparo; tú le rompiste el cuello, e incluso después de arrancarle el corazón, y no me preguntes cómo lo hiciste, aquello seguía avanzando hacia ti.

—Era un vampiro —respondió en voz baja, de la misma manera en que lo decía todo: calmado, objetivo.

Jaxon se quedó petrificada. Incluso la respiración pareció detenérsele. Quería pensar que no era cierto, pero lo que había presenciado era innegable. Mientras alzaba una mano, soltó el aire en un prolongado siseo.

—No me cuentes nada más. Nada. No quiero oír ni una palabra más.

—Jaxon, se te está acelerando mucho el pulso —señaló Lucian con ternura y abrió la puerta del gran cuarto baño empujándola con uno de sus pies de elegante calzado.

—Dime una cosa: ¿Estoy en un manicomio? Si me he vuelto loca, mejor que me lo cuentes. Creo que, al menos, eso sí lo quiero saber.

—No seas tonta —susurró con su voz de terciopelo negro.

Cerró los ojos para escapar de él, del tremendo poder que parecía ejercer sobre ella. Dado que estaba helada de frío y se sentía tan débil, y que él tenía su pistola, la única posibilidad que le quedaba de liberarse de él el tiempo suficiente era dañarle los ojos. Pero tenía unos ojos excepcionalmente bonitos y habría sido una pena arruinárselos. No sabía si sería capaz de obligarse a hacer tal cosa.

Lo oyó reírse de nuevo, en voz baja, para sí. *Doy gracias a Dios por haberme obsequiado con unos ojos bonitos. No me gustaría que intentaras hacerme algo tan terrible.*

Jaxon desplegó de golpe las hermosas pestañas y alzó la vista para lanzarle una mirada más de reproche que de asombro.

—¡Puedes leer en mi mente! Por eso sabías por qué puerta había salido huyendo. ¡Estás leyéndome el pensamiento!

—Lo confieso: es verdad lo que dices.

Su voz sonaba ahora aún más divertida. La abrazó en su regazo, próxima al calor de su cuerpo, mientras llenaba de agua caliente la enorme bañera empotrada en el suelo. Añadió sales de baño de una botella de bonito diseño y, pasándoles la mano por encima, prendió algunas velas aromáticas.

—No es que te viera hacerlo —negó Jaxon, apartando la cabeza de él—, pero me he dado cuenta de que, a veces, no necesitas pronunciar las palabras para hablar conmigo. Te ríes y me hablas, pero en mi cabeza, en mis pensamientos. —Se cubrió la frente con las manos—. Ahora sí que estoy en apuros, ¿no es verdad?

Temblaba con fuerza, y esta vez estaba segura de que era más de miedo que de frío. Al menos, aún le quedaban suficientes facultades como para saber que debía tener miedo de él.

—Pero tú también eres capaz de hablarme de la misma manera, cariño —replicó él con voz tranquilizadora—. Mírame. No te lo niegues. ¿Con qué propósito habrías de hacerlo?

Lucian sintió cómo ella lo estaba transformando, sintió la gran dicha con que ella iluminaba su mundo, antes lúgubre y violento.

Ella alzó la cabeza, buscando con sus grandes ojos color chocolate los ojos negros de él.

—No tienes miedo de mí —insistió él—. Busca en tu interior. Es comprensible que te sientas atemorizada al reconocer que hay cosas en el mundo de las que no sabías nada. Pero, de mí, no tienes miedo.

—¿Y tú cómo lo sabes?

No quería volver a caer atrapada en sus ojos, no le iba a permitir que la hechizara de nuevo. Era eso, ¿no? Era capaz de embrujarla con la mirada por medio de una especie de hechizo, de magia negra. Pues, simplemente, no le volvería a mirar a los ojos.

Una sonrisa se dibujó en su boca perfecta.

—He compartido tu mente. Sé todo tipo de cosas acerca de ti. Igual que tú sabes todo tipo de cosas sobre mí.

—Pues no quiero saberlas —le espetó—. No quiero entender ningún detalle de todo esto. Le disparé a esa cosa en medio de la frente, un blanco perfecto, y no se murió.

—Sólo hay una manera de matar a un vampiro y asegurarse de que no resucite. Hay que arrancarle y quemarle el corazón. Su sangre actúa como ácido contaminante sobre la piel y envenena el sistema circulatorio si se ingiere. También hay que destruirla. Incluso después de matarlo, un vampiro es capaz de provocar un daño tremendo si no se ha hecho de forma adecuada.

—Te he dicho que no quería saber nada más —le dijo ella, mirándolo.

Lucian comenzó a desabotonarle la camisa, soltando con delicadeza, uno a uno, cada botón de su ojal. El calor de sus dedos se extendía con cada roce de éstos sobre su piel suave, encendiendo, con cada pasada, una hilera de llamitas trémulas. Ella intentó obligarlo a detenerse agarrándole las manos.

—Pero ¿qué crees que estás haciendo?

Intentó parecer indignada, en lugar de sorprendida y horrorizada por la reacción de su propio cuerpo.

—Te estoy quitando la ropa mojada. No te sirve de nada, cariño, si tu intención es ocultarme tu cuerpo. Se te transparenta todo con la camisa empapada por la lluvia —le recordó lo evidente sin cambiar el tono de su voz aterciopelada—. Estás helada, necesitas calentarte. He pensado que ésta era la mejor manera de conseguirlo. Aunque, si quisieras, estaría encantado de hacerlo de otra forma.

Colorada por su insinuación, le dio un empujón en su pecho duro como una roca. Él tenía razón: la camisa de seda empapada lo dejaba todo a la vista.

—Vete. No estoy dispuesta, bajo ningún concepto, a tomar un baño mientras sigas aquí.

Lucian estudió su cara. Estaba muy pálida; era todo ojos. En su mente había confusión y temor, pero no resistencia. No era el tipo de persona que se tira por la ventana.

—No me gustaría que te resbalaras y te cayeras, muchachita.

—Es insultante que me llames «muchachita», como si fuera una niña. Soy una mujer adulta —le replicó con altanería.

La sonrisa de él casi le corta la respiración.

—Es eso de lo que tengo miedo —repuso él.

—¿Qué quieres decir?

—Quiero decir, Jaxon, que soy demasiado viejo para ti. —Los negros ojos de Lucian se posaron sobre su rostro dejando ver, ostensiblemente, su deseo de hacerla suya—. Pero ya no habrá otra mujer para mí, ni otro hombre para ti. Estamos condenados a entendernos.

—Lárgate. —Volvió a darle un empujón en su ancho pecho con impotencia—. Voy a remojarme un buen rato en la bañera para convencerme de que nada de todo esto ha ocurrido en realidad. Seguro que estoy drogada o algo por el estilo. O el tiro en la cabeza me ha dejado trastornada.

—Tú no recibiste ningún tiro en la cabeza. —El regocijo convertía el terciopelo cálido de su voz en pura seducción—. Quien lo recibió fue tu compañero.

—Largo —repitió, esta vez señalando hacia la puerta.

Con delicadeza él le permitió que posara los pies en el suelo de baldosas y, meneando la cabeza en respuesta a su insensatez, abandonó el cuarto de baño deslizándose con aire despreocupado.

Jaxon inspiró profundamente, relajándose, y dejó salir el aire poco a poco. En el mundo real, simplemente, no existían los vampiros. Así de simple. Tiró a un lado la camisa mojada y se sumergió aliviada en el agua caliente.

Sí que existen. Acabas de ver uno. Su nombre era Henrique, y no era muy hábil. Hay muchos más. Pero no te preocupes, Jaxon, soy un cazador de no muertos y te protegeré.

Otra vez estaba en su mente. Agitó la cabeza, como si así pudiera liberarse de él.

—No quiero saber nada de vampiros. He vivido toda mi vida muy feliz sin saber nada de ellos. No quiero saber. —¿Y si Lucian también era un vampiro? Había conseguido pasar directamente del patio a la puerta por la que ella había huido, y con toda aquella inmensa casa de por medio—. ¿Y todos esos sueños que he tenido con príncipes oscuros y sangre, y asquerosidades de ésas? —murmuró para sí en voz alta.

¿Asquerosidades? Obviamente, se estaba riendo de ella. *No soy un vampiro, aunque estuve unos cuantos siglos haciéndome pasar por uno para ayudar a mi hermano. Soy un carpatiano, un cazador de vampiros, de aquellos de mi especie que han entregado su alma a la oscuridad que hay en todo varón carpatiano.*

—¿Unos cuantos siglos? Y, entonces, por cierto, ¿qué edad tienes? ¡Espera! No me respondas. No quiero saberlo. Deja ya de hablarme. Esto es una locura. Seguro que estoy bajo el efecto de potentes fármacos y que pronto me despertaré en un hospital, y todo volverá a la normalidad. Eres producto de mi imaginación. Lo que voy a hacer es ignorarte y tomar un baño. Tú y tus vampiros habéis abandonado mi mente para siempre, así que, deja ya de hablar conmigo.

Lucian se sorprendió a sí mismo en medio de una sonora carcajada. El sonido de su risa lo sobresaltó. No era capaz de recordar la risa. Y sentaba muy bien. Apoyó la palma de una mano sobre la puerta del baño. Había resistido casi dos milenios de vacío, oscuridad y violencia. Sin emociones. Nada. Su propio pueblo, aquellos que estaban bajo su protección, se habían sentido tan atemorizados por su poder y su destreza que susurraban su nombre y se ocultaban a su paso. Y, sin embargo, aquella humana menuda había obrado el milagro de devolver la risa a su vida.

No tenía duda alguna acerca de lo que era, una máquina de matar diseñada para proteger del mal a carpatianos y a humanos por igual. Llevando a cabo su cometido era más que bueno, causando destrucción sin sentir ira ni remordimientos.

Y, ahora, Jaxon Montgomery era lo más hermoso con lo que se había topado. Era suya, y nunca renunciaría a ella. Pero ¿lo estaba cambiando? Acarició la puerta tras la cual se encontraba ella bañándose y sintió que, de una forma inesperada y extraña, el corazón le daba un vuelco.

El calor del baño reconfortó a Jaxon hasta las entrañas, pero le escocían las heridas, aún sin curar. Al bajar la vista frunció el entrecejo ante la huella del reciente tiroteo en la nave industrial. Con heridas tan graves como aquéllas, debería estar muerta. Levantó las rodillas y apoyó la cabeza sobre ellas. El peso de sus responsabilidades era ahora todavía mayor que antes. Ahora tendría que proteger al mundo, no sólo de criminales humanos, sino también de productos de pesadilla. No iba a ser capaz de hacerlo. Ya no podía más. Simplemente, ya no podía seguir en este mundo tan completamente sola. La mera idea la hizo sentirse irritada y dolida.

Nunca más volverás a estar sola, cariño. La voz, tan suave y bonita, rebosaba compasión.

Jaxon hizo un ingente esfuerzo por contenerse.

—Te dije que no me hablaras.

Estoy pensando, no hablando. La mezcla de ternura y jocosidad de la voz de Lucian le removió el corazón, haciéndole sentirse tanto más vulnerable.

—Vale, pues tampoco pienses.

Se peinó con los dedos el cabello mojado. Este tipo de cosas no le pasaban a la gente normal. ¿Por qué tenía ella que atraer cosas tan extrañas?

Yo no soy una cosa.

—Te estoy oyendo.

Jaxon, muy a su pesar, estaba sonriendo. Tenía algo casi simpático, si es que se podía tildar de simpático a un ser tan aterrador. Súbitamente, se le abrieron los ojos como platos. Él había sido consciente de que ella había estado allí, todo el tiempo; había sabido que había estado en el balcón.

—Lo sabías, ¿verdad?

Lo dijo con un susurro, a sabiendas de que la oiría. Si ella era capaz de oírlo en su mente, entonces también él podría escuchar sus susurros.

Sí.

—Y seguro que puedes borrarlo todo de mi mente. —Tenía sentido. Si no, ¿de qué manera podría alguien como Lucian mantenerse oculto de la gente?—. ¿Por qué permitiste que viera algo tan espantoso? Jamás voy a conseguir quitarme esa imagen de la cabeza.

No querrías que borrase tus recuerdos. Ninguno de ellos. Sé que no querrías. La tentación es grande, por supuesto, pero tú no desearías tal cosa y yo te respeto demasiado como para tomar esa decisión por ti.

Se frotó la frente dolorida. Él tenía razón. Era tentador olvidar los horrores que había visto. Aunque tuvo ganas de decirle que no había nadie capaz de asimilar una cosa así, tenía razón. Lo odiaría si tomara tal decisión por ella, tanto más cuanto que ella nunca elegiría ignorar. Sin embargo, ¿qué consecuencias tendría ese conocimiento nuevo de cara al futuro? ¿Qué podría significar?

Sin motivo aparente, Jaxon se echó a llorar. Una vez hubo brotado la primera lágrima, ya no pudo contenerse más. Conmovida por la intensidad del llanto, sollozaba sin descanso. Pero ella nunca lloraba. ¡Nunca! Deliberadamente, con la esperanza de borrar así el rastro de las lágrimas, se sumergió en el agua. Habría sido humillante que Lucian la hubiese sorprendido llorando, pero, de pronto, supo que él tenía que ser consciente de ello, él, que estaba dentro de su mente, una sombra que controlaba hasta sus pensamientos y recuerdos más privados. Salió tan aprisa que se golpeó la cabeza contra uno de los grifos. Entre gritos, Jaxon se puso de pie en la enorme bañera, chorreando agua por todas partes.

Acto seguido, Lucian se materializó frente a ella, sus ojos negros cargados de angustia mientras alargaba una mano para coger una de las grandes toallas.

—¡Dios mío, si has aparecido de la nada! ¡Ni siquiera has pasado por la puerta! —gritó, jadeando con fuerza.

La envolvió en la toalla. Era tan tentador verla allí desnuda, de pie, confusa, con los ojos abiertos como platos y chorreando agua por todo su delgado cuerpo. De un tirón, la cobijó con su gran cuerpo y empezó a secarla.

—En realidad, las puertas no son tan necesarias, cariño.

—Está claro que cerrarlas con llave no serviría de mucho —respondió ella, ladeando la cabeza para observar su bello rostro—. Lucian, estoy cansada. Necesito acostarme.

La cogió en brazos. Parecía tan frágil que un soplo de viento un poco más fuerte de lo normal se la habría llevado por los aires.

—Si sigues llorando así, me vas a partir el corazón.

Y lo decía muy en serio; de hecho, el corazón le estaba doliendo por ella. Tenía unas ojeras oscuras bajo sus grandes ojos. Abrazándola fuertemente contra su pecho, contra los latidos constantes de su corazón, planeó por la casa y, después, escaleras arriba, hasta que estuvieron de vuelta en su dormitorio, y la devolvió, con suma delicadeza, a la cama.

—Ahora dormirás, Jaxon —le ordenó.

Su voz bastaba para despertar en ella el deseo de hacer lo que le pidiese; mejor dicho, lo que le ordenase. Eso es lo que era, una orden, y ella estaba tan hechizada con la belleza y la pureza de esa voz que acababa sucumbiendo a su poder.

—Tengo razón, ¿no? ¿Es eso lo que haces?

Le permitió ayudarla a ponerse otra camisa. Mientras se la abotonaba, una vez más, sus dedos iban sembrándole la piel de llamas allí por donde pasaban rozándosela. Con gran determinación, la tapó hasta la barbilla.

—Sí, con la voz y con la mirada puedo controlar a los demás sin dificultad —admitió sin empacho, de la misma manera que hacía todo lo demás, con objetividad, en su tono dulce y delicado.

—Con qué facilidad lo reconoces. ¿Hay muchos como tú por ahí? —replicó ella después de que una tenue sonrisa le iluminara, por un instante, sus grandes ojos.

—Ya no quedan muchos. Nosotros, los carpatianos, nos estamos extinguiendo. Muy pocos de nuestros varones consiguen encontrar una compañera eterna.

Ella cerró los ojos y preguntó entonces:

—Ya sé que no debería preguntarlo. Ya sé que no debería, pero no lo puedo evitar. ¿Qué es una compañera eterna?

Sus largas pestañas se desplegaron y, pese al brillo de sus lágrimas, una risa tímida se asomó desde el fondo de sus ojos.

Él le agitó el pelo, intentando imponer con los dedos cierto orden en su peinado.

—Tú eres una compañera eterna, cariño. Mi compañera eterna. He necesitado casi dos mil años para encontrarte y nunca, en todo ese tiempo, me atreví a creer que un milagro como éste fuera a ocurrirme a mí.

Ella levantó entonces la mano, con la palma hacia fuera, y dijo:

—Lo sabía. Sabía que no querría escuchar la respuesta. Casi dos mil años, ¿eso has dicho? Eso quiere decir que eres un tanto anciano. Tienes razón, eres demasiado viejo para mí.

Los fuertes dientes de Lucian resplandecieron. Tenía unos dientes completamente alineados, una boca sensual. Todo en él era perfecto. Jaxon lo miró con malicia antes de añadir:

—Pues, por lo menos, podrías estar arrugado y gris, y tener media boca mellada, ¿no?

La risa de Lucian sonó tan bella que ella sintió un sonoro cosquilleo en la barriga. Era tremendamente carismático y ella se sabía presa de su encantamiento. ¿Eran verdaderos sus sentimientos o sólo producto de la sugestión a que él la tenía sometida? Nunca había experimentado tales emociones por nadie y la asustaba la intensidad de las que sentía por él.

—Yo tampoco he sentido antes nada igual. —Lo dijo sin adornos, con franqueza. La pureza de su voz obligaba a descartar cualquier fingimiento—. Nunca he querido a una mujer de esta manera, Jaxon. Para mí, sólo existes tú.

—No puedes hacerme tuya. El amor está excluido de mi vida. No hay sitio para ti. Puede que Tyler Drake no sea un vampiro, pero es muy peligroso. No voy a hacerme responsable de más muertes. Tengo las manos más manchadas de sangre que un ejército entero.

Decidió que no estaba dispuesta a creerse esas ridículas historias sobre vampiros. Y no había más que hablar. De lo contrario, tendría que aceptar el compromiso. Santo cielo, quizá sí que quería comprometerse.

Él tomó sus manos entre las suyas y las giró al revés y al derecho para examinarlas atentamente. Se las acercó entonces a su cálida boca y le besó las palmas, un beso exactamente en el centro de cada una.

—No veo ni una gota de sangre, amor. Nunca has sido responsable de lo que Tyler Drake haya decidido hacer.

—No me estás prestando atención. —Mientras se acurrucaba en las almohadas, parecía triste, a juzgar por el tono de su voz. Una vez más, aún a sabiendas de que eso era imposible, se sentía segura—. No voy a poner tu vida en peligro.

Lucian volvió a reírse. Jaxon percibió por su voz que su regocijo era genuino.

—Aún no me entiendes, muchacha, pero muy pronto lo harás.

Capítulo 3

Por los ruidos y los olores, Jaxon entendió que se encontraba en un hospital. Abrió los ojos con cautela. Estaba acostada en una cama, pero aún sentía la pistola en la mano. Tenía una enfermera revoloteando a su alrededor.

—Está usted despierta —le dijo la mujer, sonriéndole—. Bien. El doctor tiene planeado darle el alta esta noche. Estaba preocupado por si estaría sola a su vuelta a casa, pero su prometido le ha asegurado que estará bien atendida.

Se le cayó el alma a los pies. Se había hecho ilusiones de que todo aquello de los vampiros y los extraños carpatianos, oscuros y sexys, no había sido más que un sueño, pero estaba más que segura de que, antes de ser tiroteada, nunca había tenido novio. Se quedó en silencio. No sabía qué decir ni cómo responder. Ni siquiera sabía cómo había ido a parar a un hospital. La enfermera, afanándose de un lado a otro, abrió las cortinas, y Jaxon pudo comprobar que el sol ya se había puesto.

Se dio cuenta de que ya no se sentía segura. Se encontraba en un medio sobre el que no tenía control o, si lo tenía, sólo de forma muy limitada. Si Tyler quería llegar hasta ella, le resultaría muy fácil. Podría disfrazarse de celador y colarse tranquilamente en su habitación. Además, estaba sola de nuevo. Aunque sólo por unos preciados instantes, había podido compartir realmente su vida con alguien, Lucian, por muy extraño que hubiera sido aquel episodio. Y ahora volvía a estar sola y, de nuevo, se sentía responsable de la seguridad de quienes estaban a su alrededor.

Eres dura de oído, Jaxon. Era aquella voz suave, tranquilizadora. *O eso, o es que he sobrevalorado tu inteligencia y tengo que explicártelo todo con mucha más claridad y atención.* Detectó un matiz de regocijo varonil.

Jaxon se apresuró a mirar por todas partes. Salvo la enfermera, que no pareció percibir voz incorpórea alguna, no había nadie en la habitación. *Pues has conseguido que oiga voces. Voy a ir ahora mismo al manicomio más próximo a exigir asistencia inmediata.* Con la esperanza de que él oyera su respuesta, eligió sus pensamientos cuidadosamente.

Él se echó a reír. Oyó cómo se reía de corazón, oyó su voz aterciopelada, suave y bonita, perfectamente entonada, que parecía acariciarla, estuviera tocándola realmente o no. Ahora le sonaba tan familiar, una parte de sí misma que ya no quería perder jamás.

Pero tienes que marcharte. En este asunto se había propuesto no ceder. O bien se había vuelto completamente loca y él era una fantasía que su imaginación había producido porque necesitaba a alguien desesperadamente, o bien era perfectamente real y, en tal caso, representaba una dificultad muy por encima sus posibilidades.

Dudo mucho que te hubieras inventado a alguien tan dominante como yo. Tú querrías un petimetre a quien mangonear para poder seguir pensando que todo el mundo necesita de tu protección.

Eso no tiene ninguna gracia, Lucian. No tienes ni idea de lo que es Tyler. Los hombres más competentes de este país han intentado atraparlo y no lo han conseguido. Eres tan arrogante que vas a acabar pagando con tu vida por ello.

Odio eso en los hombres: no es valentía, es pura estupidez. Soy consciente de que Drake es peligroso y siempre estoy preparada, porque no me creo mucho más hábil que él. Había un tono de crispación en su voz. La arrogancia de Lucian la estaba irritando.

La voz de Lucian, por el contrario, tan dulce y relajante como siempre, no registraba cambio alguno. *No es arrogancia conocer las propias capacidades. Confío en mí mismo porque sé quién soy, sé lo que soy. Soy un cazador. Eso es a lo que me dedico.*

Y él es un asesino. Eso es a lo que él se dedica.

Te estás angustiando. Pronto estaré contigo para traerte de vuelta a casa. Ya tendremos todo el tiempo del mundo para discutir sobre este asunto. Mientras tanto, haz todo lo que te diga el doctor para conseguir que te dé el alta.

Jaxon se percató de que la enfermera la estaba mirando fijamente. Parpadeó agitadamente para centrarse en lo que aquella mujer le estaba diciendo.

—Disculpe, estaba distraída, perdida en mi propio mundo. ¿Qué decía usted? —le preguntó con una sonrisa forzada.

—Supongo que cualquiera que tenga un novio como el suyo se perdería en su propio mundo. ¿De verdad es multimillonario? Me pregunto cómo será eso. No me cabe en la imaginación una cantidad de dinero tan grande. Ayer por la noche se reunió con la dirección del hospital y prometió donar una fortuna inmensa en agradecimiento por haberla atendido a usted tan bien. Y ha puesto su habitación bajo vigilancia día y noche. —Su voz adquirió entonces un tono de ensoñación—. Dijo que usted lo era todo para él, que sin usted no podría vivir. Imagínese, un hombre declarando a viva voz esas cosas en una sala repleta de hombres. Daría cualquier cosa por que mi marido tuviera los mismos sentimientos hacia mí.

—Seguro que los tiene —susurró Jaxon, sin atreverse a decir nada más. Pero ella no era la novia de Lucian—. Y ¿se refirió a sí mismo como mi novio?

¿Qué remedio me quedaba, cariño? ¿Referirme a ti como mi compañera eterna? Para ellos ser tu novio me da ciertos derechos para dirigir tu vida mientras estás enferma. Nunca entenderían que, como compañera eterna, tu alma y la mía son dos mitades de una única alma. Pero, que no cunda el pánico. Sólo me estoy asegurando de ponerte a salvo.

No entiendo lo que significa ser una compañera eterna.

Te lo podría explicar..., le ofreció con solemnidad.

¡No! ¡No creo que tenga ganas de oír ni una palabra más al respecto! Ni una palabra más, Lucian. Tenía más que claro que él no estaba hablado, ni por asomo, en serio y que se estaba buscando un lío si persistía en su fastidiosa costumbre de reírse de ella. Lucian debía de pensar que, por ser tan menuda, no representaba ninguna amenaza para él. Se propuso hacerle cambiar de parecer si se mantenía en aquella actitud.

¿Un multimillonario? ¿No te parece que has sido un poco indiscreto? ¿Qué pasaría si alguien te pidiera pruebas? Tenía entendido que la idea era pasar desapercibidos. Fue deliberadamente insolente, pues trataba de ocultar el hecho de que se sentía feliz de que él fuera tan real.

Para esconderse, siempre es mejor hacerlo a la vista de todos. Además, vivir tantos siglos le da a uno facilidad para amasar una fortuna. Es relativamente sencillo. Cuanto más dinero tienes, más fácil te resulta ocultar tu verdadera identidad. La gente espera de los ricos unas ciertas dosis de excentricidad. Así que, no es más que otra herramienta que suelo usar.

O sea, que, encima de todo lo demás, también eres multimillonario. Me estás volviendo loca de remate. Eres consciente de eso, ¿no?

—¡Jaxx! —Barry Radcliff, su enorme figura apoyada en el marco de la puerta, estaba en la entrada con una sonrisa de oreja a oreja que iluminaba su rostro radiante de alivio—. ¡Gracias a Dios! Me han estado diciendo que te estabas recuperando, pero, por un motivo o por otro, no me han dejado verte hasta ahora. Me han soltado toda una patraña acerca de un prometido tuyo. Yo no me canso de decirle a todo el mundo que no tienes novio, pero nadie me hace caso, ni siquiera el comisario. Asegura haber conocido a ese tipo, un extranjero multimillonario, y que los rumores son ciertos. Pensé que, tal vez, la bala que me dio en la cabeza me ha dejado chalado.

La enfermera salió para dejarlos hablar en privado.

—Tú, al menos, tienes una justificación. —Jaxon se sintió tan aliviada al ver a alguien normal que le volvieron a entrar ganas de echarse a llorar—. Oye, ¿por qué diablos no te quedaste fuera de aquellos almacenes, como te dije? ¿Es que tú también tienes complejo de héroe, Barry?

Él atravesó la habitación con lentitud y mucho cuidado, como si sintiera debilidad en las piernas, y la abrazó torpemente y con tan solo un brazo.

He olvidado decirte que soy un hombre muy celoso, cariño. No te dejes llevar por la alegría de ver a ese hombre. La textura de la voz de Lucian era la misma, pero había algo diferente en ella: era más suave que nunca, hierro envuelto en terciopelo. Una sutil advertencia.

Domínate. Es mi compañero. Deliberadamente, Jaxon, que normalmente nunca lo hubiera hecho, le devolvió el abrazo a Barry.

Te ocultas a ti misma tus propios sentimientos. A este hombre lo estás mirando con mucho cariño.

Si es así, ha sido bastante tonto de tu parte informarme justo ahora de mis propios sentimientos, ¿no crees?, le preguntó con dulzura y permitió a Barry mantenerle la mano cogida mientras se sentaba a los pies de la cama.

—¿Te acuerdas tú de lo que pasó, Barry? Porque yo sólo recuerdo que me dispararon.

Sentía una gran curiosidad, pues no tenía ni idea de cómo habían logrado salir de la nave industrial, estando ambos tan gravemente heridos.

Los ojos grises de Barry se enturbiaron de confusión.

—Pues sigo teniendo pesadillas con todo aquello, ¿sabes? Yo tampoco lo sé. En mis pesadillas un lobo gigante mata a todos aquellos maleantes como un ángel vengador, después se vuelve hombre, me saca a rastras de allí y, más tarde, se te lleva a ti. Pero no se lo cuentes al jefe, ya me ha puesto a un psiquiatra en la puerta. —Barry se frotó la cara con la mano—. No logro recordar al hombre, sólo al lobo, sus ojos. La manera de mirarme. Pero juraría que un hombre apareció de la nada para rescatarnos.

Fuiste tú. Tú nos salvaste. Debería haberlo sabido. Y lo sabía. Muy en el fondo, guardado en su interior, había un recuerdo —no estaba segura si de él o de ella misma—, pero, apenas lo había vislumbrado, lo había vuelto a desechar. Había sangre y muerte y algo tan erótico y horrible —¿quizás una especie de extraño ritual de curación?— que Jaxon no había querido volver sobre él.

No estaba dispuesto a permitirte escapar de mí ni siquiera aunque te arrojaras a los brazos de la muerte, Jaxon. Disfruto tanto de tu sentido del humor. Era esa clase de ternura que le hacía sentir que el corazón le daba un vuelco, que le dejaba claro que él era consciente de que estaba atemorizada, sola y extremadamente confundida.

Jaxon lo sintió esta vez mucho más próximo, sintió su presencia mucho más fuerte en su mente, no como mera sombra.

—No te preocupes, Barry, creo que los dos debemos mantenernos tan lejos de los psiquiatras como podamos. Probablemente, acabarían internándome en un manicomio. Yo también he tenido unas cuantas pesadillas.

Barry se le acercó e, inclinándose bastante, bajó la voz.

—Ya que estamos aquí solos, voy a aprovechar para decirte también que ésta no es la primera experiencia extraordinaria que he tenido. ¿Recuerdas a aquel asesino en serie que tenía a la ciudad aterrorizada hace unos meses? Claro que te acuerdas. Después del tercer asesinato yo fui el primero en llegar a la escena del crimen. Estaba libre y me encontraba por la zona. Te juro que allí había un lobo. Volvió la cabeza hacia mí y me miró. En sus ojos había inteligencia. Verdadera inteligencia. Fue sobrecogedor. Me estaba mirando como con intención de valorarme o algo así, como si estuviera decidiendo si matarme o no. Exactamente igual que en la nave industrial. Y, de pronto, ya no era un lobo, sino un hombre y, por más que lo intento, no puedo recordar cómo era. Ni siquiera me acuerdo de su figura. Tú me conoces, Jaxx. Yo recuerdo hasta el más mínimo detalle, pero ya van dos veces que veo un lobo donde no debería haber ninguno y que no puedo describir a un hombre que he visto; ni al de la escena del crimen, ni al que nos salvó la vida.

—Pero ¿qué estás diciendo, Barry?

Alarmada, a Jaxon se le empezó a desbocar el corazón de nuevo. ¿Habría sido Lucian? ¿Qué era Lucian? ¿Podía haber proyectado la imagen de un lobo?

—No sé lo que estoy diciendo —respondió Barry, encogiéndose de hombros—. Lo único que sé es que vi a ese maldito bicho. Era real. Y era igual que el de la nave industrial. Enorme, y bien alimentado. No era un perro callejero, como me sugirió el comisario. Tenía unos ojos peculiares. Muy negros, diferentes de los de un animal. Una amenaza ardía en ellos, ardía de verdad. Y miraban con una inteligencia casi... humana. —Se pasó una mano por el pelo—. Comprobé si algún lobo se había escapado quizá de algún zoo o de una reserva natural, pero nada, y nadie más vio a aquel bicho. No podía haber ningún lobo, pero... No sé adónde voy a parar con todo esto, pero tú eres la única persona a la que se lo confesaría.

Estaba cazando a un vampiro, Jaxon. No te empeñes en asustarte.

—Pues, yo no vi a ningún lobo, Barry, pero también he tenido unas cuantas pesadillas. A lo mejor es que nos hemos vuelto locos.

Esbozó, como pudo, una tenue sonrisa. Oía su corazón aporreándole el pecho con tal fuerza que pensó que se volvería loca.

—Quizá sean gajes del oficio, Jaxx. Por cierto, ¿los rumores que circulan sobre ti son verdaderos o se trata de otra pesadilla? Soy tu compañero. ¿Es que no iba a estar yo enterado si tuvieras novio? Sobre todo, si se tratara de un multimillonario de primera.

Jaxx percibió el dolor de Barry en su voz; sintió cómo su pesar la traspasaba como un cuchillo.

Lucian, por su parte, sintió cómo le dolía a Jaxon tener que decírselo. *Ése es el problema, cariño. Hay demasiada compasión en tu corazón. Tú no eres responsable de sus sentimientos.*

Es mi compañero, y le debo lealtad. Nuestra pequeña farsa le hará mucho daño. Le voy a decir que, en realidad, no es verdad, le dijo desafiante.

—¿Jaxx? —la apremió Barry, clavándole los ojos en el rostro.

—Barry, ya sabes lo difícil que ha sido mi vida —comenzó a decir, renuente, sin saber muy bien cómo seguir.

Los amplios hombros de Lucian ocupaban todo el ancho de la puerta. Estaba vestido impecablemente, con un traje hecho a medida, la melena oscura, del negro brillante del azabache, recogida hacia atrás con una cinta de cuero a la altura de la nuca. La dejó sin aliento. Con su mera presencia llenaba toda la habitación. Se movía con desenvoltura, con fluidez, sin perder su poderío mientras atravesaba la habitación con soltura hasta agacharse a su lado y acariciarle, con un beso, la coronilla. El corazón de Jaxon se acompasó entonces al ritmo reposado y apaciguador del suyo.

—Buenas noches, cielo. Veo que te han permitido recibir a tu compañero. Barry, soy Lucian Daratrazanoff, el prometido de Jaxon. Permítame expresarle mi agradecimiento por haberle salvado la vida.

Barry volvió sus ojos grises hacia Jaxon y le clavó una mirada acusadora.

Lucian se sentó en el borde de la cama y arrimó su gran cuerpo contra el de ella en actitud protectora.

—Jaxon quería hablarle de mí; se sentía muy atormentada por no haberlo hecho. Pero temía que, por alguna vía, Tyler Drake se enterase de mi existencia, o bien que lo considerase a usted confidente de ella y pudiese hacerle algún daño. —Rodeó con un brazo los hombros de Jaxon—. Tiene una vida tan difícil, y nosotros dos, que la queremos tanto, ya sabemos que intenta protegernos incluso a pesar de que preferiríamos que no lo hiciera. Estoy seguro de que entenderá por qué lo guardó en secreto.

Barry, sin poder hacer otra cosa, se quedó escuchando la increíble voz cadenciosa de aquel hombre. Apartó la vista de Jaxon y se quedó mirando a Lucian. Fue como caer en un mar de tranquilidad, profundo e insondable. Por supuesto que lo entendía. Jaxon siempre protegía a la gente que estaba a su alrededor. ¿Qué otra cosa podía haber hecho? Y Lucian le gustaba mucho: entendía que era bueno para ella, que sería capaz de cuidar de ella. Acabarían siendo buenos amigos.

¡No te atrevas a implantarle nada en la mente! Indignada, Jaxon intentó zafarse de Lucian para sacudir de su trance a Barry, quien, aparentemente en estado de éxtasis, no podía apartar su mirada de los ojos de aquél.

Por su parte, Lucian, sin apartar la vista de los ojos de Barry, se limitaba a retener con una mano a Jaxon. *¿Es importante este hombre en tu vida?*, le preguntó en silencio.

Ya sabes que sí. ¡No juegues con su mente!

Si es importante para ti, entonces me tendrá que aceptar ineludiblemente. Escucha atentamente, Jaxon. No puedo permitir que nadie sepa de la existencia de mi especie. ¿Comprendes lo que te digo? Es mi deseo proteger a este hombre porque, y esto no es baladí, tú lo tienes en gran estima. Pero debe aceptar nuestra relación.

Pero yo no acepto nuestra relación. No tenemos ninguna relación. Por el amor de Dios, estoy hablando contigo con mis pensamientos, sin pronunciar ni una palabra como sería lo propio entre personas normales. Oigo y veo muchísimo mejor de lo que debería, y tanto tú como yo sabemos que debería estar muerta. No lo estuve, ¿o sí? Me hiciste alguna cosa rara para traerme de vuelta, y ahora soy un zombi o algo por estilo. Acabó en un tono que rayaba la histeria.

Lucian se rió con ternura y se agachó para rozar la comisura de sus labios con la boca.

—Qué preciosa eres, cariño.

¿Por qué había de tener él una boca como ésa? Debería ser pecado tener una boca como la suya. Y su voz, también debería estar prohibida.

—No lo soy, pero te agradezco que me lo digas.

Nunca nadie la había calificado de preciosa.

—No había quien te lo dijera. Ahora me tienes a mí —repuso él y volvió a mirar al compañero de Jaxon.

Barry seguía sonriéndole.

—Ojalá me lo hubiera contado antes, pero, por supuesto, lo entiendo. Drake es una amenaza que no hemos sido capaces de apartar de su vida. Espero que sea usted consciente de que tendrá que mantenerse en guardia constantemente. Si se pasa algún día por comisaría, le mostraré todo lo que tenemos sobre él. Es importante que lo pueda reconocer. Probablemente intentará asesinarlo a usted.

Jaxon soltó su mano de la de Barry y, apartándose de Lucian, se recluyó en sí misma.

—Creo que deberíais marcharos. Éste es un sitio demasiado público. Es muy probable que él nos esté observando ahora mismo.

Lucian volvió a abrazar su cuerpecito, arrimándola bajo su hombro en actitud protectora como si no hubiera notado que estaba intentando mantenerse apartada de él. *De verdad, cariño, te preocupas demasiado por Tyler Drake. No es invencible.*

Ni tú tampoco. Y, aunque no fue consciente de ello, repasó la cara de Lucian con sus grandes ojos oscuros casi amorosamente. Decidió que le gustaba tener a alguien con quien discutir, por el que preocuparse, de quien burlarse, con quien reír.

Sabía que acabaría por gustarte. Otra vez su risa, suave como el terciopelo, seductora.

Bueno, es que estoy sola. Ladeó el mentón desafiándolo. *Hasta con un troglodita me habría pasado lo mismo, así que no saques pecho tan rápido.* Y, en honor a la verdad, tenía un pecho rematadamente bonito.

Su risa le animó el pulso y su aliento en la nuca la hizo estremecerse de anhelo de los pies a la cabeza. Decidida a ignorar a Lucian y los efectos que en ella producía, se volvió hacia su compañero.

—¿Cuándo te sacan de aquí, Barry? A mí me dejan hoy libre.

—Pero si estuviste al borde de la muerte. ¿En qué están pensando? —Por su cara era innegable que Barry estaba escandalizado—. ¿Están tontos estos médicos?

—Tengo mis contactos —intervino Lucian en voz baja, suavemente, volviendo a embelesar a Barry con su voz y sus ojos—. Me la llevo a casa. Allí las medidas de seguridad son muy estrictas. Nadie puede entrar sin mi conocimiento. Me encargaré de que reciba las atenciones médicas necesarias. Ya no nos tendremos que preocupar tanto por ella. Aquí tiene mi número privado y mi dirección. Podrá contactar con nosotros por las tardes. Trabajo casi exclusivamente por la tarde y por la noche; tengo negocios con muchos países diferentes, localizados en husos horarios muy diversos. Sólo tiene que asegurarse de dejar su nombre, y Jaxon o yo le responderemos tan pronto como nos sea posible. ¿Cuándo le darán el alta?

—Me han dicho que, tal vez, en tres días. Estaré de baja laboral, por incapacidad, al menos durante tres meses. Después, un tiempo de trabajo de oficina. ¿Y tú qué, compañera? ¿Volverás pronto?

Los dedos de Lucian se enredaron entre los suyos. Deliberadamente, se acercó los nudillos de las manos de ella al calor de sus labios.

—Preferiría que, por el momento, no tuviera que responder a eso, que ni siquiera tuviera que planteárselo. Ya sabe usted lo testaruda que es.

—Por supuesto que pronto estaré de vuelta en el trabajo. Es así como me gano la vida —terció ella, indignada.

Barry echó la cabeza hacia atrás y soltó una carcajada.

—Da la casualidad de que eres la prometida de uno de los hombres más ricos sobre la faz de la tierra. No creo que vayas a tener grandes problemas para ganarte la vida.

Jaxon le lanzó una mirada feroz.

—Para tu información, Lucian no es, ni de lejos, tan rico como la gente anda diciendo por ahí. Y, sea como sea, a mí me gusta trabajar. Además, aún no estamos casados y podría pasar cualquier cosa. Hasta podría pasar que, al final, ni siquiera nos casáramos. ¿Se te ha ocurrido pensar en esa posibilidad? Y ¿qué sucedería si al final nos casamos y, después, la cosa no funciona? ¿Tienes idea de cuántos matrimonios fracasan?

—Típico de ti, Jaxx. Aún no ha llegado el día de su boda —observó Barry—, y ya ha fracasado en su matrimonio. Aquí tienen a la reina del pesimismo.

—Soy realista, Barry —respondió ella en voz baja.

Lucian la estrechó más fuerte entre sus brazos, como si estuviera defendiéndola de las burlas de Barry. Sentía, en la mente de ella, que estaba dolida. Se estaba riendo, pero un inmenso pesar invadía su alma. Barry, pese a que era su compañero y lo había sido desde hacía algún tiempo, no tenía ni idea de ello. Sin embargo, él sabía con certeza que ninguno de los que creían conocerla bien era capaz de entenderla en absoluto. En su vida nunca había habido auténtica risa; hacía lo que podía para encontrar algún que otro momento de diversión, pero siempre consciente de la amenaza que se cernía sobre aquellos a los que dispensaba más cordialidad de la cuenta. Nunca lograba liberar su mente de aquella horrible carga. Para ella, la idea de compartir su vida con alguien no era más que una bonita fantasía, un sueño imposible.

Los dedos de Lucian se posaron sobre su nuca y empezaron a darle un masaje pausado y relajante. Quizás le estaba exigiendo demasiado a Jaxon al pedirle que aceptara todo lo que había visto, todo lo que él le había contado. No se había negado a aceptar la posibilidad de que existiesen otras especies parecidas a la humana, pero tampoco descartaba que, quizá, se estuviera volviendo loca, o que él pudiera ser un enemigo.

—Me alegro de que tus heridas no fueran tan graves como había pensado, Barry —dijo Jaxon, seria y en voz baja.

—Y tú diciéndome que saliera corriendo de la nave como un cobardica —replicó Barry.

—Lo único que pretendía era que te movieras rápido, sacarte de allí —puntualizó ella.

—Claro, claro —dijo su compañero mientras hacía señas a Lucian por encima de la cabeza de Jaxon—. Por supuesto, los médicos pensaron que me iban a tener que amputar el brazo —siguió explicándole—. En las primeras pruebas de rayos X se me veían los huesos tan machacados que me dijeron que tenía el brazo hecho picadillo por dentro y que probablemente no me lo iban a poder salvar. Pero tuve suerte. Al cabo de unas horas me desperté, antes de que me llevasen a quirófano, y me dijeron que debía de haber habido una confusión. Que sí que tenía el hombro roto, pero que, aparte de eso, la bala lo había atravesado sin provocar mayores daños. Nadie pudo dar una explicación convincente, pero no me importó. Me imaginé que había sido un milagro y, por supuesto, lo acepté de buena gana.

Jaxon se volvió a encerrar en sí misma. Sabía qué había ocurrido. Había sido Lucian. Lucian había curado a Barry porque era alguien que a ella le importaba. Lo sabía de forma instintiva, sin necesidad de preguntar. Y no quería comprobarlo, pues eso quería decir que Lucian era capaz de hacer las cosas que decía poder hacer. Deliberadamente no lo miró. ¿Qué había visto Barry en realidad aquella noche en la nave industrial? ¿Habría algo en sus recuerdos que pudiera perjudicar de alguna forma a Lucian? O, peor aún, ¿acabaría Lucian por decidir que había algo que lo pudiese condenar? Se frotó las sienes; repentinamente, le habían comenzado a latir con fuerza.

—Barry —intervino Lucian en voz baja—, Jaxon se siente cansada, y aún tengo que llevarla a casa esta noche. Ya sé que se tienen que poner al día usted y ella, pero aún es pronto para situaciones fatigosas.

Agregó a su voz un sutil «empujón» mental, una orden discreta pero imposible de desobedecer.

Barry asintió de inmediato y se inclinó sobre Jaxon para darle un beso en la cabeza. Ésta se había percatado de la repentina quietud de Lucian que, como un gran felino de la jungla, estaba agazapado y listo para atacar, pero aún inmóvil como una roca. Ella se vio, sin aparente razón, conteniendo la respiración.

Lucian le sonreía a Barry con una cordialidad que parecía genuina mientras le estrechaba la mano y lo acompañaba hasta la puerta. Entonces, una vez que éste se hubo marchado, se volvió hacia ella.

—No confías en mí.

—Parece que eso te divierte. —Jaxon estaba cansada de fingir—. No te conozco, Lucian, no te conozco en absoluto. La verdad es que nunca he pasado demasiado tiempo con los demás. Estoy acostumbrada a estar sola. No estoy segura de si me siento cómoda en compañía de un desconocido que sabe tantas cosas acerca de mí mientras yo no sé nada de él.

—Pero, cielo, si eres capaz de leer en mi mente. Fusiona tus pensamientos con los míos. Encontrarás todo lo que quieras saber.

Ella meneó la cabeza; tenía la firme determinación de no dejarse atrapar por la magia de su voz.

—Quiero volver a casa, a mi apartamento, y reflexionar un rato sobre todo esto.

Antes de que él hubiera tenido tiempo de responder, sonó el teléfono. Sorprendentemente, Jaxon se sintió aliviada. No estaba segura de si quería que él se mostrase de acuerdo con su propuesta o prefería que se negase a aceptarla. La idea de verse separada de Lucian resultaba una carga muy pesada para su corazón. Descolgó el teléfono, esperando oír la voz del comisario.

—Jaxx, amor. Soy papi.

Tyler. Al instante, su voz le provocó náuseas. Le hizo evocar cada detalle de su vida junto a aquel hombre. La terrible responsabilidad de su infancia, protegiendo a su madre y a su hermano para, finalmente, acabar fallando. La culpa que sentía por los miembros de la familia Andrews, que perdieron la vida simplemente por haberle dado un hogar. Y su culpabilidad por la muerte de Carol Taylor, cuyo único pecado había sido sentirse a gusto tomándose un café con ella por las mañanas. Hacía mucho tiempo, Drake la había llamado una mañana para decirle que Carol era débil e inútil, como Rebecca, que se estaba aprovechando de su sentido de la compasión, que no era más que una sanguijuela, una carga. Y ella había estado segura de que la encontraría muerta aquella misma mañana, pero, a pesar de eso, había colgado el teléfono y había acudido corriendo a su apartamento.

Esta vez se quedó callada, con el estómago revuelto, su mano aferrada automáticamente a su pistola y sus ojos moviéndose agitados buscando las ventanas. ¿Estaría Drake viendo el interior de la habitación? ¿Los tendría a tiro? Drake era un experto tirador. Sin titubear, se levantó de la cama con sigilo y se apostó entre la ventana y Lucian. Éste, sin mediar palabra, simplemente la arrastró tras de sí y la sujetó con su fuerte brazo para que no se moviera de allí.

—Jaxx, ese hombre sólo está tratando de destruir nuestra familia —vociferaba Drake al teléfono—. No le puedes permitir que haga eso. Dile que se largue. Tú no sabes cómo son los hombres ni lo que pretenden. No puedes confiar en él.

Su voz autoritaria sonaba dura como el acero.

Lucian le arrebató a Jaxon el teléfono de la mano, cosa nada difícil, aunque ella intentaba aferrarse a él.

—Ven a por mí, Drake. —Como siempre, su voz sonaba suave, casi dócil—. No tengo intención de renunciar a ella. Ya no ejerces ninguna influencia sobre su persona. Ahora Jaxon está bajo mi protección y tu reinado de terror se ha acabado. Entrégate. Eso es lo que estás deseando hacer. Llevas mucho tiempo deseando hacerlo.

Lucian oyó cómo Drake colgaba el auricular, cortando así la conversación.

Volvió entonces hacia Jaxon sus ojos negros de mirada fija. No había remordimiento ni miedo, nada en absoluto, salvo la negrura ardiente de sus ojos y la crispación dura, ligeramente cruel, de su boca. Jaxon se sentía pálida y frágil. Lucian irradiaba firmeza, calma, una torre, invencible. Con mucha delicadeza estiró un brazo y le tocó la cara.

—¿Jaxon?

—¿Por qué has hecho eso? ¿Por qué lo has desafiado de esa forma? —Su voz era un mero susurro—. No lo entiendes. No te puedo proteger de él. Esperará. Un mes, un año, a él eso no le supone nada. Incluso aunque no te volviera a ver nunca, irá a por ti. No sabes lo que has hecho.

Jaxon temblaba visiblemente. Parecía tan perdida, tan abandonada, tan joven y vulnerable que Lucian sentía su propio corazón retorcerse de dolor. Se agachó, recogió su irresistible cuerpo entre sus brazos y le dio cobijo cerca de su corazón. Se limitó a sostenerla hasta que el calor de su cuerpo se filtrara en el de ella y sus latidos frenéticos se acompasasen al ritmo sosegado y constante del corazón de él, hasta que se aplacase la terrible agitación de su estómago.

¿Cómo lo había hecho? Jaxon reposaba apoyada en su cuerpo fornido y poderosamente musculado y se permitió abandonarse confiada unos cuantos minutos más. Lucian le hacía sentir que no habría ningún problema mientras permaneciese a su lado; parecía tener la capacidad de proyectar en ella su confianza absoluta en sí mismo.

Finalmente, Jaxon se apartó de él y Lucian la dejó de pie en el suelo.

—Lo has dispuesto todo desde el principio para convertirte en su señuelo, ¿no es cierto? Proclamaste que eres mi prometido y que tienes todo ese dineral para reclamar el interés de la prensa. Los periódicos están plagados de noticias sobre el asunto, ¿a que sí? El guapo multimillonario y la mujer policía. Apuesto a que la historia ha causado sensación. Sabías que Drake lo leería y vendría por ti.

Totalmente despreocupado, con aquellos ojos negros mirándola fijamente a la cara, Lucian se encogió de hombros con un movimiento desenvuelto y viril, una ondulación de fuerza espontánea con la que reconocía que ella estaba en lo cierto.

—No he tenido manera de seguirle la pista hasta saber más acerca de él. En tus recuerdos encontré el punto de partida. Ahora me lo va a poner mucho más fácil. Si no se entrega, se va a poner lo bastante furioso como para equivocarse. Se podrá en evidencia. No va a tener su habitual paciencia. Ha perdido el control sobre ti. Siempre, desde que no eras más que un bebé, Tyler Drake ha creído tener tu vida bajo control. Nunca antes le había pasado una cosa así.

—No se entregará —dijo Jaxon totalmente convencida de ello.

—Probablemente, no —añadió él, complaciente—. Drake está desequilibrado, y me resultaba imposible establecer conexión con él.

—¿Por qué yo? ¿Qué tengo yo que le obsesiona tanto? —Repasó con sus enormes ojos oscuros el rostro de Lucian—. ¿Por qué fuiste tú quien me encontró? ¿Por qué aquel... aquella cosa vino hasta tu casa cuando era obvio que no andaba buscando nada de ti? —Tuvo una súbita intuición y dio un paso atrás alejándose de él—. Era por mí, ¿no? Fui yo quien lo atrajo hasta allí por alguna razón.

En la sonrisa de Lucian, más que humor, había reconocimiento de su capacidad de razonamiento.

—Eres mucho más hábil de lo que crees, cariño. Al unir mi mente a la tuya obtuve mucha más información de lo que había previsto.

—Venga, cuéntame.

Mientras esperaba su respuesta, casi contuvo la respiración, aunque, de igual forma que sabía presentir el peligro, también sabía la verdad.

Lucian suspiró.

—Sé en qué estás pensando, Jaxon, pero es más complejo que eso. Eres única en tu especie, una verdadera psíquica. Nuestra especie sólo puede convertir a un miembro de la especie humana si es verdaderamente psíquico; de lo contrario, se vuelve loco tras intentar la conversión. Como ya te he explicado, para nuestros varones es vital encontrar a sus parejas de vida, sus compañeras eternas. Pues bien, los vampiros, es decir, los carpatianos que han elegido perder su alma y ya no pueden ser redimidos, se empeñan, no obstante, en intentarlo. Así que tu presencia los atrae.

Ella cerró los ojos.

—El asesino en serie. ¿Era un vampiro?

Lucian asintió.

—Acababa de descubrir el asesinato justo cuando llegó tu compañero. En ese momento no estaba seguro de quién había sido el autor del crimen. Los vampiros a menudo utilizan a hombres malvados de diversas maneras. Como los carpatianos, no resisten la luz del día, así que los humanos pueden realizar ciertas tareas que ellos son incapaces de hacer; los manejan como a marionetas.

—¿Pueden forzar a la gente a asesinar? ¿Es eso, acaso, lo que quieres decir?

Asintió inclinando la cabeza despacio, mirándola con atención. Parecía como si, en cualquier momento, ella pudiera echar a correr.

—Sí; entre otras cosas, pueden programar a alguna de sus marionetas para matar.

No se puso más pálida aún porque no pudo.

—Esto en una locura —dijo meneando la cabeza—. Te das cuenta, ¿no? No me puedo creer que me esté tragando todo esto. Ni siquiera me interesa saber nada más.

—Lo estás haciendo muy bien, cielo. Tampoco espero de ti que puedas procesar de entrada cada detalle. Tengo permiso de los médicos para llevarte conmigo a casa. No quiero que despertemos sospechas por esperar demasiado.

—Quiero irme a mi casa —replicó ella con obstinación.

—Quieres protegerme.

—Quiero apartarme de ti —afirmó evitando su mirada.

Necesitaba desesperadamente pensar; necesitaba mantenerse alejada de él, del encantamiento que representaba su presencia.

Lucian avanzó, aparentemente sin haberse movido, recorriendo en un abrir y cerrar de ojos la distancia que los separaba.

—No, Jaxon, no quieres. Estoy leyendo en tu mente. Ya es demasiado tarde. Él se dispone ya a salir en mi busca, y tú aún insistes en protegerme.

—Sí, ya viene por ti —gritó ella—, y no estoy dispuesta a entrar en una habitación y encontrarte muerto en el suelo, con el cuerpo mutilado y bañado en sangre. No puedo pasar por eso otra vez. Y no voy a hacerlo. Lo digo en serio, Lucian.

Le enredó sin dificultad los brazos alrededor de la espalda y la atrajo hacia sí con un abrazo, sosegándola con su tacto.

—Eres tan preciosa, Jaxon. Me admira con qué decisión estás dispuesta a sacrificar tu vida por los demás. Ven conmigo a casa. Allí estarás a salvo, allí podremos conocernos. Míralo así: si Drake viene en mi busca, al menos, estarás allí para avisarme.

Volvía a caer bajo el encantamiento de su voz de terciopelo negro, de su voz de hechicero, sumergida en las profundidades de sus ojos negros y seductores, embrujada por la curva de su boca sensual.

—Tengo cosas en mi apartamento realmente valiosas para mí.

—Las cosas de tu madre —susurró él—. Ya las he hecho trasladar a mi casa. Están a buen recaudo en tu habitación.

Le lanzó una mirada furibunda.

—No tenías ningún derecho a hacer eso.

—Tengo todo el derecho. Eres mi compañera eterna, siempre estarás a mi cuidado. Debo velar por tu felicidad. Estás en todo momento bajo mi protección. Lo que es importante para ti es importante para mí.

—Si eso es así, ¿por qué tuviste que provocar a Drake? —le preguntó ella entonces mientras, llevada por su desasosiego, retorcía con los dedos la tela de su inmaculada camisa.

Lucian le cubrió una mano con la suya, se la llevó hasta el pecho y le sostuvo la palma contra el corazón.

—No puedo dejar suelto por ahí a un hombre que está amenazando tu vida. Tú no tolerarías tal amenaza sobre mí.

Jaxon suspiró. Sentía un gran peso presionándole el corazón.

—Tienes razón, Lucian, no lo haría. Ya no tengo alternativa. Tengo que intentar encontrarlo.

Lucian se sorprendió a sí mismo sonriendo. De hecho, no pudo evitarlo. Jaxon estaba absolutamente convencida de que era ella quien tenía que protegerlo a él. Meneó la cabeza y se inclinó para posarle los labios en el cabello.

Jaxon sintió que el corazón le daba un vuelco. ¿Para qué seguir discutiendo con él? De todos modos, no podía quedarse en el hospital y poner en peligro a cada médico y a cada enfermera a la que dedicara una sonrisa. ¿Cómo saber lo que se le pasaba a Drake por su mente retorcida? Y ¿qué podía perder? Además, alguien tenía que averiguar quién era en realidad Lucian y qué se proponía. Y no iba a morir. Se lo debía, aunque sólo fuera por eso, por haberle salvado la vida a Barry. Ni ella ni Barry hubieran podido salir con vida de la nave industrial. Tenía que quedarse junto a Lucian como guardaespaldas suyo, al menos hasta que encontraran a Drake.

Extendiendo una mano por detrás de la cabeza de Jaxon, Lucian enredó los dedos entre su espesa mata de cabellos rubios, suaves como la seda.

—Estás preocupada por la suerte que pueda correr tu compañero.

—Drake podría atacarlo. Es algo que siempre me ha preocupado. Solía cambiar de pareja de trabajo constantemente hasta que apareció Barry. Se negó a que lo cambiaran, y el comisario, pese al riesgo que eso representaba, le hizo caso. Puede que Drake esté tan furioso que quiera hacerle daño para castigarme.

—Cielo, él nunca ha intentado lastimarte —puntualizó Lucian con ternura—. Su móvil no tiene nada que ver con lastimarte o castigarte. En su mente, él es tu salvador, es, en cierto sentido, tu protector. Y tú eres su adorada hija. Ésa es su manera de pensar. Todos los demás no hacemos más que intentar separaros a ti y a él.

—¿Incluso ahora, después de todo lo que ha pasado? ¿Cómo puede pensar eso?

Lucian no podía dejar las manos quietas y le acariciaba el pelo sin descanso con los dedos. La debilidad que sentía por esa mata de pelo corto y rebelde era algo que no alcanzaba a comprender, pero decidió que no quería vivir sin Jaxon. Ella era esencial para él. Le divertía que no llegara a comprender lo que él era en realidad: un cazador carpatiano dotado de tremendos poderes y sabiduría. Sus habilidades superaban con mucho las de cualquier varón humano. Era capaz de convertirse en sombra, en niebla personificada. Mucho más fuerte que cualquier mortal, era capaz de interpretar los vientos y dominar los cielos. De correr como un lobo o volar como un ave rapaz y, también, de controlar los pensamientos de los humanos que se encontraban a su alrededor y de engatusarlos para que le obedecieran en lo que quiera que él decidiese. Podía destruir a distancia, e incluso ordenar a su presa que se autodestruyera. Una vez sobre la pista, era capaz de seguir el rastro de quien fuera. Nada podía escapar de él, ni los no muertos ni, por supuesto, los humanos que perseguía.

Para Lucian, Tyler Drake ya era hombre muerto. El hombre que había asesinado a todo aquel que había significado algo para Jaxon. No había furia en él, sino aquella quietud silenciosa que siempre había formado parte de su ser. Él era la justicia para su pueblo, él velaba por el cumplimiento de sus leyes. Incluso por delante de su príncipe, incluso antes que su propia vida y la de su hermano gemelo y todo su pueblo, apreciaba la vida y la felicidad de Jaxon Montgomery. Tyler Drake estaba condenado y le quedaba muy poco tiempo de vida.

—Es hora de ir a casa, Jaxon —susurró con ternura, consciente de que la tarde ya se retiraba ante la llegada de la noche.

Había comido bastante. Con el tiempo, tendría que revelarle muchas cosas que le resultarían difíciles de aceptar. Ella era valiente y abierta, y no cerraba la mente a la posibilidad de que existieran otras formas de vida, pero no estaba preparada para tolerar su presencia tan cerca de su propio entorno.

Pudo leer en su mente lo desgarrada que estaba, su pesar, la culpa que sentía. La encontró resuelta a ser, no sólo su guardiana, sino también la de Barry Radcliff. Suspirando levemente, la levantó en brazos.

Abrirse paso a través de todo el papeleo que supone abandonar un hospital debería haberse convertido en una de esas pesadillas que Jaxon detestaba —tenía muy poca paciencia con los trámites—, pero Lucian consiguió que, por alguna razón, todo marchara sobre ruedas. El séquito de personal hospitalario y periodistas parecía ir engrosándose mientras descendían hacia la entrada del hospital. Miró indignada a Lucian un par de veces, pero éste, que aparentemente se movía como pez en el agua y parecía amigo íntimo de varios reporteros, fingió no darse cuenta. Hasta el comisario se unió a la multitud con la esperanza de poderle estrechar la mano. Jaxon se percató de que su jefe se había abalanzado para saludarlos: probablemente estaba muy ocupado pensando en una eventual donación para la próxima campaña electoral para la alcaldía, a la que había decidido presentarse.

Esto no es muy agradable que digamos. Otra vez aquella risa, la risa que le hacía sentir chispas haciéndole cosquillas por toda la piel y le prendía fuego en medio de la barriga. Un ligero rubor se le subió a las mejillas y echó un vistazo a su alrededor para asegurarse de que nadie la observaba muy de cerca.

No me puedo creer que toda esta gente se te esté tirando encima. Es repugnante, le dijo en silencio. Probablemente era su voz, o sus ojos; quizás era su belleza lo que los atraía. O, también, podía ser su boca perfecta.

Se inclinó para ponerle aquella boca perfecta sobre la oreja, deliberadamente, ante todas las cámaras, mientras le sostenía la nuca con la mano, reclamándola como suya.

—Todo esto es por el dinero, cariño. No busques más razones, no es más que el dinero. Tú eres la única que me considera sexy y guapo.

—Yo nunca he dicho *sexy*; ni tampoco, estoy segura, *guapo* —replicó ella con un siseo de desaprobación.

No es que ella estuviera contribuyendo a acrecentar su desmesurado ego señalando a todas las mujeres que le decían algo, pues él, por fuerza, las tenía que estar oyendo. Al igual que ella, que también las oía, mientras agachaba la cabeza. En realidad, Lucian no parecía ser consciente de que su belleza era extraordinaria. Llevaba su atractivo de la misma forma que llevaba aquel aire de confianza en sí mismo, de autoridad, como si no fuera más que una parte de él que siempre lo había acompañado.

Frente al hospital había aparcada una enorme limusina blanca con un chófer en la puerta. Jaxon cerró los ojos. Era absurdo, un disparate. Un coche tan lujoso no encajaba en su mundo. Fuera cual fuera la clase de vida que llevara Lucian, Jaxon no podría formar parte de ella de ninguna manera.

Mientras se dirigía, a regañadientes y cobijada bajo los hombros de Lucian, hacia donde estaba el chófer, una certeza la golpeó sin avisar. La sensación apareció de la nada. Oscura. Inquietante. Intensa. Había oscurecido ya y los últimos rayos de luz se desvanecían en el cielo dando paso a la noche. La luna estaba cubierta de nubes y una ligera llovizna empañaba las calles. Se escuchaban risas por todas partes, gente hablando, cientos de voces, pero, al mismo tiempo, ella estaba sola de nuevo, sola en medio del campo de batalla.

De forma automática, se zafó del brazo de Lucian y apartó su gran figura de ella, empujándolo a un lado para poner más distancia entre los dos. Ya había sacado la pistola y sus ojos se movían en todas direcciones buscando, rastreando un blanco sobre el que disparar. Estaba allí. Estaba cerca. Era la pesadilla de todo policía: un asesino en medio de una gran multitud.

Capítulo 4

¿Dónde estaba Barry? ¿Era él el objetivo? Jaxon no se atrevía a dejar de buscar lo que había desatado su alarma, pues no había tenido aún tiempo suficiente como para asegurarse de que Barry se hubiera quedado ingresado en el hospital, fuera de peligro. Su aguda vista inspeccionó los tejados de los edificios circundantes y registró sin descanso la multitud. Interiormente estaba muy calmada. Sabía lo que se hacía; aquello era su vida.

Lucian, pese a los intentos de Jaxon de ponerlo a cubierto, no se había movido de su lado. Tras captar la señal de advertencia que le llegaba de ella, supo que la amenaza era de naturaleza humana. No provenía de un no muerto, pues, en ese caso, él habría captado su presencia mucho antes que ella. Renegó en voz baja para sí mismo en la lengua de los antiguos por haberse entregado a disfrutar observando cómo era la reacción de la multitud ante él, en lugar de centrar toda su atención en examinarla a fondo, como debería haber hecho. Era el primer error que recordaba haber cometido en toda su larga vida y no estaba nada contento consigo mismo. Con uno de sus musculosos brazos simplemente arrastró a Jaxon hasta colocarla detrás de él, donde habría de estar totalmente protegida. Con su cuerpo, mucho más grande que el suyo, podía escudarla con facilidad mientras la empujaba hacia la limusina de lunas ahumadas y antibalas.

Forcejeando, ella intentaba advertirle del peligro, pero él estaba demasiado absorto como para prestarle atención. Sondeó mentalmente al gentío buscando signos de hostilidad. El sistema de alerta de ella estaba funcionando a la perfección. Había tres individuos intentando tomar posiciones para atraparla en el fuego cruzado. Tenían instrucciones de asegurarse de que esta vez resultara muerta. Su jefe les había ordenado completar su trabajo, aconsejándoles que, de no tener éxito, sería mejor para ellos echarse a correr. Jaxon Montgomery había asestado un golpe demasiado duro a sus negocios como para seguir aguantándola por más tiempo. Barry Radcliff era su objetivo secundario. Lucian leyó sus intenciones sin grandes dificultades.

Se concentró en su trabajo como siempre lo había hecho, calmado y libre de toda furia o enfado. En primer lugar, procedió a extraer la información necesaria para asegurarse de que podría detener cualquier intento posterior de atentar contra la vida de Jaxon. Hecho eso, rediseñó cuidadosamente el escenario de forma que fuera diferente a como lo había concebido el jefe de los asesinos. De pronto, tras sacar sus armas, los tres quedaron completamente expuestos a la vista de todos. La gente que estaba a su alrededor comenzó a gritar. Ninguno de los tres tenía localizada con claridad la ubicación de su objetivo principal, pero sus pistolas parecieron cobrar vida y se volvieron cada una contra uno de los otros dos hombres. Uno de ellos, con el fin de soltar la pistola, intentó abrir la mano, pero la sintió aferrarse alrededor del arma mientras uno de sus dedos apretaba lentamente el gatillo hasta que, finalmente, se acabó produciendo el disparo. El estruendo de las tres pistolas disparándose a un tiempo resonó en la noche. Se declaró el caos; en medio de una gran confusión y griterío la gente empezó a correr en todas direcciones para ponerse a cubierto.

Lucian permanecía de pie sujetando sin dificultad a Jaxon dentro del coche, donde nadie la alcanzaba a ver detrás de su cuerpo, más voluminoso que el suyo. Observó impasible cómo caían al suelo los cuerpos de los tres hombres mientras la lluvia que se precipitaba desde el cielo oscurecido se llevaba su sangre en minúsculos arroyos. Durante un breve instante, un rayo, formando un arco entre dos nubes, iluminó la superficie, resaltando todos sus relieves y dejando la imagen de Lucian, de pie, sereno e inmóvil en medio del caos, grabada en la mente de Jaxon para toda su vida. El comisario y algunos policías y agentes de seguridad se mantenían, mientras tanto, en cuclillas e intentaban localizar a otros posibles atacantes.

—Creo que debería ponerle algunos guardaespaldas más a Radcliff —le aconsejó Lucian al comisario en voz baja, haciendo uso de aquel mismo «empujón» de su voz que le garantizaba obediencia—. Sáquelo del hospital y llévelo a algún lugar secreto. Jaxon y Barry se han granjeado unos cuantos enemigos; lo de la nave industrial fue una emboscada para quitárselos de en medio. Estos hombres habían venido a acabar su trabajo asesinándolos a los dos.

Hablaba tan bajo que sólo lo oyeron Jaxon y el comisario. Mientras Lucian se volvía ya hacia ella, el comisario le mostró su acuerdo con una inclinación de cabeza.

Jaxon estaba intentando sortear el cuerpo de Lucian para ver lo que estaba pasando, pero éste se limitó a meter un brazo en el coche y apartarla a un lado para poder deslizarse a su interior y sentarse junto a ella. Acto seguido, el chófer cerró la puerta y otra vez se quedaron solos, abandonando a toda prisa el lugar de los hechos.

Tal y como acostumbraba a hacer cuando estaba nerviosa, Jaxon se echó el pelo, rubio y corto, hacia atrás con mano temblorosa, dejándose los suaves y sedosos cabellos alborotados en todas direcciones, revueltos, como a Lucian tanto le gustaba.

—No me puedo creer lo que has hecho, Lucian. Tienes que dejarme que te proteja. La pistola, la tenía yo. Tú te limitaste a quedarte allí de pie, sin moverte. Eres un blanco gigantesco, ¿te has parado a pensarlo alguna vez? Cualquier francotirador podría haberte alcanzado desde un tejado en un abrir y cerrar de ojos.

Realmente temía por él. Lucian sentía su temor como si se tratase de una entidad viva, que respirara de forma independiente de ella. Parecía estar a punto de asfixiarla. De forma automática, adquirió consciencia de su propia respiración y la sintonizó con la de ella poco a poco, haciendo que se le acelerara el corazón y le dolieran los pulmones para, a continuación, y de forma igualmente gradual, comenzar a ralentizar los corazones de ambos, respirando sosegadamente por los dos.

—No pareces tener el más mínimo instinto de autoconservación —le espetó—. ¿Es que llevas cazando a esos seres horribles y protegiendo a los demás tanto tiempo que ya no piensas en tu propia vida?

De hecho, se le arrasaron los ojos de lágrimas y estaba tan atemorizada que se le hizo un nudo en la garganta. Había vislumbrado sólo unos pocos destellos de su vida y se sentía angustiada: él se había entrenado para ponerse siempre a disposición de los demás, para interponerse entre el peligro y aquellos a quienes debía proteger, siempre pisando fuerte, erguido, los hombros cuadrados, la expresión inmutable. La asustaba imaginárselo así. Sintió que había estado más solo en aquel momento que ella misma en toda su vida.

Él tiró de su cuerpo, rígido y reticente, atrayéndola bajo su brazo, y la mantuvo allí, a su lado. El milagro de su vida.

La luz de su mundo oscuro y cruel. Sus muestras de temor por él le derretían el corazón como nada en el mundo. Ella pensaba que no sabía quién era, pero ya lo conocía mejor de lo que él mismo se conocía. Apoyó, protector, la cabeza sobre la suya, la rodeó con firmeza con los brazos hasta que quedó aferrado a ella. ¿Cómo había logrado subsistir sin esa mujer en ese lúgubre vacío todos aquellos largos siglos? Sabía que ya no había vuelta atrás. La voluntad y la determinación, el amor y la lealtad siempre presentes, el juramento de protección a sangre y fuego que había hecho y mantenido todos aquellos siglos no bastarían ya para seguir adelante si la perdiera a ella. Si se la arrebataran de su lado, ya sólo podría administrar muerte y justo castigo por el resto de sus inacabables días. Nunca más iría tranquilo al encuentro del alba. Tensó los brazos y una sonrisa se dibujó en la desolación oscura de sus ojos. Sintió el calor de la dicha recorriéndole el cuerpo entero. Sí, así sería. Iría allí adonde ella fuera. Si Jaxon partiera a otra vida, la seguiría sin vacilar.

Jaxon se percató de que su corazón latía ahora más despacio, al mismo ritmo que el de Lucian. Otra vez era capaz de respirar sin dificultad. El calor de su cuerpo se había filtrado en el suyo; se sentía increíblemente segura. Cerró los ojos y no opuso resistencia a las emociones que él despertaba en ella. Le gustaba estar entre sus brazos; sentirse segura y no tan sola. Ante todo, estaba decidida a que Lucian no volviera a sentir nunca aquella dura soledad. Ella sabía lo que era estar sola, pero, las pocas veces que había entrado en contacto con su mente, su existencia solitaria le había parecido extremadamente fría y lúgubre. No le importaba que le resultara imposible examinar más de cerca el porqué de aquello; sólo sabía que nada le importaba ya tanto como la seguridad de Lucian.

—Tengo muy claro que les hiciste algo a aquellos hombres —le susurró pegada a su pecho con una cierta modorra en la voz—. ¿Es empleado tuyo este chófer?

—Lo he contratado.

—Me di cuenta de que no se tomó muchas molestias a la hora de ponerse a cubierto. Se puso en cuclillas y empezó a buscarse algo en la chaqueta. ¿Qué crees que estaba buscando?

Abrió los ojos y examinó la línea oscura de la mandíbula de Lucian. Sin pensarlo, deslizó los dedos hasta tocarle la barbilla.

—No tengo ni idea de lo que suele hacer un chófer en tales circunstancias —replicó él con inocencia—. Quizá tenía un móvil y lo único que quería era pedir ayuda.

—Pero si la policía ya estaba allí. —Se acurrucó aún más cerca de él. Le gustaba sentir su mano en el pelo, la manera que tenía de acariciarle los cabellos sedosos, el tacto de las yemas de sus dedos en la nuca—. ¿Quién te lo proporcionó?

—Es hijo del ama de llaves de un amigo.

—¿El ama de llaves de un amigo? —repitió sus palabras. Su voz sonaba cada vez más desconfiada.

Lucian suspiró.

—Esto está empezando a sonarme a interrogatorio. Por casualidad, ¿no serás policía?

—Exactamente. Cuéntamelo todo. Me encantan los cuentos chinos.

Lucian le rodeó lentamente el cuello con las manos, amagando, en broma, estrangularla.

—Ya veo que no estás dispuesta a darme ni un respiro.

—Nadie más, aparte de mí, se comporta así contigo, ¿no? Pues toda esa deferencia con que te trata todo el mundo no es buena. Porque al final acabas pensando que te la mereces.

Se estaba riendo, pegada a él, su cuerpo, relajado y suelto.

Era parte de él. Lucian lo sentía así, lo sabía en lo más profundo de su alma. En su mente no quedaba duda alguna: era su otra mitad. Creada para él. Destinada a él. Cada vez que la miraba, sentía ganas de sonreír. Cada vez que la miraba, las entrañas se le volvían lava líquida.

Ante la limusina se alzaron las puertas de hierro forjado, altas, entreveradas y tan bellas como el resto de la propiedad. El chófer condujo el automóvil con suavidad a través de la entrada y continuó circulando por la larga avenida que subía hasta la casa. Los altos arbustos a ambos lados del camino conferían a los terrenos un aspecto silvestre, boscoso. Mirara adonde mirara descubría árboles, helechos o matas de diferentes clases. Al alzar la vista hacia la casa, vio que tenía varias plantas, con torrecillas y balcones ubicados en lugares inesperados. Vidrieras de colores, de diversos tamaños y formas, se iban intercalando por los muros del edificio. Era una casa bella y anticuada.

—La compañera eterna de mi hermano gemelo, Gabriel, me envió la mayor parte de las vidrieras de colores. Hace unos trabajos increíbles. Como se aprecia en su obra, es una gran sanadora. La mayoría de las piezas las forjaron ella y la hija adoptiva de ambos, Skyler. Los diseños ofrecen una gran protección a quienes se encuentran en el interior de la casa —le aclaró Lucian tranquilamente, con objetividad, como si estuviera dándole conversación sobre cualquier asunto prosaico.

Pero Jaxon se percató de que lo que le estaba contando tenía mucha más importancia de lo que parecía a simple vista. Tomó la mano que él le tendía mientras se apeaba del enorme automóvil.

—Has de saber que no pienso volver a montarme en esa cosa. Es un derroche, un pecado. Y si no sabes conducir, yo soy una conductora excelente.

El chófer se aclaró la garganta, intentando valientemente disimular una sonrisa.

—Disculpe, señorita, no estará usted intentando recortarme el sustento, ¿no?

Ella ladeó la cabeza y se puso a estudiarlo con mirada perspicaz e inquisitiva. Se movía como un boxeador; su manera de andar era prefecta y bajo su ridículo uniforme se marcaba una fuerte musculatura. Fuera lo que fuera, chófer, no era.

—¿Cómo se llama usted?

Le habría resultado muy sencillo, con esa información, averiguar algo más acerca de él.

Él se limitó a sonreírle y, dándole un toque a su gorra, se deslizó en el interior del coche.

—Gallina —le susurró ella a la noche. Alzó la vista hacia Lucian, de pie e inmóvil como una estatua—. ¿Y tú? ¿Qué voy a hacer contigo?

—No era yo quien estaba en peligro, cielo. Eras tú. —Deslizó la mano alrededor de su nuca, instándola a subir la escalera de la entrada principal.

—No importa a cuál de los dos estaban buscando, Lucian —le explicó con paciencia—. Te habrían dado a ti. Intenté quitarte de en medio, pero, cuando te pones testarudo, no hay quien te mueva.

—No había peligro, Jaxon. Tenían una puntería pésima. Su jefe debe de estar bastante desesperado para enviar a tres asesinos a sueldo tan incompetentes, ¿no te parece?

Aunque sólo la estaba tocando con la mano que tenía apoyada en su nuca, lo tenía tan cerca que Jaxon sintió el calor de su piel.

Jaxon se oyó a sí misma reír, y el sonido de su risa la sorprendió. Lucian estaba fingiendo; ay, qué ingenua. Nada le afectaba, nada lo alteraba. Su voz era inmutable, suave y bonita, ajena a cualquier travesura, a cualquier diablura. Alargó el brazo y la rodeó con él para abrir de un tirón la pesada puerta de la entrada principal. Apoyó un instante la mano en su hombro, pero en seguida la soltó y la retiró, alejándola de ella.

—Esta vez ya no estás enferma. ¿Estás entrando en mi casa por tu propia voluntad?

Su voz seductora le derritió el corazón mientras, muy serio, le formulaba la pregunta.

Sin saber por qué razón, vaciló justo antes de entrar. Desde afuera se veía el vestíbulo, la entrada de mármol. La llamaba, la atraía hacia el interior, un refugio. ¿Por qué se lo había preguntado con tanta formalidad? ¿Por qué no se había limitado a cederle el paso en silencio? Dándole vueltas mentalmente a sus palabras, Jaxon halló que había una formalidad en ellas casi ritual. Lucian permanecía en silencio, lo que aumentaba sus temores de que había algo que no acababa de comprender.

Jaxon se dio la vuelta para ponerse frente a él y ladeó la cabeza mientras alzaba la mirada hasta sus ojos negros. Sin alma. Perdido. Solo. Estaba de pie, erguido, en completo silencio, su rostro envuelto en sombras.

—Si entro por mi propia voluntad, ¿te dará eso alguna clase de poder sobre mí? —le preguntó sin poder ocultar su nerviosismo.

No se rio de ella, como Jaxon había temido que podría suceder; simplemente se quedó mirándola fijamente, sin pestañear. Entonces se humedeció los labios, que se le habían quedado repentinamente secos.

—Contesta con sinceridad. ¿Nos atará de alguna forma? ¿Hará de mí tu prisionera en esta casa?

—Si tanto me temes, ¿cómo es que piensas que te diré la verdad sólo por pedirme que te la revele?

—Sé que lo harás. —Se encogió de hombros con delicadeza—. Hay cosas que sé; sé que no me mientes. Vamos, dime.

—Ya te he unido a mí mediante las palabras rituales. Te resultaría tan imposible dejarme como a mí dejarte a ti.

Jaxon pestañeó.

—¿Palabras rituales? —Antes de que él pudiera responder, meneó la cabeza—. Déjalo estar. No quiero distracciones. ¿Seré tu prisionera?

—En cuanto a lo de ser mi prisionera en esta casa, podrás entrar y salir cuando te plazca. —Ella se le quedó mirando. Una sonrisa se fue dibujando lentamente en el rostro de Lucian, la sonrisa de niño travieso que tan fácilmente le podía sacar de tantos apuros—. A no ser, claro está, que corrieras peligro.

—Me muero por que me digas entonces quién es el que decide cuándo hay peligro. No me lo estás poniendo nada fácil. No tengo ni idea de por qué te estoy permitiendo entrar en mi vida y hacerte con el mando de todo. Además, Lucian —añadió sonriéndole con dulzura—, no soy como tú. Seas lo que seas, cosa que aún no estoy preparada para averiguar, tus palabras rituales no pueden unirnos. Yo tomo mis propias decisiones en lo referente a mis relaciones. Sí, entraré en tu casa por mi propia voluntad.

Al atravesar el umbral de la puerta estuvo a punto de caer presa del pánico. En su interior, muy adentro, algo se agitó y cobró vida con tanta fuerza que estuvo a punto de darse la vuelta para salir corriendo de allí, incapaz de identificar lo que era, por más que su cuerpo, su corazón y su alma reconocieran con toda certeza aquel lugar, a aquel hombre. Más corpulento que ella, Lucian obstruía la salida. La cogió de la menuda cintura y se limitó a retenerla con la enorme firmeza de sus brazos, aunque con tanta delicadeza que jamás hubiera podido lastimarla.

—¿Qué te pasa?

—No lo sé. Siento como si ya no fuera yo misma. Como si, en cierto sentido, me estuvieras enajenando. ¿Es así?

No estaba intentando liberarse de él. Ni siquiera estaba segura de si, realmente, quería liberarse de él. Muy seria, examinó con sus grandes ojos la expresión de la cara de Lucian.

—Nunca querría enajenarte. Eres exactamente quien tienes que ser. Los dos hemos pasado tanto tiempo solos que, quizá, nos resulta extraño compartir ya tantas cosas. Pero somos compañeros eternos y conseguiremos adaptarnos el uno al otro.

Incluso cuando se volvió hacia la enorme estancia permanecía apoyada en su regazo.

—Siento como si ya fuera parte de todo esto, como si ya conociera este lugar.

—Eres parte de todo esto. Ve a mirar. Si descubres algo que te gustaría cambiar, siéntete libre de hacerlo.

Abrió los brazos y la dejó libre.

La casa era aún más bonita de lo que Jaxon recordaba. Tenía que esforzarse para no quedarse pasmada mirándolo todo con cara de asombro. Por su trabajo como policía, por supuesto, había estado ya en más de una mansión; ésta, sin embargo, era extraordinaria. Evocaba, en cierto modo, la elegancia clásica de un tiempo olvidado. Tenía incluso un salón de baile con suelo de parqué. Su pieza favorita era la enorme biblioteca, que resultaba aún más acogedora gracias a su gran chimenea, frente a la que había dos confortables sillones separados por una mesa de lectura. Tenía tres de las paredes revestidas hasta el techo de estanterías llenas de libros, y tan altas que sólo era posible acceder a los estantes superiores haciendo uso de una escalera corredera de mano. Halló todo tipo de libros imaginables, desde novelas de ficción hasta obras de ciencia, viejas y nuevas, algunas antiquísimas, y, según pudo observar, escritas en varias lenguas. Le pareció que estaba descubriendo un verdadero tesoro. Jaxon sintió que podría pasar felizmente una buena parte de su vida en aquella estancia.

La casa era mucho más grande de lo que había imaginado, más grande incluso de lo que parecía, vista desde fuera. Sólo la cocina ya era más grande que su apartamento. Lucian la seguía, deslizándose con tanto sigilo que casi se le corta la respiración del susto.

—Ya no es tu apartamento. Le dije a la propietaria que lo podía poner en alquiler —le dijo en voz baja y demostrando que seguía siendo una sombra oscura en la mente de ella.

—No es cierto —exclamó ella mientras se daba la vuelta y, con los brazos en jarra, lo desafiaba a decirle la verdad.

—Por supuesto que sí. Ya no es tu sitio. Nunca lo fue —respondió él complaciente.

—Sé que no te atreverías a deshacerte de mi apartamento. No es precisamente sencillo dar con uno, sobre todo con un sueldo como el mío. —Jaxon alzó la vista y le clavó la mirada intentando examinar la expresión de su cara—. No has podido hacerlo, Lucian. —Estaba intentando convencerlo a él y a sí misma de lo que decía—. Seguro que mi casera habría insistido en que se cumpliera con lo establecido en el contrato.

Lucian se encogió de hombros sin el más mínimo atisbo de inquietud.

—Se mostró dispuesta a aceptar dinero en metálico. Estoy convencido de que, en la mayoría de los casos, es un buen método. ¿No lo has comprobado nunca?

—O sea, que lo has hecho, ¿no? Dios mío, tengo que llamarla. ¿Dónde diablos están los teléfonos en esta casa? No puedes hacer algo así. No puedes. —Le lanzó una mirada furiosa—. Y ni siquiera sientes remordimientos. Te estoy mirando y no veo ni una pizca de mala conciencia en ti. Ni una pizca, ¿no es cierto?

—No veo razón alguna para experimentar una emoción como ésa. Estás en nuestro hogar, el hogar al que perteneces. La anciana se quedó más que satisfecha con el dinero que le entregué como compensación por rescindir el contrato y podrá encontrar un nuevo inquilino inmediatamente. El asunto se ha resuelto de forma satisfactoria para todos.

—Para todos, salvo para mí. Necesito tener mi propio espacio, Lucian. De verdad que lo necesito.

Agitó la cabeza con exasperación. ¿Para qué seguir? Él no parecía entender lo que había hecho.

—Aquí hay espacio más que suficiente, ¿no crees? —Aparentemente perplejo, repasaba con sus ojos negros todos los rincones de la habitación—. Todavía te queda mucho por ver. La propiedad es inmensa y detrás de muchas paredes hay pasadizos secretos y otras habitaciones. Estoy seguro de que sólo con el espacio que hay en esta habitación tienes más que suficiente.

Por si a Jaxon se le ocurría leer sus pensamientos, Lucian se aseguró de que su diversión permaneciera bien escondida en el fondo de su mente mientras mantenía su apariencia ingenua y grave.

Meneando la cabeza, ella se rindió. Lucian la estaba exasperando y se sentía demasiado cansada como para seguir lidiando con él. Lo resolvería otro día; llamaría a su casera y recuperaría su espacio. En aquel momento se sentía demasiado cansada y confusa. Posiblemente tenía hambre. Debería estar hambrienta, pero cada vez que pensaba en comer, percibía una ligera indisposición en el estómago. De pie, frente a la nevera, se sintió intimidada.

—¿Los disparos me han afectado el estómago?

Por primera vez, Jaxon se percató de su indecisión; sintió que se le cortaba la respiración.

—¿Por qué lo preguntas? ¿Te duele? —Su voz, estrictamente neutra, no dejaba traslucir nada en absoluto.

—Tengo hambre, pero, cuando pienso en la comida, siento náuseas. De hecho, no recuerdo haber comido ni bebido nada desde que me desperté. ¿Me pasa algo o es que sufro de algún tipo de paranoia?

—De nuevo percibo ese temor en tu voz. Miedo a lo desconocido. Es el peor temor de todos, ¿no te parece?

Lo dijo con tanta ternura que ella sintió escalofríos. Fuera lo que fuera lo que estaba a punto de revelarle, Jaxon no quería escucharlo.

Levantó una mano y agitó la cabeza sin mirarlo.

—Creo que saldré a dar un paseo. La propiedad es tan bonita. Además, tengo que empezar a familiarizarme con el lugar.

Quiso apartarse de él pasando agachada por debajo de su brazo, pero Lucian lo dejó caer como si de una barrera se tratase y la rodeó con él, acercándola después para apretarla contra su propio cuerpo.

—No tengas miedo de la verdad. Es diferente, pero no es mala.

Jaxon alzó los hombros.

—Está bien, cuéntamelo. Acabemos de una vez. Lo que tengas que decirme, dímelo ya de una vez. Soy una mujer adulta, no la niña que piensas.

Valiéndose sólo de su cuerpo, Lucian la instó a salir de la cocina y la condujo hasta su gabinete. La chimenea de roca quedó prendida de saltarinas llamas con tan sólo un gesto de su mano. Ella dejó escapar un grito ahogado, cautivada y atemorizada a un tiempo por aquella demostración de magia, y, apartándose de él, se quedó de pie ante las trémulas lenguas de fuego para poder pensar con claridad desde aquella distancia. El poder de Lucian era tremendo.

—Como ya te he explicado, soy un varón carpatiano. Nuestra especie existe desde el principio de los tiempos. No soy malvado, cielo mío, pero la oscuridad, la pérdida de color y emoción que, poco a poco, se adueña de aquellos de entre nuestros varones que carecen de la luz de una compañera eterna, se ha ido desarrollando con fuerza dentro de mí a lo largo de muchos siglos, obligándome a tener que luchar sin cuartel para dominar al predador que hay en todos nosotros. Somos como la especie humana, pero diferentes. Hemos sido bendecidos y maldecidos con una longevidad extraordinaria; a menudo se nos llama inmortales. Si, finalmente, encontramos a una compañera eterna, sentimos una intensa emoción que, a partir de ese momento, no deja de crecer con el paso de los siglos. Pero, si no es así... podemos convertirnos en completos predadores, los no muertos. La noche es nuestra aliada, la luz del sol, difícil de resistir. Pero, como ya estás empezando a comprender, tenemos un inmenso poder. Cielo, mi sangre fluye ya por tus venas. Aunque no tanto como a mí, ya ha afectado a tu tolerancia a la luz del día y, en el futuro, te resultará imposible resistirla sin llevar unas gafas de sol especiales.

Su corazón latió. Uno; dos. Jaxon inspiró profundamente y dejó salir el aire después, poco a poco.

—Lo puedo aceptar.

«Mi sangre fluye por tus venas». ¿Una transfusión? No lo pondría en duda; esta vez no preguntaría. No quería saber cómo había ido a parar la sangre de Lucian a sus propias venas.

—El sol te quemará la piel. Podrás usar protectores solares, pero no te serán de gran ayuda. Tendrás que acostumbrarte a no salir al exterior durante ciertas horas y, de todos modos, sentirás tu cuerpo soñoliento a esas horas del día.

Mientras retorcía nerviosamente con los dedos la tela de la camisa de seda que llevaba puesta, oía los latidos secos de su propio corazón.

—¿Qué me estás diciendo? ¿Es que crees que no he leído *Drácula*? Lo que me estás describiendo es a un vampiro, ¿no es así?

Levantó el mentón en señal de desafío: lo estaba provocando abiertamente.

Lucian pudo ver la valentía con la que luchaba contra el miedo. Era frágil, tan vulnerable, y tenía, a la vez, muchas cosas admirables. La quería; y se dio perfecta cuenta de lo solos que estaban los dos. Observó cómo luchaba consigo misma, la manera en que actuaban sus instintos, intentando romper las ataduras con que ella los tenía amarrados.

—Ya te he dicho que no soy un vampiro; y no lo soy. Si la oscuridad que invade a los varones de nuestra especie tras su juventud acaba por debilitarlos y eligen perder o corromper sus almas, entonces se convierten en no muertos. En ese caso se tornan completamente malvados y matan a sus presas arrastrados por el frenesí de placer y poder que eso les aporta, en lugar de alimentarse de ellas sin lastimarlas. Yo vivía como si fuera uno de ellos, haciéndome pasar por no muerto, pero, en realidad, nunca maté por sangre ni bebí la sangre de nadie si tuve que matar. Por culpa de mi sangre nunca te convertirías en vampiresa. Tú, más que nadie en el mundo, estás por completo en la luz.

Jaxon se frotó las doloridas sienes. Algo no cuadraba en lo que estaba diciéndole Lucian.

—Lucian, ¿por qué no soporto pensar en la comida?

—Puedes tolerar el agua y algunos zumos vegetales o de frutas. Tendrás que empezar tomando caldos de verduras para ir acostumbrándote poco a poco.

—¿De eso te alimentas? ¿De zumos y caldos?

—No preguntes por cosas que aún no podrías afrontar, amor mío —respondió él con ternura, sin apartar la mirada de las frenéticas palpitaciones que alcanzaba a verle en el cuello.

Lo supo entonces. No se desmayó, aunque sintió cómo una súbita debilidad la invadía de los pies a la cabeza y cómo las piernas se le volvían fláccidas. Pero no se desmayaría.

—Lucian, por favor, apártate de la puerta.

Él le acarició la cara con su mirada hipnotizadora.

—¿Piensas salir corriendo de aquí? —Tenía una voz tan dulce y sensual que eso era todo lo que ella podía hacer para no acabar corriendo a sus brazos en busca de consuelo.

—Eso es exactamente lo que pienso hacer. Me dijiste que no era tu prisionera, y ahora he decidido que me quiero marchar.

Procuró que su voz no sonara desafiante. Pudo comprobar que él seguía obstaculizando la puerta con su enorme cuerpo, inmóvil como una roca, su rostro inexpresivo. Si, al menos, no tuviera esa voz.

—¿Y adónde irías, Jaxon?

—Eso no es asunto tuyo —le respondió ladeando el mentón—. Siguió un largo silencio mientras él, inmóvil, con sus ojos negros clavados en ella, esperaba una respuesta. Jaxon contaba los latidos de su corazón. Por fin, suspirando suavemente, se rindió—. Al apartamento de Barry. Él no estará allí, ¿recuerdas? El comisario se lo iba a llevar a algún sitio seguro.

—Mejor que no. No sería seguro.

Aquellas palabras, pronunciadas con tanta suavidad, tenían doble sentido. Jaxon se estremeció, sintió un escalofrío a pesar del calor del fuego que ardía danzando a sus espaldas.

—Me dijiste que podría marcharme.

—No hablé de salir huyendo. Tanto si nos resulta difícil como si no, entre nosotros sólo habrá verdad, muchachita. Eres una mujer fuerte, y no te voy a esconder nada.

—¿Tengo que darte las gracias por ello? —Con mano temblorosa se echó hacia atrás el cabello, que le quedó como despeinado por el viento—. Pues no quiero hacerlo.

—Sí que quieres —le respondió Lucian, tan tierno como siempre.

En sus ojos, donde había visto una negrura imposible de desentrañar, ahora vislumbró apetito, un agudo deseo de hacerla suya. Deslizó la mano hasta tocar la reconfortante culata de su pistola. ¿Cómo resistirse a aquellos ojos anhelantes?

—¿Por qué me haces esto? Ya tengo bastantes problemas en mi vida como para que vengas tú a esperar que admita que los vampiros existen y Dios sabe qué más. No puedo, Lucian.

—Sí que puedes —respondió él sin perder la calma—. Respira profundamente y relájate. Y siéntate antes de caerte redonda al suelo.

Jaxon le lanzó, con sus oscuros ojos, una mirada fulgurante.

—¿Es que te has pensado que estoy tan necesitada que daría el poco respeto que me queda por mí misma sólo a cambio de estar con alguien? Siento los cambios que se han producido en mi cuerpo. Ahora oigo de otra manera, hasta puedo controlar el volumen. Veo en la oscuridad mejor que a plena luz del día. Te siento en todo momento, conmigo, necesitado de mí, llamándome. —Se volvió a frotar las sienes—. ¿Cómo puedes hablar conmigo sin pronunciar palabra? Más aún, ¿cómo puedo yo hablarte de esa manera?

—Mi sangre corre por tus venas igual que la tuya por las mías. Compartimos alma y corazón. Nuestras mentes buscan conectarse del mismo modo que nuestros cuerpos se reclaman a gritos el uno al otro.

—Mi cuerpo no reclama a gritos el tuyo —negó ella, más asustada que molesta.

—Mentirosilla.

—Volvamos al asunto de la sangre y las venas. ¿Cómo, exactamente, entró tu sangre en mis venas y la mía en las tuyas? ¿Me hiciste una transfusión o algo parecido...?

Mientras se veía invadida por imágenes de un sueño oscuro, erótico, se le fue apagando la voz. Se llevó la mano a la garganta en un intento de protegérsela.

—No bebiste de mi sangre. Dios, dime que no bebiste de mi sangre. No, antes dime que yo no bebí de la tuya.

Empezó a sentir que las piernas le flaqueaban. De hecho, preparándose para caer, miró al suelo. Sólo el convencimiento de sentirse más débil de lo que en realidad estaba la salvó de desplomarse.

Rápidamente, Lucian acudió en su ayuda, pero Jaxon se sintió tan alarmada que blandió la pistola, sosteniéndola con las dos manos para tratar de contrarrestar los temblores que se habían apoderado de ella. Todo aquello era una pesadilla, puro delirio, no tenía imaginación suficiente como para habérselo inventado todo. La pistola apuntaba directamente al corazón de Lucian.

—Por favor, apártate de la puerta, Lucian. No quiero hacerte daño, de verdad. Lo único que quiero es salir de aquí para que me dé el aire.

Le estaba suplicando; no se había hecho con el control de la situación, como era habitual en ella. Deseaba tanto estar con él. Tanto. Era alto y sexy, y estaba terriblemente solo, igual que ella. Eso lo veía con tanta claridad en él. Quería hacer que su vida fuera maravillosa, librarlo de aquella hambre terrible. Pero tener a un hombre como Lucian a su lado, mirándola continuamente con anhelo y celo, con necesidad y posesividad, era un sueño que ella nunca aceptaría. En realidad, Lucian no era un hombre; era otra cosa, algo que ni siquiera se atrevía a identificar.

—Jaxon, baja la pistola antes de que acabes disparándole a alguien por accidente. —En su voz no había inflexión alguna.

—No sería un accidente, Lucian. Por favor, te lo voy a pedir una vez más. Hazte a un lado y déjame salir.

—Es tan repugnante para mi pueblo que los humanos comáis carne como lo es para vosotros que nosotros nos alimentemos de sangre.

Vacilante, dio un paso, intentando obviar sus palabras y la importancia de lo que le estaba revelando. Con la esperanza de que él abandonaría su posición, avanzó hacia su derecha, pero Lucian permaneció estático como una roca.

—Con sólo imaginarme lo que estás tratando de decirme me dan náuseas. No creo que seamos compatibles.

Esta vez estaba hablando completamente en serio. Si no se apartaba, iba a tener que buscar la manera de evitarlo, pues no tenía intención de dispararle; la sola idea de provocarle una herida de la naturaleza que fuera le resultaba insoportable.

Lucian se movió con tanta rapidez que ella ya no vio de él más que una sombra. Ni siquiera una sombra. En un instante pasó de estar de pie en la entrada a hacerse con la pistola y tener a Jaxon entre sus brazos.

—Cielo, si piensas que es repulsivo es porque aún no conoces más que el lado funesto.

Resultaba peligroso estar tan cerca de él, de su cuerpo tan duro, caliente y anhelante. Jaxon sintió su propia reacción recorriéndola de la cabeza a los pies: la respiración la delataba, su corazón desbocado, todo su cuerpo. Notó cómo se le arrasaban los ojos en lágrimas.

—Dime que estás controlando mis reacciones ante ti —susurró levantando la cara para poder examinar detenidamente su inexpresiva máscara.

De repente, sus duros rasgos se suavizaron y sus fuertes brazos de acero la abrazaron con tanta delicadeza como le fue posible.

—Ya sabes que no. Sólo te he obligado a obedecerme cuando te curé, cuando te uní a mí y cuando necesitabas dormir. Eres la otra mitad de mi alma. No puedo apartarme de ti, Jaxon. No estoy fingiendo. —Le pasó la mano por la cara con gran ternura—. ¿Crees que quiero provocarte tanto sufrimiento? Mira en mi mente y verás la verdad. Sólo quiero tu felicidad. En verdad, cariño, daría gustoso mi vida si supiese que es eso lo que deseas y fueses feliz sin mí, pero no es así. —Con la boca le acarició la frente, los párpados—. No es así, mi amor. No es así.

—No puedes pedirme que acepte una cosa así.

—No me queda otra opción. Es mi modo de vida, Jaxon. Soy carpatiano. No puedo cambiar eso. Tampoco querría. —Su boca encontró la de ella, con delicadeza, sus labios apenas rozaron la comisura de los labios de ella. Muy adentro ella sintió el principio de un estremecimiento—. Sobrevivo gracias a la sangre, mi amor, pero no mato por ella. He dedicado mi vida a preservar nuestras especies.

—Pero, Lucian —intentó protestar ella.

—Es diferente, eso es todo. Es algo desconocido para ti.

Jaxon enterró la cara en su pecho.

—¿No dormirás en un ataúd, no?

Quiso haber hecho un chiste, pero lo dijo mucho más seria de lo que había pretendido.

Lucian eligió con cuidado su respuesta.

—En todos los siglos de mi existencia, después de haber cazado y destruido a tantos vampiros, nunca me he encontrado con ninguno que durmiera en un ataúd. En cualquier caso, de ocurrírsele a alguien probar tal cosa, supongo que sería a un no muerto.

—Menos mal. —Jaxon se apartó bruscamente de él, moviéndose con aprensión, como si temiera haberse infectado de alguna extraña enfermedad sólo por haberlo tocado—. No creo que lograra nunca acostumbrarme a lo de los ataúdes. Y ¿puedes deshacer lo que has hecho? —Intentó mantener la voz en un tono neutro. En realidad, estaba muy cansada y lo único que quería era acostarse donde fuera y no pensar en nada más—. No puedes, ¿verdad?

—Aunque pudiera, no querría. No quiero renunciar a ti —respondió dejando caer las manos a los lados—. Es egoísta por mi parte, ya lo sé, pero no puedo hacerlo. No es sólo por mi propio bien, sino también por el tuyo, y el de los demás.

Jaxon levantó una mano y sonrió con desmayo.

—Lucian, estoy saturada. Ya no puedo asimilar nada más. Hagamos algo normal. —Se mordió el labio inferior y arrugó ligeramente la cara—. Aunque, no sé lo que hace la gente normal. ¿Lo sabes tú?

Lucian le rodeó la cara con las manos y le rozó la piel, suave como el satén, con una leve caricia de sus pulgares. Tenía que tocarla, parecía no poder contenerse.

—Pareces cansada, Jaxon. Deberías estar descansando ya.

—Pues estaba pensando que podríamos salir a pasear por la finca. Me gustaría echarle un vistazo.

—Explorar la propiedad. Por supuesto que te encantaría hacerlo. Es algo tan normal.

Ella se sorprendió sonriendo.

—Quizá tengas razón. Después de todo, ninguno de los dos sabemos qué hacer cuando no estamos persiguiendo asesinos.

Lentamente, una sonrisa sensual se le dibujó a Lucian en la boca.

—Yo no he dicho que no tuviera en mente otras cosas mucho más interesantes que hacer.

A Jaxon se le cortó la respiración. Podía engatusarla con tanta facilidad. Aquello no era natural: le susurraba en la mente, la hacía partícipe de imágenes eróticas, la inducía a pensar en cosas que nunca se le hubieran ocurrido a ella sola. Meneó la cabeza.

—Eres malo, Lucian, ¿qué voy a hacer contigo?

—Quedarte conmigo. Vivir conmigo. Aprender a amarme. Aceptarme como soy —susurró él con su voz de terciopelo negro.

Sus palabras le llegaron a lo más profundo del alma.

Jaxon extendió el brazo para coger su mano y entrelazar sus dedos, más pequeños, entre los suyos.

—Pienso que deberían declararte ilegal. Con esa voz tuya puedes conseguirlo casi todo.

No tenía forma humana de resistírsele. No mientras él pudiera decirle con su bonita voz cosas como aquéllas con una autenticidad tan rotunda en la mirada.

Él le giró la mano y se llevó la palma a los labios. El anhelo de poseerla ardía en sus negros ojos.

—¿Te incluye eso a ti?

Jaxon se sorprendió sonriendo.

—Me lo estoy pensando. Ven conmigo a pasear.

—¿Quieres salir afuera?

—Por lo que sea no estás muy seguro de querer que salga. ¿Qué hay ahí afuera? Ya sé que no es un ataúd. Ya hemos tratado ese asunto lo suficiente, creo yo, y lo hemos dejado claro.

—No es un ataúd —reconoció él.

—Vale, y, entonces, ¿qué es? —preguntó ella—. Suéltalo ya.

—Lobos —dijo él con expresión seria.

Jaxon retiró la mano bruscamente.

—Devuélveme la pistola. ¿Lobos? Tenía que habérmelo imaginado. Claro que tienes lobos. Todo el mundo tiene lobos, ¿no es verdad? —ironizó—. La pistola, Lucian, pásamela. He decidido que, después de todo, te voy a pegar un tiro. Es la única manera que tengo de no perder la cordura.

Lucian le rodeó el cuello con las manos amenazándola, en broma, con estrangularla.

—No creo que te devuelva esa arma tuya en la vida. Te pones muy hostil.

Notaba su presencia a cada paso mientras avanzaban juntos hacia la parte trasera de la casa. ¿Por qué su hogar tenía que ser tan perfecto? ¿Por qué tenía que tener todo lo que ella siempre había deseado? ¿Por qué aquella casa la hacía sentirse tan segura cuando, en realidad, debería haberse sentido amenazada en presencia de un ser tan poderoso y peligroso como sabía que era Lucian? ¿Cómo podía, sencillamente, aceptar sus diferencias y quedarse tan tranquila? Bueno, quizá no tan tranquila, pero las estaba aceptando.

Lucian gozaba con la manera de actuar que tenía la mente de Jaxon. A veces, la enormidad de la información que le daba la sobrepasaba y, sin embargo, no se permitía caer presa del pánico. Se tomaba su tiempo, asimilando lo que podía, y después se regalaba una pausa antes de procesar la siguiente entrada de información. Se servía del humor para abrirse paso a través de situaciones aterradoras y nunca le condenaba sin más ni más.

Ella no lo conocía. No alcanzaba a comprender lo que él era en realidad. No tenía una concepción clara de lo que lo había impulsado durante siglos a matar a otros. Ni de que su vida, lúgubre y oscura, había sido tan fría y tenebrosa que él haría lo que fuera con tal de no volver a vivir así. Era un predador; en su interior moraba una oscuridad terrible, y ella era demasiado luminosa como para entender que cada muerte se había cobrado un pedazo de su alma. Sólo Jaxon podía curarlo.

Capítulo 5

En el momento en que Jaxon puso un pie en el exterior de la casa y respiró el aire fresco, se liberó del terrible peso que amenazaba con aplastarla. El aire estaba frío y resultaba vivificante, y había dejado de llover por un breve espacio de tiempo. Las nubes, oscuras e inquietantes, se arremolinaban sobre sus cabezas, ocultando la luz de la luna y ofreciendo, no obstante, una vista muy bella. Ella amaba las tormentas y el sonido de la lluvia; amaba las formaciones nubosas y el aroma del aire tras un aguacero.

Notaba el potente cuerpo de Lucian moviéndose junto al suyo cuando salieron de la casa. Se revolvió descuidadamente el pelo con una mano, dejándoselo aún más alborotado, mientras inspeccionaba los terrenos boscosos que se extendían detrás de la mansión.

—Lucian, esto es la peor pesadilla para un guardaespaldas. A Drake le encantaría. Podría estar ahí ahora mismo, subido a cualquiera de esos árboles. Aquí estaría en su elemento.

—Cariño, te preocupas demasiado por mi seguridad. —Le enredó los dedos entre los cabellos con el pretexto de imponer en ellos una mínima apariencia de orden—. Si un humano se acercase a mis propiedades, lo sabría. Están muy bien protegidas; no por un sistema de seguridad como el que usan los humanos, sino por medio de antiguas defensas, peligrosas y muy poderosas. Tyler Drake no puede abrirse paso a través de ellas. Mientras permanezcas dentro de esta finca, estarás perfectamente protegida de él.

—¿Y qué me dices de la bala de un francotirador? No necesitaría pisar tus terrenos para dispararte, Lucian. Lo único que tendría que hacer sería alcanzar la cima de cualquier colina y esperar apostado allí a que te pusieras a tiro.

—No es tan fácil matarme, cielo. Simplemente, finges no saber lo que soy porque no quieres ponerte a pensar en ello con detenimiento.

Lucian estaba en su mente. Ella evitaba pensar en la sangre compartida por ambos, sobre todo porque ese pensamiento le evocaba recuerdos oscuros, eróticos, que prefería no traer a la memoria. Además, era obvio que la idea de haber bebido de su sangre le resultaba muy difícil de aceptar. Aunque no paraba de darle vueltas, le molestaba mucho más de lo que estaba dispuesta a admitir.

Lucian bajó la vista para mirarla. Jaxon, a su vez, inclinó la cabeza hacia atrás para poder mirarlo a él, sus grandes ojos oscuros invadidos de una mezcla de emociones tal que su interior parecía estar fundiéndose de calor. Más que nada en el mundo, él sintió el deseo de probar sus dulces labios. Sintió esa necesidad con tanta urgencia, con tanta vehemencia, que, en esta ocasión cedió a la exigencia sin oponerse. La rodeó sin más con los brazos por su menuda cintura y tiró de ella hacia sí mientras inclinaba la cabeza para tomar posesión de su boca.

El tiempo se detuvo. La tierra bajo sus pies se agitó y tembló. Por todas partes los invadió un calor ardiente, chispas eléctricas saltaron entre los dos. Aún así, la boca de Lucian, pausada, delicada, no se imponía, antes bien, la engatusaba para favorecer su acogida. Reteniendo en sus manos la nuca de Jaxon y manteniéndola sujeta de aquel modo, pudo explorar, perderse en el calor sedoso de su boca. Ella lo era todo para él. Un mundo secreto de luz y calor, de color, emociones y magia. No quiso estar en ningún otro lugar. Quiso que aquel momento perfecto se prolongara eternamente.

Lentamente, Lucian alzó la cabeza, casi temeroso de detenerse, temeroso de que aquel momento, tan perfecto como había sido, no hubiera sido real, temeroso de que ella se desvaneciera en el aire y lo dejara, una vez más, completamente solo. Tenía las manos enredadas en su pelo.

—Cielo, pensaba que me quedaban pocos secretos en el mundo por desvelar, pero el misterio de cómo es que me merezco a una persona como tú tardaré una eternidad en desentrañarlo.

Jaxon tocó su boca perfecta con las yemas de los dedos. Lo cierto es que lo veneraba y había sabido que si él la tocaba de aquella manera, si su boca encontraba la suya, nunca más volvería a librarse definitivamente de él. Lo desearía por siempre jamás; su sabor, su poder, su aroma, todo él.

—No debería haberte permitido hacer eso, Lucian —susurró—. ¿Qué vamos a hacer ahora?

Él le había dicho que podría marcharse cuando quisiera, que no era su prisionera, pero sabía que eso no era verdad. En cierto sentido estaba encadenada a él, unida a su ser por algo mucho más poderoso de lo que jamás hubiera imaginado. Desplegó las pestañas y alzó, muy afligida, la vista hacia Lucian.

—¿Qué vamos a hacer ahora?

Él posó la palma de la mano en la nuca de Jaxon y la atrajo hacia sí para poder mantenerla sujeta contra su cuerpo.

—Jaxon, cuando me miras con tanta tristeza, me rompes el corazón.

El viento hacía sonar una leve melodía, y él, llevando el ritmo a la perfección, conducía a Jaxon de tal manera que formaban una unidad. Ella apoyó la cabeza en su pecho y pareció fundirse en él, mostrándose dócil y suave, cuando debería haberse resistido.

—Nuestro destino está sellado, amor —le dijo Lucian con toda la ternura de que fue capaz—. No hay Lucian sin Jaxon y no hay Jaxon sin Lucian. Tenemos que encontrar la manera de fusionar nuestros mundos. No tenemos otra opción. Estaba escrito mucho antes de que ninguno de los dos fuera enviado a la tierra. Somos afortunados por haber sido capaces de encontrarnos el uno al otro, cuando hay tantos que han sido incapaces de mantener la esperanza.

—¿Eso piensas, Lucian? ¿De verdad piensas que somos afortunados? Yo te he hecho entrar en este mundo enfermo mío, plagado de acechanzas, donde todo el que me importa acaba asesinado. Tú me estás introduciendo en un mundo de pesadillas, habitado por criaturas salidas de historias de terror. —La voz de Jaxon, atenuada por la camisa de seda blanca de Lucian, sonaba muy triste—. Ni siquiera sé si quiero estar contigo. No sé si me tienes sometida a un hechizo de magia negra.

Sus cuerpos se balanceaban al unísono, tan cerca el uno del otro como podían, separados tan sólo por sus finas prendas de vestir.

Lucian estaba sonriendo otra vez. Él era, con toda probabilidad, el ser más poderoso sobre la faz de la tierra. Era capaz de dominar los cielos. Ella casi no rebasaba el metro y medio de altura y pesaba poco más de cuarenta kilos, pero, si tenía que enfrentarse a él, no se lo pensaba dos veces.

Lo cierto es que Lucian estaba acostumbrado a una veneración y respeto absolutos. Siempre había sido tratado con deferencia, incluso entre los varones más poderosos de su especie. Nadie lo había desafiado en siglos —reflexionó—, nadie, salvo los enemigos que tenía que destruir, lo había desafiado nunca jamás. Ni una sola vez en todos esos siglos, nadie había desobedecido su voluntad. Estaba acostumbrado a salirse con la suya en todo. Sentía a Jaxon tan frágil y pequeña en sus brazos que, de pronto, tomó conciencia de su fuerza, de su poder, de las cosas que siempre había dado por descontadas. Aspiró su aroma: para él, ella era ya el aire mismo, el aire que respiraba. El vínculo que los unía a los dos crecía y se hacía más fuerte por momentos.

De pronto se oyó un ruido, un leve aullido, música en el viento. Los lobos sabían que él había salido y se habían acercado a saludarlo, pero, al comprobar que no estaba solo, se mantenían en el bosque, sombras oscuras, observándolo, esperando una señal. ¿Atacar o permanecer a la espera? Lucian, conectando con sus mentes, les enviaba imágenes. Jaxon era parte del clan, de la manada, su hembra, una líder exactamente a la misma altura que él, bajo su protección y la de ellos. En todo momento debían velar, ante todo, por ella.

Jaxon levantó la cabeza.

—Ya están ahí, observándonos, ¿verdad? ¿De dónde los has sacado? Hay que obtener todo tipo de licencias para tener animales salvajes. Habría pensado que, incluso en tu caso, resultaría muy difícil conseguir los permisos viviendo tan cerca de la ciudad. ¿Cómo los conseguiste?

—Simplemente le dije a aquel señor que me diera los permisos, y así fue —respondió él tras encoger, despreocupadamente, sus anchos hombros.

Jaxon suspiró y dejó de bailar con él.

—Tengo que apartarme de ti. De verdad. No puedo creer que una persona tan absolutamente racional y práctica como yo se esté tragando todo este mundo de fantasía que has creado. Lucian, no puedes ir por la vida imponiendo tu santa voluntad, colándote en la mente de los demás e hipnotizándolos para que hagan lo que a ti te parezca.

—Jaxon, eso lo he estado haciendo desde el principio de los tiempos —replicó él con un destello de lo que podría llamarse diversión en sus ojos negros.

—¿Qué quieres decir?

—Siglos. Llevo siglos haciéndolo.

Jaxon alzó una mano.

—Deja ya de decir *siglos*. No vuelvas a usar esa palabra. Hay algo en esa palabra que me está volviendo loca. —Con una mano se apretó la barriga—. Devuélveme la pistola antes de llamar a esos animales. —Alcanzaba ya a ver a los lobos, los reflejos de sus ojos en la oscuridad. Sin ser consciente de ello, se había ubicado, buscando protección, al amparo de los anchos hombros de Lucian—. Me sentiría mejor con ella, ¿sabes?

—Los lobos son mis hermanos. Jamás intentarían lastimarme, ni a mí ni a lo que es mío —dijo él tranquilamente—. Son criaturas nobles, Jaxon; tienen códigos muy estrictos. Darían su vida por nosotros. No les temas.

A Jaxon empezó a acelerársele el corazón, pero, en seguida, notó cómo el corazón de Lucian se acompasaba con el suyo para, después, reducir el ritmo cardiaco de los dos.

—Pero tú ¿qué eres?

—No un vampiro, amorcito. Eso nunca.

Cada uno de sus instintos le pedía hacerse con ella, llevársela, cobrarse su cuerpo y atarla a él sin concesiones. Pero la mente de Lucian era una sombra en la de ella: sabía que no sería capaz de resistirse, pero que no era eso lo que deseaba. Aún estaba luchando por aceptar su existencia y su extraño vínculo con él. Suspirando, rodeó su menudo cuerpo con los brazos e hincó una rodilla en el suelo. *Venid a mí, hermanos y hermanas. Venid a recibir a mi compañera eterna.*

Los lobos se apresuraron a abandonar el bosque, impacientes por darle a Jaxon la bienvenida en la manada. Lucian la sujetaba con firmeza y la tranquilizaba física y mentalmente. Ella oía en su mente la voz de él, dulce y relajante; su corazón y sus pulmones dirigían los de ella, que así pudo mantener la calma en medio del enorme grupo. Los animales le daban empujoncitos en las piernas, se restregaban contra sus muslos, la invitaban a que les pasara las manos por la pelambre. Cuando se resistía a hacerlo por su propia iniciativa, Lucian dirigía con su mano la de ella, que acabó hundida en el grueso manto de negro pelaje de uno de los lobos más grandes.

Con el corazón rebosante de dicha, una sonrisa se dibujó en la boca de Jaxon. Casi se sintió como si pudiera ver en las mentes de los animales imágenes de lo que pensaban y sentían. Tenían un pelo increíblemente suave y tupido. Le resultaba asombroso estar tan cerca de un animal salvaje, tocándolo, notando su aceptación. Volvió la cabeza para alzar la mirada hacia Lucian:

—Esto es maravilloso. ¿Has estado toda tu vida haciéndolo?

—Diría que durante siglos, pero sé lo mucho que detestas esa palabra —se burló.

—Qué malo eres —replicó ella haciéndole una mueca.

Él le alborotó el pelo, probando a tratarla como a una niña en vez de como a la mujer que sabía que era. Jaxon estaba cansada; Lucian percibía su agotamiento. Sus heridas aún no habían sanado por completo. Aunque rehuía esa necesidad en particular, precisaba alimentarse. Envió a los lobos de vuelta al bosque, recogió a Jaxon entre sus brazos y volvió planeando a casa, abrazándola contra su pecho.

—Soy perfectamente capaz de andar —puntualizó ella.

—Así es más rápido. Tienes unas piernas muy cortas.

—¡En absoluto! —replicó ella, seriamente ofendida—. No puedo creer que hayas dicho eso.

Entre risas, Lucian la soltó en los gruesos cojines del sofá de su gabinete, bastante caldeado.

—Tengo que salir brevemente esta noche. Tú, por supuesto, no saldrás de casa y te mantendrás fuera de todo peligro.

Ella alzó la mirada hacia él y lo miró con ojos cándidos.

—¿Adónde has pensado que tengo planeado ir a estas horas de la noche? ¿A bailar? Puedo esperar aún unos días.

—Prométeme que intentarás comer algo.

—Por supuesto —asintió ella inclinando la cabeza solemnemente.

Lucian la observó con los ojos entornados.

—¿Por qué será que no estoy seguro de poder confiar en ti?

—Tienes las pestañas más largas y oscuras que he visto en mi vida —respondió ella intentando no mirarle a los ojos—. Deberías estar encerrado bajo llave. Es un peligro dejarte por ahí suelto cerca de alguna mujer.

—Pues no me habré dado cuenta, pero, lo que es a ti, no te he visto precisamente caer a mis pies, cielo.

—Gracias a Dios, no. —Sonriéndole, se acurrucó en los cojines—. Por si no te has dado cuenta, ni te he preguntado adónde vas, de lo feliz que estoy de librarme de ti un rato.

—No es muy amable de tu parte.

—Tenlo presente cuando pienses en esas historias de compañeras eternas: no soy nada amable —le espetó ella con arrogancia.

Él se rio con dulzura.

—No tendré que servirme de ningún tipo de refuerzo para que te quedes en casa como te pido, ¿verdad?

—¡No te atreverías! —respondió ella lanzándole una mirada encendida.

—Prueba y verás —la desafió él.

Su voz seguía siendo tan dulce como siempre.

Haciendo todo lo posible por parecer recatada, Jaxon replicó:

—¿Es que doy la impresión de estar en condiciones de andar por ahí dando vueltas como una idiota? Tú sí que necesitas un par de guardaespaldas. Llévate al chófer. Tiene pinta de saberse manejar en medio de una crisis. Y no es porque me vaya a preocupar por ti lo más mínimo.

Él respondió a tan descarada mentira con un destello de sus blancos dientes.

—Si necesitas de mí, cariño, sólo tienes que buscarme con la mente. Podemos hablarnos en todo momento.

Ella alzó una mano.

—Lárgate. Es la única manera de mantenerte a salvo. Y antes de marcharte, déjame la pistola. No quiero quedarme desarmada aquí sola.

—Tienes todo un arsenal arriba, en tu dormitorio. Nunca he visto tantas armas juntas. Me ha hecho cuestionarme con qué tipo de mujer me estoy relacionando en realidad. Confío en que no me tirotees ni haya ningún desafortunado accidente esta noche cuando vuelva a casa —se burló mientras dejaba la pistola sobre la mesa que había junto al asiento donde ella estaba.

Se inclinó para acariciarle la sien con su cálida boca y se marchó riendo suavemente.

Una vez que Lucian estuvo seguro de haberse internado en la oscuridad exterior, su gran cuerpo resplandeció hasta hacerse transparente, dispersándose en millones de minúsculas gotitas que se disolvieron en la neblina que flotaba sobre el suelo. Avanzó veloz, viajando a velocidad preternatural, directamente hacia la ciudad.

Los tres hombres que habían enviado a matar a Jaxon trabajaban para la misma persona: Samuel T. Barnes, un banquero rico y de intensa vida social, que se dejaba ver en todas las celebraciones distinguidas y prestaba su apoyo al alcalde de la ciudad y miembro del Congreso, así como al senador local. Aparentemente no tenía conexiones con el negocio de las drogas, pero había sido él quien había ordenado a aquellos tres asesinos deshacerse de Jaxon, que había cosechado demasiados éxitos en la reducción del tráfico de estupefacientes en la ciudad. Su equipo tenía las rutas de entrada prácticamente bajo control, y ella encontraba y requisaba cargamento tras cargamento.

Lucian encontró la vivienda de Barnes en un barrio residencial. Un torrente de niebla rodeó la casa y examinó sus defensas: todas las ventanas estaban selladas; todas las puertas, blindadas. Lucian volvió a la puerta principal y resplandeció de nuevo hasta recobrar su forma humana de carne y hueso. Se quedó de pie, impertérrito y erguido, con una ligera sonrisa dibujada en los labios y una mirada completamente inexpresiva. Poniéndose a la escucha unos instantes, registró la posición y la actividad de todos los presentes en el interior de la vivienda. Llamó a la puerta aporreándola brusca e imperiosamente; la respuesta no se hizo esperar.

La abrió a toda prisa un joven vestido de traje y armado, tal y como evidenciaba el bulto que apenas quedaba disimulado bajo su chaqueta.

—Soy Lucian Daratrazanoff. He venido a ver al señor Barnes. No tengo cita con él, pero me encontraba por la zona y pensé que podía probar suerte.

Sorprendido, el joven, que obviamente lo había reconocido, se quedó parpadeando unos instantes.

—Pase, por favor, señor. Le diré que está usted aquí.

Lucian no se movió.

—No querría molestarlo si ya se ha puesto cómodo para pasar la noche en casa. Después de todo, es bastante tarde. Así que esperaré aquí fuera.

—Eso no sería del agrado del señor Barnes, señor —insistió el joven—. Le he oído hablar de usted a menudo. Por favor, pase.

—¿Está usted seguro de que está autorizado para invitarme a pasar a su casa? —La voz de Lucian sonaba suave y dejaba traslucir su acento de forma ostensible.

—Sí, señor —respondió el joven asintiendo con la cabeza—. Pase, por favor. El señor Barnes me echaría si lo dejara a usted esperando en la entrada.

Cortésmente, Lucian accedió a dejarse convencer y entró hasta el vestíbulo, donde se quedó en silencio mientras el joven salía a toda prisa en busca de Samuel Barnes. Escuchó con claridad la conversación que, entre susurros, mantenían en la habitación de arriba:

—¿Estás seguro de que es Lucian Daratrazanoff? Dios mío, ¿dónde está mi chaqueta? Rápido, Bruce, pon un par de copas y llévalas a la biblioteca. No, espera. Acompaña a Daratrazanoff al salón principal. Yo mismo prepararé esas copas.

Lucian permaneció inmóvil esperando mientras Bruce se apresuraba a volver junto a él.

—El señor Barnes ya le está esperando arriba —anunció señalando hacia la escalera.

Lucian subió las escaleras sin vacilar. No había usado su voz para persuadir o cautivar; no le había hecho falta hacerlo. Su nombre, el de aquel multimillonario extranjero y esquivo, había bastado. Para un hombre como Barnes, debía de tener rango de celebridad. Avanzaba sigiloso, manteniéndose al tanto de la ubicación de todos aquellos que se encontraban en la casa, cuatro hombres, Barnes incluido. Bruce se hallaba justo detrás de él, mientras que los otros dos estaban jugando al billar en el salón de juegos ubicado en la primera planta hacia la parte trasera de la casa.

Samuel Barnes lo recibió en mitad de la habitación con la mano derecha extendida. Era un hombre delgado, de sonrisa pronta y bien ensayada, y cabello ralo.

—Lucian Daratrazanoff, ¡qué sorpresa! ¿Qué puedo hacer por usted?

Con sus ojos negros Lucian le lanzó una mirada dura e inflexible.

—Creo que tenemos un asunto privado que discutir.

Barnes miró a Bruce y señaló hacia la puerta con la cabeza. Éste salió de inmediato y cerró la pesada puerta de roble. Barnes cruzó la sala hasta la barra de cuero.

—¿Qué le puedo ofrecer? —le preguntó mientras se servía un whisky con soda.

—No tomaré nada, gracias —respondió Lucian en voz baja y se quedó esperando hasta que Barnes tomó asiento cómodamente frente a él para, inclinándose hacia adelante, clavar sus ojos negros en la mirada de éste—. Tenemos un problemilla, señor Barnes —le dijo entonces con suavidad—. Estoy seguro de que accederá usted más que gustoso a prestarme su ayuda.

—Por supuesto, señor Daratrazanoff. Lo que sea.

—Me gustaría que me contara usted con franqueza cómo es que a la señorita Jaxon Montgomery y a su compañero, Barry Radcliff, los quiere usted asesinar.

La voz de Lucian era ahora una octava más grave y su tono envolvía al banquero, hipnotizándolo tanto como el vacío de sus ojos negros.

—Mis socios y yo hemos hecho varios intentos de ofrecerles dinero a ella o a algunos de los miembros de su unidad para saldar así nuestras diferencias, pero todos se mantienen leales a ella. Parece conocer dónde tendrá lugar la entrega de cada cargamento antes incluso de que haya llegado. Está estrangulando con ello la entrada de recursos de nuestro negocio. Les dije a mis socios que no podíamos cargarnos a una pareja de polis, pero ellos me respondieron que teníamos que hacerlo y, que de no ser así, tendrían que buscarse un socio más condescendiente. No tuve elección.

Lucian asentía muy serio con la cabeza, como si simplemente estuvieran hablando del tiempo.

—Y ¿quiénes son esas personas que insisten en matarla? Porque, como ya sabe, usted, en realidad, no es partidario de ello.

—Dennis Putnam y Roger Altman. Están muy bien relacionados en México y Colombia.

—Y ¿dónde podría encontrar a esos dos hombres?

—Es muy difícil llegar hasta ellos. Están rodeados de guardaespaldas todo el tiempo. Creo que uno de mis hombres es un infiltrado suyo, pero no sé cómo averiguar cuál de ellos es. El caso es que siempre están al tanto de mis movimientos. Tienen una base de operaciones en Miami.

—Escríbame la dirección.

Barnes obedeció al instante. Lucian se levantó entonces con su elegancia desenvuelta e informal.

—De los hombres que hay ahora mismo aquí, ¿cuántos de ellos están al tanto de que sus socios quieren matar a la señorita Montgomery?

—Todos ellos.

—Gracias. Le agradezco su colaboración. Quiero que espere usted hasta que yo haya abandonado esta habitación y, entonces, repentinamente, dejará usted de respirar. ¿Entiende?

—Sí, señor Daratrazanoff.

Barnes lo acompañó entonces hasta la puerta y le tendió la mano.

—Ha sido un placer negociar con usted.

Lucian aceptó la mano tendida y miró a Barnes fijamente a los ojos, asegurándose de que sus instrucciones serían llevadas a cabo con prontitud.

—No puedo decir lo mismo de usted, pero es que, en fin, es usted un impostor y un asesino, ¿no es cierto?

Barnes frunció el ceño y se rascó las sienes.

Los blancos dientes de Lucian lanzaron destellos.

—Adiós, señor Barnes.

Bruce estaba esperando justo al lado de la puerta.

—Por favor, señor Daratrazanoff, sígame. Yo lo acompañaré hasta la puerta. Confío en que todo haya salido bien.

Lucian posó entonces de forma amigable una mano en el hombro del joven y le dijo:

—Por favor, muéstreme la sala de billar. Me haría muy feliz.

—Por supuesto, señor. Sígame por aquí —respondió Bruce tras pestañear rápidamente una y otra vez.

Mientras bajaban las largas escaleras oyeron, arriba, un ruido apagado que procedía del salón principal: un estrangulamiento, un jadeo y, finalmente, un ruido sordo, como si alguien hubiera caído al suelo. Rápidamente, Bruce se dio la vuelta. Lucian se limitó a sonreír.

—No irás en su ayuda, porque yo no lo deseo. Llévame al salón de billar.

Él asintió con una inclinación de cabeza y lo condujo hacia abajo hasta alcanzar un pasillo que daba a una puerta de dos hojas.

Con un movimiento de la mano de Lucian las puertas se abrieron de par en par. Los dos hombres levantaron la vista del juego, echándose las manos a las armas que tenían en sus fundas sobaqueras. Se relajaron visiblemente al ver a Bruce.

Lucian se acercó directamente hasta el primer hombre.

—Quiero que te montes en tu coche y circules con mucho cuidado, observando todas las normas de tráfico, hasta alcanzar el acceso a la carretera del precipicio. Una vez allí, subirás por esa carretera y conducirás el coche directamente hacia el precipicio. ¿Me entiendes?

—Sí, señor.

—Lo harás inmediatamente.

Sin rechistar, el hombre cogió su chaqueta y las llaves de su coche y abandonó la sala.

Lucian se volvió entonces hacia el segundo hombre:

—Has asesinado muchas veces.

—Sí, señor.

—Te sientes mal por haberlo hecho, ¿no es así? Es muy difícil vivir con eso, habiéndole quitado la vida a tantas personas inocentes. No he hecho una cosa así nunca en todos los largos siglos de mi existencia. Aquellos a los que he condenado a muerte siempre habían sido asesinos como tú. Eres malvado. Sabes que lo eres y no deseas prolongar tu lamentable existencia por más tiempo. Ve a tu casa y pon fin al sufrimiento que causas a los demás. ¿Comprendes?

—Sí, señor.

El segundo hombre cogió su chaqueta y abandonó la sala sin mirar atrás.

Lucian examinó a Bruce.

—Tú no has matado.

—No, señor.

—¿Cómo es que te pusiste a trabajar para un hombre como Barnes?

—Cuando tenía quince años acabé metido en una banda de ladrones de coches. Fui a la cárcel y el día que me soltaron nadie, salvo el señor Barnes, quiso darme trabajo.

—No te gusta Barnes ni las cosas que hace.

Bruce era incapaz de apartar la mirada de aquellos ojos hipnóticos. En cualquier caso, el sonido de su voz reclamaba la verdad.

—Me repugna. Mataría a su propia madre por dinero. Pero tengo una mujer que mantener. Estamos esperando un par de gemelos cualquier día de éstos. Tengo que ganar suficiente dinero para que no acaben convirtiéndose en unos criminales.

—Te irás a tu casa y te quedarás allí unos días pensando en tu futuro. Te desharás de la pistola. Dile a tu esposa que estás buscando un trabajo legal, y llamarás a este número. El hombre con el que hablarás te hará una entrevista y te dará un trabajo para que te ganes la vida honradamente. ¿Me entiendes? No recordarás nada de mi presencia en esta casa; no recordarás que la señorita Montgomery y su compañero estuvieron nunca en una lista negra.

Bruce cogió la hojita de papel, la dobló cuidadosamente y se la metió en el bolsillo de la chaqueta. Cuando alzó la vista, estaba solo en la sala de billar y no era capaz de recordar por qué estaba allí. Estaba harto de su trabajo, harto de Barnes. Mary había salido ya de cuentas. Detestaba que su marido estuviera trabajando para Barnes y le suplicaba una y otra vez que dejase aquel empleo. Quizás había llegado la hora de hacerlo. Quizá debía dejarlo ya y pensárselo mejor mientras esperaban la llegada de los dos bebés. Tenía que haber en alguna parte algo mejor para él. Algo legal. Bruce subió las escaleras para decirle a Barnes que renunciaba. Lo encontró en el suelo con la cara de un color gris amoratado. Llamó a urgencias y comenzó a aplicarle la reanimación cardiopulmonar. Mientras lo intentaba reanimar sabía que ya le había llegado su hora a Barnes y no pudo encontrar en su corazón apenas una sombra de tristeza.

Jaxon esperó hasta estar segura de que Lucian había abandonado la casa y que se encontraba fuera de los dominios de sus propiedades. En seguida, se puso a buscar un teléfono para llamar a Don Jacobson, su amigo de la infancia.

—Don, quiero que me averigües una cosa. Drake me ha llamado por teléfono.

—Por Dios, Jaxx, ¿qué esperabas? Todas las noticias hablan de tu compromiso con ese pez gordo que está forrado de dinero. Eso es como darle una bofetada en toda la cara a Drake. ¿En qué estabas pensando? Si lo que querías era emanciparte y prometerte en matrimonio, podías haberte quedado aquí y haberte casado conmigo.

—Te habrías divorciado de mí en menos de una semana —le replicó Jaxon riéndose—. Además, todavía soy capaz de darte una patada en el culo; tu ego de macho lo pasaría fatal.

—Y a tu *millonetis*, ¿también le puedes dar una patada en el culo?

—Ojalá. Bueno, en fin, necesito una información. Estate al tanto de todo lo que se hable, diles a los chicos que echen un vistazo a ver si encuentran signos de la presencia de Drake por el campo de tiro. Ya sabes cómo es: está obsesionado con esas colinas. A lo mejor tienes suerte.

—Ten cuidado, Jaxx. Drake está loco. Lo mismo hasta se vuelve contra ti.

—Yo siempre estoy alerta. Por desgracia, creo que Lucian no acaba de entender el grado de instrucción que tiene Drake. No me toma en serio cuando le hablo de lo peligroso que es pincharlo deliberadamente para que salga de su escondrijo.

—Te creo capaz de encontrar a alguien que esté aún más enganchado a la adrenalina que tú.

Jaxon soltó una pedorreta y le dio su número de teléfono.

—Llámame si alguien encuentra aunque sólo sea un signo que le haya hecho pensar que podría ser suyo.

—Cuenta con ello, Jaxx. Pero prométeme que no harás nada que te ponga en peligro.

—Mi segundo nombre de pila es Alerta —respondió ella en voz baja y colgó el teléfono.

En su dormitorio, en la planta de arriba, encontró sus cosas. Puso mucho cuidado a la hora de decidir cómo se vestía: se puso ropa oscura y ocultó su pelo rubio bajo una capucha, también oscura.

Se sintió agradecida de que Lucian le hubiera traído sus armas, incluido su fusil de francotiradora con mira telescópica de visión nocturna. Lo levantó, se lo colgó del hombro y se llenó los bolsillos de cartuchos. Añadió un par de cuchillos, su pistola con cargadores extra y una cuerda. Aunque Lucian no creyera que Drake representaba una amenaza real para él, ella se había propuesto explorar todos los alrededores de sus propiedades para localizar cada lugar donde un francotirador pudiera mantenerse al acecho.

En seguida, Jaxon se percató de lo fatigada que estaba. Aunque sus heridas ya casi se habían curado del todo, no se sentía tan fuerte como habría deseado. El fusil parecía pesar mucho más de lo que recordaba. Antes de salir de la casa, se quedó de pie, frente a la puerta principal, observando atentamente las complejas composiciones de las vidrieras de colores. No sólo eran bonitas, sino que tenían algo más, algo que no habría sabido determinar con exactitud. Los diseños parecían llamarla, relajarla, atraerla. Se podía haber quedado allí toda una eternidad sin hacer otra cosa que mirarlas.

Meneó la cabeza para despejar su mente, abrió la puerta y se internó en la noche. Lloviznaba otra vez. No había tormenta, pero la niebla era espesa y un vaho, como si fuera vapor, ascendía del suelo. Los lobos estaban confinados a los bosques situados detrás de la casa, de manera que el patio y la parte frontal se hallaban libres de animales salvajes. Se había sentido segura en presencia de los lobos porque Lucian, mientras les impartía órdenes, no se había separado de ella, pero ahora que estaba sola, temía verse obligada, quizás, a tener que matar a alguno de aquellos preciosos ejemplares.

Jaxon continuó bajando por la avenida frontal. Le costaba caminar, sentía el aire pesado y sofocante, y, a cada paso, tenía la impresión de estar atravesando arenas movedizas. Le costaba respirar; sentía una opresión en el pecho que le hacía imaginar que se asfixiaría. Imaginación. Quizás era producto de su imaginación. O, tal vez, parte de un sistema de seguridad que Lucian hacía actuar sobre el sistema nervioso de los humanos. Fuera lo que fuera, Jaxon no tenía la intención de dejarse derrotar por eso. Para poder quedarse tranquila, antes tenía que peinar la zona.

Jaxon se enfrentaba a su agotamiento como se hubiera enfrentado a cualquier otra molestia en mitad de una misión. Se lo quitó de la cabeza y siguió avanzando, paso a paso. Se las arreglaría, no le cabía duda alguna; acabaría consiguiéndolo. Había sido entrenada para superar todo tipo de obstáculos. La frente empezó a sudarle, pero eso daba igual. Logró llegar hasta la puerta y la abrió de un empujón.

Ya en la carretera pudo respirar con mayor facilidad y la pesada opresión que había sentido en el pecho desapareció. Una pesadilla para un guardaespaldas. Así es como se había referido al hogar de Lucian; y era cierto. En aquella zona residencial tan exclusiva, cada propiedad tenía varias hectáreas de superficie, de modo que se veían pocas casas. La mayor parte de los terrenos circundantes estaban cubiertos de árboles y abundante maleza. A Tyler Drake le habría encantado. Los altos riscos a poco más o menos de un kilómetro de la casa también le preocupaban. Qué ubicación más perfecta para poder observar la casa y las fincas de Lucian.

Jaxon suspiró mientras seguía avanzando a paso ligero por la carretera, manteniéndose siempre a resguardo de los árboles. Un blanco era más fácil de localizar si estaba en movimiento, así que Drake, de haber empezado ya a explorar el terreno, tendría todas las de ganar. No quería pensar en Lucian y en todas las cosas que le había revelado. Vampiros. Esas cosas no existían; sencillamente no podían existir. Quizá lo que había presenciado no había sido más que uno de esos trucos extraños. Aunque, en realidad, había sido ella quien le había disparado a aquella cosa; y ella nunca fallaba, nunca. Había visto cómo la bala le había impactado exactamente en el centro de la frente, y ni siquiera había logrado entorpecer así los movimientos de aquel engendro.

Al aproximarse a una elevación, Jaxon redujo al mínimo el ritmo de su marcha con la intención de no exponer demasiado el contorno de su figura, que se recortaba ahora sobre el horizonte. Si ella había salido aquella noche a batir la zona, era posible que Drake también lo estuviera haciendo. Se entregó entonces a un estudio meticuloso del terreno, escudriñando cada una de las vías de acceso en busca de alguna señal que indicase que Drake había pasado por allí. Ella habría reconocido su rastro. El aire frío se le colaba por la ropa; estaba temblando pese a que estar en movimiento debería haberla hecho entrar en calor. Con todo, su visión nocturna había mejorado tanto que, en ese sentido, jugaba con gran ventaja. Intentó concentrarse en ese pensamiento para apartar de su mente el frío que la estaba entumeciendo.

Se entretuvo en examinar el terreno, registrándolo todo con la mirada, buscando aquí y allá alguna cosa que estuviera fuera de lugar; sólo un detalle. Eso era todo lo que necesitaba para saber si Drake se hallaba en la zona. En los primeros años, Jaxon había intentado esconderse de él, hasta que se dio cuenta de que era imposible. Y ahora estaba en campo abierto, donde él, si hubiera querido, podía haberle seguido los pasos. Sin embargo, a ella nunca había intentado hacerle daño, sólo a los que tenía a su alrededor, sólo a quienes percibía como una amenaza para sí mismo. Lucian se había erigido a sí mismo en objetivo y el lugar de su residencia era de dominio público, con toda la prensa haciéndose eco de la historia de su compromiso matrimonial.

Se tumbó boca abajo y se arrastró sobre la hierba húmeda hasta lo alto de un montículo. Desde allí, sirviéndose de la mira telescópica de su fusil, estudió atentamente la casa. Desde aquel ángulo no tenía sentido disparar: el espeso follaje y los árboles protegían aquel lado del edificio por completo; ni siquiera se podían ver los balcones. Estudió entonces los alrededores de aquel lugar para ubicar la siguiente elevación adonde Drake podría haberse dirigido.

Se encontraba a mitad del ascenso hacia el siguiente risco cuando comenzó a tener aquella sensación tan peculiar que siempre la asaltaba al presentir la inminencia de alguna dificultad. Era más que un instinto: un don, una maldición. Fuera lo que fuera, Jaxon tuvo la certeza de que Drake había estado allí antes que ella. Aminoró el paso y puso todo su empeño en no hacer el más mínimo ruido. Ni tan siquiera su ropa podía revelar su presencia con el más mínimo roce. Mientras proseguía su ascensión estudió las rocas con particular detenimiento. Descubrió unas rozaduras; aunque eran ligeras, allí estaban. Más arriba, cerca de la cima, pudo ver, hundida en la tierra, la marca inconfundible de una cuerda y, junto ella, la huella de un pulgar. No era la primera vez que veía una huella como ésa: había pasado la niñez entrenándose con Drake y conocía su manera de moverse, de subir por una cuerda, de asegurarla. Siempre rozaba la tierra con el nudillo del dedo pulgar al asegurar una cuerda.

El corazón le latía con fuerza. Él podía perfectamente estar en la cima, lo que la hubiera colocado en una posición extremadamente vulnerable. Vaciló el tiempo suficiente como para lograr sacarse un cuchillo de la bota y agarrarlo entre los dientes antes de hacer el último esfuerzo para alcanzar la cima del risco. Sin hacer el más mínimo ruido, se quedó quieta esperando a recobrar el aliento, escuchando los sonidos de la noche. Oyó el canto de los insectos y eso le hizo pensar que estaba sola allá arriba, pero no se movió; no se iba a dejar engañar. Drake nunca espantaría tanto a los insectos a su paso como para silenciarlos. Era un profesional y sabía exactamente lo que se hacía. Jamás delataría su posición por un descuido en sus movimientos.

Cada vez que Jaxon avanzaba, lo hacía centímetro a centímetro, arrastrándose sobre la barriga e impulsándose con los codos. Prosiguió así su avance al raso hasta que alcanzó unos tupidos arbustos que le ofrecieron cierto amparo. Allí se soltó entonces con sumo cuidado el fusil del hombro; lo sintió sólido y firme entre sus manos, aunque era un arma pensada para disparar a distancia, no para un combate cuerpo a cuerpo. Ésta podía ser su gran oportunidad de librar al mundo de Tyler Drake. Si se encontraba allá arriba, estaba decidida a que sólo uno de los dos bajara de ahí con vida. Drake jamás se sometería a un arresto.

Recorrió cada centímetro de aquellos peñascos. Tyler había pasado un tiempo allí; estaba segura de ello. Lo olía por todas partes; literalmente, lo olía. Y ese olor le evocaba tantas pesadillas. Los rastros eran tan recientes que supo con certeza que había estado reconociendo la finca mientras Lucian se encontraba con ella en el hospital. No les había disparado ni ella había presentido el peligro, de modo que seguro se había marchado antes de que ellos llegaran. Una vez que se hubo convencido de que Drake ya no estaba en aquel risco, se tomó un respiro. Todos aquellos recuerdos desapacibles agolpándose en su memoria le habían revuelto el estómago. La mera proximidad de Drake le provocaba náuseas. Después de respirar profundamente para calmar sus nervios, se encaramó sobre la roca pelada hasta el borde del risco para poder observar una vez más la casa con la mira telescópica. Desde allí la vista era mejor.

Sacó de nuevo la mira y apuntó. El denso follaje ocultaba la mayor parte de la fachada de la casa, pero las plantas superiores sobresalían por encima de los árboles. Incluso se alcanzaba a ver el interior de la vivienda a través de dos ventanas pese a las vidrieras de colores. Aunque no estaba tan familiarizada con la disposición de las habitaciones como para saber cuáles eran las que estaba viendo, ninguna de ellas le pareció su dormitorio. Disparando desde esa posición, Drake tenía posibilidades de dar en el blanco si Lucian entraba en cualquiera de las dos estancias. Se dio la vuelta y sacó un libretita en la que registró meticulosamente todos sus cálculos.

Tardó más en recorrer el camino de vuelta: descendió del risco y fue dando un rodeo en dirección al lado opuesto de la casa. El bosque era muy tupido, lleno de arbustos que crecían por todas partes. Llevar el fusil le resultaba cada vez más engorroso. Entonces tomó conciencia de que estaba mucho más débil de lo que había imaginado. Comenzó a sentir punzadas en las heridas, tan segura como había estado de que ya se le habían curado, y a tener dificultades para respirar. De niña, durante los entrenamientos en la base, la habían ejercitado para superar todo tipo de obstáculos, incluyendo los dolores y las molestias de cualquier clase. Hizo un somero balance de su situación, evaluó el estado de sus lesiones y apartó ulteriores consideraciones de su mente: era prioritario proteger a Lucian. Éste se había negado a creer lo que ella le decía: Drake, un profesional, un camaleón si era necesario, representaba un peligro para él.

La finca se veía inmensa desde ese lado. En eso Lucian tenía razón: incluso desde una elevación, Drake no habría podido efectuar un disparo decente. Pero tenía otras maneras de conseguirlo. Comenzó a caminar a lo largo del enorme muro de piedra que rodeaba los terrenos, altísimo y muy ancho. Al otro lado estaban los lobos, corriendo de un lado para otro; aunque no podía verlos, sentía su proximidad. Por extraño que pareciera, acudió a su mente la idea de que estaba oyendo cómo la llamaban. Drake había pasado por allí. Ella apoyó una mano sobre el muro. ¿Habría envenenado a los animales? A él no le habría resultado muy difícil. ¿Era ésa la seguridad en la que Lucian depositaba una confianza tan ciega? Los lobos no alcanzarían ni siquiera a retrasar a Drake en la ejecución de sus planes.

Capítulo 6

Jaxon ladeó la cabeza para evaluar con exactitud lo que necesitaría para trepar por el muro: no demasiado. Suspiró. ¿Qué alcanzaría a ver de la casa desde ahí arriba? Estaba estudiando la mejor manera de subir, buscando asideros para los dedos y puntos de apoyo para los pies, cuando un viento frío levantó un remolino de hojas y ramas alrededor de sus piernas. En medio de la furiosa ráfaga apareció, justamente detrás de ella, Lucian, su enorme cuerpo tan próximo que se quedó atrapada entre él y el alto muro.

Ella giró sobre sus talones y, alarmada, lanzó un grito grave mientras intentaba alzar la mano en la que llevaba un cuchillo. Lucian le rodeó la frágil muñeca con los dedos, inmovilizándosela sin dificultad, y se inclinó sobre ella, oprimiendo su menuda figura directamente contra la pared. Posó entonces la boca en su oreja:

—No estás en casa esperándome.

Ella tenía el corazón desbocado; y no estaba segura de si era debido a la proximidad de su cuerpo o a lo repentino de su aparición.

—Estrictamente hablando, creo que podría alegar en mi descargo que sí que estoy en la finca; más o menos. Sólo estaba echando una ojeadita.

Se sentía muy vulnerable atrapada entre el muro y el musculoso cuerpo de Lucian, así que estaba probando a plantarle cara. Él le había quitado el cuchillo de la mano, pero se la mantenía aprisionada sujetándole la muñeca firmemente con los dedos.

—De ninguna manera estás en la finca en la que te dejé, cariño —le susurró Lucian al oído.

Su cálido aliento le erizó el vello de la nuca y desató una excitación en todo su cuerpo que se apoderó de ella contra su voluntad. Le quitó entonces la capucha de la cabeza, dejando al descubierto su sedoso pelo rubio, que se desparramó revuelto en todas direcciones.

Jaxon ya no sentía frío; él había conseguido que entrara en calor con unas simples palabras.

—¿Es que te ha quedado alguna tareíta pendiente en la agenda? —le preguntó ella con dulzura.

Él deslizó una mano alrededor de su cuello para sentir las palpitaciones de su pulso en la palma y la acarició, siguiendo con el pulgar la delicada línea de su mandíbula.

—Él ha estado aquí antes que tú, cielo. Te has expuesto innecesariamente.

Lo dijo con su voz más tierna, pero ella percibió un matiz de reprimenda en aquel tono; más aún, una advertencia, quizá.

—No es innecesario. Es que no lo estás entendiendo. Es probable que nos esté observando en estos momentos.

Al caer en la cuenta de que, de hecho, podría ser así, intentó zafarse de él por todos los medios para cubrir así su enorme cuerpo, en la medida de sus posibilidades, con el suyo propio.

Lucian reconoció sin dificultad en su mente cuáles eran sus intenciones: estaba frenética por protegerlo de Drake.

—Calma, Jaxon —le susurró. Su voz era un bálsamo relajante que colmaba su mente de calor. Con su enorme fuerza la mantenía pegada a su cuerpo, protegiéndola, saboreándola—. Ahora mismo no está cerca. He registrado la zona. Si hubiera estado aquí, no habría tenido tantas consideraciones contigo. Tyler Drake no puede hacerme daño.

Sentía la mano que se había adueñado de su cuello, cálida, el pulgar que hacía correr fuego líquido por sus venas donde antes había fluido sólo sangre.

—No sé a qué te refieres con «he registrado la zona». Yo sí la he explorado; y he encontrado huellas suyas en dos sitios. Nos resultaría bastante fácil protegernos de cualquiera, pero de éste, imposible.

Lucian inclinó la cabeza hacia ella.

—No me estás escuchando. —Lucian parecía no prestar atención a la conversación, distraído por otras cosas—. No te muevas, Jaxon —susurró.

Se quedó completamente inmóvil. No sabía bien cómo, pero, allí donde había notado punzadas en las heridas, ahora sentía calor. Él extendió la mano sobre su abdomen y, aunque simplemente estaba manteniendo la palma sobre él, ella la sintió en su interior. De pronto, el dolor desapareció. Lucian la tomó entre sus brazos.

—No vuelvas a hacer esto otra vez. Estás cansada y helada sin necesidad.

Le rodeó la cara con las palmas de las manos.

Jaxon vio cómo, mientras él agachaba la cabeza hasta la suya, sus ojos pasaban de una oscuridad gélida a un anhelo ardiente de poseerla. Hipnotizada, se quedó aguardando el contacto de su boca. Sentía su aliento, el calor, la atracción; sentía su tacto en su mente, tierno y cálido. Él acercó la boca a la de ella, la conquistó, la saboreó. Entonces se desprendió del resto del mundo. Ya sólo había calor de seda, fuego líquido. Cerró los ojos y se entregó al sentimiento puro. Sensación. Hoguera oscura.

Abrazándola, alzó su menudo cuerpo entre sus fuertes y duros brazos y le susurró algo al oído. Ella no lo oyó; no podía oírlo. Vio su boca perfecta. Él ahuyentó de su mente toda sensatez, toda responsabilidad, para sustituirla por una magia ardiente. La tierra se retiró y el viento sopló con fuerza; lo notaba en el pelo, en la cara. El vértigo de una montaña rusa. Pero lo único que realmente importaba era su boca.

Cuando Lucian levantó la cabeza, Jaxon se sintió deslumbrada y tuvo que parpadear varias veces para poder enfocar la vista en lo que había a su alrededor. Súbitamente, jadeante, lo apartó de un empujón. Él la dejó en el suelo: las piernas le flaqueaban, pero, de la impresión que sufrió, logró mantenerse de pie. Estaban en la casa, junto a la puerta de la cocina. Se mordió el labio inferior con tanta fuerza que una gotita de sangre brotó de él; la notó por su sabor.

—¿Cómo hemos llegado hasta aquí?

Tenía una mano levantada para indicarle que no se le acercara.

Lucian, ignorando la señal, se acercó hasta ella para inclinarse de nuevo hasta su boca y, recreándose en sus labios, se los acarició con la lengua, se los curó, degustó su sabor. Jaxon, reticente a caer atrapada en su magia negra, le dio un empujón en el pecho, duro como una roca.

—Contéstame. ¿Cómo hemos llegado aquí?

—No es nada difícil de atravesar —le respondió divertido.

—¡Basta! —Jaxon se tapó los oídos con las manos—. No digas nada más hasta que haya pensado en ello. Cada vez que dices algo me sacas más de mis casillas.

Con sus ojos negros se estaba riendo descaradamente de ella. Extendió relajado una mano para retirar el fusil de su hombro. Le resultó increíblemente atractiva la belleza arrebatada de ella, allí de pie con sus enormes ojos de chocolate y su pelo alborotado, pero percibía la lucha que libraba su mente para encontrar respuestas y, dada su inclinación por la violencia, decidió que era mejor apartar aquella arma.

El aullido alegre de un lobo quebró el silencio de la noche.

—Ahí los tienes —dijo entonces Jaxon señalando hacia el bosque—. Tus amiguitos te están llamando. Ve a correr y a jugar con ellos un ratito. Ahora mismo me estás atosigando. Me vendría bien tomarme un respiro.

Él extendió un brazo hacia ella.

—La verdad es que correr con los lobos es un placer, cielo.

El brazo se agitó cubierto de pelo, negro y lustroso; la mano se contorsionó, cambiando de forma.

Un grito entrecortado salió de la garganta de Jaxon, que no podía creer que había sido ella misma la que había chillado. Giró sobre sus talones, abrió la puerta de la cocina de un tirón, se coló dentro y cerró de un portazo. Después de echar todos los cerrojos que tenía la puerta, se escurrió hasta el suelo, alzó las rodillas y se quedó meciéndose para intentar recobrar el aliento.

Aquello no estaba ocurriendo; no podía estar ocurriendo. *¿Qué eres?*, gritó mentalmente. ¿Qué era? ¿Qué debía hacer? Si llamaba a la policía nadie la creería, o bien, si la creían, el gobierno encerraría a Lucian en un laboratorio para diseccionarlo. Jaxon se cubrió la cara con las manos. ¿Qué había de hacer? Quizás había sido otro truco; otro juego de ilusionismo. Sólo por haber llamado vampiro a aquel engendro espantoso no tenía por qué ser real. Era una ilusión; tenía que serlo. Era un mago experto. Así se explicaba que tuviera tanto dinero, ¿verdad? ¿Acaso no eran multimillonarios todos los magos? Sí, por favor, que todos los magos lo sean.

Algo le hizo entonces levantar la cabeza. Tuvo mucho cuidado de mantener la cara tapada con las manos y de mirar a hurtadillas entre los dedos. A través de la puerta del pasillo, ahora abierta, vio lo que le pareció un banco de niebla a ras del suelo. Pareció estar suspendido ahí, en silencio, sólo por unos instantes. Jaxon se mordió los nudillos. Niebla; en la casa. Claro que sí, en casa de Lucian había niebla. ¿No había niebla en todas las casas?

De pronto, la figura de Lucian, alta y elegante, cubrió la entrada, impidiéndole ver el pasillo. Repasaba con sus negros ojos la cara de Jaxon, que pudo ver en ellos su no disimulado anhelo de poseerla. Se dio cuenta de ello, aunque, en realidad, lo único que deseaba hacer era salir corriendo. De nada le hubiera servido, no obstante, mover los pies si no era para echarse a volar.

—Vete, Lucian.

—Te he asustado, cariño. Lo siento. Sólo quería gastarte una broma.

Agitando sus largas pestañas, ella parpadeó unos instantes antes de encontrar el valor para alzar de nuevo la vista hacia él. ¿Por qué había de tener aquella presencia? Irradiaba poder.

—Todo el mundo que conozco sabe metamorfosearse en lobo. Es eso lo que estabas haciendo, ¿no? ¿Estabas transformándote en un lobo? —le preguntó ella mientras se mordía los nudillos con fuerza.

Lucian atravesó la habitación con su paso sigiloso y natural. Jaxon sintió el corazón aporreándole dolorosamente el pecho e intentó encogerse. Lucian se limitó a agacharse hasta el suelo y sentarse junto a ella, dándole la espalda a la puerta, su cuerpo muy cerca del suyo. Alzó las rodillas, moviéndose en todo momento despacio, con cuidado de no seguir asustándola.

—Estaba alardeando. —Le tocó el pelo—. Sólo eso, nada siniestro, sólo estaba alardeando.

Jaxon hizo una mueca.

—Muy bien, pues no lo vuelvas a hacer. La gente no es capaz de hacer esas cosas, Lucian. No es capaz, ¿vale? En realidad, tú no eres capaz de hacer esas cosas, así que deja ya de creer que lo eres. No es posible.

Él volvió a pasarle la mano por el pelo, alisándole los cabellos con ternura y, cogiéndole después la nuca con la palma, comenzó a darle un masaje, lento, relajante, para aliviarla un poco de su tensión.

—Cielo, ya hablamos de este asunto cuando estabas conversando con Barry sobre el lobo. Ya sabías que era yo.

Meneó la cabeza con rotundidad.

—No lo entendí al pie de la letra. Pensé que quizás habías ido con un lobo o con un perro. Como haces creer cosas a la gente por medio de ilusiones ópticas, pues pensé que podrías haber hecho que Barry tuviera un espejismo, no que, realmente, tú fueras el lobo. Nunca se me pasó por la cabeza. No puedes convertirte en un lobo. Nadie es capaz de hacer eso.

—Soy carpatiano, no humano, por mucho que tú te empeñes en pensar que lo soy. Tengo muchas capacidades; ya te he hablado de eso. —Su voz sonaba deliberadamente dulce y relajante.

—Vale, simplemente estás loco; eso es todo. No existe gente como tú en el mundo, Lucian, así que olvídate ya de todo eso. —Se frotó la frente—. Sencillamente, no eres capaz de hacer cosas como ésas.

—No estás respirando, cariño. Tómate un minuto y escucha a tu cuerpo —le aconsejó, manteniendo en su voz el tono suave y persuasivo.

De pronto, se dio cuenta de que tenía el corazón desbocado, los pulmones sin aire. Seguidamente, tomó conciencia de los latidos de Lucian, lentos y constantes, del aire que entraba sin dificultades en sus pulmones para, de inmediato, sintonizar todo su cuerpo al ritmo del suyo. Jaxon alzó los brazos para apartar bruscamente de la nuca la mano de Lucian.

—¿Ves? Ahí lo tienes. No puedes hacer esas cosas. Nadie es capaz de sincronizar con tanta exactitud los latidos del corazón como lo hacemos nosotros. Deja de hacer lo que sea que estés haciendo ahora mismo. Me estás volviendo loca.

Él mantenía la mano en su nuca, una postura extrañamente íntima que a ella, más que nada, le pareció relajante. Jaxon suspiró y apoyó la cabeza en el brazo de Lucian.

—Me estás volviendo loca —susurró de nuevo con voz cansina.

—Ahora crees que no eres capaz de aceptar las cosas que te cuento, pero, al final, tu mente superará sus limitaciones humanas.

Lo dijo con tanta ternura que se sintió conmovida.

En el mismo instante en que ella cedió a lo inevitable y se sosegó ante él, el corazón y los pulmones se le ajustaron al ritmo de los de Lucian, relajante, más lento. Él la cogió entre los brazos y la acunó como a una niña, haciéndola sentirse sana y salva. Ella, mirándole a la cara, se quedó tan inmóvil que podía haber sido una escultura. Era tan bella que podía haber servido de modelo al escultor de una diosa griega.

—No quiero sentir nada por ti —dijo entonces y siguió la línea de la perfecta boca de Lucian con la yema del dedo—. Eso me haría tanto daño.

Convertido en sombra en su mente, poniendo mucho cuidado de que ella no fuera capaz de reconocer el contacto, aplacó el caos de sus pensamientos. No le costó leer en ella el temor que sentía por él. Por él, y no tanto de él.

—Escúchame, Jaxon, y, esta vez, escucha bien lo que te digo. Tyler Drake es humano. No es un vampiro. No tiene poderes sobrenaturales. Drake no tiene nada que hacer ante alguien como yo. He estado dentro de tu mente, te acompañé mientras examinabas los lugares que eligió para espiar esta casa. ¿Acaso pensaste que te dejaría sola y desprotegida? ¿De verdad creíste que no sabría qué momento aprovecharías para abandonar la casa? Reconoceré su presencia en el momento en que se acerque a nuestras propiedades de nuevo. Tyler Drake no tiene posibilidad alguna de hacerme daño.

—Si sabías que había salido de la casa y estaba buscándolo, ¿no te preocupó que pudiera tropezarme con él? —le preguntó poniendo en entredicho sus palabras.

De haberlo sabido, un hombre como Lucian habría garantizado su seguridad.

En la boca de él se dibujó una sonrisa rayana en la crueldad.

—Lo habría matado desde la distancia. Estoy en tu mente, cariño. Puedo «ver» a través de tus ojos. Y todo lo que veo, también lo puedo destruir. Si establezco conexión con alguien y ese alguien oye mi voz, entonces lo puedo matar. Como ya te he dicho, tengo ciertas habilidades.

Ella se quedó recostada en silencio entre sus brazos intentando asimilar lo que le estaba diciendo.

—Lucian, ¿cómo puede ser cierto nada de eso? ¿Cómo puede existir alguien como tú durante tanto tiempo sin que ni siquiera una sola persona sepa nada de ti?

—Hay gente que nos ha descubierto. Procedemos de la cordillera de los Cárpatos y nos hacemos llamar carpatianos. Hay humanos que nos persiguen, que intentan asesinarnos. Hay científicos que nos diseccionarían en un laboratorio. Temen que seamos vampiros y, aunque seamos tan pocos, nos temen por nuestros poderes.

—Me das pavor.

—No, no te doy miedo. A tu mente le cuesta aceptar las diferencias. No confundas eso con el miedo. Sabes que nunca te lastimaría. Soy incapaz de hacerte daño. Tú eres mi corazón y mi alma; el aire que respiro. Tú iluminas la terrible oscuridad de mi alma. —Le cogió la mano y se la acercó al calor de su boca—. Hay momentos en que creo que eres capaz de reunir todas las piezas extraviadas de mi alma y, devolviéndolas a su sitio, completarme de nuevo.

—¿De verdad es así como me ves, Lucian? —Jaxon dirigió sus grandes ojos a las profundidades oscuras y vacías de los suyos.

—Eres tú, Jaxon —respondió en voz baja—. Te necesito. Nadie en el mundo te necesita como yo. Para vivir; para respirar. Tú eres mi risa y, sospecho, mis lágrimas. Tú eres mi vida misma.

—No puedes tener esos sentimientos hacia mí. ¡Si me acabas de conocer! No sabes quien soy.

—Jaxon, he estado muchas veces en tu mente. ¿Cómo no habría de conocerte? Ya has conquistado mi corazón. Soy yo quien debe encontrar la manera de que me ames pese a todos mi pecados.

—¿Tantos tienes? —le preguntó ella con dulzura.

Con sus confesiones la estaba dejando perpleja. Tan autosuficiente como parecía ser, ¿cómo podía necesitar entonces de nadie, y menos aún de alguien con tantos problemas como ella?

—Mi alma está tan manchada de negro, amor mío, que no hay manera alguna de redimirla jamás. Soy un ángel oscuro de la muerte. Llevo siglos cumpliendo con mi deber y ya no conozco otra forma de vivir.

—Ahí está otra vez esa palabra. *Siglos.* —Una leve sonrisa ahuyentó las sombras de su cara—. Si eres una persona tan oscura, tan terrible, ¿cómo es que no siento maldad cuando estoy cerca de ti? Ya sé que no tengo tus... —titubeó un momento, incapaz de encontrar la palabra adecuada— dones, pero tengo un sistema de radar innato que detecta todo mal. Siento su presencia inmediatamente. Es imposible que tengas un alma negra, Lucian.

Él se puso entonces en movimiento, una leve agitación casual de sus músculos, pero le bastó para ponerse en pie sin esfuerzo, con Jaxon entre sus brazos.

—Tienes que comer, muchachita. Te estás quedando en los huesos por momentos.

—Me coges tanto en brazos que pensé que agradecerías que no tuviera ni un kilo de más.

Lucian la soltó sobre la encimera.

—No irás a contarme ahora que no comes porque te preocupa que no sea capaz de levantarte en brazos.

Ella se cruzó de piernas y enarcó una ceja.

—Me preocupa más que te hagas daño en la espalda —respondió ella intentando apartar la mirada de los músculos que de forma tan provocativa se rizaban bajo su fina camisa de seda blanca.

Él se rio con suavidad de su disparatado comentario mientras comenzaba a reunir los ingredientes básicos de un caldo.

—No volverás a desobedecerme, Jaxon; no cuando se trate de cosas importantes para tú seguridad.

—¿*Desobedecer*? Qué palabra tan interesante. Creo que, en realidad, no acabo de entender qué significa, y eso que ya soy una mujer adulta y todo eso.

—Adulta. ¿Así es como lo llamas? ¿Crees que ya has alcanzado tu máximo de madurez? Qué idea tan sumamente aterradora.

—Espero que no estés pensando de verdad que te voy a obedecer —repuso Jaxon en voz baja, hablando completamente en serio, y se inclinó hacia adelante para captar su atención—. No, ¿verdad?

Él se encogió de hombros con esa elegancia natural, ese donaire que siempre le cortaba la respiración.

—Nunca me ha hecho falta pedir las cosas más de una vez.

Ella se reclinó hacia atrás y frunció el ceño.

—¿Qué quiere decir eso? ¿No te atreverás a usar esa voz amenazante tuya contra mí?

Él apartó la vista de lo que estaba haciendo y le sostuvo la mirada con sus negros ojos.

—Nunca lo sabrías si lo hiciera, ¿no es cierto? —le preguntó con voz muy, muy suave.

Jaxon saltó al suelo, apenas conteniéndose para no darle una patada en la espinilla.

—Ya está bien. Sabes de sobras que aquí no se trata de que me estés pidiendo que acepte alguna tía tuya rara o algo parecido. No eres precisamente un prometido común y corriente. Y no voy a cambiar mi forma de ser por ti. Si ascendí tanto en el departamento fue gracias a mi trabajo y a que soy buena en lo que hago. Soy muy buena. Un poco de respeto.

Lucian removió el caldo sin cambiar la expresión.

—¿Piensas que no siento respeto por ti ni por las cosas que has tenido que afrontar en tu vida? No es posible que lo creas. Estás enfadada sin razón, Jaxon. Yo tampoco puedo cambiar lo que soy. He jurado cuidar de ti y es mi obligación hacerlo. Ya estaba escrito en mi destino antes de nacer. ¿Piensas que el hecho de que seas mortal cambia en algo las cosas?

—Vaya por Dios, otra vez el asunto de la mortalidad. Al menos alguien te dio a luz. Qué alivio. —Se echó el pelo hacia atrás con una mano—. Mírame, Lucian.

Él se volvió obediente atendiendo a su exigencia. Ella examinó su rostro fijamente, repasando con detenimiento sus rasgos sensuales antes de detener, pensativa, la mirada en sus ojos negros.

—Lo sabría. No harías jamás ni siquiera el intento de ocultarme una cosa así. Te sentirías culpable.

—Nunca me sentiría culpable por obligarte a cuidar de tu salud, cielo. No cometas el error de depositar en mí demasiada confianza. Me sentiría culpable de ocultarte algo, cierto. No está bien hacerlo entre compañeros eternos. En cualquier caso, sólo tienes que examinar mi mente.

Jaxon no pudo evitar reírse de esa idea.

—Apenas alcanzo a comprender las cosas que me dices. Puedes estar seguro de que no pienso dedicarme a pasear por un cerebro de varios siglos de edad. Eso serían ganas de buscarse problemas. ¿Cómo es que puedes tener una apariencia en cierta medida moderna, siendo en realidad tan rematadamente antiguo?

Lucian volvió al caldo.

—No es tan difícil. Estudio los entornos nuevos y me adapto rápidamente a ellos. Es necesario hacerlo cuando uno quiere amoldarse. Siéntate a la mesa.

Ella taconeó impaciente con el pie.

—El olor no me da náuseas. Eres tú, ¿no es cierto? Estás haciendo algo para que pueda oler la comida sin sentir ganas de devolver.

—Sí. —No encontró razón alguna para desmentirlo—. Tienes que comer. No quiero tomar la decisión de convertirte sólo porque no seas capaz de tomar tu sustento. No estaría bien.

«Convertirte». Jaxon encontró una silla y se sentó en ella bruscamente. ¿Por qué sería que aquello sonaba como si lo hubieran sacado directamente de una novela de vampiros? Consternada, le hizo un gesto con la mano.

—Nunca más. Ni lo pienses ni lo digas nunca más. Me estoy acostumbrando al asunto de los siglos, pero lo de «convertirte» es demasiado.

Lucian le colocó delante el tazón de caldo. Su mente, conectada con la de ella, asumió el control. Le produjo sensación de hambre, la idea de que aquella sopa estaba deliciosa y que deseaba comérsela. Le ordenó a su cuerpo no rechazarla y reforzó aquella orden con un «empujón» para evitar fallos. Con mucha ternura dejó una mano apoyada en su hombro, pues precisaba mantener el contacto físico con ella.

Antes, Lucian no se había permitido expresar lo que había sentido cuando advirtió que ella estaba abandonando la casa. Ahora, allí, en la cocina, lo estaba examinando, dándole vueltas en la cabeza una y otra vez a aquella emoción que le resultaba tan poco familiar. Miedo. Había temido por ella. No por la posibilidad de que Drake la encontrara, sino por utilizarla para acabar con Drake. No quería que ella tuviera que afrontar tal cosa. Miedo. Miedo de que un vampiro la descubriera lejos de la red que él había tejido para protegerla dentro de los límites de la finca y la casa. Miedo. Nunca había sentido esa emoción. Le había revuelto las tripas.

Lucian tenía los dedos enredados en el abundante cabello rubio de Jaxon. Sorprendida por la forma en que tenía el puño apretado entre su pelo, ella inclinó la cabeza hacia atrás para mirarle.

—¿Qué te pasa? ¿En qué estás pensando? —No halló nada en la expresión de su cara, nada que lo delatara, pero ella ya empezaba a conocerlo, a saber que aquel leve pero indiscreto indicio de tensión revelaba que sus pensamientos no habían sido agradables—. Dime.

—Tuve miedo por ti. Antes, mientras estabas lejos de la seguridad de la casa. —Lucian no tenía intenciones de ocultar la verdad.

—Pero tú mismo dijiste que estaba completamente a salvo —respondió ella inmediatamente, rodeándole con los dedos la ancha muñeca.

—De Drake sí que estabas a salvo —admitió él bajando asombrado la mirada hacia la mano de ella, pues, aunque con los dedos no alcanzaba ni a abarcar la mitad de su muñeca, ejercía un enorme poder sobre todo su ser—. Drake no puede hacerte daño.

—Lucian, Drake es poderoso. Podría dar con Barry. Ya sé que piensas que eres imbatible, pero una bala de un francotirador puede ser mortífera desde una gran distancia, y Drake es un tirador excelente. No le hace falta enfrentarse a ti. —Agachó la cabeza—. Así es como puede hacerme daño. Así lo ha hecho siempre, a través de otros, de las personas que significan algo para mí. Es por eso por lo que no quiero estar contigo.

Una sonrisa se le dibujó entonces a Lucian en la cara, justo por encima de la cabeza de Jaxon.

—Estás empezando a sentir algo por mí.

—Tú sigue repitiéndote eso —le respondió—. Está bueno este caldo. Me sorprende que sepas cocinar.

No quería indagar demasiado en lo que él comía o dejaba de comer ni aludir a ello de ninguna forma concreta. No era el momento de espantarse de nuevo. Se levantó con delicadeza, apartándose de él con un leve giro muy femenino que a Lucian le pareció, para sus adentros, divertido.

Así era todo lo que ella hacía: iluminaba su interior, lo colmaba de calor, le hacía sentir deseos de sonreír; más aún, lo hacía sonreír. Se la quedó mirando mientras ella, muy hogareña, fregaba con mucho cuidado el tazón y la cuchara.

Jaxon lo sorprendió observándola.

—¿Qué? —le preguntó, aparentemente a la defensiva.

—Me gusta mirarte —admitió él relajado—. Me gusta tenerte en casa.

Ella intentó no dejarle ver lo mucho que le agradaban esas palabras. Quizás era que simplemente estaba sola. Quizá no era más que porque sus bonitos ojos la impresionaban demasiado. O su voz. O tal vez su boca. O a lo mejor porque era rematadamente guapo. Suspiró en voz alta y dijo:

—Subo a descansar un rato. Vivir contigo es demasiada excitación para mí.

Él la siguió escaleras arriba cargando con su fusil de francotiradora.

—Esto pesa casi tanto como tú, Jaxon.

—Dijiste que sabías que había salido de la casa —se puso a reflexionar de pronto en voz alta, ignorando por completo su broma—. ¿Cómo es que yo no sabía lo que estabas haciendo?

—No miraste.

Ella le lanzó entonces una mirada por encima del hombro censurándolo ostensiblemente con sus grandes ojos.

—¿Que no miré? ¿Que no miré adónde?

—A mi mente —le respondió él sin cambiar la voz, sin imprimir inflexión alguna en ella—. Siempre estoy presente en tu mente como una sombra. Aparte del hecho de que es mucho más seguro para mí saber lo que estás haciendo en cada momento, necesitamos estar siempre en contacto para sentirnos a gusto.

—¿Sabes una cosa, Lucian? Si tuviera una pizca de cerebro no te dejaría sorbérmelo de esa manera. Me sueltas esas cosas como si nada y mi curiosidad siempre acaba pudiéndome.

Lanzó los cuchillos y las pistolas sobre el tocador, se sacó la capucha del bolsillo y la añadió al montón cada vez más abultado de cosas.

Lucian la observaba con los ojos entornados mientras se le dibujaba una sonrisita en la boca.

—Mírate; eres un arsenal andante.

—Bueno, al menos sé cómo cuidar de mí misma. Tú crees que eres tan poderoso que ni siquiera te puede alcanzar el disparo de un francotirador.

—Otra vez con eso. Cariño, puedo controlar los cielos, hacer que se mueva la tierra, trasladarme a través del tiempo y del espacio. Estoy mucho mejor armado en todo momento de lo que tú lo estarás en toda tu vida. Y no me examines con esos ojos grandes y marrones y ese ceño en la cara. Además, ahora mismo estás corriendo un grave peligro, pues me han entrado ganas de quitarte de un beso esa expresión de la cara.

Jaxon retrocedió con tanto apresuramiento para apartarse de él que acabó cayéndose de espaldas sobre la cama con cara de espanto.

—Vete a la otra punta de la habitación, maniaco —le ordenó mientras levantaba una mano para protegerse de él—. No hables ni me mires tampoco. Siempre con tus triquiñuelas para salirte con la tuya.

Él la había acosado de una punta a otra de la habitación, cerniéndose sobre su cuerpecito como un conquistador de leyenda.

—Te mereces un castigo por haber abandonado la casa después de haberme prometido con tanta sinceridad que no te moverías de aquí.

—Te aseguré que no iba a salir a bailar —puntualizó ella virtuosa—. No sé de dónde has sacado la idea de que tenía intenciones de quedarme por aquí sentada esperándote. Tengo cosas que hacer. Las mujeres modernas de hoy en día no se quedan en casa mientras sus maridos salen por ahí a divertirse.

Lucian le palpó la cara con la yema del dedo, entreteniéndose en su piel suave, siguiendo la delicada línea de su pómulo prominente.

—Sólo salí a pasear. El aire puro es muy bueno para la salud, ¿no lo sabías? Y pasear es el mejor ejercicio de todos. Se puede practicar en cualquier sitio, en cualquier momento. —Parecía totalmente convencida de ello—. Pasear no cuenta como salida.

Lucian se sentó en la cama muy pegado a ella.

—Pasear —susurró ausente, con los dedos enredados en su cabello, distraído por su tacto—. No te vuelvas a poner en peligro otra vez, cielo. La próxima vez tomaré medidas.

Ella le dio un empujón en su pecho, duro como una roca, más para poder recobrar el aliento que por cualquier otra razón. Él parecía capaz de robarle hasta el aire.

—Espero que no pienses que me puedes amenazar de ninguna forma. Soy policía, Lucian. Las amenazas no son la mejor manera de ganarse el favor de nadie.

—No necesito el favor de nadie, y no me preocupan demasiado tus maneras más bien extrañas de ocupar tu tiempo. Quizá no sea éste el mejor momento de sacarlo a relucir, pero es que pareces no entenderlo. Nadie ha cuestionado nunca mis decisiones. Y no volverás a ponerte en peligro.

Lucian nunca gritaba; en todo caso, había hablado con una voz aún más baja, más delicada que en ninguna otra ocasión, y que había sonado suave, casi ausente, mientras le daba aquella orden.

Jaxon frunció el ceño.

—No pareces ganar mucho a medida que una te va conociendo mejor. No me gustan los hombres mandones.

Él le deslizó la mano hasta la nuca acariciándole la piel suave y fragante, y no parecía notar que, mientras permanecía muy quieta, ella estaba intentando no llamar la atención sobre el hecho de que él estaba consiguiendo que se dispersase en todas direcciones.

—No me considero mandón. Hay una gran diferencia entre ser mandón y estar al mando.

—Pues vete a mandar a otra persona, Lucian, porque yo estoy a cargo de mi propia vida. Totalmente. Si decido abandonar la casa, lo haré cada vez que me plazca. Y no pienses que te puedes permitir ser un dictador absoluto sólo porque eres...

No encontraba las palabras. ¿Qué era?

Ya te he respondido a esa pregunta. Utilizó deliberadamente la forma de comunicación íntima que usaban los de su especie entre compañeros eternos. Inclinó entonces la cabeza hasta su vulnerable nuca incapaz de resistirse a la tentación. *Soy carpatiano; tu compañero eterno.*

De pronto, él sintió sobre su cuerpo una danza de llamas voraces. Contrajo el vientre ardientemente y cerró los ojos para degustar el sabor y el tacto de su piel, para deleitarse con la sensación de intenso apetito. Inclinó su cuerpo sobre el de ella, obligándola poco a poco a acostarse debajo de él de un lado al otro de la cama, sintiendo su cuerpo muy frágil y delicado bajo sus manos, que lo exploraban para grabárselo por siempre jamás en lo más profundo del alma.

—Lucian.

Oyó su nombre como un susurro, una súplica suave, casi como si estuviera pidiéndole socorro.

Lucian levantó la cabeza y se quedó mirando fijamente sus enormes ojos. Ella parecía confundida, adormilada y muy, muy sexy.

—No te estoy lastimando, cielo. Sólo estoy cediendo a la tremenda necesidad que tengo de sentirte.

Ella alzó la mano para acariciarle el pelo mientras su carnoso labio inferior se tensaba ligeramente en una sonrisa.

—Sí, bueno, ya me he dado cuenta. Sólo que creo que es un poco peligroso. Aún me estoy haciendo a la idea de que no eres humano. Tú me cuentas todas esas cosas tan interesantes de ciencia ficción y yo oigo lo que me dices, pero mi mente se resiste a encajar todos los datos. Definitivamente, me das miedo, Lucian.

—A ti no —la desmintió con voz relajada mientras se inclinaba para encontrar el cuello con su boca. Sabía tan bien, tenía un tacto tan maravilloso; su piel era como satén—. He sido intachablemente delicado contigo.

Recorrió con la boca su piel perfecta descendiendo hasta la garganta y a lo largo de la clavícula. Era tan sumamente delicada. No alcanzaba a entender cómo era posible que algo tan pequeño pudiera contener tanta perfección junta.

—Tú siempre tienes un control tan perfecto de ti mismo. No te puedo imaginar fuera del dominio completo de ti mismo. Y, entonces, me miras y...

Cerró los ojos cuando Lucian comenzó a pasear la boca más abajo, empujando a un lado el fino tejido de su blusa para poder seguir probando más piel aún.

—¿Decías? —susurró él junto a la provocadora turgencia de su pecho—. ¿Te miro?

Sus dientes rozaron entonces su sensible piel, con delicadeza, cargados de erotismo, y ella se oyó jadear mientras le mecía la cabeza con los brazos.

¿Qué estaba diciendo? Él seguía sin perder el control. Incluso ahora, en que ella yacía acostada entre sus brazos, sintiendo su cuerpo ardiente de deseo por el suyo, hambriento de ella, él seguía dominándose por completo. Y se entregó más plenamente a sus brazos, apretando su cuerpo aún más contra el de él, rebosante de fuerza. ¿Qué se sentiría perteneciendo a alguien, perteneciendo realmente a alguien, sin el temor que siempre la acompañaba? Cuando estaba con Lucian, nunca tenía miedo.

Lucian sentía el cuerpo de Jaxon, suave y flexible, amoldándose al suyo. Retiró de la piel la molesta prenda otro poco, descubriendo sus pequeños pechos, perfectamente moldeados, que quedaron así expuestos a la frescura del aire, a su mirada oscura, anhelante, al calor de su boca. Jaxon era verdaderamente un milagro; todo en ella lo era. Se movía inquieta, y él, en su necesidad de sentir cómo se imprimía cada centímetro de su piel contra la suya, volcó su peso sobre ella para sujetarla aún más plenamente bajo su cuerpo. Entonces inclinó la boca y saboreó su pecho, enredando en él su lengua lentamente, coqueteando con su pezón, erguido y de punta.

Lucian oyó cómo la sangre se precipitaba por las venas de Jaxon, flujo y reflujo, llamándolo, reclamándolo con su dulce invitación. Susurró su nombre con dulzura, acarició su piel, recorriendo cada costilla, perdiéndose en cada hendidura de su menudo talle. En sus oídos oyó un rugido sordo, y la bestia que había en él le alzó la cabeza y liberó el rugido. Bramó para reclamar lo que le pertenecía.

Jaxon percibió el cambio que se estaba produciendo en él. Lo notó en la fuerza con que tomaba posesión de sus manos, en la súbita agresión que sufría su cuerpo. Por primera vez, sintió miedo. Agarró su pelo negro y espeso entre los puños y dejó escapar un gemido entre sumiso y disconforme.

—Lucian —susurró, nombrándolo como un talismán, a sabiendas de que él siempre la protegería.

Súbitamente, él levantó la cabeza. A ella se le había cortado la respiración. Tras las profundidades de sus ojos se agazapaba un animal. Ella lo estaba mirando, las llamas rojas en sus ojos, el calor y el hambre aliados en fiera conflagración. El corazón, desbocado, le aporreaba el pecho.

—Lucian.

Tiró con más fuerza de su pelo, agarrándose a él con los puños llenos, resistiendo por su vida.

—No pasa nada, cielo —dijo él con ternura. Le besó dulcemente el cuello, entreteniéndose en el lugar donde palpitaba con violencia—. Nunca podría hacerte daño. Eres mi vida, el aire que respiro. A veces puedo actuar más como un animal que como un hombre, pero, después de todo, soy hombre.

—Pero no eres humano. —Jaxon no podía hablar más que con un hilo de voz.

—No soy humano —reconoció él—. Soy un varón carpatiano, y en este instante muy necesitado de su compañera de vida.

Repentinamente, Jaxon se percató de lo desarreglada que tenía la ropa.

—Creo que lo mejor sería que salieras de mi dormitorio.

—¿Lo mejor para quién? —preguntó él con un matiz jocoso en su tono de voz—. No para mí. —Con mucha delicadeza le arregló la blusa negra, cubriéndole su piel de color crema—. ¿Te haces una idea de cuánto significas para mí? —Agitó la cabeza—. Es imposible que lo sepas.

Ella casi ni se atrevía a resollar. Todo su cuerpo clamaba por el suyo, traicionando por completo la parte más juiciosa de sí misma.

—Lucian, de verdad, necesito quedarme sola un rato.

—Así que ¿eres capaz de negar que me necesitas?

—Totalmente —confirmó ella muy dispuesta.

No había razón para negarlo. En realidad, él podía sentirse afortunado por su falta de experiencia. Ella podría estar en esos momentos arrancándole la ropa. Y la sola idea le quitaba la respiración a Jaxon.

Ella lo miró muy expresiva enarcando una ceja.

—A mí también me quita la respiración —susurró él, probando una vez más que era una sombra firmemente arraigada en su mente.

Le habría gustado enfadarse con él, pues no tenía derecho a escuchar cada uno de sus pensamientos, sin embargo, no pudo evitar echarse a reír. Le pareció tan íntimo estar acostada en la cama mientras él le rodeaba la cintura con el brazo y paseaba sus ojos negros sobre ella con tan indisimulado apetito.

—Qué malo eres, Lucian.

Jaxon cerró los ojos con aire cansino. Era una sensación tan maravillosa simplemente permanecer acostada allí, quieta, sin pensar en nada, sin hacer otra cosa que sentir el calor y la fuerza de Lucian.

—Qué cansada estoy. Debe de estar a punto de amanecer. ¿Por qué siempre nos quedamos hablando hasta el amanecer?

—Para que te canses y duermas todo el día, durante las horas en que soy más débil. Es una buena manera de mantenerte encadenada a mí. —Lucian se estiró perezosamente y añadió—: Pretendo dormir aquí contigo, así que ponte cómoda y no intentes discutir conmigo.

Jaxon le dio un golpe en el hombro y se deslizó para recostar su cabeza en él.

—No iba a ponerme a discutir contigo. ¿Cómo se te ocurre pensar una cosa así? Yo nunca discuto.

Lucian le sonrió. Era tan pequeña; le sorprendía que fuera una persona tan fuerte.

—Claro que no discutes. ¿En qué estaría yo pensando? Duérmete, cariño, y permítele a mi pobre cuerpo tomarse un descanso.

—Yo ya estoy dormida. Eres tú quien no para de cotorrear.

Lucian se concentró en la protección de la finca. Le pareció que estaba demasiado distraído con Jaxon acurrucada tan cerca de él, con su cuerpo encajado a la perfección en la curva del suyo propio. Ella creía que él nunca perdía el control, y quizá no se equivocaba, al menos en lo referente a cualquier otro asunto —cualquier asunto que no fuera Jaxon. Y es que no estaba tan seguro de su capacidad de protegerla de sus propias necesidades y apetitos.

—¿Lucian?

El tono adormilado de su voz le hizo sentir que se le contraía el vientre en una bola de fuego que se expandía por sus entrañas como lava líquida.

—Duérmete.

La rodeó con el brazo, cubriéndola completamente, y, *motu proprio*, los dedos se le enredaron en su gruesa mata de pelo revuelto. Su voz sonaba ronca de deseo.

—¿Tú no duermes en algún lugar subterráneo o algo así? Ya sé que no usas ataúd, pero esto me resulta demasiado normal —le dijo con voz recelosa.

Lucian vaciló. No podía haber mentiras entre compañeros eternos, y él se había cuidado de contarle todos los detalles de su vida por los que ella le preguntaba, pero a esto, ¿qué había de responder?

—Duérmete.

Jaxon intentó entonces levantar la cabeza. Lucian pareció no darse cuenta: su brazo reposaba firmemente en su sitio.

—Lucian, o me lo cuentas, o pienso estar todo el día fastidiándote.

—Creí entender que no querías conocer con pelos y señales todos los detalles de mi vida.

Sus dedos se movían con delicadeza entre su pelo, una caricia tierna que le calentaba el corazón como nada en el mundo.

Era la manera de tocarla, la manera de mirarla, decidió Jaxon; como si ella fuera la única mujer en el mundo para él. Y era tan seductor, un hechicero oscuro, imposible resistírsele. Como en aquel preciso instante, con la boca rozándole la coronilla y su forma de aspirar su aroma como si estuviera incorporando su esencia a su propio cuerpo.

—Estoy empezando a encariñarme con tu mundo de ensueño, Lucian. —Su voz se despojó entonces de la ironía y se volvió muy seria—. Quiero saberlo todo de ti. Quizá no de golpe, pero, con el tiempo, quiero saberlo todo.

Acostado allí, con el cuerpo tenso, caliente, incómodo, debería haberse sentido como en las hogueras del infierno y, sin embargo, se sintió pleno de dicha. Sus palabras lo conmovieron, fundiendo su interior, y el demonio que habitaba en él quedó bien atado. Sabía que sería suya, que nunca la dejaría escapar, pero nunca había creído que llegaría a amarlo por quien era, por lo que era. Quizás eso nunca llegaría a suceder, pero sí era cierto que Jaxon quería conocerlo, conocer su realidad.

Llevó la mano hasta su nuca y se enredó el cabello entre los dedos.

—Para rejuvenecer nuestros cuerpos, como, por ejemplo, cuando sufrimos heridas mortales o invertimos mucha energía en sanar a los demás, la tierra nos acoge en su seno. No obstante, no es estrictamente necesario dormir entre sus brazos. Sí es más seguro, pues hay pocos males que se puedan abrir camino hasta nosotros cuando estamos allí.

Volvió a vacilar de nuevo, pues no estaba seguro de cómo se tomaría la siguiente información.

Jaxon le golpeó ligeramente el pecho con el puño, sin molestarse en abrir los ojos y fruncir el ceño, pues le pareció que con su gesto ya era suficiente reprimenda.

—Cuéntame.

—Normalmente, dormimos de una forma diferente a como lo hacen los humanos, deteniendo el corazón y los pulmones, acostados como si estuviéramos muertos. Pero sería peligroso hacerlo en un marco como éste. Bajo esta casa tengo un dormitorio subterráneo. Si ocurriera algo y fallara mi sistema de protección, sería mucho más fácil para un adversario matarme aquí que hacerlo en ese dormitorio, donde no podría encontrarme.

Jaxon le apartó el brazo bruscamente y se sentó, el pelo cayéndole revuelto alrededor de la cara y los ojos abiertos como platos.

—¿Y por qué no estás haciendo lo que deberías? No pienso llevarme el gran susto al despertarme junto a alguien que parece un muerto.

—No voy a dormir como lo hace mi especie, Jaxon. Estamos unidos. Tenemos que mantener nuestras mentes en contacto con frecuencia, si no sería incómodo, incluso peligroso. Tu mente se ha acostumbrado al tacto de la mía. Sin él sentirías una pena muy intensa, mucho más de lo que un humano puede soportar. Las emociones de los carpatianos son extremadamente fuertes, Jaxon, sin duda debido a nuestra longevidad. No te puedo describir con exactitud lo que sentirías, pero tampoco permitirme arriesgar tanto contigo. No hay necesidad. Dormiré como lo hace tu especie.

—¿Por qué no duermes siempre como nosotros?

Lucian suspiró y la cogió deliberadamente una vez más entre sus brazos.

—Hablas demasiado; y deberías estar durmiendo ya hace rato.

—Eso es lo que has estado haciendo, ¿verdad? Has estado durmiendo junto a mí como un humano, en lugar de hacer lo que es conveniente para ti —dijo Jaxon con acierto—. Por eso tienes ese aspecto de cansado a veces. Tu cuerpo no descansa de esta forma, ¿no es cierto?

—Cierto, no descansa —respondió él con una voz que sonaba entre exasperada y risueña.

—Ve a tu dormitorio subterráneo o como se llame —le ordenó.

—No puedo estar separado de ti.

—Si se te paran el corazón y los pulmones, entonces es probable que no seas capaz de sentir nada —dijo Jaxon con lógica.

—Otra vez estás intentando cuidar de mí —puntualizó él deseando que su propio corazón no reaccionara con tanta vehemencia frente a la preocupación que sentía por él.

A lo largo de todos los interminables siglos que él había perdurado no era capaz de recordar ni a un sólo individuo, salvo su hermano gemelo, Gabriel, que se hubiera preocupado por él. Y no lo había hecho de la misma forma.

—Alguien tiene que cuidar de ti, ya que tú no lo haces —replicó ella—. Lo digo en serio, Lucian. Se te ve a simple vista lo cansado que estás. Por favor, ve adonde puedas dormir como es debido.

—No sin ti.

Se hizo un breve silencio.

—¿Yo puedo ir?

—Sí —respondió despacio—. Ya te dije que no es bajo tierra. Está por debajo del sótano, pero no es dentro de la tierra misma.

—Si me despertara, ¿podría salir fácilmente de allí? No creo que sea claustrofóbica, pero no soportaría quedarme atrapada en ningún sitio.

—Te puedo mostrar el camino. Pero, Jaxon, no vayas a pensar que estoy muerto. Si te despiertas antes que yo, antes de que se ponga el sol, tu mente te engañará. Tendré aspecto de muerto, al tacto pareceré muerto. No puedes permitir que tu razón te induzca engañosamente a hacer ninguna insensatez. Los compañeros eternos a menudo ponen fin a sus vidas con tal de no vivir solos tras haberse unido. Tienes que prometerme que, si te despertaras, no abandonarías la casa, y si te resultara insoportable, me llamarías con insistencia como lo hace mi gente.

—¿Y tú podrás oírme con el corazón y los pulmones parados?

—La mayoría no puede. Pero yo no soy la mayoría. Si estás sufriendo y me llamas, te oiré.

—Pues vamos —dijo ella con determinación.

—¿Estás segura de que quieres hacer esto? No es necesario.

—Sí que lo es. Necesitas dormir y mantenerte en forma para hacer todas esas cosas raras que haces. Me estoy acostumbrando a todo eso y lo echaría de menos si ya no pudieras hacerlo.

Lucian la alzó sin dificultad, abrazándola entre sus brazos, mientras se levantaba de la cama directamente al aire.

—Cierra los ojos, cielo. Ya sabes lo poco que te gusta mi forma de viajar.

—Lo de la velocidad.

—Eso es —respondió él con una voz infinitamente tierna.

Jaxon cerró los ojos y, con el corazón palpitando agitadamente, se acurrucó todo lo que pudo entre sus brazos. Sintió la corriente de aire y la sensación de viajar a través del espacio y el tiempo mientras maniobraban circulando por los intrincados pasadizos que conducían al dormitorio subterráneo de Lucian, a una gran profundidad bajo la casa.

Cuando la depositó sobre la cama, Jaxon miró temerosa a su alrededor. La estancia era bonita, no tenía ningún parecido con la cueva en la que se había imaginado que estaría. Era un espacio amueblado y de una fragancia relajante, con velas y piedras de cristal que reflejaban las trémulas llamas, proyectando sombras fascinantes. Le pareció que podría quedarse acostada allí junto a él sin temor.

Lucian se inclinó sobre ella y le pasó la mano por la cara, siguiendo con ella sus adoradas líneas.

—Que duermas bien, cielo. Si sueñas, que sea sólo conmigo.

Agachó la cabeza y fue al encuentro del calor sedoso de su boca una última vez, reclamando sus derechos, reafirmando sus propósitos, haciendo que la tierra se agitase para ambos. En el mismo instante en que alzó la cabeza le ordenó que durmiera, que se quedara profundamente dormida y de forma ininterrumpida hasta que el sol se pusiera.

Únicamente cuando estuvo seguro de que todas las defensas estaban en su lugar y encargó a los lobos que protegieran sus propiedades permitió que el aliento abandonara su cuerpo y que su corazón cesara de latir.

Capítulo 7

Jaxon se abrió paso a duras penas entre varias capas de espesa niebla y emergió con un intenso dolor de cabeza y sensación de náuseas. En la oscuridad del dormitorio subterráneo era incapaz de saber si era de día o de noche, ni un solo rayo de luz se podía colar a través de los gruesos muros del aposento. Inmóvil, bajo tierra, en algún lugar muy profundo, intentaba encontrar una explicación a lo que le estaba sucediendo. Palpó a Lucian a su lado. Su cuerpo estaba frío y no pudo apreciar latidos en su corazón, ni movimientos de ascenso y descenso en su pecho. Resultaba estremecedor estar allí acostada junto a él sabiendo que ni siquiera respiraba.

Por momentos sintió que se ahogaba ante la posibilidad de que yaciera muerto junto a ella, pero Lucian la había preparado para tal eventualidad y obligó a su mente, presa del pánico, a razonar. ¿Qué la había despertado? Por instinto sabía que había sido programada, que había recibido la «orden» de Lucian de no despertar hasta que él lo hiciera.

Le costó unos minutos sacudirse la niebla de encima, pero el dolor de cabeza se había resistido a desaparecer junto con ella, casi como si el aire fuera demasiado denso para respirar. Incorporándose, se echó su tupido pelo hacia atrás. Sentía tremendas sacudidas en el estómago y se lo apretó con ambas manos hasta que se le calmó. Drake. ¿Era Drake? Algo funesto merodeaba cerca de ellos, algo maléfico, algo inquietante estaba acechándolos, esperando por ellos.

Bajó la mirada hacia Lucian. Era un ejemplar perfecto de hombre, sorprendentemente bello, de una sensualidad puramente masculina. Le tocó la larga melena negra, apartándosela de la frente con una caricia de sus dedos. Mientras ella pudiera evitarlo, Drake no habría de hacerle daño. Sabía que si lo llamaba se despertaría, pero confiaba en sus propias capacidades, y Lucian estaba mucho más seguro bajo tierra, donde nadie lo encontraría hasta que hubiera recobrado todas sus fuerzas. Con firme determinación se deslizó de la alta cama y avanzó descalza y con gran sigilo por el suelo. La oscuridad dentro del dormitorio era total, pero su visión nocturna era espectacular.

La puerta era muy pesada y tuvo que hacer acopio de todas sus fuerzas para abrirla. Incluso entonces le pareció difícil franquearla. Era igual que avanzar atravesando arenas movedizas o algún tipo de pantano muy espeso. Jaxon se apresuró por los estrechos pasadizos, que serpenteaban y se retorcían a través de la roca ascendiendo en continua pendiente. Finalmente salió al sótano, pero, en un principio, no vio ni rastro de la puerta; la descubrió después perfectamente disimulada en la roca. La sensación que tenía en la boca del estómago era cada vez más intensa. Definitivamente, algo los estaba acechando.

Atravesó rauda la cocina y subió corriendo las escaleras que conducían a su habitación. A toda prisa se puso unos vaqueros negros finos y una sudadera de la escuela de policía naval. Era una de sus prendas favoritas y se la ponía a menudo cuando quería estar cómoda. Consideró de nuevo la posibilidad de despertar a Lucian llamándolo tal y como él le había dicho que podía hacerlo, pero descartó esa idea; incluso a través de las pesadas cortinas de su cuarto se veía que el sol aún no se había alejado lo suficiente del cielo. Necesitaba descansar tanto tiempo como fuera posible; si no recuperaba todas sus fuerzas podía resultar herido. Tampoco sabía aún lo suficiente acerca de él como para determinar qué pasaría si se despertaba durante el día. La idea de que pudiera derretirse o algo parecido podía ser irrisoria, pero, al mismo tiempo, no le resultaba nada agradable.

Se puso sus zapatillas deportivas, se colgó del cuello los gemelos de campo y localizó su pistola favorita, una *Browning*. Si era Drake, no iba a dar con Lucian. Jaxon se deslizó de una ventana a otra estudiando los terrenos circundantes y poniendo especial cuidado de no exponerse demasiado en el ala del edificio que sabía que podía verse desde el risco lejano. Oyó el aullido aislado de un lobo y, momentos después, el aullido de otro lobo que le respondía, pero no sonaban como si estuvieran cazando o hubieran sido perturbados en forma alguna.

Llegó a la conclusión de que, fuera lo que fuera, no podía emprender un asalto de la casa desde el ala que daba a los bosques sin una señal de alerta por parte de los lobos, de manera que se concentró en el patio y en la entrada principal. Procedente del lado exterior del alto muro captó entonces el breve destello de algo que se movía. No lo vio lo suficientemente bien como para identificar lo que era, pero le bastó para estar segura de que allí fuera había algo.

Se dirigió entonces al balcón con la puerta de cristal que se encontraba hacia la mitad de la escalinata de caracol. Abrió la puerta corredera con sumo sigilo y salió rodando por el suelo, ocultándose tras la barandilla. Súbitamente, el terrible presentimiento la golpeó con furia, hasta el punto de que se sintió indispuesta. Entonces supo que estaba sobre la pista.

¿Por qué no pedía refuerzos? Porque no podría explicarle a nadie la ausencia de Lucian. Además, no podía permitirse tener al departamento de policía por allí fisgoneándolo todo.

Jaxon levantó la cabeza cautelosamente e inspeccionó la parte delantera de la propiedad. Miró después a través de los gemelos para captar mejor las imágenes. Fue en ese momento cuando vio el brazo y la pierna de lo que parecía un hombre alto que avanzaba a lo largo del muro de la finca y que entró en su campo de visión mientras ella miraba en aquella dirección. Visto de cerca a través de los prismáticos ofrecía una imagen aterradora: parecía un gigante con la cabeza un tanto deformada, casi como un huevo, los ojos apagados, sin vida, y unos dientes ennegrecidos y afilados que acababan en horribles puntas. Su expresión era la máscara vacía de la locura.

Estaba estampando las palmas de las manos una y otra vez contra el alto muro de piedra, y, con cada nuevo golpe, saltaban chispas y salía humo de la pared. Gritaba entonces y retiraba las manos para, después de avanzar otro paso a lo largo del muro, volver a intentarlo de nuevo con idénticos resultados. Era del todo imposible que el muro estuviese electrificado, pero justamente eso es lo que parecía, crepitando con viveza cada vez que volvía a tocarlo aquel desconocido que, aunque se estaba quemando, no por ello se desalentaba en lo más mínimo, e insistía en repetir sus intentos.

Jaxon se incorporó para encaramarse a la barandilla con la intención de acceder al tejado. Era demasiado baja, no llegaba por unos centímetros. Molesta, lanzó una mirada furiosa al alero. Tenía que haber una manera de subir; sólo era cuestión de tomarse un minuto para pensar cómo hacerlo. No quería perder de vista a aquella extraña persona, que no estaba tramando nada bueno; le producía escalofríos. Mientras se daba la vuelta, reajustando de forma automática el peso de su cuerpo para mantenerse equilibrada, miró al cielo para calcular cuánto tiempo quedaba para que se pusiese el sol.

Ya era demasiado tarde cuando vio una telaraña plateada que, surgiendo de las nubes y lanzando destellos, se le venía encima como una red para envolverla. El pánico se apoderó de ella. ¡*Lucian*! Fue automático: llamarlo, extender los brazos hacia él, de forma casi compulsiva, no como un pensamiento propio, desde luego. Salvo en su trabajo, aquello era algo que no habría hecho en la vida, pensar en pedir socorro. La red de tan singular resplandor quedó detenida, sin embargo, en medio del aire, suspendida allí por unos instantes, y acabó cayendo al suelo, frente a la casa, sin causarle daño alguno.

Jaxon sintió entonces cómo unas manos invisibles alzaban su menudo cuerpo para llevarlo hasta el suelo seguro del balcón. Sintió de hecho las manos de él alrededor de su cintura. De pronto, tirando de ella hacia atrás, las manos la arrastraron directamente al interior de la casa. La puerta corredera se cerró firmemente, y los cerrojos quedaron sólidamente asegurados. Apoyó las palmas de las manos sobre el grueso cristal y escudriñó el muro, cuya resistencia seguía poniendo a prueba aquella extraña persona con gran determinación. Usaba ahora, en lugar de las manos, todo el peso de su cuerpo, golpeando con él la dura superficie y haciendo estallar chispas a su alrededor, que resplandecían en medio de la creciente oscuridad.

Miró hacia arriba y sus ojos sin vida se encontraron con los de Jaxon. Sus acciones se volvieron entonces más frenéticas, abalanzándose con más fuerza y determinación que antes. Jaxon no podía hacer otra cosa que presenciar con impotencia, encerrada allí, cómo se desarrollaba, lejos de su segura atalaya, aquella escena de terror. Cuando el sol se puso, el extraño ser comenzó a gruñir mientras cavaba la tierra bajo la valla y miraba inquieto al cielo una y otra vez.

Le dio un vuelco el corazón al ver surgir de la espesa maleza que había en la cara norte de la casa su figura alta y elegante. Lucian no avanzaba rápido ni despacio, sus anchos hombros resaltados por su impecable chaqueta gris marengo, la melena cayéndole sobre los hombros, los ojos relucientes en su rostro impasible. Se detuvo a pocos metros de la puerta e hizo un movimiento de mano. Las chispas cesaron súbitamente y el intruso comprendió que la propiedad ya no estaba protegida. Las puertas se abrieron.

A Jaxon le llamó la atención entonces la inquietante aparición de unas nubes negras que surcaban el cielo a gran velocidad. Algo terrible iba a pasar. Intentó abrir la puerta; temía por Lucian, temía que no se percatara del peligro que se cernía sobre él desde el cielo mientras en el suelo aquel engendro avanzaba pesadamente hacia él con paso resuelto. Golpeó, impotente, el cristal e intentó darse la vuelta para correr escaleras abajo, pero no fue capaz de avanzar más de medio metro. Tragando saliva, se sacó la pistola rogando por que Lucian no hubiera hecho instalar cristal antibalas en la casa.

En su mente extendió desesperadamente los brazos hacia él. *¡Lucian, encima de ti! Algo va a pasar, y es mucho peor que lo que tienes enfrente ahora mismo. ¡Déjame ayudarte!* No había de pasarle nada. No podría pasarle nada nunca.

Sintió un calor súbito, un torrente de confianza que afluía a su mente. Por un breve instante incluso sintió sus brazos alrededor suyo sujetándola con fuerza. Jaxon, una mano apoyada sobre el cristal, la *Browning* en la otra, contempló el paso desenvuelto y natural de Lucian: se movía con total seguridad y confianza, la cabeza alta, la melena al viento cayéndole sobre sus espaldas; la dejó sin aliento. Mientras lo observaba, vio cómo, casi con despreocupación, alzaba la mano y las negras nubes turbias se disipaban como si nunca hubieran estado allí. Algo cayó entonces hacia el suelo: el cuerpo retorcido y enroscado de un reptil alado.

—Dios mío —susurró en voz alta Jaxon, presa del temor por lo que pudiera ser aquello, y se mordió nerviosa el labio inferior.

Mientras tanto, el hombre por poco no alcanzó a Lucian con una pesada bola de púas que blandía en el extremo de una cadena. La bola atravesó el aire silbando sin causarle daño alguno mientras Lucian, en una fracción de segundo, desaparecía de la vista de Jaxon. Cuando volvió a aparecer, estaba detrás del gigantesco extraño. Jaxon se horrorizó al ver entonces su cabeza inclinarse a un lado mientras se le dibujaba una sonrisa carmesí como un collar alrededor de la garganta, hasta que, temblando grotescamente, acabó por desprenderse lentamente de sus hombros dejando un reguero con la sangre que manaba de ella en todas direcciones. El cuerpo cayó derribado y se estampó contra el suelo mientras la cabeza rebotaba y rodaba alejándose de las piernas de Lucian.

El reptil se abalanzó entonces contra él tan rápido que no fue más que un atisbo de garras y dientes. Agitaba la cola con violencia hacia delante y hacia atrás como un látigo, y batía sus alas creando una corriente de aire que levantó una cortina de hojas y polvo. A Jaxon, al intentar lanzar un grito de aviso, se le hizo tal nudo en la garganta que sintió que se asfixiaba. Lucian parecía estar contemplando lo que acaecía a su alrededor, limitándose, aparentemente, a permanecer de pie, inmóvil, con expresión impasible, tranquila, serena; incluso apuntó la pistola hacia el repugnante lagarto que, de pronto, justo antes de alcanzar a Lucian, se golpeó contra algo, como un muro invisible, y, envuelto en llamas, comenzó a chillar mientras la carne, carbonizada por el fuego, se le desprendía capa tras capa. El cuerpo muerto del animal se abrió entonces en pedazos, y, ante la mirada incrédula de Jaxon, apareció un hombre surgiendo de la carne pelada como de un capullo.

El vampiro retrocedió volando, alejándose de Lucian y levantando una nube de ramas y piedras que, siseando por el aire, salieron despedidas directamente hacia él. Lucian se escurrió entonces o bien pasó de la inmovilidad al movimiento a una velocidad increíble. Jaxon tuvo la impresión de estar viendo a un predador implacable, una máquina de matar, un felino de la selva dotado de sinuosa musculatura para abatir a su presa. Por muy rápido que el vampiro huyera, lanzando todo tipo de obstáculos en su camino, él era más rápido aún y fue desviando con la mente y sin esfuerzo alguno los cascotes que en ningún momento alcanzaron a impactar con su cuerpo hasta que, finalmente, le dio alcance.

Al darse cuenta de que no tenía escapatoria, el vampiro giró la cabeza y alzó la vista hacia su cazador, mirándolo con odio y expresión astuta y malévola. El cristal de la puerta corredera comenzó a abombarse hacia dentro contra Jaxon justo en el momento en que Lucian enterraba el puño en el pecho de la bestia y le arrancaba acto seguido el palpitante corazón. Jaxon saltó hacia atrás, alejándose de la puerta, sin apartar la mirada de la escena que se desarrollaba abajo.

Lucian lanzó entonces el corazón a cierta distancia del cuerpo del vampiro, que se retorcía en el suelo, y alzó la mirada al cielo. Súbitamente, las nubes se arremolinaron sobre su cabeza, acudiendo cada vez en mayor número a su llamada. Con gran estupor, Jaxon lo vio entonces orquestando una tormenta. Los rayos se arqueaban de una nube a otra en medio de un gran despliegue de luz. Abrió la mano con la que había arrancado el corazón y una bola incandescente cayó del cielo hasta posársele sobre la palma. Durante unos instantes las llamas anaranjadas danzaron sobre su piel, reflejándose en sus ojos negros, hasta que lanzó la bola sobre el corazón y, con un movimiento de su mano, el fuego se extendió.

El nocivo humo negro se elevó hacia las alturas. Encerradas en él, Jaxon vio imágenes de muerte y oscuridad, engendros malformados y violentos que siseaban y lanzaban gritos a los cielos. Lentamente se fueron desvaneciendo en el humo hasta que un repentino viento se las llevó lejos de allí. Las llamas se propagaron por el suelo, saltando de un cuerpo a otro, incinerando a las dos criaturas para siempre, borrando toda huella de su presencia como si nunca hubiesen existido.

Jaxon seguía mirando cuando el cristal se alisó, la lluvia empezó a golpetear las ventanas de la casa y, afuera, Lucian levantaba la cabeza y alzaba la vista hacia ella. Sentía los latidos ruidosos y molestos de su corazón. De pronto comprobó que la barrera que la aprisionaba en el interior de la casa se había levantado. Dejó la pistola y los gemelos sobre el último escalón de la escalinata de caracol y bajó a toda prisa a la planta baja.

Lucian la aterrorizaba: su poder, el hecho de que pudiera matar con tal facilidad, de que pudiera doblegar a los mismísimos cielos a su voluntad, de que pudiera sostener una bola de fuego en sus manos sin quemarse. Y, sin embargo, deseaba tocarlo, no, necesitaba tocarlo, para asegurarse de que no había sufrido el más mínimo rasguño.

Entró en la casa dando grandes zancadas, alto, poderoso y más peligroso de lo que ella era capaz de imaginar. No había expresión alguna en su rostro, tranquilo, como siempre, con un dominio absoluto de sí mismo. Pero algo en su manera de andar lo delataba, y ella titubeó en medio de su precipitada carrera hacia él hasta que, justo en medio de la sala de estar, se detuvo. Él continuó avanzando rápidamente, sin aminorar el paso, fluyendo como agua a través de la habitación, con tan sólo los ojos llenos de algo que ella no había visto nunca antes.

—Lucian —lo llamó ella, llevándose la mano a la garganta a la defensiva.

Él no respondió, limitándose a cogerla de la frágil muñeca con una fuerza inquebrantable y a continuar atravesando el vestíbulo sin soltarla en dirección a su gabinete. Cuando entraron, él hizo un gesto con su mano y las llamas se encendieron dando vida a la chimenea de roca. Se volvió de golpe y le rodeó la garganta con los dedos, avanzando hacia ella, inmovilizándola contra la pared, atrapándola con su cuerpo, más grande y pesado.

Jaxon sintió que le daba un vuelco el corazón y no pudo hacer otra cosa que alzar la vista hacia él y quedarse mirándolo con los ojos como platos. Repentinamente, Lucian parecía el peligroso predador que realmente era.

—Nunca más volverás a desafiarme de esa forma poniendo tu vida en peligro.

Lo dijo tan bajo que apenas captó las palabras, aunque sí reconoció la férrea autoridad que había en su voz. Su negra mirada repasaba su rostro, amenazadora, posesiva, resplandeciendo con aquella cualidad enteramente desconocida que le hacía sentir que el corazón se le desbocaba de pavor. Bruscamente, bajó su boca hasta la de ella y a Jaxon el corazón se le detuvo por completo.

La tierra misma se agitó bajo sus pies. Ella sintió la inmensa fuerza de sus dedos alrededor de la garganta, sintió la dura agresión de su cuerpo, y entendió su repentino propósito. Debía detenerlo, tenía que detenerlo, pero el cuerpo de Lucian ardía, invadido de anhelo, su hambre la estaba abrumando, arrollando. Jaxon se veía entregada allí mismo a las llamas sin remisión, con su boca atada a la suya y su mano amenazando con acabar con su vida asfixiándola como castigo por la necesidad que ella sentía de protegerlo. Incapaz de ordenar sus ideas, dejó escapar un mínimo quejido, justo en el momento en que su cuerpo se relajaba rodeado por el de él.

—Escúchame, amorcito. —Le rodeó la cara con sus grandes manos y apoyó la frente contra la de ella—. Tú aún no me amas, lo sé, pero eres una mujer fuerte y, aun teniendo enfrente al monstruo que hay en mí, tu primer pensamiento fue mirar por mi seguridad. Si te asusto es porque no acabas de entender lo que soy. Tú eres mi vida, la única razón de mi existencia, mi corazón y mi alma, el mismísimo aire que respiro. He vivido sin dicha cerca de dos mil años, y en el escaso tiempo que llevamos juntos ya has hecho que cada minuto oscuro e interminable de mi pasado haya merecido la pena. Por el momento, no tienes forma de comprender completamente la profundidad de mis sentimientos hacia ti, y lo entiendo, pero tendrás que intentarlo. Tu sitio está a mi lado. Lo sé con absoluta certeza, sin la más mínima sombra de una duda. Mis sentimientos no harán otra cosa que crecer con el paso del tiempo. —Le pasó las yemas de los dedos por su adorada cara y las llevó después hasta su pelo para enredarse en sus sedosos cabellos—. Te necesito total y absolutamente, Jaxon, para siempre. Necesito que estés sana y salva, de manera que nunca más me despierte con la certeza de que has puesto tu vida en peligro. Pero tú te empeñas en hacerlo, una y otra vez. Sé que no es un desafío; sé que proteger a los demás es parte de tu carácter. Y cuando digo que te necesito absolutamente, debes entender que necesito tu cuerpo desesperadamente.

Había miedo en los ojos de Jaxon, en los delatores latidos violentos de su corazón.

—Nunca he estado con nadie, Lucian, y tú eres totalmente arrollador.

Se mordió el labio inferior, deseosa de no fallarle, deseosa de estar a la altura para poder liberarlo del hambre terrible que se apoderaba de sus ojos, de su cuerpo. Casi había deseado verlo un poco fuera de control, pero ahora era consciente de lo que eso representaba. Él iba a poseerla. Ella lo quería, pero al mismo tiempo temía la vehemencia oscura que había en su interior. Parecía muy tranquilo, pero por debajo de la superficie ardía un fuego oscuro y letal. Ella lo percibía, sabía que estaba desatando algo tan potente en él que ya nunca sería capaz de detenerlo.

Lucian buscó con sus ojos oscuros los de ella y le sostuvo la mirada.

—Antes de hacerlo, antes de hacerte mía para toda la eternidad, has de saber que tengo por cierto que puedo hacerte feliz en esta vida, que no hay ningún otro que lo pueda hacer y que, si hace falta, moveré cielo y tierra por ti.

Su negra mirada encontró la suya y se apoderó de ella. Jaxon vio en él su terrible hambre, tan fuerte, tan cruda y salvaje, lo vio tan lleno de necesidad y desesperación. Su lado sensato le decía que él le estaba hablando de algo importante, algo que ella debía analizar antes de atreverse a sucumbir al fuego oscuro e irresistible, pero ya era demasiado tarde. Ya tenía los brazos alrededor del cuello de Lucian y estaba entregando su boca a la pura dominación de la de él. Calor y fuego. Un volcán de anhelo creciendo, aparentemente, de la nada. Su anhelo, el anhelo de él; ya no veía la diferencia. Ya no sabía dónde empezaba él y dónde acababa ella.

Lucian sentía la piel caliente y muy sensible, demasiado sensible como para sentir el roce de un tejido. Necesitaba tener la piel delicada de Jaxon apretada firmemente contra la suya, y no la molesta barrera que la tela de la ropa imponía entre los dos. Nada se volvería a interponer entre ellos nunca más. Su resolución era completa, total. La vida de Jaxon nunca volvería a peligrar de aquella manera. Ella le pertenecía, estaba hecha para él, era su milagro, era lo que él amaría y protegería. Era más que su vida: era su alma.

Lucian se quitó la camisa con la mente —una tarea nada difícil de realizar—, pero fueron sus manos las que cogieron la sudadera de Jaxon por el dobladillo y, lentamente, se la fueron quitando, levantándosela por encima de la cabeza. Era tan bella, le cortaba la respiración. Era su propia respiración la que ahora estaba fuera de control, su propio corazón, el que ahora se había desbocado. ¿O eran los de ella? Ya no era capaz de saberlo. Sólo sabía que ella estaba caliente, fuego de seda, y que él necesitaba abrasarse. Ya se abrasaba. Sus manos fueron en busca de su piel, tan suave, tan perfecta. Su tacto era casi más de lo que podía aguantar. Había esperado tanto tiempo; y nunca, ni una sola vez, había creído posible que ella existiera para él. Había habitado en aquella oscuridad, aquel vacío infinito y desesperanzado, falto de la idea de luz, sin la posibilidad de Jaxon. ¿Ella era real?

Su boca, caliente, dura y hambrienta, se amarró a la suya y la arrastró a otro mundo, a un mundo habitado sólo por Lucian y sus fuertes músculos, el tacto de sus manos, la agresión de su cuerpo. Él en todas partes, inundándola, en su mente y en su corazón. Sus manos la tocaban con intimidad, explorando cada centímetro de ella. Su boca era pura magia y redujo su mundo a puro sentimiento, despojándolo de la posibilidad de pensar, restringiéndolo a sentir.

Lucian la levantó sin dificultad, sin despegar su boca de la suya, de forma que Jaxon dejó de tener conciencia real de nada salvo de él mismo. Ya no había nada más para ella aparte de él; y él lo sabía. Con la mente retiró la última barrera que había entre ambos, el resto de la ropa, de modo que, cuando la dejó sobre la alfombra oriental que había en el suelo frente a la chimenea, sabía que entraría en contacto con el grueso tejido teniendo la piel ya sensibilizada. Alzó entonces la cabeza para mirarla, para contemplar la luz del hogar acariciando su rostro. Era tan bella, sólo mirarla le hacía daño por momentos.

Los grandes ojos de Jaxon lo estaban mirando; eran una tentadora invitación, sexy, pero inocente, al no saber realmente qué era lo que estaba aceptando: ser la vida de Lucian, su mujer, su verdadera compañera de vida para toda la eternidad. Lucian bajó entonces la boca con el propósito de encontrar su dulce boca, de saborear el calor sedoso del que ya era tan dependiente. Era suya. Aquella realidad estaba por encima de la comprensión de él. Tenía una piel suave, un tacto de satén. La forma de sus curvas, las líneas de su cuerpo, su figura perfectamente proporcionada. Era un milagro para él, y la adoraría sin premura. Le pasó la boca por la garganta, tan venerable para alguien de su especie. Frente a otros era cautelosa, frente a él, sin embargo, confiada.

Encontró la turgencia de su pecho y la oyó jadear mientras se complacía con él, perdiéndose a sí mismo y al mundo más allá de su propio cuerpo. Su cintura, tan menuda, tan perfecta, el triángulo de vello rubio y ensortijado, ya tan próximos, llamándolo. Aspiró el reclamo de su aroma, y su anhelo salvaje e indomable de unirse a su otra mitad se multiplicó. Su incisivo mordisqueó la parte inferior de su muslo incitándola a relajarse y a separar así las piernas, mientras su mano encontraba el calor húmedo que la acogía dándole la bienvenida a su cuerpo hambriento.

Jaxon oyó cómo un gemido leve se escapaba de su propia garganta cuando Lucian emprendió la lenta e íntima exploración que lo conducía a su lugar más secreto. Se tomó su tiempo; aprendido a ser paciente a lo largo de los siglos y esperado tanto este momento que quiso que la primera vez para Jaxon resultara perfecta. Tenía su mente firmemente conectada con la de ella, así que ella sintió su creciente necesidad, el maremoto que lo inundaba, la lava ardiente vertiéndose allí por donde había circulado su sangre. Ella sintió un doloroso anhelo y el placer con que él se deleitaba con las prácticas eróticas que ponía en juego con su cuerpo. Buscó entonces su larga melena y enredó sus manos en ella para aferrarse a él cuando su cuerpo, más y más tirante, empezó a retorcerse de deseo.

Jaxon sintió que el mundo se desvanecía a su alrededor en el momento en que una leve oleada de placer que se originaba en su interior la invadió, muy adentro, y se fue expandiendo hasta que se tuvo que agarrar a él para buscar un anclaje. Lucian se cernió sobre ella, sus hombros anchos, los músculos de sus brazos y de su espalda definidos y tensos por el esfuerzo de proceder despacio. Fue relajándola entonces lentamente a medida que avanzaba, centímetro a centímetro, hasta que encontró una fina barrera que oponía resistencia. Ella estaba tan tensa y caliente que él sentía que se quemaba. La cogió con las manos por sus menudas caderas e incluso entonces, en ese momento en que su propio cuerpo lo animaba a hundirse hasta el fondo su interior, con un bramido resonándole en las orejas y una bruma roja de deseo en su mente, se percató de lo pequeña que era, de lo frágil que parecía en sus manos.

—Lucian.

Ella susurró su nombre y él se agachó para tomar su boca de nuevo y, mientras lo hacía, la invadió de una embestida. Su suave jadeo quedó retenido eternamente en aquella primera conquista, aquella primera unión de cuerpo y alma.

—Déjate, cielo; relájate —le indicó él en voz baja dejando un rastro de fuego que la recorrió desde la garganta al pecho.

Lucian aguardó entonces a que el cuerpo de Jaxon se ensanchara hasta acomodarse a su volumen, hasta acostumbrarse a la sensación de invasión.

—Has sido creada para mí, eres la otra mitad de mi alma.

Sus dientes retrocedían y avanzaban al ritmo de las pulsaciones de Jaxon. Le susurró al oído, barriendo toda resistencia de su mente para que sólo diera acogida a todas sus necesidades. Ella le clavó las uñas en la espalda cuando sintió el dolor candente de un aguijonazo que luego dio paso a una sensación oscura y erótica en el momento en que él le hundió los dientes hasta el fondo. La embistió entonces con sus caderas arrastrándola a un mundo de sensualidad diferente de cualquier cosa que ella hubiera podido imaginar nunca. La boca de Lucian, íntima y sensual, se alimentó de ella, que le mantenía la cabeza pegada a su propio cuerpo, abrazándola, ofreciéndole su pecho, deseando que él incorporara en su cuerpo la esencia vital misma de ella para toda la eternidad. Lucian entraba en ella con prolongadas y firmes arremetidas, cada una más profunda y fuerte que la anterior, generando con el roce tanto calor que ambos ardieron, convertidos ya en una única llama viva, orgánica. Le pasó la lengua por el pecho para sellar las pequeñas incisiones que le había practicado, y siguió agitándose en su interior, más rápido, invadiéndola hasta el fondo, hasta encontrar su misma esencia.

Lucian abrazó entonces su cabeza, sujetándosela por detrás con la palma de su mano, e imprimió en ella la necesidad, la pensó, y él mismo se volvió necesidad, hasta ser la única cosa en la que Jaxon pudo pensar. Ella ya no tuvo más remedio que aliviar aquella terrible urgencia que invadió su mente de una bruma roja. Él le mantenía la cabeza junto a los robustos músculos de su pecho donde surgió, de inmediato, una pequeña herida. Lucian apretó la boca de Jaxon contra sí, controlando su mente con la suya para que atendiera su necesidad de saciar su sed en aquella fuente oscura. La sensación que tuvo al sentir su boca alimentándose de él no se parecía a nada que hubiera experimentado antes. Su cuerpo, caliente y tirante, lo envolvió como terciopelo, recubriendo el suyo de un fuego abrasador que puso a prueba los límites de su capacidad de control.

Mientras ella bebía, Lucian recitó en voz muy baja las palabras rituales una vez más. Así lo quiso hacer, con exactitud y perfección. Ella era su verdadera compañera eterna, para siempre, y él quiso que la ceremonia se llevara a cabo rigurosamente, para no dejar abierta la más mínima posibilidad de que ella pudiera huir de él, de que pudiera sufrir perjuicio alguno.

—Te reclamo como mi compañera eterna. Te pertenezco. Te ofrezco mi vida. Te doy mi protección, mi fidelidad, mi corazón, mi alma y mi cuerpo. Tomo bajo mi custodia todo lo que te pertenece. Tu vida, tu felicidad y tu bienestar serán mi bien más preciado y estarán para siempre por encima de mi vida, mi felicidad y mi bienestar. Eres mi compañera eterna, unida a mí y bajo mi protección para toda la eternidad.

Él habitaría en ella para toda la eternidad y, si se viera amenazada por algún peligro, lo sabría inmediatamente. Ella habitaría en él y lo sostendría de tal forma que la bestia que había dentro de su ser no pudiera desatarse contra el mundo.

El cuerpo de Lucian se abrasaba. Se sintió perdiendo el control de sí mismo. De pronto, le retiró la compulsión de alimentarse, pues seguro que ya le había dado sangre suficiente para un intercambio adecuado. Una vez que completaron el ritual —con el tercer intercambio de sangre y el coito—, se permitió la satisfacción de perderse en su cuerpo. Se enterró en ella, una y otra vez, sintiendo cómo su calor, su fuego, lo acogía en su seno, lo purificaba, limpiando su alma de oscuridad. Después de tantos siglos vacuos, de tantas hazañas oscuras, por muy necesarias que pudieran haber sido, todos los fragmentos que había ido perdiendo de sí mismo, ella, de un modo u otro, los estaba recuperando para recomponerlo de nuevo. El éxtasis que alcanzó en el cuerpo de ella era casi más de lo que podía resistir. Sintió cómo los músculos de Jaxon lo rodeaban cerrándose con fuerza, apretándose más y más, succionándolo al interior de un torbellino abrasador que lo exprimió hasta que estalló y explotó arrastrándola consigo hacia lo desconocido.

Jaxon se aferró a Lucian buscando apoyo, buscando un puerto seguro en medio de una tormenta de sensaciones tales que la habían conmocionado. No había imaginado que pudiera sentir de aquella manera, que su cuerpo fuera capaz de aquellas cosas. Lucian estaba acostado sobre ella con cuidado de no aplastarla con su peso, su cuerpo aún trabado en su interior. Era sensual, erótico y terriblemente íntimo estar así. Ella se deleitó con el sabor de él en su boca, un cierto regusto cobrizo, viril y adictivo. Estaba acostada bajo él, contemplándolo maravillada.

Acudió a su memoria un recuerdo: su boca agitándose sobre el pecho de Lucian. Justo cuando intentó atraparlo, aquel pensamiento fugaz le hizo tomar conciencia del duro grosor de él enterrado hasta el fondo en el interior de su cuerpo. Él se movió ligeramente, casi como si tuviera que hacerlo, como si sentirla cerca fuera demasiado como para resistirlo inmóvil. Le rodeó la cara con las manos.

—Eres tan preciosa, Jaxon. Eres, de verdad, preciosa.

Ella se agitó contra él; su cuerpo estaba tan caliente e inquieto como el de él, tan necesitado como el suyo. La alfombra que tenía debajo la acarició como lo hubieran hecho los dedos de una mano. Él le pasó de nuevo la boca por el cuerpo, enredando la lengua en sus pechos, permitiendo que su virilidad gozara de su capacidad de poseerla una y otra vez, de complacerse en el deleite.

Ella era calor, seda, todo lo que él hubiera podido desear. Y lo necesitaba a él con la misma urgencia con que él la quería a ella. Lucian se quedó contemplando cómo la luz del hogar jugueteaba sobre ella, acariciando sus sombras, entreteniéndose en las líneas de su cuerpecito color crema, contemplando cómo su propio cuerpo entraba y salía de ella, y esa imagen de erotismo potenció su placer aún más. Inclinó la cabeza hasta la punta de su pecho simplemente por el placer de hacerlo, acariciándole la menuda cintura, el vientre plano. Sus caderas no cesaban de moverse lentamente sobre ella, con calma, produciendo calor entre ellos hasta que el fuego volvió a prenderse. Así lo quería él ahora, lento, prolongado y pausado, lo suficiente como para que durara una eternidad. Allí quería vivir, en el puerto seguro del cuerpo de Jaxon, donde sí eran posibles los milagros.

—Lucian —dijo ella jadeando maravillada, pasándole las manos por los hombros, sosegándolo.

Él estaba siendo tierno con ella, cariñoso, preocupado por darle placer, pero, a la vez, ella sintió que su mirada se mantenía vigilante, a la espera. A la espera de que ella lo condenara. Captó ese pensamiento en él antes de que se lo pudiera ocultar y, sin titubear, alzó la cabeza en busca de su boca para borrar con la suya el temor que él sentía de provocar su rechazo. Pero, si Lucian no tenía por qué pensar que la había lastimado de una forma que ella nunca hubiera podido perdonarle, si lo que estaban haciendo era tan bonito y tan correcto, como ella sentía en cada rincón de su cuerpo, ¿cómo es que él podía sentirlo de otra manera?, ¿cómo podía condenarse a sí mismo, cuando había sido tan tierno y delicado con ella?

—No quiero que me odies, cielo. —Inclinó la cabeza para besarle la vulnerable garganta—. He buscado en tus recuerdos, en tu corazón y en tu alma, y no he hallado ni rastro de odio; ni siquiera hacia tu peor enemigo. Eso es lo único que mantiene viva mi esperanza.

Jaxon le rodeó la cabeza con los brazos cuando él empezó a imprimir en los movimientos de su cuerpo más agresividad, con embestidas más fuertes, más rápidas. Ella pareció encontrar el mismo ritmo que él y se elevó para recibirlo de tal forma que pudiera sentirlo bien hondo dentro de ella, como parte de sí. Tuvo que abrazarse entonces muy fuerte a él cuando sintió que estallaba una tormenta de fuego entre los dos que arrojaba llamaradas de uno a otro, una y otra vez, cada vez más altas, que se precipitaban a través de sus cuerpos, una conflagración ardiente que acabó explotando en miles de fragmentos, en una lluvia de chispas que cayeron sobre ellos.

Lucian rodó entonces con ella hasta que Jaxon quedó acostada sobre él. La luz del hogar danzaba sobre sus cuerpos, pero el aire parecía ayudarlos a refrescarse. Él le echó hacia atrás el cabello, rubio y revuelto, que le caía sobre la cara, para poder mirarla.

—Eres mía, ¿sabes? —declaró él con gravedad.

El cuerpo de Jaxon lo sabía con certeza, sentía a Lucian en cada célula, vivo, habitando en su interior. Mientras le acariciaba los fuertes músculos del pecho, le sonrió.

—Te enfadaste conmigo por haber salido, ¿no?

—Sinceramente, no creo que me pudiera enfadar contigo —respondió él pensativo—. Eres mi vida, mi milagro. He temido por ti, y no me gustó ese sentimiento. No conocía el temor. He cazado y matado, he guerreado miles de veces, pero nunca me asaltó esa emoción. Ahora ya la conozco, y no me gusta nada. —Tenía la mano detrás de su cabeza, en su pelo, acariciándoselo, rizándole los cabellos, llevándole los dedos a la nuca para masajeársela—. Está en tu carácter proteger a los demás. Eres muy diferente de como te visualicé cuando supe de tu existencia.

—¿De verdad? ¿Y cómo era esa visualización? —preguntó Jaxon levantando la cabeza.

Lucian sonrió mirando a sus ojos oscuros.

—Tengo la sensación de que con mi respuesta podría meterme en un apuro. Creo que me la reservo.

—Ni hablar, de eso nada. Me vas a hablar de esa mujer maravillosa —replicó ella dándole un golpe en el pecho para enfatizar sus palabras.

—Las mujeres de mi especie son altas y elegantes, de melena negra y ojos oscuros. Nunca saldrían a cazar vampiros ni muertos vivientes, ni siquiera a un loco; sobre todo si sus compañeros eternos les piden que se queden en un área determinada. Y antes de que las consideres sometidas, te he de decir que si se comportan así es porque confían plenamente en la capacidad de sus compañeros de vida para protegerlas. Tú te lanzas de cabeza y en lo primero que piensas es en protegerme a mí, en lugar de considerar tu seguridad. Soy el cazador más poderoso de mi pueblo, pero tú piensas que puedes rescatarme de las garras de uno de esos demonios. —Sonrió y se arrimó hasta ella para borrarle el ceño de la cara con un beso—. No me quejo, cielo, simplemente estoy exponiendo unos hechos que no acabo de entender.

—¿Altas? ¿Elegantes? ¿Qué quiere decir eso? ¿A qué te refieres con *elegantes*? Sólo porque sea baja no quiere decir que no pueda ser elegante. Si llevo vaqueros es porque me gustan y porque son cómodos. Las melenas negras pueden ser bonitas, como en tu caso, pero el pelo rubio no tiene nada de malo; y el pelo corto, en realidad, tampoco. Es muy práctico a la hora de mantenértelo bien cuidado —dijo, aparentemente indignada.

Mientras ella hablaba, él le pasaba la mano por el pelo. Adoraba su pelo, sus cabellos sedosos y revueltos que se derramaban en todas direcciones. De nuevo se sorprendió sonriendo sin razón aparente. A Jaxon le daba igual si las mujeres de su especie se quedaban en casa a buen recaudo mientras los hombres salían a cazar. Lo que sí le importaba era que él las hubiese descrito como altas, elegantes y de melenas negras. A él eso le parecía más bien divertido. Jaxon era lo que era, un diminuto barril de pólvora dispuesto a salvar al mundo. Nadie iba a cambiarla, y mucho menos su propio compañero eterno. Había que aceptarla como era.

Lucian había decidido convertirla en carpatiana porque conocía su naturaleza. Era la única manera factible de protegerla del peligro. Él dormiría cuando ella durmiera y tendría plena conciencia de cada uno de sus movimientos. Él estaría en ella, con ella, si cualquiera o cualquier cosa la amenazaba. Era el único camino que le quedaba si quería permitirle seguir siendo exactamente quien era. Sin embargo, su decisión bien podía costarle su desprecio.

—¿Qué pasa, Lucian? ¿Te preocupa haberme hecho el amor?

De pronto, Jaxon se sintió incómoda. No tenía la suficiente experiencia como para saber si lo había satisfecho o no. Él era terriblemente ardiente, y quizá no había logrado saciar su apetito. Después de todo, era de una especie completamente diferente.

—¿Cómo habría de preocuparme por haber hecho justo lo que deseaba hacer más que nada en el mundo? Para tu información, cielo, tengo la intención de hacerte el amor unas cuantas veces más antes de que acabe la noche. Además, nadie más que tú podría satisfacerme jamás. Para mí sólo existes tú. No hay más mujeres. Nunca las habrá. No quiero elegancias altas ni cabellos negros largos. Decididamente, me he encariñado de tu pelo rubio y corto, y de tu cuerpo menudo y perfecto. No te vas a librar de mí tan fácilmente.

Jaxon sonrió y recostó la cabeza una vez más en su pecho. Pero en su interior, muy adentro, allí donde se había sentido tan maravillosamente bien, percibió entonces una lenta contracción y dilatación de sus músculos. Se apretó la barriga con las manos y se quedó acostada, muy quieta, intentando evaluar lo que le estaba pasando. ¿Era normal? Parecían calambres; no, aún peor que eso, algo vivo se movía dentro de su cuerpo y se estaba extendiendo a cada uno de sus órganos.

Lucian tenía una mano en su nuca, aliviándola de la tensión repentina de sus músculos. Estaba en completo silencio, como si presintiera que algo no iba bien. No le preguntó qué era. No dijo nada; se limitó a estrecharla entre sus brazos, protector, posesivo.

Capítulo 8

Jaxon estaba acostada entre los brazos de Lucian, con sus oscuros ojos abiertos como platos mirándolo fijamente a la cara. Mirándolo con angustia, con horror.

—De pronto me han entrado ganas de vomitar.

Se sentó bruscamente y, en vano, lo empujó para apartarlo de ella. El terrible ardor que sentía en el estómago empeoraba por segundos. Empeoraba y se le extendía por todo el cuerpo como un incendio fuera de control.

—Lucian, esto se está poniendo muy feo.

Extendió un brazo hacia el teléfono que estaba en una mesita lateral. Lucian se inclinó sobre ella y le quitó el auricular de la mano.

—Es la conversión que ya se está produciendo dentro de tu cuerpo. —Una vez más su voz sonó totalmente inexpresiva—. Tienes que liberarte de las toxinas humanas —añadió en su tono suave y pragmático.

De una sacudida Jaxon se apartó de él; los ojos se le salían de las órbitas. Se apretó el estómago con las dos manos; lo sentía como si le estuvieran quemando las entrañas con un soplete.

—¿Qué me has hecho, Lucian? ¿Qué me has hecho?

El fuego invadió su cuerpo, los músculos se le retorcieron y se vio cayendo al suelo de espaldas, indefensa, víctima de una especie de ataque. Lucian la asistió, abrazándola con fuerza, su mente conectada a la de ella para aguantar, embestida tras embestida, las crisis de terrible dolor que invadían todo su cuerpo. Jaxon no podía hacer otra cosa que aferrarse a él mientras aquel tormento la recorría de los pies a la cabeza.

Le parecieron horas, pero en unos minutos el dolor empezó a remitir. Tenía la piel cubierta de gotitas de sudor, se sentía más enferma que nunca en toda su vida, estaba exhausta.

—El fuego, Lucian. No puedo soportar el fuego. Me duele. Me duele todo.

Le dolían hasta los ojos.

Con un movimiento de su mano, Lucian hizo que se apagaran las llamas de la chimenea. Una brisa de aire fresco recorrió la habitación refrescándole la piel. Mientras, ella permanecía con las uñas clavadas en su brazo. Y, de nuevo, volvió a empezar: lo sintió en la mente, el dolor volvía a agudizarse, retorciéndole, desagarrándole las entrañas. Lucian estaba horrorizado por la intensidad de los ataques que vapuleaban su menudo cuerpo. De no haber sido porque la tenía rodeada con sus brazos, se habría aplastado contra el suelo. Este último espasmo fue aún peor que el anterior: los músculos se le retorcieron, se le comprimieron bajo la piel. Jaxon intentó decir su nombre, susurrarlo como cuando necesitaba apoyo, pero no pudo articular palabra, ni siquiera logró dejar escapar un gruñido. En su mente lo estaba llamando a gritos.

Lucian la rodeaba, su cuerpo y su alma. Envió su propia mente fuera de su cuerpo al interior de Jaxon: sus órganos se estaban reorganizando, sus tejidos y sus células se retorcían. Hizo todo lo que pudo para aliviar su dolor, pero Jaxon era muy menuda, muy pequeña, y los ataques eran tan fuertes que le estaban desgarrando el cuerpo, deformando sus músculos hasta que ya no eran más que duros nudos de tan grande como era la carga. Él respiraba con ella, por ella, y la sujetó mientras expelía los últimos remanentes humanos de su cuerpo, vomitando una y otra vez. Le lavó entonces la cara, limpiándole de la frente las gotitas de sangre que había sudado, y la acunó entre sus brazos cuando había remitido ya la última sacudida de dolor.

Jaxon estaba acostada, inerte, reservando energías. Ya no estaba luchando contra el dolor y puso especial cuidado en mantener su mente en blanco. Con los ojos muy abiertos miraba a Lucian impotente, desesperanzada, cuando empezó a apoderarse de ella un nuevo ataque. Él, jurando entre dientes en la lengua de los antiguos, esperó a estar seguro de que los vómitos ya habían acabado y de que su cuerpo ya había segregado las últimas toxinas, para darle entonces, sin correr ya peligro, la orden de que durmiera.

Una vez que estuvo dormida, purificó su cuerpo con esmero y retiró de la habitación todas las huellas de su tormento. La cogió entonces con mucha delicadeza, abrazándola contra su pecho. Le pareció tan ligera, tan delicada, sus huesos tan frágiles. Le enterró la cara en el pelo y sintió que le ardían los ojos, arrasados en lágrimas. La llevó a través del sótano hasta el dormitorio subterráneo y la colocó en medio de su propia cama. Bajo la sábana con que la cubrió cuidadosamente parecía una niña pequeña.

Lucian se sentó y la contempló largo rato con sombríos ojos negros. Cuando despertara, sería ya una perfecta carpatiana y necesitaría sangre para mantenerse con vida. Ya no podría pasear al sol, su piel y sus ojos, demasiado sensibles a la luz del día, ya no podrían resistirla. ¿Sentiría odio o aversión hacia él?

Todavía se quedó esperando una hora más para asegurarse de que dormía tranquila antes de dejarla. Se vistió mientras se deslizaba por el aire escaleras arriba y a través de la casa. Aspiró la brisa de la noche fresca y clara, que le refrescó la cara y le susurró historias de aquel anochecer. Con tres pasos ligeros se elevó por los aires rumbo al corazón de la ciudad. Necesitaba sangre en cantidad suficiente para ambos. Elegiría a su presa entre esos holgazanes que vagan por la ciudad en busca de víctimas sintiéndose a salvo y poderosos en la oscuridad, y que él, sin embargo, podía ver con tanta claridad como si estuvieran a plena luz del día.

Se posó sobre una acera y echó a andar con paso seguro: un hombre alto y elegante, vestido con traje gris marengo, de aspecto acaudalado, en contraste con aquel entorno de barriada. Avanzaba sin mirar ni a izquierda ni a derecha, dando a entender que no se percataba de nada, aunque lo oía todo, hasta el más leve murmullo de una conversación que tuviera lugar en cualquiera de las humildes viviendas del otro lado de la calle. Oyó entonces el rumor de unos pasos tras él; un par de pasos, otro par, hasta que se separaron: sus agresores se precipitarían sobre él, uno por cada lado. Éste era el tipo de gente de la que se había servido durante siglos; gente que intentaba asaltarlo con la esperanza de que llevara dinero encima. Siempre se dejaba atacar antes de imponerles su castigo y, aunque leía en sus mentes sin dificultad alguna, antes se aseguraba de sus viles intenciones.

Leyó sus pensamientos; conocía su plan y sabía cuál de los dos era el líder, el más perverso, aquel que atacaría primero. Continuó caminando, ni rápido ni despacio, con la mirada al frente, limitándose a aguardar a que ellos tomaran la iniciativa. Estaba a mitad de la calle, llegando justamente a la altura de un estrecho callejón que discurría entre unos edificios de apartamentos, cuando el líder se abalanzó sobre él. Era un hombre alto y fuerte, que rodeó con su brazo a Lucian por la cabeza y lo condujo al interior del callejón. Él, sin oponer resistencia, acompañó al hombre en la dirección en que lo llevaba, hasta que ambos atacantes se situaron donde nadie que pudiera estar mirando por la ventana alcanzara a verlos.

Giró entonces sobre sus talones, le arrebató al primer atacante la navaja de la mano de un golpe, lo atrapó entre sus fortísimas manos y detuvo a ambos asaltantes con una orden en voz baja. Los dos malhechores se quedaron firmes y a la espera de que se ocupara de ellos. Sin preocuparse del estado de debilidad y aturdimiento en que habían de quedar, se sirvió a placer de ambos, bebiendo de ellos en abundancia. Siempre le resultaba una tremenda prueba de autocontrol dejar con vida a personas como aquéllas; en ocasiones, tras haber leído sus depravadas mentes, le parecía casi imposible. Pero entonces se decía a sí mismo que él era el guardián de los carpatianos y que los humanos tenían sus propias leyes.

No se molestó en implantar un recuerdo verosímil en la memoria de los dos atracadores. No lograrían recordar lo que había ocurrido tras haber intentado atacarle; simplemente se encontrarían con un espacio de tiempo vacío en su memoria que no lograrían rellenar por más que lo intentasen. Los dejó allí mismo, en el callejón, tirados en el suelo gimiendo y sin estar seguros de lo que les había sucedido.

Cuando Lucian regresó, la casa estaba fresca y oscura. Aquellos días adoraba estar de vuelta, regresar junto a Jaxon. Casi todo lo que había allí lo había rescatado de los recuerdos de ella; eran cosas que ella amaba, colores que encontraba relajantes, obras de arte que había visto y admiraba. Incluso las vidrieras de colores, la increíble creación artística de la esposa de su hermano Gabriel, habían sido realizadas especialmente para ella. Prendida de cada pieza había una fuerte protección para la casa y una dulce invitación de bienvenida y calidez para los que moraban en ella. Francesca era una gran sanadora y ese don quedaba reflejado incluso en su arte.

En el dormitorio subterráneo se despojó de sus ropas y cogió a Jaxon entre sus brazos antes de ordenarle que se despertara. Había descansado casi dos horas y la conversión se había completado. Quería que cualquier confrontación que fuera a tener con ella fuera ya agua pasada al amanecer. Jaxon se movió, gimió en voz baja como si estuviera recordando algo y entonces él sintió cómo su corazón latía con fuerza. Estaba completamente despierta, negándose a abrir los ojos y enfrentarse a la realidad de lo que había sucedido. Lucian sintió que le daba un vuelco el corazón y se le cortaba la respiración. Había llegado el momento. Tendría que afrontar que Jaxon lo rechazara.

La tenía entre sus brazos mientras observaba las expresiones que se le iban dibujando en el rostro. Las pestañas inusualmente largas de Jaxon palpitaron, se desplegaron; él se quedó mirándola a los ojos, enormes, oscuros. No vio en ellos censura alguna. Simplemente lo miraban. Muy despacio alzó una mano y se la pasó por el ceño con que él, sin advertirlo, tenía arrugada la cara.

—¿Qué has estado haciendo todo este rato? —preguntó ella.

—Creo que ya lo sabes —contestó él pasándole las manos por la cara y apartándole el pelo de sus delicados pómulos.

—Si es lo que yo creo que es, puede que tenga que recurrir a la violencia.

Otra vez lo estaba haciendo: no enfrentarse a aquello para lo que su mente no estaba preparada. En vez de eso, estaba pasándole a Lucian la yema del índice por la boca, acariciándosela levemente.

—No pongas esa cara de preocupación, Lucian. No soy de porcelana; no me voy a romper. Estás poniendo una cara que parece que es el fin del mundo. Aunque, la verdad, tengo que decir que aquello me hizo un daño de mil demonios y que, cuando me sienta un poco mejor, puede que tenga que tomar represalias.

—Te amo, cielo, y no te hubiera hecho pasar por el sufrimiento de una conversión si no hubiera sido necesario.

—No digas *conversión*. No creo que debamos entrar en eso justo ahora. *Conversión*. Suena como una película que vi una vez. Salían vampiros y cosas asquerosas. Un ser realmente repugnante mordía a la protagonista y luego le daba de beber su sangre. —Titubeó un momento, y él la sintió temblar, pero prosiguió con determinación—: la transformaba en una vampiresa obsesa sexual, que andaba por ahí chupándole el cuello a los hombres y matando a niños. Eso no me va. Al menos lo de matar niños. Lo de chupar el cuello a los hombres, pues no sé.

La recorrió un ligero temblor.

Él le estaba acariciando el pelo con la mano, mientras con un brazo la sujetaba fuertemente, con posesividad, contra su propio cuerpo.

—Nunca toleraría que le chuparas el cuello a otros hombres, así que nos podemos ahorrar esa preocupación.

—Me alegro. Aunque, a lo mejor, me gustaría —le respondió intentando burlarse de él.

Ésa era una de las cosas que Lucian admiraba tanto en ella. Estaba asustada, con el corazón latiéndole más rápido de lo normal, pero no perdía el ánimo, no se acobardaba. Sentía cada vez más respeto por ella.

—Lo siento, cielo, pero, si es así, tendrás que superar tu decepción. Estoy descubriendo que, después de todo, soy un hombre celoso.

Ella se acurrucó entre sus brazos buscando consuelo inconscientemente.

—Pareces un hombre muy seguro de ti mismo, Lucian. No puedo creer que seas celoso. Aparte de eso, nadie más me quiere.

—¿Es que no te das cuenta de cómo todos los hombres se tiran a tus pies? —le preguntó él enarcando las cejas—. Hasta aquel jovencito estúpido que desobedeció tus órdenes y entró en la nave industrial poniéndose en ridículo de forma tan penosa; tú pensaste que su hazaña estaba destinada a buscar un ascenso, pero, en realidad, lo que quería era que te fijaras en él.

—Para nada. —Jaxon estaba ostensiblemente impresionada—. Estaba enchufado en el mundo de la política y se sirvió de eso para meterse en mi equipo incluso a pesar de que yo me negaba en redondo. No estaba preparado, ni sabía trabajar en equipo. Lo que quería era gloria y salir en los titulares. De cara al público mi unidad se mantiene en el mayor anonimato posible, pero dentro del gremio tiene fama de ser la mejor. Está claro que lo que Benton tenía en mente era ascender, y no a mí —afirmó segura de lo que decía.

Lucian inclinó la cabeza para rozarle delicadamente la comisura de los labios con su boca. El corazón de Jaxon dio un respingo tras el leve toque y sintió el sobresalto del corazón de Lucian como respuesta. No había hecho más que rozarla apenas con los labios, pero sintió un remolino de calor en la boca del estómago.

—Eso es lo que parecía, pero no es lo que, en realidad, tenía en mente. Quería destacar, quería que te fijaras en él.

—Pues sí que lo hizo de una forma original. Me fijé en él perfectamente. Casi consiguió que nos mataran a mí y a Barry —dijo con una voz que delataba su negativa a aceptar las afirmaciones de Lucian.

—Amor, yo estuve allí. Leí su mente con exactitud. Causas estragos entre los hombres de tu departamento, y ahora, desgraciadamente, seguro que lo harás aún más.

Jaxon se rio de él en voz baja.

—Estás loco por mí, ¿eh? Nadie en el departamento anda detrás de mí. Lo único que piensan es que soy pura dinamita haciendo mi trabajo; y es verdad —añadió sin falsa modestia.

—En el trabajo estás rodeada de hombres todo el tiempo. Es impropio de una carpatiana mantenerse sin protección en compañía de los hombres.

Ahora fue ella quien enarcó las cejas:

—Afortunadamente para mí no soy más que una simple y menuda mujer humana que se gana la vida trabajando.

Lucian le estaba acariciando el pelo, luego le llevó la mano hasta su suave piel para volver de nuevo a sus cabellos rubios y revueltos, que tanto le fascinaban.

—Ya no, cariño. Y yo no soy un hombre moderno. Creo firmemente en el deber que he jurado cumplir. Tú eres mi compañera eterna, mi corazón y mi alma, la luz que ilumina mi oscuridad. Y creo que no quiero que la luz que ilumina mi oscuridad ande por ahí en busca del peligro. Piensa en lo que ocurriría en el mundo si algo te llegara a suceder. He resistido a la oscuridad más siglos de lo que yo mismo hubiera imaginado, pero, si algo te pasara, seguro que me convertiría en un monstruo. Ni siquiera los cazadores de mi familia podrían seguirme el rastro para acabar conmigo.

—No te creo, Lucian. Olvidas que me estoy acostumbrando a estar en tu mente. No te volverías un monstruo. Lo que estás haciendo es intentar convencerme de que haga lo que tú quieres.

—Así que crees que me conoces.

Su voz sonó más dulce que nunca.

De pronto, Jaxon se incorporó cuidadosamente y se quedó sentada para examinar las reacciones de su propio cuerpo.

—Justo, Lucian. Yo no te conozco a ti, ni tú me conoces a mí. Ni siquiera sé cómo he llegado hasta aquí. Tampoco sé cómo es que te he permitido ponerte al mando de mi vida. Y encima esto. No sé lo que me has hecho, pero estoy segura de que no es algo que yo haya querido, y tú ni siquiera te has molestado en preguntarme si habíamos de hacer esto o aquello. ¿Es eso típico de un hombre anticuado? ¿De alguien que ha nacido hace siglos? ¿La mujercita no tiene nada que opinar en lo que atañe a su propia vida?

Jaxon se llevó a la defensiva la mano a la garganta. Ya no era la misma en absoluto; sentía la diferencia. La realidad se imponía sigilosamente, tanto si lo quería como si no.

Estaba en la cama desnuda con un hombre del que apenas sabía nada, que ni tan siquiera era un hombre. Era una especie de predador poderoso que a ella le parecía sexy. Jadeando, le dio un empujón en su sólido pecho, duro como una roca, y, agarrando la sábana, se envolvió en ella.

—No te conozco de nada. No puedo creer que me haya ido a la cama contigo.

La cara de Lucian se volvió entonces más sensual que nunca, con una ligera mueca de perplejidad que lo hacía tan atractivo que Jaxon hubiera querido que se lo llevaran arrestado en el acto.

—¿Es que las mujeres modernas de hoy en día no se acuestan con sus maridos?

—Nosotros no estamos casados. No me he casado contigo. Lo sabría si lo hubiera hecho. No lo he hecho, ¿o sí?

Se pasó una mano por el pelo echándoselo hacia atrás y dejándoselo revuelto en todas direcciones, y volvió a agarrar entonces apresuradamente la sábana, que se le había corrido y apenas la cubría. Lo miró con furia, desafiándolo a burlarse con una sonrisa del dilema en que se hallaba.

Lucian encontró tremendamente útiles todos sus siglos de autocontrol. Mantuvo los rasgos de la cara privados de toda expresión, cuando, en realidad, necesitaba desesperadamente sonreír para expresar la dicha que le inundaba el corazón. Ella le derretía las entrañas, lo transformaba en alguien tierno, cuando había estado siempre tan seguro de que no tendría nunca la oportunidad de sentir nada parecido. Deseó rodearla con los brazos y besarla hasta que se le pusieran los ojos oscuros de deseo y su cuerpo volviera a quemarse entre las llamas junto con el suyo propio.

—¿Qué crees tú que es un compañero de vida? A la manera de los carpatianos sí que estamos casados. Estamos unidos para toda la eternidad, el uno al otro, cuerpo y alma.

Jaxon saltó de la cama e intentó enaltecer su figura enrollándose la sábana alrededor del cuerpo a modo de toga, pero se le amontonó a los pies, impidiéndole moverse libremente.

—Ahí estamos otra vez con palabras como *eternidad*. ¿Ves? Eso es exactamente de lo que estoy hablando. No somos ni una pizca compatibles. Además, yo no me voy con cualquiera a la cama. Tú me has hecho algo a mí. Magia negra. Vudú. Tengo mis principios. No me meto en la cama con cualquiera, ¿entiendes?

Una sonrisa planeó peligrosamente cerca de la boca de Lucian. Sus ojos negros lanzaban destellos, paseándose lentamente por su cara, ardiendo de anhelo, de una posesividad que resultaba mucho más expresiva que cualquier palabra que hubiera podido decir.

—Pero es que yo no soy cualquiera, Jaxon, y, además, te estoy infinitamente agradecido de que no te metas en la cama con cualquiera.

Se desperezó entonces y a Jaxon le pareció un vistoso felino estirándose perezoso.

De pronto, ella sintió que el corazón le latía más fuerte de lo normal. Entonces, se apartó de la cama avanzando de espaldas y con los ojos abiertos como platos dijo:

—Me estás pidiendo que sea algo que no soy, Lucian. No me diste la oportunidad de pensar sobre esas cosas.

—¿Qué cosas? ¿Qué era lo que había que pensar? Tengo que descansar en la tierra y, si no estás junto a mí, pues no puedo hacerlo. Tienes una especial tendencia a meterte en problemas.

Súbitamente, los ojos oscuros de Jaxon le lanzaron una mirada de fuego.

—Hasta aquí hemos llegado. Ya me tienes harta. Y ni siquiera pareces darte cuenta de lo que has hecho. No muestras ni el más mínimo remordimiento. Soy yo quien tiene que ceder en todo, aunque, en realidad, ni siquiera me das la opción de ceder. Sencillamente decides que voy a hacer algo y yo lo hago. Y encima me hizo un daño de mil demonios.

Y, dándole así el golpe de gracia, salió del dormitorio como un huracán. El dobladillo de la sábana que arrastraba tras de sí se le quedó enganchado en el canto de la puerta y eso la detuvo en seco. Jaxon se limitó entonces a dejarla caer al suelo sacudiéndosela de encima, lo que le permitió a Lucian vislumbrar por última vez su piel suave y pálida, y sus bonitas curvas antes de que desapareciera por completo de su vista.

Lucian se desperezó de nuevo, gozando al sentir sus fuertes músculos, disfrutando de la gran vitalidad de su cuerpo. La deseó de nuevo. La desearía para siempre; no habría de llegar el día en que se sintiera plenamente saciado. No podía parar de sonreír. Ella un milagro tan perfecto para él. Justo en esos momentos, en que la mayoría de las mujeres se habrían puesto histéricas pensando en la conversión, ella lo ponía de vuelta y media por ser un varón carpatiano tan arrogante. Sabía que ella iba a tener que aceptar su nueva condición y que no le resultaría fácil, pero había sido necesario hacerlo para garantizar su seguridad de forma permanente. Jaxon no era una mujer para ponerla en una vitrina. Siempre iba a estar metida en el ajo, sin importarle lo que él decretase. Una vez que Lucian aceptó esa realidad, su personalidad, su carácter protector, tomó el único camino que le había quedado para prevenir el desastre.

Atravesó la habitación descalzo, sin hacer ruido, y recogió la sábana de la que se había zafado Jaxon. Volvió a sonreír. Nunca se le habría ocurrido que habría de experimentar celos, pero no podía negar que no le gustaba la idea de que otros hombres se acercaran a ella. No quería siquiera que pensaran en ella o fantasearan con ella. Más aún, no quería que les sonriera con aquella cara inocente y sexy que tenía, ni tampoco que los tocara de aquella forma en que los humanos solían hacerlo entre sí; resultaba una experiencia interesante vivir con emociones. Aún le pareció peor que, ahora que Jaxon era completamente carpatiana, se incrementaría mucho su capacidad de atraer a los hombres: su voz se volvería cautivadora, tan extraordinaria que quienes la oyeran sólo desearían oírla de nuevo, una y otra vez; sus ojos, por si no lo hacían ya lo suficiente, arrastrarían a los hombres detrás de ella. Lucian suspiró y meneó la cabeza.

Atravesó la casa y ascendió por las escaleras hasta la habitación de Jaxon. Ella había dejado los cajones abiertos después de buscar algo de ropa. Ahora estaba en el amplio cuarto de baño. Oyó el agua de la ducha correr; le tocó la mente con mucha delicadeza. Presa del pánico, ella intentaba sosegarse con actividades humanas cotidianas. Tenía lágrimas en la mente rodándole por la cara. De pronto, sintió la necesidad de estar a su lado.

Sin embargo, la puerta del baño estaba cerrada a cal y canto, y en su base había colocado una toalla enrollada. A pesar de todo, Lucian no pudo evitar volver a sonreír. Ella no se hacía a la idea del poder que él tenía en realidad: podía ordenarle con la mente que abriera la puerta o podía reventarla con sólo tocarla, y abrirla de mil maneras. Su enorme figura resplandeció por unos instantes antes de volverse insustancial, transparente, para disolverse después en niebla. Un torrente de gotitas atravesó el ojo de la cerradura colándose en el cuarto de baño y mezclándose con el vapor de la ducha.

De la neblina apareció entonces el musculado cuerpo de Lucian, sólido de nuevo. Vio a Jaxon nítidamente a través de la mampara de cristal de la ducha. Tenía la frente apoyada contra la pared mientras el agua le caía a chorros sobre la cabeza y le resbalaba por la espalda. Le pareció bella, pálida, frágil; le cortó la respiración. Sigilosamente, se coló en la bañera y, extendiendo las manos hacia ella, la hizo volverse, atrayéndola hasta su pecho con sus fuertes brazos sin darle ocasión de protestar.

—No puedo verte llorar, amor. Dime qué quieres que haga y lo haré. Lo que sea. Eres lo único que me importa en este mundo.

Le rodeó la cara con las manos para alzarle la cabeza hacia él. Se agachó para probar sus lágrimas. Sintió angustia en su interior; el corazón se le contrajo de verdadero dolor.

Jaxon sintió la reacción de él a sus lágrimas y supo que era sincera. Estaba angustiado por su pesar. Él movió la boca sobre la suya, adelante y atrás, una caricia tierna y persuasiva. Súbitamente, ella sintió la reacción de su propio cuerpo, la forma en que su corazón se acopló al ritmo del de él, la manera en que su sangre empezó a calentarse, a acumularse, a reclamarla. Y otra vez la inundaron las lágrimas. Lo quería, quería estar con él de aquella manera, con él sosteniéndola tan tierno, protegiéndola. Tenía una fuerza colosal, pero era tan delicado con ella, tan dulce. Amaba eso en él, amaba su forma de necesitarla, de estar sediento de ella, de quererla sólo a ella. Y, sin embargo, no quería necesitarlo, no quería necesitar a nadie.

—Quiero que me quieras —le susurró él tras leer sus pensamientos—. Quiero que me conozcas como yo te conozco a ti. —Le pasó la boca por el cuello, por la suave garganta—. Lo sé todo de ti, estoy locamente enamorado de ti. *Amor* no es una palabra suficientemente fuerte para expresar lo que siento por ti. Tómate un tiempo para conocerme, Jaxon. Inténtalo, cielo, hazlo por mí. Pruébalo.

Con su boca estaba creando un mundo de calor y colores, un lugar donde sólo ellos dos existían. Movió las manos por todo su cuerpo con una delicadeza exquisita.

—Ahora soy como tú, ¿verdad? —susurró Jaxon en voz baja contra su pecho.

Él le llevó los dedos hasta la nuca, los movió entre sus cabellos, tocándola con posesividad.

—Amor, eres carpatiana, con todos los dones de nuestro pueblo. Sentimos la llamada de la tierra, del viento, de la lluvia, del cielo en las alturas. Es un mundo hermoso. Podemos correr con los lobos, volar con las rapaces, nadar en los ríos con los peces si así lo deseamos. Puedo mostrarte maravillas que ningún ojo humano ha visto jamás. Podrás hacer cosas increíbles, y la dicha que sentirás supera cualquier cosa que puedas imaginar.

Le permitió que le quitara a besos las lágrimas de la cara, y que la sed que se iba apoderando cada vez más de él se volviera su propia sed. Lo que estaba haciendo era una locura, pero ya no le importaba, ya no podía cambiar la realidad, no podía deshacer lo que él había hecho. Y tampoco podía odiarlo por haberlo hecho. Jaxon quería abandonarse a la oscura pasión que sólo él le podía proporcionar. Quería que la necesitase con tanta desesperación que ya no tuviera que enfrentarse nunca a lo que ahora era.

Ella le pasó las manos por el cuerpo, siguiendo el rastro de cada uno de sus definidos músculos. Lucian le tomó la cabeza entre las manos mientras ella, pasándole la boca por la piel húmeda, atrapando gotitas de agua con la lengua, se acercaba a él. Él sintió el doloroso ardor de su cuerpo que, cada vez más tenso, la reclamaba con urgencia, mientras lo único que deseaba era consolarla, decirle cuánto la quería por no condenarlo. Quería cogerla entre sus brazos y dejarla llorar, si era eso lo que necesitaba para hacer frente a lo que había ocurrido en su propio cuerpo.

—Amor, no estás aquí para atender mis necesidades. Soy yo quien te servirá a ti. Déjame abrazarte. Pregúntame lo que quieras.

Lucian vio destellos del más puro terror en los ojos de Jaxon, pero sólo por unos instantes, pues en seguida sólo ardió en ellos sensualidad. Ella le pasó entonces las manos por las caderas, se entretuvo en sus nalgas, le exploró los muslos.

—Quiero sentirme viva, Lucian —le dijo—. Quiero sentir que tengo poder, control sobre mi propio mundo. Sólo quiero sentir.

Encontró entonces con las manos la gruesa evidencia del deseo de Lucian; tras acariciarla levemente con sus uñas, sus manos sintieron después el placer de conocer su forma, su textura.

Él echó entonces la cabeza hacia atrás y cerró los ojos. Con el éxtasis puro de sus dedos acariciándolo tan íntimamente, fundió su mente con la de ella para encontrar su mayor anhelo, su más vivo deseo. Ella había expulsado de sí toda realidad, y se anclaba al mundo pensando únicamente en él: en cómo amaba estar con él, contemplar sus ojos cuando pasaban del frío gélido al calor ardiente, en la forma en que su cuerpo se endurecía mientras Lucian se mantenía tan increíblemente tierno. A él sus pensamientos le robaron el aliento, el corazón. Ella admiraba su coraje, deseaba liberarlo de la desolación de su pasada existencia y se propuso impedir que nadie lo lastimara. Deseó que, por fin, se sintiera en paz, libre de la obligación de acabar con aquellas terribles criaturas que andaban sueltas por el mundo. Deseaba satisfacerlo y se preocupó por su falta de experiencia.

El aire salió de una bocanada de los pulmones de Lucian cuando la boca de Jaxon, sedosa, húmeda y caliente, lo envolvió. Adentrándose en sus fantasías eróticas, ella tomó conciencia de lo que le estaba haciendo y se abandonó a su poder recién descubierto, y él reaccionó con creciente deseo, con un apetito intenso, caliente, apretando los dientes con firmeza. Gozando de la inevitable manera en que se internaba en ella, Jaxon acabó acoplándose al ritmo de sus caderas. El tiempo se detuvo. La realidad se desvaneció. Ella había desaparecido y, en su lugar, una sirena lo tentaba, probando su propia capacidad de robarle el dominio de sí mismo.

Lucian juntó las manos entre sus cabellos y la arrastró hacia arriba para encontrar su boca. Ella se agitaba contra él, incitándolo con los pechos, acariciándolo con las manos, inflamándolo. Él le prendió un reguero de fuego desde el cuello hasta la turgencia color crema de sus pechos y llevó la palma de la mano hasta los rubios y apretados rizos que coronaban sus muslos, empujando después para encontrar el calor húmedo que lo acogía en su seno. Agitando sus dedos para probar su disposición, se vio firmemente envuelto en terciopelo ardiente, y la halló anhelándolo con la misma urgencia que él sentía por ella. La respiración de Jaxon era ahora un jadeo somero.

—Vamos, Lucian.

Su entrecortado grito liberó un rayo de dicha desgarradora que le recorrió todo el cuerpo. Ella sí lo necesitaba; ningún otro la haría sentir así. Él era su compañero eterno y su cuerpo clamaba por el de él. Lucian lo necesitaba todo de ella: su mente y su corazón tanto como su cuerpo y su alma. La mente de Jaxon rebosaba de una necesidad ardiente, sedienta de él.

Lucian la cogió por la delgada cintura, la estrechó entre sus brazos y la acomodó sobre sí mismo como una vaina perfecta en su espada. Un sonido se escapó de alguno de ellos; ¿de él o de ella? Ninguno de los dos sabía ya quien era Lucian, y quien Jaxon. Ella se mantenía prieta, perfecta; él la llenaba plenamente mientras la sujetaba abrazándola con fuerza. Jaxon le rodeaba el cuello con los brazos, inclinándose sobre él, piel con piel, corazón con corazón; cerró los ojos y permitió que la hermosura del disfrute de ambos se la llevara lejos, hasta que se vio girando en el espacio, en caída libre con Lucian, y deseó permanecer así eternamente. Solos los dos en su mundo privado de fantasía erótica.

La manera en que él la sujetaba era perfecta: delicado, tierno, aunque penetrando en ella a fondo, produciendo con cada embestida un roce abrasador que les hacía a ambos ir insaciablemente en busca de la siguiente. Lucian inclinó protector la cabeza sobre la suya, rodeándola de amor, calor y consuelo mientras su cuerpo lo envolvía a él con su éxtasis perfecto.

Jaxon sentía los músculos internos tensándose, haciendo que se intensificaran las sensaciones más y más, que el placer llegase a ser casi más de lo que podía soportar. Encontró con sus dientes el hombro de Lucian; jadeó buscando aliento, cordura, mientras intentaba prolongar aquel momento, aunque su cuerpo se estuviera deshaciendo, fragmentando, girando fuera de control. La mente de Lucian estaba sólidamente fusionada con la suya y, al sentir la reacción de su cuerpo al suyo propio, se desencadenó su propia explosión incandescente, intensificando aún más el sentimiento en ambos. Sintió entonces las réplicas que llegaban en oleadas desde el cuerpo de Jaxon, contrayéndose y dilatándose alrededor del suyo.

Lucian la giró entonces de tal forma que el agua cayera en cascada sobre ambos. Jaxon se aferraba a él, negándose a renunciar a la perfección de la unidad que formaban mientras Lucian se limitaba a sostenerla entre sus brazos para protegerla, con el anhelo de consolarla. Finalmente, ella alzó la cabeza y lo miró a sus ojos de terciopelo negro. Parecía tan frágil, tan vulnerable, que él tuvo miedo de que pudiera romperse.

—Estoy contigo, Jaxon —le susurró en voz baja, y con mucha delicadeza empezó a separar sus cuerpos, sintiéndose casi despojado—. Nunca volverás a estar sola.

La abrazó con ternura.

—No puedo imaginármelo, Lucian. Si lo intentara, me volvería loca.

—Eso está bien, cielo. ¿Qué más puedes esperar de ti misma? ¿Aceptación inmediata? Nadie podría aceptar algo así tan fácilmente. Es un don oscuro. Nosotros vivimos en un mundo hermoso, cierto, pero tenemos que pagar un precio muy alto por los talentos especiales con que estamos dotados.

Además, tu compañero eterno tiene responsabilidades que te expondrán a situaciones peligrosas. Si pudiera, cambiaría lo que soy, el ángel oscuro de la muerte, como me llama mi pueblo, pero soy un cazador de no muertos y me temo que siempre lo seré.

Los grandes ojos de Jaxon lanzaron un súbito destello de ira.

—¿Así te llaman? ¿«El ángel oscuro de la muerte»? ¿Cómo pueden ser tan crueles después de haberles dado tanto? ¿Qué derecho tienen a juzgarte?

Se lanzó a protegerlo al instante, como una joven tigresa, y él tuvo una súbita visión de ella con sus hijos.

La idea le hizo desear sonreír, pero, en lugar de hacerlo, cerró el grifo y la sacó de la ducha. Una vez ya con los pies sobre el suelo de azulejos, la envolvió en una gran toalla. Juntando los dos extremos la atrajo hacia sí y le dijo:

—Soy un antiguo varón carpatiano con tremendos poderes y conocimientos. Mi gente sabe lo peligrosa que es esa combinación. Somos predadores, amor mío, y podemos transformarnos en cualquier momento si no tenemos una compañera eterna a nuestro lado. La mayoría de los varones se transforman pasados muchos menos siglos de los que yo he vivido.

Ella lo miró airada.

—No intentes excusarlos. He estado en tu mente y no eres más asesino de lo que pueda ser yo.

Sin poder evitarlo, él se echó a reír. Qué inocente era, incluso entonces, después de todo lo que habían compartido. Jamás podría ser como él, un predador con un ligero barniz de civilización y una disciplina férrea. Ella era la luz en medio de su oscuridad, su salvadora, su milagro, pero no se daba cuenta de ello. No quería mirarse a sí misma a través de los ojos de él.

—Jaxon, el amanecer está próximo. —Lo sabía sin necesidad de mirar la hora. Su pueblo siempre sabía la hora exacta del amanecer y del anochecer—. Ven conmigo al dormitorio subterráneo.

Lucian sintió su reticencia, el repentino temor que la asaltaba. En su mente, su nueva condición se hacía así real, demasiado definitiva como para aceptar ir con él. Él le tendió una mano:

—Acompáñame —dijo en voz baja, con una ternura aterciopelada.

Jaxon se quedó mirando su mano fijamente, negándose a acompañarlo, como si, por alguna razón, quedarse en la parte principal de la casa la hiciera seguir siendo humana. Sintió que se desgarraba deseando quedarse allí y deseando no hacerle daño a él. Muy despacio, vacilante, puso al final su mano sobre la suya, quien estrechó los dedos, cálidos y seguros, alrededor de los suyos.

—Conmigo siempre estarás a salvo, Jaxon. Si lo crees, lograrás superar esta prueba.

Tiró de ella hasta que estuvo bajo la protección de su hombro y la pudo rodear con el brazo. Avanzaron juntos a través de la casa, bajaron la escalinata de caracol, atravesaron la cocina y entraron en el sótano. Él la sintió vacilar cuando entraron en el estrecho pasadizo que bajaba hasta el dormitorio subterráneo. En su mente halló la idea de volver corriendo escaleras arriba. Lucian se limitó a estrechar aún más su brazo e inclinar la cabeza para rozarle la sien con su cálida boca en un leve gesto de aliento.

—En todos los siglos de mi existencia, Jaxon, nunca he encontrado una mujer como tú.

En la suave pureza de su voz había admiración y amor por ella. Deliberadamente, acopló su respiración a la de ella, su corazón al suyo, para poder regular después su ritmo arrebatado, sosegándolo. Se internó sin dificultad en su mente, aplacando el caos, aportándole un poco de luz para insuflarle cierta tranquilidad, cierta aceptación, para aliviarla en su difícil transición.

Lucian se cuidaba mucho de despojarla de su voluntad propia, pero no podía soportar verla sufrir, pues eso lo conmovía como nada en toda su vida. Habría hecho lo que fuera por ella, cualquier cosa, con tal de protegerla, y tenía la capacidad de borrar cualquier recuerdo terrible de su memoria, de liquidar todo su pasado. Podía asegurarse de que aceptara ser carpatiana haciéndole creer que siempre lo había sido, pero sabía que eso habría sido un error. Con todo, se puso a darle vueltas a aquella idea. Sintió desprecio de sí mismo por haber permitido que sufriera, por haberle causado el tormento físico de la conversión y, ahora, la agonía de tener que aceptar lo que él había forjado en ella.

—Detestaría que hicieras eso, Lucian. Al final, no serías capaz de vivir con esa mentira —le dijo ella con serenidad.

Él bajó entonces la mirada hacia ella, sus ojos negros rebosantes de amor. Jaxon lo estaba mirando con un atisbo de burla en el fondo de sus grandes ojos marrones.

—No pensabas que fuera a aprender tan rápido a leer en tu mente, ¿a que no? —le espetó entonces agitando la cabeza, y añadió—: Mejor dicho, no pensaste que yo misma decidiría hacerlo.

Se sintió orgullosa de haber captado aquel retazo de información.

Lucian abrió la puerta del dormitorio y retrocedió un paso para permitirle entrar primero. Le satisfizo que se hubiera decidido a leer sus pensamientos. Era un acto de intimidad en una compañera eterna compartir pensamientos y sentimientos sin pronunciar las palabras, un camino privado, sólo para ellos dos.

—Una y otra vez me dejas atónito —admitió.

Y era cierto, ella lo asombraba con su capacidad para adaptarse a cualquier situación. Sólo el hecho de que pudiera sonreír ya era sorprendente.

Jaxon se quedó con la toalla puesta mientras miraba a su alrededor con verdadera desesperación a ver si encontraba algo que ponerse y que le permitiera no sentirse tan vulnerable. Lucian le ofreció entonces un inmaculado camisón de seda blanca. Ella se lo puso y entornó sus enormes pestañas para ocultar su expresión mientras él se lo abotonaba por delante, rozándole la piel desnuda con los nudillos.

—¿Qué era ese ser que se estaba lanzando contra el muro? Un vampiro, no, ¿verdad? Porque parecía tonto de remate.

—Era un gul, un muerto viviente. No se trata de un no muerto, como los vampiros, sino de un adepto suyo, su sirviente, un títere. Como ya te conté, los vampiros pueden utilizar a un ser humano para que ejecute sus órdenes durante el día mientras ellos descansan. El gul sólo vive para hacer realidad los deseos del vampiro y se alimenta de la sangre que éste le proporciona o de la carne de los muertos.

Jaxon reprimió un grito tapándose la boca.

—No sé para qué te pregunto nada. Siempre me respondes con alguna atrocidad. Y no es que no sepa que lo vas a hacer, simplemente es que me lanzo y te pregunto de todas formas.

Se echó el pelo hacia atrás con la mano alborotándose los rizos, todavía húmedos.

De forma automática, Lucian extendió una mano para componerle los cabellos.

—El gul es peligroso porque no se detiene hasta quedar totalmente aniquilado.

Ella asintió con la cabeza dándole vueltas una y otra vez a aquella idea.

—¿Y el muro? ¿Qué clase de sistema de seguridad es ése? ¿Se te ha ocurrido pensar alguna vez que un niño podría intentar trepar por él?

—Si algún niño intentara subirse al muro, no le pasaría absolutamente nada —respondió—. El muro sólo reacciona ante el mal.

Jaxon volvió a asentir mordiéndose el labio inferior.

—Claro, por supuesto, ¿cómo se me habrá ocurrido pensar otra cosa?

—Ven a la cama, cielo —la invitó en voz baja.

Jaxon no lo estaba mirando; en vez de eso, tenía puesta toda su atención en las paredes de la habitación, construida meticulosamente para tener la apariencia exacta de un dormitorio convencional, y no de una estancia subterránea. Lucian le tocó la mente con suavidad para poder corregir cualquier cosa que pudiera no ser de su agrado y le costó un gran esfuerzo reprimir una sonrisa cuando comprobó que su manera de reaccionar nada tenía que ver con la habitación, ni tampoco con la conversión, sino lisa y llanamente con la presencia de su propio cuerpo desnudo y las cosas que ambos habían hecho juntos.

Lucian se metió entonces en la cama sigilosamente y se cubrió hasta la cintura con la sábana.

—¿Piensas pasarte todo el día paseando por el dormitorio?

—Quizá —respondió ella tocando las paredes, palpándolas con las yemas de los dedos para sentir su textura—. ¿A qué profundidad estamos?

Lucian encogió sus fuertes hombros con una ondulación espontánea de sus músculos y, repentinamente, se quedó mirándola con ojos vigilantes.

—¿Te cuesta estar en una habitación subterránea?

Presente en su mente como una sombra, sabía que estar bajo la superficie de la tierra no le causaba inquietud alguna; sabía que lo que temía era acostarse, para despertarse después y tener que afrontar la realidad.

Jaxon echó un vistazo hacia donde estaba Lucian y se sintió más cómoda al comprobar que su desnudez ya no estaba a la vista. Su propio comportamiento le parecía ilógico. ¿Por qué querría estar con él a toda costa? No le parecía propio de ella. Había sido sincero desde el primer momento en cuanto a quien era y lo que era, pero ella acababa siempre mostrándole su acuerdo con todo lo que le pedía, con todo lo que hacía.

—Eres mi compañera eterna, Jaxon. En el momento en que naciste eras ya la otra mitad de mi alma. Tu cuerpo y tu mente me reconocieron, tu corazón y tu alma clamaron por mí. Es lo que nos ocurre a nuestro pueblo.

—Yo no soy carpatiana —respondió ella a la defensiva llevándose la mano a la garganta para sentirse protegida—. ¿Por qué ha tenido que ocurrir todo esto?

—Para mí es tan misterioso como para ti. Todo lo que me dijeron es que algunas mujeres humanas con poderes psíquicos son verdaderas compañeras eternas de nuestros varones. —Suavizó su voz deliberadamente para evocar paz y sosiego en ella—. Y es obvio que así es.

De nuevo había fundido su mente con la de ella de forma completa, ralentizando su corazón y sus pulmones, permitiéndole hallar el valor para cruzar la habitación y meterse en la cama junto a él.

Lucian la envolvió en la seguridad de sus brazos, tirando de ella para acogerla en el refugio de su cuerpo, mucho mayor que el suyo. Allí se relajó de inmediato bajo la acción de su tacto, que aplacó la oleada de terror que la estaba invadiendo. Se sentía física y emocionalmente abatida. Aunque tenía muchas preguntas que hacerle, no se atrevía a escuchar las respuestas, temerosa de sus propias reacciones ante lo que él pudiera contarle.

—Lo único que quiero es dormirme, Lucian —dijo acurrucando la cabeza contra el hombro de él—. ¿No podemos dormirnos sin más?

Lucian sintió cómo estaba conteniendo la respiración. No quería dormir; lo que quería era salir corriendo de allí. Él le acarició la coronilla con un beso mientras le pasaba los dedos por el pelo con ternura.

—Duérmete, cielo. Conmigo estarás segura.

Tomó el control de su mente, sumiéndola instantáneamente en un sueño profundo, de modo que no tuviera oportunidad de resistirse a su mandato.

No habrían de dormir aquel día en aquel dormitorio ni en aquella cama. El cuerpo de Jaxon necesitaba rejuvenecimiento, precisaba de la curación que sólo la tierra podía ofrecer a una verdadera carpatiana. Lucian no tenía intenciones de obligarla a afrontar todavía aquel particular extremo de su existencia. Como compañero eterno suyo que era, no podía por menos que velar por su salud y su felicidad, pero quiso ahorrarle los detalles, pues consideraba innecesario que los conociera en aquella fase aún tan prematura.

Levantó su cuerpo ligero entre sus brazos y se concentró después en la pared que tenían a su izquierda. La pared se abrió entonces, dejando al descubierto un estrecho pasadizo de piedra que descendía internándose en el corazón de la tierra. Lo siguió, bajando hasta alcanzar una capa de tierra rica y oscura que había dispuesto en el interior de la roca. Con un movimiento de su mano abrió el lecho y entró después levitando en él con el delgado cuerpo de Jaxon abrazado fuertemente contra el suyo. Erigiendo todas las defensas, con los lobos ya vagando libremente, cerró todas las puertas para mantener su guarida oculta a los ojos de cualquier intruso. Y, una vez más, emplazó defensas en cada puerta, a lo largo del pasadizo mismo y en el estrato de roca que descansaba sobre ellos. Sólo entonces sumió a Jaxon en el sueño profundo de su especie. Detuvo su corazón y sus pulmones y ella se quedó inmóvil, con una quietud de muerte, tumbada en el interior de la tierra. Tras ordenar con la mano a la tierra que los cubriera, sumió también a su propio cuerpo en el sueño de los carpatianos. Su corazón palpitó entrecortadamente durante unos instantes y cesó de latir después. La tierra continuó cayendo sobre ellos hasta cubrirlos por completo y quedar tan inmóviles como si hubieran reposado allí durante siglos.

Capítulo 9

El sol avanzaba lentamente por el cielo. Su luz se reflejaba en las bellas vidrieras de colores de la casa que, sobre la colina, permanecía en silencio. En su interior reinaba la calma, la quietud, ni tan siquiera el aire se movía, como si la casa estuviera viva, a la espera. Cuando empezó a anochecer, en las profundidades de la tierra un corazón empezó a latir. Lucian registró el área que rodeaba sus propiedades justo en el momento en que abrió la tierra que los recubría. Todo estaba en calma. Levitó desde la tierra para retornar a la comodidad de su dormitorio subterráneo y, una vez allí, dejó a Jaxon acostada sobre la cama al tiempo que con un movimiento de su mano prendía las velas de la estancia. Las trémulas llamas llenaron la habitación de sombras relajantes y un aroma de hierbas.

Lucian repasó detenidamente el cuerpo de Jaxon para asegurarse de que se despertara limpia y fresca, sin rastros de tierra sobre ella. Salió de su propio cuerpo y entró en el de ella para examinar sus órganos y comprobar con sus propios ojos que se había curado por completo. Sólo cuando estuvo convencido de que todo estaba en orden, la liberó del sueño de los carpatianos y la entregó al sueño más ligero de los mortales. Sintió cómo tomaba su primer aliento, oyó cómo su corazón empezaba de nuevo a latir. Llevó las manos hasta su menuda cintura para palpar, por debajo de la fina seda de su camisón, la suavidad satinada de su piel.

Sintió una oleada de calor que se precipitaba a través de su propio cuerpo y se desperezó lentamente. Ella estaba con él; estaría con él en cada nuevo despertar. Apartó el camisón de su vientre e inclinó la cabeza hasta él para saborear su piel, recorriendo con las manos la hermosa curva de sus caderas. Se estaba familiarizando con la delicada estructura de sus huesos, con las líneas de su cuerpo. Bajo sus manos y su boca, que deambulaban por ella, la piel de Jaxon estaba empezando a entrar en calor. Se desplazó aún más abajo, anhelando saborearla, anhelando que tomara conciencia del placer erótico que sólo él podía proporcionarle.

Ella estaba caliente, era un torrente de miel, tan dulce que hubiera deseado arrastrarse a su interior. Lucian reconoció el momento de su despertar, el momento en que tomó plena conciencia de él, de lo que le estaba haciendo, del maremoto de anhelo que se estaba levantando y que la invadía ya precipitándose a través de su cuerpo como una bola de fuego para unirse a la lava líquida que lo recorría a él. *¡Lucian!* Gritó su nombre de la forma íntima en que lo hacía su especie mientras su cuerpo se agitaba caliente, suspirando de deseo, ardiendo por él. Lo necesitaba, necesitaba lo que él le estaba haciendo, necesitaba sentirlo en su interior, caliente, duro, grueso, para que la tormenta terrible que se estaba formando pudiera descargarse. Su cuerpo se onduló animado, sintiendo tal placer que volvió a gritar su nombre y se aferró con las dos manos a su melena para arrastrarlo hasta ella.

Súbitamente, él la cubrió con su cuerpo y notó la abertura caliente, la cremosa invitación. Cuando se apretó contra ella y se metió en su apretada vaina, ella jadeó al sentir las repetidas reacciones de su propio cuerpo, un torbellino que se extendía, se contraía, se estrechaba. Él se hincó entonces en ella, duro, rápido, montándola en sus caderas para conducirla al interior de una tormenta de fuego que ya no hizo sino crecer y crecer.

Jaxon estaba aferrada a sus brazos con la cara apretada contra su pecho. Oía la llamada del calor de su piel, oía los latidos de su corazón, la invitación del ritmo de sus pulsaciones. Se arrimó a su pecho casi indefensa, pasándole la boca por la piel, atenazándole el cuerpo con el suyo, demandando más. Le mordisqueó entonces el pecho con los dientes, justo allí donde notaba sus latidos, y sintió cómo a Lucian el corazón le daba un vuelco, sintió cómo se agrandaba aún más en su interior, duro, fuerte, mientras ondulaba con más fuerza sus caderas para enterrarse con mayor profundidad dentro de ella. La lengua de Jaxon empezó a dar vueltas alrededor del lugar donde lo había mordido; una, dos veces.

Dios, cielo, sigue. Así quiero que lo hagas. Su voz era un susurro en su mente, sobre su piel, sexy, grave, suplicante, ardiente de deseo.

Lucian se volvió salvaje, feroz, arrastrado por un vehemente anhelo de ella, frenético por ella, por toda ella. Jaxon volvió a dibujar con la lengua círculos sobre su piel, y Lucian bramó hundiéndose en su ardiente vaina una y otra vez. *Jaxon. Sigue.* Abarcó entonces sus caderas con las manos para poder abrazarlas y clavarse en ella con embestidas largas, duras.

Jaxon sintió tanto placer que se dejó invadir, consumir por él. Se sintió fascinada por sus latidos. Oyó el grito ronco de Lucian cuando, con la mente de él fundida firmemente con la suya, sintió el aguijonazo candente que lo atravesaba como un relámpago al hundirle profundamente sus dientes y recibir, fluyendo en su interior, la esencia de su poder, la sangre antigua de vida. Sintió lo que su propio cuerpo hacía en el de él, el fuego ardiente en torno suyo, apoderándose de él con firmeza, sintió la vehemencia de su placer, tan profundo, tan real, que lo hacía desear permanecer así eternamente.

Le acarició entonces el pecho con la lengua cerrando los minúsculos orificios y sintió los músculos de Lucian tensándose bajo sus manos, y su propio cuerpo fragmentándose, llevándose consigo el de él. Oyó su propia voz, un sonido de su garganta, suave y ronco, y lo siguió saboreando hasta saciar su terrible anhelo cuando su cuerpo vibró y ardió, estallando, perdiéndose en la noche para entrar a formar parte del tiempo y del espacio.

Jaxon se vio a sí misma alzando la mirada hacia Lucian, sus ojos abiertos como platos como síntoma de su conmoción: no podía creer que su cuerpo fuera capaz de esas cosas, no podía creer lo que, por su propia voluntad, acababa de hacer. Quiso que su cuerpo rechazara el alimento que acababa de ingerir, pero lo estaba saboreando, el gusto de él en su boca, en sus labios, como un néctar adictivo. Le dio un empujón en el pecho resuelta a apartarse de él para poder pensar. Pero él la estaba mirando de nuevo con sus ojos ardientes, oscuros y peligrosos, terciopelo negro, repasando lentamente su rostro, rebosantes de una posesividad cruda, hambre, deseo oscuro. Entonces agachó la cabeza para recorrer con la lengua la dulce columna de su cuello.

—No estoy seguro de si este despertar durará lo suficiente como para saciar mi sed. Más. Quiero más.

—¡De ninguna manera! —replicó ella, pero él ya estaba acariciando su cuerpo de nuevo, haciéndola agitarse, suspirar por el suyo.

—No estamos limitados por ninguna restricción —le suspiró él en voz baja mientras buscaba el hueco crema de su cuello—. Tengo muchas cosas que enseñarte.

Horas más tarde Jaxon estaba cómodamente sentada en un sillón en el gabinete de Lucian. Aún sentía su cuerpo deliciosamente dolorido y sensible por la interminable posesión que Lucian había hecho de él. Había sido sucesivamente delicado y tierno, y salvaje e indómito, mirándola en todo momento con ojos anhelantes. Sólo cuando se había dado cuenta de que ya estaba exhausta, la había llevado escaleras arriba hasta la ducha, donde la bañó pasándole las manos con denodadas caricias. Justo ahora no estaba muy segura de si sería capaz alguna vez de volver a mirarlo a la cara. Tratando de parecer despreocupada, desplegó el periódico para echarle un vistazo por encima, sin prestarle mucha atención, repasando los titulares. Sorprendida, se le abrieron los ojos como platos:

—Samuel Barnes murió ayer.

Lucian dejó en el acto de teclear en el ordenador. Había hecho todo lo posible por dejarle algo de espacio mientras leía su mente al detalle. Su Jaxon se sentía cohibida con él incluso después de tantas horas de erotismo como habían pasado juntos. Enarcó una ceja cuando se volvió para mirarla.

—¿El banquero? —preguntó con una voz perfectamente neutra.

—Sí, el banquero. Míster Titulares Internacional. Murió en su casa. Un empleado suyo lo encontró e intentó reanimarlo sin éxito. Yo tenía la sospecha de que era el traficante de drogas más importante de la ciudad, pero nunca lo pude atrapar con nada serio entre manos.

—¿Y cómo murió?

Jaxon lo estaba observando fijamente por encima del periódico.

—No sospechan que haya sido un crimen. No hay indicios de asesinato. —Súbitamente, su voz se volvió recelosa—. Tú no conocías a Barnes, ¿no es cierto?

—Jaxon. —Dijo su nombre en voz baja, con intimidad, envolviéndola en sábanas de satén, robándole el aliento con eficacia—. No estarás acusándome de nada, ¿no?

Sintió cómo se ruborizaba sin razón aparente, salvo por la manera en que él la estaba mirando. Lucian era sinónimo de control; podía ser letal, pero no se le notaba. No parecía dejarse afectar por nada. Hasta que la miraba a ella: Jaxon veía su terrible apetito ardiendo por debajo de la superficie cada vez que su negra mirada se posaba en ella. Era tan sexy; con sólo mirarlo se le cortaba la respiración. Pero ahora no parecía ser el momento más adecuado para ponerse a darle vueltas a cada cosa que había ocurrido entre los dos. Sentía que lo estaba haciendo muy bien, aferrándose a su cordura con uñas y dientes, y estaba posponiendo de manera muy eficaz enfrentarse a la verdad de lo que Lucian le había hecho, su «conversión», y de lo que ella había hecho desde entonces con él. Las mujeres carpatianas debían de ser unas maniacas sexuales, porque ella misma, en realidad, estaba claro que no era así. Meneó la cabeza decidida a volver sobre su pista: ¿Habría relacionado Lucian a Barnes con ella? Pero ¿en qué estaba pensando? ¿De qué manera iba a saber Lucian nada sobre Barnes? No lo podía acusar de nada.

—No, por supuesto que no.

Lo observó mientras se volvía hacia la pantalla del ordenador. Parecía muy interesado en su trabajo, aunque, en realidad, no tenía ni idea de qué podía estar haciendo. Había visto que recibía un correo electrónico de Gabriel, su hermano gemelo. ¡Dos como él sueltos por el mundo! De pensarlo se le ponía la carne de gallina.

Volvió a su lectura. En la segunda página había un artículo breve acerca de un coche que se había despeñado por un precipicio. El ocupante del vehículo no había sobrevivido. Se quedó de una pieza cuando leyó su nombre. Era demasiada coincidencia.

—Lucian.

Él le prestó toda su atención al instante; adoraba eso en Lucian. Parecía como si todo lo que ella dijera o hiciera fuera de vital importancia para él.

Lo es. Oyó su voz susurrando íntimamente en su mente, un sonido que le acarició las entrañas hasta el punto de que, para protegerse, Jaxon tuvo que cruzar los brazos sobre su vientre, que sintió invadido por un cosquilleo intermitente.

Jaxon le lanzó una de sus miradas furibundas más amenazadoras.

—Mantente fuera de mi cabeza, bicho raro. Aquí la única que tiene que leer mis pensamientos soy yo misma. —Frunció el ceño de pronto y preguntó—: ¿Todos los de tu especie son capaces de leerse los pensamientos unos a otros?

Él se encogió de hombros con una ondulación espontánea de sus músculos que a ella le hizo sentir aún con más intensidad que su estómago le daba un respingo.

—Sí y no. No es exactamente igual que entre compañeros eternos. Tenemos una forma corriente de comunicación entre todos nosotros, pero, si ha habido intercambio de sangre, la comunicación es más privada. Yo puedo, siempre he podido, leer la mente de Gabriel, pero, últimamente, dudo mucho que nadie tuviera ganas de hacerlo; sólo piensa en Francesca. Bueno, y también en las niñas. Skyler es su hija adoptiva, una niña adolescente que sufrió tremendos abusos. Es humana, una psíquica. Y luego está su hija pequeña, que aún no ha cumplido un año. Gabriel la protege, y con razón, pero creo que se ha vuelto un viejo quisquilloso.

Jaxon estalló en carcajadas.

—Me cuesta imaginar a alguien que tenga tu aspecto y se comporte como un viejo quisquilloso.

—No sé cómo Francesca lo aguanta.

Lucian gozó al comprobar que sentía verdadero afecto por su hermano gemelo. No era simplemente un recuerdo de su afecto por él ni el deseo de sentirlo, era una emoción profunda y real. Y se la debía a Jaxon; su Jaxon, su milagro. La miró posesivo: ella estaba transformando rápidamente su vida, de pies a cabeza.

Ahora todo era diferente. Cada vez que la miraba sentía que el corazón se le desbordaba, se le derretía, sentía su interior ligero y cálido. Podría pasarse toda la eternidad mirándola y no se cansaría jamás. Tenía un hoyuelo que aparecía inesperadamente de la nada para fundirse después con su sonrisa. En sus ojos había una risa contenida cuando se burlaba de él. Ella se burlaba de él. Era un milagro que alguien se atreviera a hacer tal cosa. Y ella, sin darle la menor importancia, no perdía la más mínima oportunidad de hacérselas pasar negras. Adoraba su manera de moverse. Y, aunque era pequeña, tenía una figura perfectamente proporcionada. Ademas, a pesar de que creía proyectar una imagen de dureza, era dulce y grácil, toda elegancia y feminidad. Todo en ella le hacía sonreír —todo, de la cabeza a los pies. Sentía debilidad por su boquita descarada; amaba su boca. Cada vez que la miraba, sentía la llamada urgente, instantánea, de su cuerpo clamando por ella. Y se deleitaba con ello, con la dureza y calidez del apetito que una simple mirada despertaba en él.

Un fardo de hojas de periódico llegó por el aire hasta él y las atrapó al vuelo de forma más bien distraída.

—¿Me estás escuchando? Justo estaba pensando en lo maravilloso que es que estés pendiente de cada una de mis palabras, y vas y te quedas ahí sentado como un zoquete mirando a las musarañas. ¿Dónde estás? —le preguntó Jaxon.

—No estabas diciendo nada.

—No es cierto. Aparte de todo, estaba hablándote.

No tuvo ningún reparo en decir una mentirijilla con tal de probar que Lucian no estaba escuchándola. Lo miró indignada.

Él, que había estado sentado frente al ordenador, a cierta distancia de ella, ahora se cernía sobre ella como un ángel vengador.

—No has dicho ni una sola palabra —reiteró.

Se le veía divertido, dispuesto a transigir, y parecía un felino de la selva desperezándose relajadamente, con ese aire que ella reconocía como el más peligroso de todos. Parecía sortear sus defensas con una facilidad pasmosa, convirtiéndole las entrañas en lava líquida mientras le abarrotaba la mente de imágenes eróticas que danzaban por su cabeza.

Se recostó contra los cojines y alzó una mano para mantenerlo a raya.

—Esas cosas rápidas que haces se van acabar ya.

Él la miró enarcando una ceja. Ella sintió deseos de pasarle la yema del dedo por la cara, siguiendo la línea de sus cejas, la sombra de su mandíbula. Con mucho cuidado se puso las manos debajo y se sentó sobre ellas con ojos de completa ingenuidad. Más valía que no estuviera leyéndole los pensamientos en ese momento. Le lanzó una mirada airada por si lo estaba haciendo para mostrarle que estaba hablando en serio.

—Vaya manejo tienes del vocabulario, cariño —le dijo entonces Lucian.

A Jaxon le gustaba mirar sus ojos: podían pasar del frío gélido de la obsidiana al brillo de una piedra preciosa en cuestión de segundos.

—Sí, ¿verdad? —preguntó ella complacida.

—No estoy seguro de que debas tomártelo como un cumplido —puntualizó él con una sonrisa burlona.

—En el periódico se informaba de un accidente —cambió ella de tema suspirando ligeramente.

—Eso me decías.

—Ahora me refiero a otro accidente. Un hombre que se cayó con su coche por un precipicio. La policía piensa que enfiló el coche directamente hacia el despeñadero, pues no encontraron ninguna huella de patinazos sobre el asfalto.

—¿Y la importancia de todo eso es...? —preguntó él.

—Ese hombre trabajaba para Barnes. Es demasiada coincidencia que ambos hayan muerto de forma tan repentina. Quizás hizo algo que enojó a la gente del cártel de las drogas. Tendré que darme una vuelta por ahí a ver lo que descubro. Si al menos pudiera estar segura de que estás a salvo de Drake mientras salgo a trabajar... —Dejó la frase en suspenso y alzó la vista al techo como si fuera a encontrar la respuesta en él.

Una sonrisa burlona se fue dibujando despacio en la boca de Lucian al tiempo que sus ojos se inundaban de calidez.

—De modo que eres tú quien cuida de mí. Te agradezco mucho, compañera eterna, que consideres siempre mi seguridad como tu prioridad máxima. Es una prueba de lo importante que soy para ti.

Lucian había conseguido no volver a dar lugar a que se insubordinase en lo referente al asunto de la seguridad. Si se preocupaba por él, simplemente se mostraría complacido al saberlo.

—Eso es lo que tú te crees. Tu prepotencia resulta de lo más irritante —sentenció ella y se sorbió indignada la nariz. Tuvo que sacarse las manos de debajo del trasero para poder agarrar el periódico—. Lo único que no quiero es cargar con la pésima publicidad de que han asesinado a un pez gordo como tú mientras estabas bajo mi vigilancia. Tengo que pensar en mi reputación, ¿comprendes?

—Hablando de reputaciones, ¿quién es Don Jacobson?

—¿Dónde has oído tú hablar de Don? —preguntó ella visiblemente impresionada.

—Estuviste hablando por teléfono con él la noche pasada, y hoy, al despertar, estabas pensando en él.

—De verdad que no hay secretos para ti, ¿eh?

Jaxon prefirió no pensar en cuántas veces había tenido fantasías con Lucian, ni tampoco en que, justo en ese mismísimo instante, estaba pasándosele un pensamiento por la cabeza que hizo aflorar un cierto rubor a su cara.

—¿Quién es? —preguntó Lucian, que no estaba dispuesto a dejarse distraer.

—Crecimos juntos en Florida. Antes de lanzarse a cada nueva matanza, Drake siempre vuelve a donde empezó todo. Es una especie de ritual. Repasa de nuevo el curso de instrucción por completo, acampa allí, casi como si estuviese jugando al escondite con los reclutas nuevos. Nadie ha logrado dar nunca con él, ni él ha matado a nadie allí; se limita a ir dejando pistas para restregarles por la cara su superioridad.

—Florida está justo en la otra punta del país.

—No importa. Siempre empieza allí. Cuando llamé a Don tenía la esperanza de que, quizás, aún estuviera allí. Era bastante improbable, pero tenía que probar suerte. Podíamos haberlo cogido en un aeropuerto o haberlo detenido en un automóvil de camino hacia aquí. No hubo tanta suerte. Drake ya había registrado tu palacio real, tal y como tú esperabas que hiciera. Y ahora no me puedo mover de aquí porque tengo que protegerte de tu propia arrogancia.

—Estoy feliz de ser un hombre arrogante. Me complace que tengas una razón para «no moverte de aquí y protegerme». —Lucian extendió un brazo y rodeó su cara con la palma de la mano haciendo gala de una exquisita ternura—. Al final, tu respuesta a mi pregunta sobre lo que representa para ti ese hombre, Don Jacobson, no me ha dejado del todo satisfecho —añadió con una voz muy suave e íntima.

—No tengo por qué darte explicaciones sobre él. —Lucian estaba causándole estragos en las entrañas, derritiéndoselas como mantequilla. Con sólo mirarlo se estaba sintiendo desfallecida y temblorosa—. Hace mucho calor aquí —se quejó—. No habrás encendido la calefacción, ¿verdad?

—Los carpatianos podemos regular nuestra propia temperatura corporal.

—Ah, claro; claro que sí —repuso ella asintiendo con la cabeza—. ¿Cómo no se me había ocurrido?

Lucian se apoyó sobre ella para que el calor de su piel la alcanzara a través del fino tejido de su blusa y le echó hacia atrás su cabello rubio platino.

—Te estás sensibilizando demasiado al calor. —Frunció el ceño cuando comprobó cómo tenía la frente. El tacto de su piel le resultaba adictivo; cuanto más la tocaba, más necesitaba tocarla—. Piensa en sentirte fresca, cariño, y lo estarás de forma automática.

Le dio un empujón en su pecho, duro como una roca. ¿Cómo podía nadie pensar en sentirse fresco teniéndolo a él tan cerca?

—Apártate de mí, Lucian, y deja ya de mirarme así.

—¿Cómo te estoy mirando?

—Lo sabes muy bien —le reprochó mientras recogía muy despacio el resto del periódico—. Largo. Si me vuelves a tocar voy a estallar en mil pedazos.

—Sólo tenía deseos de besarte —le susurró inocente, modulando deliberadamente su voz para que sonara suave y seductora.

Agachó entonces la cabeza para que el calor de su boca cubriera el lugar donde su cuello latía frenéticamente. Sintió las palpitaciones bajo la lengua, que había adelantado para explorarlo más de cerca mientras le acariciaba la piel con la yema de los dedos, apartando su fina camisa de cordoncillo de algodón para deslizárselos a lo largo de la delicada clavícula. Ella tenía un tacto satinado, increíblemente suave. Súbitamente sintió de nuevo la necesidad, aguda, urgente. Descargó su peso sobre ella, obligándola a recostar su menudo cuerpo en el sofá. Mientras su boca tomaba posesión de la suya, abarcó uno de sus pechos con la palma de la mano.

Aspiró su aroma, incorporando la esencia de su cuerpo. La sintió menuda bajo sus manos, que vagaban por su figura perfecta, un milagro de piel suave y cabellos sedosos. Incluso aunque sintió la buena acogida con que Jaxon, anhelante y dispuesta a saciar su sed, respondía a las demandas de su cuerpo, percibió su agotamiento; aún estaba dolorida. Debería haberla tratado con más delicadeza, siendo ella tan menuda, frágil e inexperta como era. Había exigido demasiado de ella. Debería haberlo sabido, pero, por momentos, cabalgando a rienda suelta, había perdido un tanto el control de sí mismo. —Lo siento, cariño. Debería haber sido más cuidadoso contigo. —Le dio un beso en la sien y le acarició sus sedosos cabellos—. Te puedo curar —se ofreció.

—Si no me has hecho daño, Lucian —afirmó ella de inmediato sonrojándose al pensar en lo que le había hecho y en el placer que había sentido—. Me gusta cómo se siente mi cuerpo.

Como si yo le perteneciera.

Es que me perteneces.

Ella adoraba eso, la intimidad de su voz aterciopelada susurrando en su mente, exclusivamente para ella. El mundo secreto de calor y oscuridad sólo de ellos dos. Ya nunca más volvería a estar sola, nunca más debería enfrentarse sola a los monstruos que habitaban el mundo. Jaxon se dio cuenta de que lo estaba mirando con ojos rebosantes de ilusión y eso la hizo sentirse molesta. Desvió entonces la mirada de él fingiendo que el periódico le resultaba más interesante.

Lucian rio en voz baja, con el regocijo del hombre que descubre que su mujer está cohibida tras haber hecho el amor con él durante horas, y ella desplegó sus largas pestañas un instante para censurarlo antes de volver a su lectura. Casi en seguida, descubrió el siguiente artículo. Se quedó de piedra.

—Lucian, escucha esto. James Atwater presuntamente se suicidó de un disparo en su propia casa. Dejó una nota en la que decía que ya no podía seguir viviendo con el cargo de conciencia de haber matado a tanta gente por orden de Samuel T. Barnes. Llegó a nombrar a Barnes. Imposible que Atwater tuviera de pronto un arrebato de mala conciencia. Él no era de ésos. Esto tiene que ser una purga interna. Estos tipos deben de haber cometido algún error y algún pez gordo ordenó que se los cargaran. Quienquiera que los haya eliminado hizo un buen trabajo consiguiendo que el juez de instrucción haya dictaminado que las muertes fueron debidas a causas naturales, accidente y suicidio. La razón por la que me puse a trabajar sobre la pista de Barnes era su relación con Atwater, que era un consumado asesino.

Lucian estaba enredándose el pelo de Jaxon en la mano, pasándose mechones de su cabello entre las yemas del pulgar y el índice una y otra vez. Entonces, durante unos instantes sonaron una serie de señales acústicas breves que, en seguida, dejaron de oírse. Jaxon encontró su busca sobre la mesita de café.

—Es el departamento, Lucian. Tengo que llamar.

—Aún tenemos una conversación pendiente —dijo él relajadamente siguiéndola mientras ella se dirigía al teléfono.

Andaba tras ella con tanto sigilo que Jaxon sintió escalofríos.

—¿Qué conversación? —le preguntó mientras marcaba los números a toda velocidad de tan acostumbrada como estaba a hacerlo.

—La conversación en que me dices que vas a dejar tu trabajo en la policía y te vas a quedar en casa conmigo.

—Ah, eso. —Se rió—. Ni lo sueñes.

Lucian oyó la respuesta, la actividad frenética de fondo y, finalmente, la voz del comisario tronando al otro lado de la línea telefónica. Supo de inmediato que algo andaba mal. Se pegó a Jaxon, protegiéndola con su enorme figura, rodeándole la cintura con los brazos.

—¿Qué ha pasado, Daryl? Vamos, dime —preguntó Jaxon en voz baja.

Lucian captó las palabras del comisario como si estuviera con ellos en la habitación. El tono de su voz era áspero, inquietante.

—Os he enviado una escolta para que os lleve a ti y a Daratrazanoff al edificio de tu antiguo apartamento. Allí os reuniréis con nosotros. Drake ha atacado de nuevo, Jaxx; se trata de algo grave.

Lucian estaba en la mente de Jaxon y sintió su repentina inmovilidad. Hasta el aire que los rodeaba se detuvo. Ella se encorvó sobre sí misma, intentando separarse de él, pero Lucian la tenía firmemente cogida con los brazos, inmovilizándola con una fuerza inquebrantable, protegiéndola, negándose a permitirle zafarse de él ni física ni mentalmente. *Estoy contigo, cielo. Juntos podemos afrontar lo que sea.*

—Dime —insistió Jaxon hablando al teléfono en voz baja mientras, de lo nerviosa que estaba, se enrollaba el cable alrededor de los dedos con tal fuerza que los nudillos se le quedaron blancos por la falta de circulación.

—La señora Kramer, Jaxx. Drake la ha asesinado. Y la pareja que vivía en el apartamento al lado del tuyo, Tom y Shelby Snyder; también los ha matado. —El comisario se aclaró la garganta—. También se ha llevado por delante al anciano que vivía dos puertas más allá de la tuya. —Lo oyeron entonces chasquear los dedos—. Dime, John, ¿cómo se llamaba el viejecito?

—Se llamaba Sid Anderson. Tenía setenta años y escribía los poemas más bonitos que he leído en mi vida —informó Jaxon en voz baja—. ¿Y Carla y Jacob Roberts? ¿Qué ha pasado con ellos?

Su voz era un susurro. Lucian la oía gritando en su cabeza, gritando una y otra vez, pero su voz sonaba tan serena como siempre.

—Estamos buscándolos —le respondió Daryl Smith con voz tensa—. Por ahora no hemos dado con ellos.

—Entonces es que están vivos —apuntó Jaxon—. Drake nunca cambiaría su manera de actuar. Está muy enojado y me está castigando. El mensaje es: o abandono a Lucian o eliminará a todo aquel que haya significado algo para mí. Intenta contactar con la madre de Carla. Solían ir a visitarla. Mételos en un hotel o algo así. Seguro que Drake va por ellos. Le gusta acabar todo lo que empieza; trabaja minuciosamente. Me reuniré contigo en los apartamentos.

—Esperad a que llegue la escolta.

Tengo mi propio equipo de seguridad personal. Diles que no malgasten efectivos, le dijo Lucian mentalmente.

—Lucian tiene un buen equipo, Daryl. No te molestes en enviarnos a nadie. Llegaremos sin problemas. Danos quince minutos.

—Jaxx, la cosa está bastante fea.

—Como siempre.

Colgó el auricular y se volvió para recostar la cabeza en el pecho de Lucian. Cerró los ojos y se quedó en silencio entre sus brazos.

—No se te ocurra ni tomar en consideración la idea de que deberías dejarme, Jaxon. Siento en tu mente tu dolor y tu temor. Piensas que, si me dejas, él se detendrá. Pero ésa no sería una buena opción. Drake es el responsable de esos crímenes, no tú.

—No parará, Lucian. Mientras sepa que estoy contigo, seguirá asesinando. Todo el mundo que conozco corre peligro porque estamos juntos.

Él la cogió de la barbilla con firmeza.

—Si corren peligro es porque un inadaptado social anda suelto por ahí. No tiene nada que ver contigo. Está obsesionado contigo, pero tú no eres culpable de nada. No puedes permitir que ese monstruo domine toda tu vida. Además, no te está castigando a ti, está colocando el cebo en la trampa. Pero lo encontraré. Te prometo que lo encontraré.

Lucian examinó la cara de Jaxon durante un largo rato. Las lágrimas brillaron en el fondo de sus enormes ojos y, a punto de derramarse, se prendieron, relucientes, en sus largas pestañas.

—Podría matar a mucha gente antes de que lo encontráramos. Está sumamente bien entrenado, Lucian, y es astuto, muy astuto. Sabe camuflarse a la perfección y se puede pasar horas esperando a que llegue el momento de disparar sobre su objetivo. No distingue entre el bien y el mal. Es capaz de matar a un niño con la misma tranquilidad con que mataría a un hombre o a una mujer.

—Lo voy a eliminar de tu vida, Jaxon. Te lo prometo, y yo siempre cumplo mis promesas. —La cogió del codo—. Vamos, cielo. El chófer ya ha llegado.

—¿Lo has mandado a buscar tan rápido? ¿Sin usar el teléfono? ¿Una paloma mensajera, quizá?

—Casualmente, estaba por aquí cerca.

—Claro, no me cabe duda de que andaba cerca —le respondió Jaxon mientras se dirigían hacia la puerta.

Sentía los pies pesados como el plomo. Ya había visto antes la obra macabra de Drake, y, cada vez que volvía a actuar, volvían a grabarse de nuevo en su memoria, junto con el horror de los últimos crímenes, los asesinatos de su madre y de su hermano.

La limusina, con el chófer de pie y la puerta abierta, esperaba ya junto a la verja de entrada:

—Jaxon, Lucian, buenas noches —saludó con una leve sonrisa y tocándose la gorra, pero no afloró esta vez humor a sus ojos, ahora vigilantes, precavidos, llenos de conmiseración.

—Creo que una presentación no estaría nada mal —sugirió Jaxon con sequedad.

—Éste es Antonio —intervino Lucian, después de asentir con la cabeza—. Es el hijo de Stefan y Marie, amigos y familiares de uno de los nuestros, Aidan Savage, y de su compañera de vida, Alexandria. Antonio está dotado de un talento especial.

¿Es como tú? Cada vez le resultaba más sencillo comunicarse de aquella forma suya íntima, y le pareció muy adecuada para los casos en que no estuvieran solos.

Querrás decir si es como nosotros. No, Antonio es humano, al igual que sus padres. Su familia ha estado, por su propia voluntad, al servicio de Aidan durante cientos de años. A muy pocos humanos se les permite tener conocimiento de nuestra existencia, pero ellos lo han transmitido de padres a hijos a través de la historia.

Jaxon le tendió la mano a Antonio.

—Un placer conocerle al fin. ¿Le ha explicado Lucian quién es Tyler Drake y lo peligroso que puede llegar a ser?

—Lucian es siempre muy explícito cuando da alguna orden —le respondió Antonio guiñándole un ojo.

—Pues ten mucho cuidado.

Jaxon entró en el coche y se sintió confortada cuando Lucian, en actitud protectora, arrimó su gran figura a ella; le transmitía solidez, la hacía sentirse bien.

Lucian le rodeó los hombros con el brazo.

—No pierdas el tiempo preocupándote por Antonio. Tu vena protectora está creciendo por momentos.

No soportaría que lo mataran por mí.

Antonio tiene una preparación sumamente cualificada, cariño, y está bajo la protección de nuestra gente. Nadie lo podría asesinar tan fácilmente.

Jaxon meneó la cabeza y, conteniendo las lágrimas, se quedó mirando fijamente por la ventanilla, ausente, mientras el reluciente automóvil surcaba veloz la noche camino de un infierno de muerte. Su infierno personal. Leyendo sus pensamientos, Lucian la mantuvo cerca de él, inclinando su oscura cabeza sobre la suya, amparándola, acariciándole la coronilla con la boca. Ella sintió el amor que irradiaba, que la envolvía, la colmaba, aliviando el terrible dolor que estaba a punto de abatirla. No entendía cómo lo hacía, pero le estaba muy agradecida por ello. Era consciente de lo que estaba a punto de ver. Conocía a cada una de las víctimas de Drake; cada una de ellas le hacía sentir una gran inquietud.

Estoy contigo. Permanece conectada a mí.

Tragó saliva y asintió con la cabeza. La limusina avanzaba ahora lentamente, rezagada tras los coches de patrulla y de los inspectores de policía y las furgonetas de la policía judicial. Al bajarse del coche sintió náuseas, una sacudida en el estómago, y percibió un olor: el olor dulzón de la muerte.

Respira, cielo. Escucha mi corazón y deja que tu cuerpo se sirva del mío para regular tu corazón y tus pulmones. No estarás sola en ningún momento. Estamos juntos en esto.

Jaxon asintió con la cabeza sin mirar hacia él, permitiendo que su cuerpo se sintonizara con el suyo. Eso le sirvió para reducir la sensación de tener el estómago revuelto, o quizá Lucian estaba haciendo algo para evitárselo. Fuera como fuera, el efecto era innegable y la ayudó terriblemente. Intentó mantenerse cerca del lado externo de la acera, una pequeña barrera entre Lucian y el resto del mundo. Él, que avanzaba del otro lado con una intención diferente, la llevaba así sin dificultad al amparo de sus hombros, interponiéndose con su enorme figura, mucho mayor que la de Jaxon, entre ella y la mirada entrometida de la gran concurrencia de periodistas. Antonio, por su parte, tomó posiciones al otro lado de Jaxon, que quedó así embutida entre los dos.

Ella, a sabiendas de que hubiera sido inútil protestar, siguió avanzando sin oponerse. Cuando entraron en el apartamento de la señora Kramer, el comisario Daryl Smith salió a su encuentro.

—Jaxx, esto está hecho un desastre. Tú conoces mejor que ninguno de nosotros cómo actúa. Echa un vistazo a ver si nos puedes decir algo.

Antonio, que no quería entrometerse en la escena del crimen, se había detenido junto a la puerta. Jaxx se puso unos guantes a toda prisa y, después de quedarse un buen rato mirando a Lucian con expresión angustiada, se dio la vuelta para ponerse manos a la obra. La atenta mirada de Lucian no se apartó de su menuda figura en ningún momento; lo veía todo a través de sus ojos, sentía todas sus emociones. Eran sus amigos, gente que había significado algo para ella en los años más recientes de su vida. Captó destellos de recuerdos que ella estaba intentando reprimir: la señora Kramer riéndose cuando Jaxon se resbaló en la entrada y, aunque intentó agarrarse del respaldo de una silla, acabó cayéndose de culo; ella que era siempre tan elegante. La señora Kramer se lo había recordado a menudo, burlándose un poco y amenazándola en broma con revelarlo.

Lucian sintió deseos de prestarle amparo, de cogerla entre sus brazos y llevársela para siempre de aquel lugar de muerte y sufrimiento. Deseó borrar todo recuerdo doloroso de su corazón y de su mente. Ella permanecía en completo silencio y, de quienes se le acercaban para susurrarle algo al oído, no parecía registrar más que su presencia. Se hallaba totalmente concentrada en la escena del crimen, avanzando habitación tras habitación muy pendiente de todo para no perderse el más mínimo detalle. Su rostro, pálido pero sereno, era la expresión de la objetividad profesional. Jaxon, la consumada policía, la protectora de los demás; su amor.

Lucian leyó los pensamientos de los que estaban a su alrededor, captando las diferentes conversaciones que tenían lugar en cada habitación, en los pasillos e, incluso, en el exterior. Jaxon también tenía ahora esa misma capacidad, así que pudo saber cuáles de sus colegas tenían miedo de hablar con ella, cuáles temían por sus propias familias, cuáles la veían como un robot desprovisto de emociones. Y así siguió recorriendo todos los apartamentos, uno tras otro, bajo un bombardeo de compasión y culpa, sangre y muerte.

Los recuerdos: Shelby Snyder haciéndole un pastel de cumpleaños y trayéndoselo a casa; Tom arreglándole el fregadero y golpeándose en la cabeza, y el agua salpicándole la cara mientras Shelby y ella se reían de él —se lo había tomado a bien, como siempre—; Sid hablando con ella noche tras noche de poesía porque ni ella ni él podían dormir. Había tenido tanto cuidado de no dejarse ver nunca en público con ninguno de ellos; incluso se colaba a hurtadillas en el apartamento de Sid a horas que ya tenían acordadas de antemano. Jaxon había puesto a Sid al corriente de su pasado; era una de esas personas que inspiran confianza. Su muerte era un terrible golpe para ella.

Lucian lo estaba observando todo, sentía su fortaleza, su determinación, el peso de la responsabilidad que cargaba sobre los hombros, y la admiración que sentía por ella no hizo sino aumentar. El cerebro de Jaxon sometió cada prueba a un riguroso análisis, sin eludir detalle alguno de los horripilantes resultados de la locura de Drake. El hecho de que las víctimas hubieran sido amigos suyos no hacía sino reforzar aún más su empeño por detenerlo. Pese a su malestar físico por tener el estómago revuelto y sentir que la cabeza estaba a punto de estallarle, y que su mente, como pudo comprobar Lucian, no dejaba de gritar desesperadamente, su expresión se mantenía serena y no se apartó ni un solo instante de examinar aquellas sangrientas escenas.

Daryl Smith la siguió cuando, quitándose otro par de guantes, se dirigía al encuentro de Lucian después de abandonar el último apartamento.

—Bueno, ¿cómo lo ves, Jaxx?

—Primero atacó a la señora Kramer. Estaba aguardándola cuando volvió a casa después de hacer la compra. Las bolsas aún están sobre la mesa. Ella siempre ponía todo en su sitio inmediatamente. Entró por la ventana de su dormitorio. Estaba cerrada con el seguro, pero Drake no tuvo ningún problema para abrirla. Usó su cuchillo para matarla. Es su arma favorita, cercana e íntima. Conté dieciocho cuchilladas profundas y algunas heridas más superficiales. Antes de irse, le arrancó los ojos. Es su sello personal. —Frunció el ceño y añadió—: Fue él..., pero no exactamente.

—¿Qué quieres decir? —le preguntó el comisario.

Lucian, que estaba en la mente de Jaxon, sintió su perplejidad.

—No te lo puedo decir con exactitud, pero algo ha cambiado. No obstante, sin duda alguna fue Drake. Tengo la impresión de que a continuación se dirigió hacia el apartamento de Carla y Robert, y se encontró con que no estaban en casa. Enfurecido, la emprendió a cuchilladas con su cama en un arrebato de rabia. Del apartamento de Carla fue al de Tom y Shelby. Los pilló juntos en la ducha. A Tom lo acuchilló cincuenta y ocho veces, a Shelby por lo menos ochenta. Hay un bulto en la cabeza de Shelby; probablemente la golpeó y la dejó sin sentido mientras mataba a Tom. Su furia fue en aumento mientras los asesinaba. Lo sé porque las cuchilladas que recibieron después de muertos son aún más profundas y brutales. Creo que la autopsia lo confirmará. Les sacó los ojos y se puso a repartir cuchilladas por el dormitorio: la ropa, las mantas, el colchón, hasta la alfombra. Entró en su apartamento por la puerta de servicio. No la habían cerrado con llave. Parece como si simplemente hubiera accedido sin problema alguno por ella.

Súbitamente, en su primer gesto público hacia él, Jaxon buscó apoyo en Lucian tendiéndole una mano. Se sentía exhausta. Sin vacilar, él entrelazó los dedos, cálidos y firmes, con los suyos, reconfortándola y haciendo que ya no se sintiera sola. *Soy responsable de tantas muertes, Lucian. Siento como si mi alma se hubiera teñido de negro.*

No eres responsable de esas muertes. Escucha bien lo que te estoy diciendo, Jaxon. Tyler Drake asesina a la gente porque está enfermo, no por causa tuya. Si no estuviera obsesionado contigo, lo estaría con otra persona.

El atisbo de una sonrisa, inasequible para sus ojos, se dibujó en la boca de ella. *¿Estás seguro de eso? No puedes imaginar lo que es saber que la gente por la que te interesas esté muerta por no haber cometido otro crimen que el de ser tus vecinos. Lucian, no quiero que todo esto te acabe afectando a ti.*

He sido juez y verdugo durante casi dos mil años. He acabado con tantas vidas que no podría ni contarlas; y tampoco es mi deseo hacerlo. Cariño, soy un predador. Tú eres un ángel, dulce y compasivo. Un milagro. El milagro de mi vida.

Gracias. Sólo le dijo eso, pero se lo dijo de corazón.

Te quiero, cielo, le dijo Lucian con su voz de hechicero, su voz de terciopelo negro, y también lo decía de corazón.

La sombra de una sonrisa asomó a su boca antes de seguir exponiéndole a su jefe el resumen de su interpretación de los hechos.

—Después de hacer todo eso, Drake fue a asesinar a Sid. Hay una mancha de sangre en el pasillo, junto a la puerta de su apartamento. Apostaría a que es de Shelby; la sangre es algo por lo que Drake ni se preocupa. Sid abrió la puerta. Nunca miraba por la mirilla, y eso que le advertí miles de veces que debía hacerlo. Era un hombre maravilloso que confiaba en todo el mundo. Jugaba con los niños en el parque, les enseñaba a jugar al ajedrez, y se gastaba la mitad de su sueldo del mes en comida para los chavales del barrio. Les ofrecía entretenimiento y un lugar adonde ir cuando sus padres no estaban o si se armaba algún follón en casa. No se merecía lo que le ha hecho Drake.

Lucian notó cómo se le quebraba la voz. Interiormente se estaba viniendo abajo, sus silenciosos gritos sonaban cada vez más fuertes dentro de su mente. Exteriormente su apariencia era de tranquilidad, pero tenía el estómago revuelto y se estaba aguantando las ganas de vomitar, las náuseas se estaban apoderando de ella. Lucian, volviéndola hacia su pecho, la estrechó entre sus brazos inmediatamente y acopló su corazón exactamente al ritmo del de ella. *No estás sola, nunca lo estarás ya. Drake nunca logrará separarnos. Siempre podrás llegar hasta mí, por encima del tiempo y del espacio, y yo estaré junto a ti.*

No puedo soportarlo. Sid era un amor. Te habría encantado. Tom y Shelby eran muy buena gente. No tenían hijos y me trataban como a una hija. Su único pecado fue que me tenían cariño. Y a la señora Kramer sí la llegaste a conocer. No había persona más encantadora que ella. Todo esto ha ocurrido por mí. Si no me hubiera ido contigo a tu casa, si no hubiera permitido que se publicara todo eso sobre nuestro compromiso en los periódicos, Drake no habría hecho nada de esto.

Drake es el responsable, cariño, no tú. Lucian era muy paciente, se lo repetía una y otra vez con la esperanza de que fuera asimilando sus palabras.

Y ahora irá a por ti. Seguro que lo hará. A por ti y a por Barry. Súbitamente, se quedó agarrotada y con los ojos abiertos como platos.

—Comisario, Drake va a ir a por Barry. Lo hará; estoy segura de que lo hará. Accederá a tus ordenadores, torturará a alguien. No sé cómo lo hará, pero irá por Barry. Hay algo en todo esto que no cuadra. En el pasado siempre mataba porque percibía a los demás como una amenaza para su familia. Pero esto ha sido pura furia. Esto lo ha hecho porque deseaba asesinar. Una parte de él era Drake, porque actuó como Drake, les sacó los ojos, pero ya no es el mismo de siempre. Él no asesina con tanta cólera. Él no es así. —Agitó la cabeza—. Tengo que llegar hasta Barry. Corre peligro.

—Nadie sabe dónde lo hemos escondido —protestó Daryl—. Quiero que vayas a la comisaría y escribas un informe. Al detalle. Lo necesitamos, Jaxx.

—Alguien sabrá dónde está. Tiene que haber algún documento. Siempre queda constancia en algún documento. ¿De verdad crees que no es capaz de encontrar a Barry? Pues eso mismo es lo que va a hacer, y yo voy a ir a buscarlo —sentenció ella con una firmeza absoluta.

—No lo podrá encontrar —reiteró el comisario.

—Pues yo sí que puedo —replicó Jaxon muy segura de sí misma—. Lucian, tenemos que protegerlo.

—Vuelve a comisaría, Jaxon —dijo éste en voz baja, con su tono habitual, dulce, esa voz a la que nadie podía resistirse—. Yo iré con el comisario Smith a recoger a Barry para llevarlo a un sitio seguro. Antonio también vendrá así que no tienes por qué preocuparte de protegerme. Lo dejaré en algún sitio seguro, Jaxon. —Su voz de terciopelo negro sonó suave—. Tú estarás segura en la comisaría y yo podré concentrarme en seguirle la pista a Drake.

Jaxon se aferró a su mano, segura de que tenía razón, pero temerosa de que fuera justamente eso lo que Drake pretendía. Temía que estuviera utilizando el peligro que corría Barry como señuelo para conseguir que Lucian saliera al exterior y conducirlo hasta su trampa.

—No sé lo que haría si algo te pasara, Lucian.

Él se llevó la mano de Jaxon al calor de su boca.

—Nada puede hacerme daño, cielo. Ve a la comisaría, allí estarás a salvo. Déjame hacer esto por ti; no me costará nada.

—Drake ha cambiado, Lucian. No sé por qué, pero todo ha cambiado y ahora es mucho menos predecible. Es un monstruo, un monstruo de verdad, con toda la destreza de nuestros mejores soldados y la astucia de un animal salvaje. Nuestro compromiso debe de haberlo sacado de sus casillas.

—Ya estaba fuera de sus casillas —repuso tranquilamente Lucian, permitiendo que su voz bajara una octava con la intención de relajar y sosegar a Jaxon. La acompañó hasta el coche patrulla—. Me quedaré contigo hasta ver que estás a salvo en el edificio de la comisaría, donde nadie puede hacerte daño. Después iré a buscar a Barry.

—Tienes que darte prisa, Lucian. Drake podría estar ya siguiéndole la pista.

Estaba muy preocupada, pero la voz de Lucian seguía teniendo aquel extraño efecto hipnótico que le hacía sentir que no pasaría nada.

Daryl Smith se aclaró la garganta dispuesto a expresar su disconformidad. Había permitido que Lucian Daratrazanoff accediera a la escena del crimen porque era evidente que Jaxon lo necesitaba, pero permitirle que se inmiscuyera en una crisis interna de la policía era ir demasiado lejos. Sin embargo, notaba que Lucian tenía algo peligroso, algo poderoso, y no era precisamente su dinero. Su mirada era demasiado vigilante, su expresión demasiado serena. Smith se sentía francamente receloso a la hora de negarle cualquier cosa a aquel hombre.

Daratrazanoff giró la cabeza hacia el comisario casi como si estuviese leyéndole el pensamiento:

—Por supuesto que desea que Antonio y yo le acompañemos.

Le habló con serenidad, y tan bajo que Smith apenas oyó sus palabras que, sin embargo, penetraron hasta el fondo de su alma. Necesitaba a Daratrazanoff junto a él. Su presencia le resultaba imprescindible.

—Sí, por supuesto, señor Daratrazanoff —le exhortó Smith.

—Por favor, llámeme Lucian —respondió él casi ausente.

Tenía ya puesta toda su atención de nuevo en Jaxon, la única persona que en realidad le importaba.

Lucian le abrió la puerta del coche patrulla. Había decidido llevarla hasta un coche cuyo conductor se había mostrado especialmente comprensivo en su conversación con algunos de los otros policías. Era un detalle sin mucha importancia, pero no era necesario que se sintiera incómoda en compañía de alguno de esos colegas suyos que secretamente tenían miedo de dejarse ver junto a ella o que incluso la consideraban responsable de las acciones de Drake.

Jaxon mantuvo la cabeza erguida y el rostro impasible mientras las cámaras de la prensa disparaban flashes en todas direcciones. No miró a ninguna de ellas cuando se subió al coche. Antonio y Lucian entraron después y se sentaron uno a cada lado de ella, un muro a su alrededor que la protegía eficazmente de las miradas indiscretas. Ella se mantenía cerca de Lucian, de la calidez de su cuerpo, de la calidez de su corazón.

Lo encontraremos, cariño.

Pero a ellos ya no podremos devolverles la vida, ¿verdad que no? Las lágrimas inundaban su voz, su mente, su corazón.

Lucian tuvo ganas de llorar por ella. No se merecía lo que le estaba pasando, tan joven y llena de compasión, justo todo lo contrario de lo que él era. A él no lo perseguían los monstruos, la querían a ella, humanos y carpatianos por igual. Y él no le había ofrecido una explicación detallada acerca de los vampiros, pues ya tenía suficiente carga con su sentimiento de culpabilidad. Los vampiros eran antiguos varones carpatianos que habían decidido entregar su alma tras vivir durante siglos en medio de la desolación y la desesperanza. De la misma manera que los varones carpatianos buscaban a sus compañeras eternas, también ellos buscaban entre los seres humanos justamente a personas como Jaxon y, atraídos por ellas, se les acercaban.

En su mayoría, los vampiros eran criaturas solitarias que no confiaban en nadie, vanidosos, astutos y perversos. Incapaces de mantenerse leales a nada ni a nadie, a veces, sin embargo, formaban alianzas con la esperanza de eludir así o incluso de dar muerte a algún cazador que morara cerca de ellos. En otras ocasiones, un vampiro maestro, un vampiro antiguo y experto que había sobrevivido como no muerto durante siglos, reclutaba como aprendices a otros más jóvenes, otros que se habían transformado recientemente en vampiros, y los utilizaba como sirvientes, como peones que poder sacrificar lanzándolos a luchar en primera línea para alcanzar así sus objetivos finales. Jaxon ya había atraído a más de un vampiro con su mera presencia en aquella ciudad.

Antes de reclamarla como compañera, Lucian ya había dado caza y matado a tres de esos vampiros, considerados equivocadamente asesinos en serie por los humanos. Antes de acercarse a ella, había establecido su hogar donde ahora lo tenía y se había dedicado a observarla, leyendo en sus pensamientos lo que le gustaba y lo que no y averiguando todo lo que pudo acerca de su vida. Si ella hubiera llegado a enterarse de que los vampiros se estaban acercando a su ciudad por su causa, habría sido capaz de acabar con su propia vida para proteger así la de los demás, y Lucian no iba a permitir que algo así sucediera. Si hubiera llegado a saber toda la verdad, habría sufrido aún más de lo que lo estaba haciendo en esos momentos, y él no tenía más remedio que protegerla, siendo como era su compañero eterno, responsable de su felicidad, salud y completa seguridad.

Lucian y Antonio la escoltaron mientras subía por las escaleras del edificio de la comisaría, le abrieron la puerta y esperaron hasta que estuvo dentro.

—Quédate aquí con todos esos agentes hasta que haya vuelto con Barry —le pidió Lucian—. Y esta vez, cariño, espero que hagas lo que te digo. No me haría ninguna gracia volver aquí y comprobar que te has ido y has abandonado la seguridad de este edificio.

—No lo haré —le aseguró mientras le agarraba la mano—. Lo único que te pido es que te asegures de que no te ocurre nada a ti. Ni a Barry tampoco. Vuelve con él, Lucian.

—Así lo haré. —Inclinó la cabeza hacia la suya y sus bocas se unieron con ternura—. No tardaré.

Capítulo 10

Jaxon se apretó el vientre con ambas manos mientras seguía con la vista a Lucian, que se alejaba a grandes zancadas. Se sintió aún más enferma que antes. Con Lucian cerca de ella era capaz de controlar aquella terrible sensación, pero una vez se hubo marchado se le acentuaron las ganas de devolver. Atravesó lentamente el vestíbulo de la entrada que tan bien conocía, saludó con la mano a un par de compañeros que le hacían señas desde el área de detenidos e intentó responder a los que, dándole una palmadita en el hombro, le daban el pésame entre susurros.

Le retumbaban los oídos y sentía como si un martillo le estuviera aporreando la cabeza. Continuó andando con gran determinación, pero las piernas le flaqueaban y su mesa de trabajo le parecía encontrarse a miles de kilómetros. Su agudeza auditiva se convirtió en una maldición. Todos sus colegas estaban comentando los asesinatos; oyó varias conversaciones al respecto en cada una de las plantas por las que iba pasando. No quería oírlas; no quería saber lo que pensaba la gente acerca de su papel en aquella carnicería.

Tuvo que admitir que la mayor parte de los comentarios que iban llegando hasta sus oídos estaban cargados de solidaridad y cariño, pero eso no mitigaba su dolor. Además, ella nunca había buscado dar lástima a los demás. Cuando se sentó, sintió una nueva sacudida en el estómago y se vio casi abrumada por un sentimiento de iniquidad. Se percató de que todos los ojos, incapaces de evitarlo, clavaban su mirada en ella. Deseó desesperadamente estar sola, llorar, arrojar cosas por el aire y gritar, quiso estar sentada en el suelo del cuarto de baño, abrazada al retrete y vomitando. Pero, en lugar de todo eso, se obligó a sí misma a desplegar todas sus notas sobre el escritorio. Las fotos tendrían que esperar; en ese momento era incapaz de enfrentarse a ellas.

No era fácil estar sin Lucian. Había estado con él casi en cada momento desde que se había despertado tras el desastre de la nave industrial. Ahora, cuando más lo necesitaba, cuando más necesitaba de su consuelo, él se había marchado a rescatar a su amigo. Y corría un grave peligro por culpa suya. Con la base de la palma de la mano se frotó la cabeza; sentía fuertes punzadas.

No corro peligro, cariño. Eso es imposible. Ya deberías saberlo. Tranquilízate y permíteme que te quite el dolor de cabeza.

Me basta con saber que te encontraré si acudo a ti. Y así fue: Jaxon se sintió aliviada, segura, sintió cómo él la abrazaba con sus fuertes brazos. *Trae a Barry sano y salvo, Lucian. Aún tengo ese presentimiento que me dice que Drake está a punto de hacer algo terrible.* Tenía el estómago revuelto, hecho un nudo, violentamente contraído.

Estamos ya cerca del piso secreto donde el comisario dice que tiene escondido a Barry. Estoy registrando nuestro entorno continuamente y no está todo en orden. Siento la intrusión del mal, aunque no se trata de lo mismo que sentiste en los apartamentos.

Jaxon cerró los ojos y los apretó con fuerza, intentando dejar la mente en blanco aunque sólo fuera por un momento. Si Drake ya sabía dónde localizar a Barry, era más que probable que fuera ya demasiado tarde para rescatarlo. Sólo le cabía esperar que Daryl se hubiera anticipado llamando a los agentes que protegían a Barry para avisarles de que Drake acababa de cometer una matanza y de que en esos momentos iba a por ellos.

Se inclinó sobre sus notas e intentó enfocar la vista, leer las palabras, pero sus ojos sólo eran capaces de registrar un gran borrón de tinta. ¿Cómo había de redactar un informe decente si no era capaz ni de leer siquiera sus propias notas? Le llevó varios minutos darse cuenta de que tenía los ojos arrasados en lágrimas. Renegando entre dientes, se levantó de un salto y echó a andar pasillo abajo hacia los servicios.

A cada paso se incrementaba su terrible presentimiento de muerte. La frente se le fue cubriendo de gotitas de sudor. ¿*Lucian*? Lo buscó desesperadamente.

Aquí estoy. Su voz sonó tranquila y suave, más relajante que nunca, un instrumento de hipnosis que la calmó al instante.

Está matando a alguien justo ahora. Lo estoy sintiendo. Por favor, llegad ya donde está Barry.

No es a Barry. El comisario está justamente hablando por teléfono con Radcliff. Llegaremos en cuestión de minutos. Hay una presencia, pero no estoy seguro de que sea Drake. No tiene el mismo aspecto que lo que hay en tu mente cuando evocas tus recuerdos. Es parecido, pero no es igual.

¿*Como en el apartamento?*

No, no es exactamente lo mismo. Ya hemos llegado. Protegeré a Barry de ese monstruo. Con esa última promesa, Lucian interrumpió su conexión mental.

Jaxon se quedó pensando en ello, en lo repentina que había sido su marcha. Nunca había hecho eso, nunca se separaba de ella como lo acababa de hacer en ese momento. Siempre se marchaba lentamente, casi a regañadientes, manteniendo su presencia para que ella lo pudiera seguir sintiendo un rato, durante el cual ya no estaba segura de si realmente se había ido o su sombra aún permanecía en su mente. Esta vez había sido diferente; se había ido del todo y ella lo había experimentado como una pérdida. Por primera vez entendió lo que él quería decir cuando hablaba de compañeros eternos y de la necesidad urgente que sentían el uno por el otro.

Suspirando, abrió de un empujón la puerta del baño. Súbitamente, se vio abrumada por el sentimiento de oscuridad e iniquidad hasta el punto de que le dieron arcadas y se encorvó apretándose el estómago.

Un brazo le rodeó la cintura y la ayudó a entrar en el baño, apartándola de las miradas vigilantes: era Tom Anderson.

—Ahora mismo se te pasa, Jaxx. Vamos a echarte un poco de agua.

Tom había sido un miembro leal de su equipo durante mucho tiempo y, aunque le pareció humillante dejarse ver por él en aquel estado, le permitió que la ayudara. Ella había entrenado con esos hombres, había luchado junto a ellos, los había dirigido, así que era necesario que la respetaran si había de seguir trabajando con ellos en el futuro. Echarse agua fría en la cara la ayudó a aliviar las arcadas, pero el estómago seguía teniéndolo tan revuelto como antes. El sentimiento seguía allí: Drake andaba muy ocupado aquella noche. ¿Barry? No podría superarlo si Barry hubiera sido asesinado.

—Siento mucho todo lo que está pasando —le dijo Tom—. Pero Radcliff es un tipo duro y nadie le va a dar alcance tan fácilmente. Además, tienen vigilancia por toda la zona.

—Gracias, Tom —susurró en voz baja y se inclinó para beber agua.

En ese momento el presentimiento volvió a golpearla, pero esta vez lo hizo con tanta fuerza que era imposible que proviniera desde donde se encontraba ubicado Barry, a bastante distancia de la comisaría de policía.

Jaxon se irguió apretándose el estómago con una mano y, volviendo la cabeza hacia Tom, le dijo:

—Está aquí.

—¿Qué? ¿Quién?, ¿quién está aquí?

—Drake está aquí. En alguna parte de este edificio; en este edificio.

Pasó junto a Tom empujándolo a un lado y empezó a avanzar rápidamente pasillo arriba en dirección a su escritorio.

—¿Te has vuelto loca? Jaxx, esto es la comisaría de policía y él es el hombre más buscado de esta parte del país. ¿De verdad crees que iba a ser tan idiota?

Tom le hablaba en susurros, intentando protegerla de su propia imaginación calenturienta. No la censuraba, pues entendía su reacción, pero no quería que nadie más fuera testigo de su crisis nerviosa.

Jaxon no le respondió nada; ¿para qué?, ¿cómo había de explicárselo? Simplemente lo sabía; había cosas que sabía. Sabía que Drake estaba en aquel mismo edificio, acechando a más víctimas, a la gente que trabajaba con ella. Quizás estaba siguiéndole los pasos al propio Tom. En el cajón de su escritorio había una pistola y un cargador de reserva. Se lo metió en el bolsillo y, rodeando a Tom, se puso en movimiento.

—Tú no te muevas de esta sala. No entrará aquí donde hay tantos testigos. Probablemente va a por todos los de mi unidad.

—¿Estás segura de lo que dices? —Tom empezaba a creerla. Podía haberla visto hacer arcadas, pero tenía los nervios tan templados como siempre, y también aquella mirada que ponía cada vez que les salvaba el pellejo—. ¿Así que crees que está aquí?

—Sé que está aquí. Estás corriendo un grave peligro, Tom. Quédate aquí, llama al resto de la unidad y adviérteles de lo que hay. Todos los que estén en el edificio deben venir aquí. Será más seguro si estáis al cuidado unos de otros. Yo voy por él.

—Sola, no; no irás sola. —Tom estaba horrorizado—. No sólo me mandarían al infierno de una patada el comisario y Radcliff, sino que, además, me caería encima ese prometido tuyo y es probable que me partiera el pescuezo. Jaxon, no es un tipo con el que se pueda uno andar con tonterías. Me dijo que cuidara de ti.

—Cállate, Tom, y haz lo que te digo. Es Drake de quien estamos hablando y nadie lo conoce tan bien como yo.

Se dirigía a las escaleras y ya había recorrido la mitad del pasillo. Por encima tenía la segunda planta. Era de noche, así que no habría demasiados policías de servicio: dos agentes de homicidios, la brigada contra el vicio y unos cuantos uniformados andarían por ahí arriba dando vueltas. En la planta de abajo, el sótano, habría dos agentes, quizá tres, y posiblemente unos cuantos detenidos esperando a ser trasladados a los calabozos.

—Intenta pensar con claridad, Jaxx. Eres policía; actúa como policía. No puedes cogernos a todos y meternos en un lugar seguro mientras tú vas por él. Organízate.

Con impaciencia pero con mano firme se echó el pelo hacia atrás.

—Tienes razón, Tom. Gracias. Creo que tenía ganas de encontrarme con él cara a cara.

—Vamos a hacer las cosas bien.

Jaxon asintió con la cabeza y retrocedió por el pasillo camino del teléfono.

—Llámalos, pues; usa el código interno, y consíguele una radio a cada uno.

Mientras Tom cumplía sus órdenes, se puso a taconear nerviosa, deseosa de entrar cuanto antes en acción. Una vez que el grupo estuvo reunido, lo supervisó con atención para asegurarse de que Drake no se había infiltrado entre sus fuerzas.

—Vamos a peinar el edificio. Tom, a ellos te los llevas para arriba. Revisadlo todo, por muy ridículo que pueda pareceros: los conductos de ventilación, debajo de las mesas, cualquier sitio en el que se pudiera haber metido. Es increíble cómo logra esconderse incluso al descubierto sin ser detectado. Cada uno debería tener su propio número y cantarlo a menudo para que no se pueda colar entre vosotros. Ninguno saldrá solo; no olvidéis que es un asesino muy bien entrenado. No vaciléis en matarlo; él no vacilará en mataros a vosotros. Empezad por el piso de arriba y no os dejéis ningún cabo suelto. Permaneceré en contacto con vosotros por radio. Yo me voy al sótano a ver qué está pasando ahí abajo. ¿Sabe alguno con exactitud cuántos detenidos hay?

—Un conductor bebido y una pareja de ladrones de poca monta, y también está Terry Stevens esperando un traslado.

—¿Y los agentes?

—Dos, Kitter y Halibut —respondió Tom.

—Vamos allá —ordenó Jaxx—. Tened cuidado. Es extremadamente peligroso.

—Llévate a alguien contigo —insistió Tom.

—Sólo voy a comprobar que todo está en orden ahí abajo. Cogeré a Kitter y a Halibut para que me acompañen.

El sótano era un laberinto de conductos de ventilación y estanterías de archivos, y también estaban las celdas. Jaxon tenía un fuerte presentimiento con respecto al lugar. Existía la posibilidad de que Drake estuviese en los pisos de arriba, pero le parecía muy improbable, y no estaba dispuesta a permitir que muriese otro amigo suyo sólo por haber trabajado o hablado con ella.

Todo aquello había comenzado con ella. Siempre había conocido a Tyler Drake, al menos hasta donde le alcanzaba la memoria. Él había sido una constante en su vida, más incluso que sus propios padres, pero se había convertido en una fuerza destructiva, retorcida, obsesiva. Drake había matado a su padre y había ocupado su lugar en su propia vida. Y después había matado a su madre y a su hermano para poder tenerla en exclusiva. Era ella la que tenía que poner fin a aquella orgía de muertes de una vez por todas.

Cuando comenzó a bajar las escaleras, Jaxon borró de su mente a todos los demás. Se movía sigilosamente, sin permitir que ni siquiera su ropa delatase su presencia con el más mínimo susurro. Con cada escalón que bajaba, el estómago se le contraía aún más: iba bien encaminada. La iluminación era bastante tenue y empeoró cuando llegó al final de la escalera, pero, dado que ahora disponía de una visión nocturna extraordinaria, no le importó.

¿Lucian? Llegó hasta él antes de pensar realmente en ello, antes incluso de saber que lo iba a hacer.

Ha estado aquí, cielo. Hemos encontrado a dos de los agentes muertos en su coche patrulla. Los ha apuñalado varias veces.

Jaxon se quedó en silencio un instante, pensando en lo que Lucian acababa de revelarle. *¿Estás totalmente seguro de que fue Drake?* No podía estar equivocada, ¿cómo iba a estarlo? ¿Era posible que después de todo ese tiempo estuviera perdiendo aquel sentido especial, fuera lo que fuera, aquel don que le permitía detectar el mal cuando estaba cerca? Quizás estaba sufriendo alguna secuela por haberse visto involucrada en tantos asesinatos.

Siento lo mismo que antes, en los apartamentos. Y también les ha arrancado los ojos. Lo extraño es que no detecto su rastro. Soy incapaz de seguirle la pista. Ya me di cuenta de ello en los apartamentos; no había nada que me permitiera seguirle el rastro.

Pero ¿qué es lo que te pasa cuando te pones a registrar? Siempre pareces saber dónde está todo el mundo.

Hay varias personas dentro, pero soy incapaz de determinar quiénes son. No hay nadie conversando. Hay un televisor encendido. Voy a entrar.

Ten cuidado, Lucian. Es una trampa. Drake te quiere muerto a ti antes que a ningún otro. Todos los demás le dan lo mismo. Todo esto es para cogerte a ti.

Cariño, si yo no quiero, nadie me verá.

Tú ten cuidado. Dejó que la conexión mental se fuera disipando lentamente. La sensación que tenía en la boca del estómago era ahora aún más fuerte. El mal estaba merodeando por aquel edificio, acechando a sus amigos; y no le quedaba más remedio que pensar que se trataba de Drake. Quizá ya hubiera estado antes en el piso secreto de Barry en un intento de mantenerlos alejados de la comisaría.

Jaxon siguió avanzando, guiándose con todos sus sentidos para localizar a los agentes, a los detenidos y, con suerte, al intruso. Captó un movimiento, un ligero roce, detrás de la esquina que alcanzaba a ver desde su posición. Pegada a la pared y sin hacer el más mínimo ruido, siguió acercándose, centímetro a centímetro, hacia la esquina desde la que llegaba hasta sus oídos aquel leve ruido. Mientras continuaba avanzando, un bulto que había en el suelo, a su derecha, le llamó la atención. Se detuvo. La terrible oscuridad seguía invadiendo su interior. Drake estaba allí y ya había matado.

¿Lucian? Está aquí. Se acercó entonces hasta el bulto oscuro atravesado en el suelo: un hombre desplomado, muerto, su uniforme perforado con una decena de cuchilladas, la cabeza torcida en un ángulo extraño. Era Halibut. Le había sacado los ojos. El sello personal de Drake.

¿Estás segura? Su voz sonaba, como siempre, sosegada, tranquila, reconfortante por su dulce firmeza.

Absolutamente. Estoy de pie frente a un cadáver en este preciso instante. Siento su presencia.

Amor, algo no va bien. También está aquí. Noto la influencia de su energía en este lugar. ¿La notas tú allí?

No estoy segura de entender a qué te refieres.

Vendría a ser lo mismo que aquel sentimiento vago de energía que experimentaste al captar la presencia del gul y, más tarde, la del vampiro. También se podía detectar en los apartamentos. Y aquí también hay restos de ella. Pero ya no creo que sea Drake el que esté en ninguno de estos lugares. Más bien pienso que nos estamos enfrentando con marionetas, clones de Drake programados por algún vampiro para que actúen según sus designios. Creo que todo aquel ser humano que tenga recuerdos tuyos está en peligro.

Jaxon siguió avanzando. No conocía demasiado a Kitter, sólo de vista, de saludarlo de pasada, y ninguno de los detenidos la conocía, salvo Terry Stevens. Stevens era un delincuente habitual, un camello muy bien relacionado con un gran abogado. Si el intruso estaba en el sótano, tal y como pensaba Jaxon, y si Lucian tenía razón, entonces era Stevens, que había coincidido con ella muchas veces, el que corría más peligro.

Puede que tengas razón. La sensación es diferente, pero también lo era en los apartamentos. ¿Quiere eso decir que Drake ha muerto? ¿A qué nos estamos enfrentando?

Tú limítate a salir de ahí. Iré en cuanto despache a éste. No puedo dejar a estos humanos solos frente al peligro que representa esto para ellos. Pero tampoco quiero que te enfrentes sola con un ser tan poderoso.

Lucian, soy policía. No salgo corriendo cada vez que las cosas se ponen feas. Hay personas detenidas aquí y un agente. Tengo que llevármelos a un sitio seguro.

Cielo, no tengo tiempo para discutir. Mientras nosotros estamos hablando, el asesino anda por ahí matando gente. Voy en su ayuda. Si te forzara a obedecerme te pondría también a ti en peligro. De modo que permanece conectada a mí todo el tiempo para que pueda asistirte cuando lo necesites. En la voz baja de Lucian había algo más que su suave orden habitual; también había una imposición de su voluntad sobre ella que le garantizaba que haría lo que él le indicaba que debía hacer.

Resultaba extraño estar en dos sitios a la vez. Si lo deseaba, podía «ver» a través de los ojos de Lucian mientras éste se deslizaba silencioso por el edificio sin ser visto por los humanos o pasaba justo al lado de dos uniformados que ni siquiera se percataron de su presencia, una mera sombra, en realidad, a la velocidad imposible a la que era capaz de moverse. La puerta se abrió de golpe con un empujón de la palma de su mano: Lucian estaba frente a un ser que tenía exactamente la misma apariencia que Tyler Drake.

A Jaxon se le hizo un nudo en la garganta. *Es él. ¡Es Drake!*

Justamente en ese momento, Drake, que empuñaba un cuchillo ensangrentado, se disponía a descargar toda la fuerza de su brazo. Lucian interpuso con su mente una barrera entre el cuchillo y su víctima, neutralizando el arma, que cayó al suelo. Jaxon vislumbró brevemente a Barry Radcliff cuando Lucian lo miró de pasada. Tenía las manos acuchilladas, como si hubiera intentado protegerse del ataque, una franja de color carmesí le atravesaba el bíceps derecho y se le estaba extendiendo una mancha sobre la parte derecha de la camisa.

Pero en el momento en que Lucian se estaba abalanzando sobre Drake, algo, que no era un sonido, sino más bien el aire al agitarse, desvió la atención de Jaxon, y cuando ella se volvió sobre sus talones alzando la pistola, ya tenía a Drake casi encima deleitándose mientras la contemplaba con mirada furiosa y un cuchillo en la mano. Jaxon lo vio cubierto de sangre, vio sus manos ensangrentadas. Descargó sobre él tres disparos rápidos, directos al corazón, se apartó a un lado, se arrojó bajo una mesa y, tras rodar hasta el otro extremo de ella, volvió a ponerse en pie.

Las tres balas, impactando muy cerca unas de otras, le habían dado de lleno en el corazón. Sin embargo, aunque pareció vacilar y tambalearse durante unos instantes, mientras una sonrisa forzada y sarcástica se le dibujaba en la cara, en seguida volvió a avanzar hacia ella. Temiendo que pudiera llevar un chaleco antibalas, Jaxon volvió a dispararle dos veces, ahora a la cabeza, dos tiros mortales que le abrieron sendos boquetes encarnados en la frente. De nuevo se detuvo. Empezó a brotarle sangre, primero gota a gota, después en un chorro continuo que le cayó por la cara y le inundó los ojos. Pero, sonriéndole, sin cambiar la expresión en ningún momento, reanudó su avance hacia ella.

—¿Kitter? ¿Estás ahí en alguna parte? Jaxon Montgomery. Halibut ha muerto. Drake lo ha matado. Contesta si estás vivo —llamó Jaxon.

Mientras hablaba, se movía manteniéndose siempre detrás de algún mueble que se interpusiera entre ella y el avance de Drake. Se proponía alejarlo de las celdas de los detenidos.

—Te estoy cubriendo —le respondió Kitter gritando—. ¡Quieto, Drake! Si das un paso más hacia ella te vuelo la cabeza.

Drake, que actuaba como si no lo estuviera oyendo, siguió andando hacia Jaxon sin apartar la vista de ella, sin pestañear ni hacer el más mínimo intento de limpiarse la sangre de la cara. Kitter le disparó entonces dos tiros tan seguidos que sonaron como uno solo y se puso a blasfemar después cuando vio que, a pesar de que le estallaba en pedazos la parte posterior de la cabeza, Drake continuaba imparable su avance.

—¿Qué demonios es eso? ¿Jaxx? ¿Qué es lo que está pasando?

—Saca a los prisioneros de aquí, Kitter. Primero a Stevens. Creo que corre más peligro que los demás. Venga, vamos.

—Creo que Stevens estaba metido en... —musitó confundido Kitter.

—Haz lo que te digo. Saca a los prisioneros.

Jaxon le dio aquella orden en su habitual tono práctico y directo, así que Kitter tuvo que volver de golpe a la realidad del problema al que se enfrentaban. Era más fácil ocuparse del traslado de los prisioneros que afrontar lo imposible, un hombre al que le había volado media cabeza por los aires y que, no obstante, seguía persiguiendo a su compañera.

Lucian, dime qué debo hacer. No se atrevió a «ver» lo que estaba presenciando Lucian a través de sus ojos. No podía centrar su atención en dos apariciones de Drake a la vez y en dos sitios diferentes. Ya se sentía suficientemente confundida.

Súbitamente, él estaba con ella. El aliento de Lucian era su aliento; ralentizó su respiración hasta que, relajada, recuperó por completo el control. El corazón de Lucian reguló el suyo hasta que latió a un ritmo normal, constante. Su calor inundó su cuerpo de seguridad y absoluta confianza. *Céntrate en él, cielo. Míralo directamente a la cara. No puede hacerte daño a distancia. Pase lo que pase, no apartes la mirada de él. Recuerda que ya no eres humana, así que ya no tienes las limitaciones de los humanos. Eres una carpatiana, con todas las capacidades de los carpatianos. Si fuera necesario, podrías difuminarte convertida en niebla.*

Sin ser consciente de ello en realidad, Jaxon se estaba deslizando por el aire con la misma facilidad con que lo hacían los carpatianos. Moviéndose con rapidez y sigilo, rodeó planeando una estantería de archivos mientras aquel ser, que se suponía que debía ser Drake, continuaba persiguiéndola. Sin apartar ni un instante la mirada de aquella abominación, sentía cómo Lucian le infundía fuerza, y la colmaba de confianza y poder.

Mientras miraba a Drake, las llamas comenzaron a danzar sobre su piel, sobre sus brazos y sus hombros, sobre su pecho, incluso sobre su cabeza, de manera que el pelo le empezó a arder, calcinándoselo. De pronto, el aire apestaba a carne quemada y Jaxon, horrorizada, intentó apartarse de allí.

Tranquila, Jaxon. Mantente centrada en él. Tienes que derrotarlo. Es sólo una treta más de un no muerto y nada lo detendrá hasta haber cumplido su cometido.

Se percató de que no podía apartar la mirada de él. *Lucian, por favor. No puedo acabar con la vida de algo así.* Aquel grito de socorro se liberó desde lo más profundo de su alma. Drake seguía sin contraatacar y se limitaba a proferir un chillido agudo, ininterrumpido, casi sobrenatural, que le dañaba los oídos y le desgarraba el corazón, mientras persistía en su avance a pesar de que las llamas se avivaban más y más a cada paso hasta que acabaron por envolverlo por completo.

Sé que no puedes hacerlo, amor mío. Eres la luz de mi vida. No lo estás matando tú, Jaxon. Soy yo quien está acabando con lo que ya está muerto. Soy el ángel oscuro de la muerte y lo he sido durante casi dos mil años. La responsabilidad es mía.

Jaxon seguía sin poder apartar la mirada de aquella visión espantosa. Aquel ser repugnante seguía persiguiéndola a pesar de estar ardiendo. Partes de su cuerpo empezaban a caer ya al suelo convertidas en cenizas mientras el fuego lo quemaba limpiamente, por completo. Ella se dio cuenta de que, a pesar de todo, las llamas no se extendían por el suelo ni por ninguna de las baldas con las que Drake iba tropezándose en su incansable persecución por todo el sótano. Se percató de que los otros policías se agolpaban al pie de la escalera, aparentemente incapaces de entrar en la sala donde ella se encontraba, a pesar de que, tal y como pudo oír, intentaban frenéticamente acceder hasta ella para ayudarla.

La cara se le inundó de lágrimas al ver a aquel hombre, convertido finalmente en una ruina calcinada, desmoronarse devorado por las llamas. Sin embargo, aun en el suelo, el engendro seguía intentando darle alcance estirándose hacia ella. *Lucian, por favor, basta. Ya no puede vivir*, gritó desesperada, temerosa de que nunca más en su vida pudiera liberarse ya del recuerdo de aquel horror.

Tiene que quedar totalmente destruido, amor mío, de lo contrario volverá a resurgir una y otra vez para ser utili-

zado por su creador. Lo siento mucho. Sé que esto es difícil para ti.

Jaxon sintió el profundo pesar de Lucian por verse forzado a utilizarla para algo tan desagradable —matar a distancia por medio de sus ojos—, pero éste no se ablandó por ello, obligándola a mantenerse en su sitio hasta que no quedó de aquella criatura más que un montón de cenizas. En el momento en que la liberó de aquella obligación, cayó desplomada al suelo. Tenía el pelo empapado en sudor y pegado a la cara; estaba temblorosa. Por un instante cerró los ojos y se sintió aliviada de poder hacerlo. ¿Cómo podía Lucian haber vivido día tras día, mes tras mes, año tras interminable año, obligado a resistir tan espantoso tormento? Se compadeció tanto de él como del engendro que acababa de eliminar.

Lucian, una sombra en su mente, se permitió tomar un respiro y dejó que su propio corazón latiera en paz. Debería haber sabido cómo iba a reaccionar ella: compadeciéndose de él, pensando en él y en su lúgubre pasado en lugar de pensar en lo que acababa de hacerle, a saber, matar a alguien utilizándola a ella. Cerrando los ojos, se concentró en Jaxon, deleitándose en el milagro de su vida: una brisa de aire limpio y fresco que se llevaba de su mente el desagradable hedor de la muerte.

Volvió la cabeza lentamente para mirar una vez más al montón de cenizas que se apilaban junto a Barry Radcliff. Éste aún estaba vivo, una prueba sorprendente de sus ganas de vivir. Un gul rara vez fallaba en el cumplimiento de las tareas que le habían encomendado, pero Barry había logrado defenderse de su ataque el tiempo suficiente como para que Lucian lograra destruirlo antes de que hubiera sido demasiado tarde. Ahora le había ralentizado el corazón y los pulmones para evitar que se muriera desangrado mientras se encargaba de eliminar al clon de Tyler Drake. En ese momento se inclinaba sobre él.

¿Seguro que vivirá?

Lucian no pudo evitar una sonrisa. Jaxon no tenía ni idea de la soltura que su mente había adquirido ya para tocar la suya, usando su canal íntimo, privado, como si llevara toda su vida haciéndolo. Estaba empezando a aceptar los cambios de su cuerpo, el poder que estaba adquiriendo. Era una mujer con un tremendo control de sí misma y utilizaba los especiales talentos de los carpatianos sin apenas darse cuenta de que lo estaba haciendo.

Sin duda. He detenido la hemorragia. El problema principal que tenemos ahora es la gestión de daños. Lo único que recordará Barry es que Drake lo atacó. Le implantaré en la mente la idea de que fue un impostor que intentó suplantar a Drake en busca de notoriedad. Tu dirás que en la comisaría pasó lo mismo.

Uno de los agentes disparó al gul, o marioneta, clon, como quiera que tú lo llames. Casi le revienta la cabeza entera de los tiros que le dio. Y a mí también me vio dispararle. Tres veces en el corazón y dos en la frente. Kitter le disparó dos veces en la parte posterior de la cabeza. Y sabe que no se desplomó.

Intenta encontrarlo cuanto antes. Le implantaré una historia en medio de la confusión. Las cosas a menudo son diferentes de lo que parecen.

¿Y las cenizas en los dos lugares?

Sólo habrá cenizas en la comisaría de policía. El tipo habrá logrado escapar de aquí.

Los tiempos no encajan.

Eso tiene arreglo. Tienen que pensar que se trata de la misma persona, que atacó en los dos sitios y ahora está muerta. Prefirió rociarse con una sustancia química antes de permitir que lo detuvieran. El análisis de las cenizas confirmará tu versión. No puedo ir aún a reunirme contigo, pues he de llevar a Barry al hospital y me tengo que asegurar de que haya coherencia entre nuestros tiempos, pero estaré contigo en todo momento.

Lentamente, Jaxon se puso en pie y se dirigió hacia las escaleras. Estaba tan cansada. El vocerío de los demás policías intentando acceder hasta ella le hizo darse cuenta de que sólo había pasado aproximadamente un minuto. Sin embargo, le pareció mucho más, una eternidad. La puerta atascada de las escaleras cedió de pronto y los policías acudieron en tropel. Jaxon se quedó apoyada en la pared y permitió que la rodearan: sólo la compañía logró reconfortarla en cierta medida.

Necesitaba un abrazo. Y tan pronto como aquel pensamiento cruzó por su mente, sintió los brazos de Lucian rodeándola, abrazándola con fuerza contra la calidez de su cuerpo. La ilusión fue tan real que se quedó perfectamente inmóvil, deleitándose con el sentimiento de formar parte de otra persona. Los hombres la estaban palpando para asegurarse de que no estaba herida. Jaxon los oía hablándole todos a la vez, pero aquellas voces no eran para ella más que un lejano rumor.

Tom Anderson se abrió paso a empujones entre todos los demás.

—Dejadle algo de espacio. Jaxx, ¿estás bien? —le preguntó tirándole levemente del brazo—. ¿Qué ha pasado aquí abajo?

Jaxx tragó saliva. El desagradable hedor a carne quemada era insufrible.

—Esto ha sido un infierno, Tom. No era Drake. Un impostor de esos que buscan fama, no sé. Tenía el mismo aspecto que él, y su manera de actuar se parecía tanto a la suya que me engañó, pero no era Drake.

—Pero Kitter dice que le destrozó la cabeza por detrás de dos disparos. Y también que tú le disparaste por lo menos tres o cuatro veces, pero que no había manera de derribarlo.

Jaxon asintió con una inclinación de cabeza.

—Es cierto, Kitter le dio; estoy segura, vi la sangre. Y yo, pues no suelo fallar; pero el caso es que siguió avanzando hacia mí. —Buscó a Kitter con la vista, se dirigió hasta donde estaba, se quedó de pie justo en frente de él y capturó su mirada con sus grandes ojos de color chocolate—. Actuaba como si estuviera drogado. Con algo muy fuerte, ¿no te parece?

El poder de Lucian fluyó a través de ella. Jaxon lo notó dentro de su mente, sintió cómo se hacía con el control de Kitter, que, lentamente y con aire pensativo, empezó a inclinar la cabeza en señal de asentimiento.

—No se me ocurre qué otra cosa pudo haber sido si no. Ya me he visto en un par de situaciones feas porque alguien se había quedado colgado de PCP. Yo disparaba, pero él ni pestañeaba.

Jaxon liberó a su compañero de su propia mirada. Sintió el flujo de la información, aquella historia que pasaba a través de ella y llegaba hasta Kitter, y se sintió sobrecogida por las facultades de Lucian. Lo hacía de una manera tan sutil, tan eficiente y, aparentemente, con tan poco esfuerzo. Por primera vez se permitió pensar realmente sobre ello y lo que eso significaba.

No hay necesidad alguna de buscar nuevas razones para tener miedo de tu compañero eterno, cariño. Su jocosidad viril casi la hizo sonreír. *Ya tienes razones más que suficientes en tu imaginación. Si me fuera a convertir en vampiro y me dispusiera a cazar seres humanos, ya lo habría hecho. Tú*

eres la luz que ilumina mi oscuridad. Ya no me resultaría po-
sible convertirme.

No te hace falta convertirte para cazar seres humanos.
Lo llevas haciendo hace años, siglos. Tú siempre te sales con
la tuya.

Jaxon vislumbró inmediatamente una sonrisa lobuna, el destello de los dientes blancos de un predador. Oyó incluso un ligero gruñido. *Jactancioso.* Con gran determinación volvió a centrarse en los problemas que tenía que afrontar. Sus colegas ya habían examinado las cenizas y se agolpaban a su alrededor haciendo preguntas.

Jaxon levantó una mano para pedir silencio.

—No sé lo que ha pasado. De un minuto a otro pasé de ver a ese tipo persiguiéndome con un cuchillo en la mano y todo cubierto de sangre a escuchar vuestras voces en la escalera. Dijo algo, pero no logré entenderle. Creo que dijo que nadie lo cogería vivo o algo por el estilo, pero no estoy segura. Ocurrió todo tan rápido. Tenía una especie de líquido que se echó por encima y así, sin más, se prendió fuego. Fue horrible. Pensé en dispararle para acabar con aquel tormento. Creo que voy a estar oyendo sus gritos hasta el fin de mis días.

—Pero ¿viste cómo ocurría todo? No hay cuerpo, nada, ningún resto de él. Sólo un montón de cenizas. La gente no arde así. Además, no queda rastro alguno de las llamas por el suelo ni en ninguna otra parte —puntualizó Tom.

—La verdad es que se quemó rápido —dijo Jaxon y se echó el pelo hacia atrás—. Quiero ir a sentarme en alguna parte. Ha sido una noche de pesadilla. ¿Sabe alguien ya algo del comisario?

—Nos acaban de llamar de urgencias para informarnos de que hace unos quince minutos recibieron el mensaje de que a Radcliff lo había atacado un maniaco. Pero logró defenderse, y se lo han llevado al hospital. En la zona hay también dos agentes muertos en su coche patrulla. El asesino escapó. Podría ser nuestro hombre. Pensaron que era Drake.

—¿Y cómo está Barry? —preguntó Jaxon preocupada.

Estaba tan cansada que tropezó mientras subía por las escaleras, pero Tom la agarró pasándole un brazo alrededor de la cintura.

—Ya llamo yo al hospital, Jaxx. Tú siéntate, que vas a acabar en el suelo. Corriste un riesgo demasiado grande bajando ahí sola. ¿Y cómo es que se atascó la puerta? Hemos tenido que echarla abajo; está hecha pedazos.

Tom la señaló para probar lo que decía y la ayudó después a llegar hasta su escritorio. Cuando ella echó un vistazo a las notas que tenía esparcidas sobre su mesa sintió tal aversión que las recogió a toda prisa. No era necesario entretenerse justo en ese momento con los recuerdos de sus amigos y vecinos muertos.

—Voy a traerte un vaso de agua —añadió Tom.

—Gracias, Tom, ha sido una noche muy larga —respondió ella, agradecida por su amabilidad.

Tom le ofreció a Jaxon el vaso de agua y se quedó contemplándola mientras se lo bebía. Siempre la había encontrado guapa, pero ahora había algo más en ella, tenía algo misterioso y etéreo. Y su voz era tan bella que hubiera podido escucharla toda su vida. Sus ojos tenían la clásica mirada seductora. Por supuesto, ya había oído esa expresión antes, pero le pareció que no había sabido lo que significaba hasta que la miró a los ojos. Sus movimientos, dotados de una atractiva inocencia, eran elegantes y desenvueltos. A Tom le costó un gran esfuerzo no devorarla con la mirada.

Jaxon, completamente ajena a los estragos que estaba causando, le dedicó una breve sonrisa. Tom la estaba observando tan de cerca que la hizo sentirse incómoda. Se pasó una mano por el pelo.

—Ya sé que tengo un aspecto horrible; estoy hecha un desastre.

A él le pareció tan vulnerable que sintió la necesidad de alzarla entre sus brazos y ofrecerle su protección eternamente. Sin ni siquiera pensar en lo que estaba haciendo, le puso las manos sobre los hombros con la intención de aliviarle la tensión con un masaje. Pero antes de poder siquiera comenzar a hacerlo, una racha de aire frío recorrió la habitación como gélida avanzadilla de una siniestra advertencia. Cuando Tom y Jaxon alzaron la vista, Lucian se cernía ya sobre ellos.

De pronto, Jaxon sintió que se le cortaba la respiración. Él tenía algo animal e indómito, había algo oscuro y peligroso en el fondo de su mirada. No era furia, sino la gélida muerte. Cuando miró a Tom, ella, sin saber muy bien por qué, sintió un repentino temor por aquel hombre.

—¿Lucian? —preguntó en un susurro nombrándolo en voz baja.

Él no volvió la cabeza hacia Jaxon, sino que avanzó interponiéndose con firmeza entre ella y el agente de policía. Sonreía, casi con amabilidad, pero su sonrisa era la de un lobo en plena cacería.

—Creo que no nos conocemos. Soy Lucian Daratrazanoff, el prometido de Jaxon. —Le tendió la mano mirándolo con sus ojos negros insondables, dos pozos oscuros e hipnóticos. Su voz sonaba tan suave y delicada como siempre—. Usted debe de ser Tom. Jaxon me ha hablado de usted a menudo —le susurró avanzando sobre él.

Tom, devolviéndole la sonrisa, asintió varias veces con la cabeza.

El corazón de Jaxon palpitaba con tal fuerza que se sintió aterrorizada. Las maneras de Lucian parecían intachables, pero la indisimulada demostración de poder hecha tan a las claras había sumido a todos los presentes en la sala de reuniones en un silencio absoluto. Eran agentes de policía, inspectores, polis curtidos, acostumbrados a situaciones peligrosas y, sin embargo, Lucian tenía algo que los había dejado a todos estupefactos. Eso la atemorizó. ¿Había logrado escapar de Drake sólo para unirse a alguien aún peor? Ciertamente, Lucian tenía poder de sobra para ser aún peor. ¿Qué tenía ella que sacaba lo peor de los hombres?

Nada, cariño. Eres la mujer perfecta para mí. Yo soy un varón carpatiano, no puedo ser otra cosa que lo que soy.

Jaxon se llevó las manos a la cabeza para tratar de peinarse, de imponer una suerte de orden en su desarreglada mata de pelo, un reflejo nervioso que no podía evitar. Así, despeinada, se sentía en desventaja. Lucian le cogió la mano y se la llevó al calor de su boca, centrando de pronto su mirada única y exclusivamente en ella.

No hagas eso, amorcito. Eres bella tal cual. Súbitamente, el hielo de su negra mirada se convirtió en anhelo cálido de terciopelo negro, en un indisimulado amor que no se molestó en ocultarle. La acarició con una ternura extraordinaria mientras la atraía hacia sí, hasta tenerla bajo la protección de su hombro.

—Gracias a todos ustedes por ayudar a velar por la seguridad de la agente Montgomery y por intentar poner fin a esta pesadilla que se resiste a abandonar su vida. Todos han demostrado ser muy leales y, al igual que ella, les estoy muy agradecido por eso. Si hay algo que podamos hacer para corresponder a su lealtad, por favor, no duden en hacérnoslo saber. Barry Radcliff será trasladado a una nueva ubicación confidencial tan pronto como haya sido atendido en la unidad de urgencias. Se pondrá bien. Resistió luchando sin tregua hasta que llegamos nosotros. Quienquiera que le haya atacado debió de oírnos llegar y darse a la fuga. No tuvimos oportunidad de atraparlo. —Lucian inclinó la cabeza para besarle la coronilla a Jaxon—. Me voy a llevar a Jaxon a casa. Ya casi ha amanecido y está exhausta. Podrá volver esta tarde para acabar de escribir su informe. Según los médicos es de vital importancia que descanse, de modo que no me queda otro remedio que procurar que obedezca. Estoy seguro de que el comisario lo comprenderá.

Algunos de los presentes resoplaron con sarcasmo.

—Yo no contaría con eso —apuntó uno de los inspectores—. Nunca ha sido muy comprensivo que digamos.

Lucian sonrió apropiadamente, pero su mirada se volvió fría y distante cuando la apartó de Jaxon para posarla en él.

—Tendrá que serlo —le replicó.

Harold Dawkins le clavó una mirada desafiante antes de añadir:

—Jaxon, tengo que hablar en privado contigo un minuto. Usted lo comprenderá, señor Daratrazanoff, un asunto entre policías.

Lucian se encogió de hombros con aire despreocupado mientras en la comisura de los labios se le dibujaba una sonrisa que, en lugar de suavizar el matiz de crueldad que tenía su boca, le confirió un aspecto aún más imperioso, más amenazador que antes. Un guerrero de leyenda, indómito y despiadado.

Jaxon se apartó a regañadientes del amparo que le ofrecía el cuerpo de Lucian para acompañar a Dawkins al otro lado de la sala.

—¿Qué pasa, Harold? Estoy exhausta, y si el comisario no lo entiende, pues qué le vamos a hacer.

Harold Dawkins llevaba varios años trabajando con ella y, a punto ya de jubilarse, la consideraba una hija.

—¿Quién es ese tipo? ¿Qué sabes acerca de él? Ni siquiera es de este país. Jaxx, creo que es peligroso. Esa manera de moverse que tiene, esa forma de controlarse. Te tiene obnubilada con ese encanto europeo suyo. Te podría llevar a uno de esos países extranjeros y ocultarte allí donde nadie podría ayudarte jamás. Ya ha habido demasiados casos de ésos.

—La verdad, Harold, no creo que eso vaya a suceder. —Jaxon se aguantó la risa mientras le daba unas palmaditas afectuosas a aquel hombre ya bastante entrado en años. Lo cierto es que Lucian tenía más bien el aspecto de alguien que pudiera esconderla en un harén—. Yo no soy una de esas pobrecitas víctimas que no saben defenderse solas. En realidad, Lucian piensa que estoy un poco loca; hasta dice que tengo mi propio arsenal.

—Ojalá me escuchases, Jaxx. No te precipites. Tómate algo de tiempo antes de comprometerte. Este tipo es...

—Mi prometido, Harold. Tiene un aspecto muy feroz, pero, en el fondo, es como un osito de peluche —mintió.

Lucian le recordaba más bien un lobo enorme, ágil y fiero, y extremadamente inteligente. Salvo con ella; a ella la había tratado indefectiblemente con dulzura y delicadeza. Sintió deseos de defenderlo: él había salvado a Barry, él había protegido a la humanidad durante siglos. Pero no podía decir eso, no podía explicarle a Harry que Lucian había dedicado su vida a proteger a los demás.

Regresó al encuentro de Lucian, que atravesó la sala para reunirse con ella, le rodeó la menuda mano con la suya, se la llevó hasta el pecho y le sujetó la palma contra su corazón mientras abandonaban juntos el edificio de la comisaría.

Capítulo 11

—Se te ve muy distendida en compañía de los hombres.

Jaxon alzó la vista para mirar a la cara de Lucian. Su voz sonó tan suave como el terciopelo, sin inflexión alguna. Las facciones de su rostro no expresaban nada y, aunque se veían tan duras y crueles como el viento, como esculpidas en granito, y a la vez tan sensuales, la dejaron sin aliento. Por alguna extraña razón sintió un insistente cosquilleo en el estómago y, súbitamente, se puso nerviosa. Molesta por su propia reacción ante aquella afirmación tan simple, se obligó a encogerse de hombros con aire despreocupado.

—Siempre trabajo con hombres. Me he entrenado con ellos, he crecido entre ellos. En realidad, ni siquiera conozco a tantas mujeres.

Y ahora se sentía molesta al oírse a sí misma, pues le pareció que su respuesta era propia de una niña insolente. En realidad, no tenía razón alguna para sentirse culpable, no había hecho nada malo. Era él quien actuaba como un marido celoso.

Aunque, quizá, no estuviera actuando, ya que más bien inspiraba temor, rezumaba poder; su aspecto era el de alguien peligroso. Tanto era así que el pobre Harold había creído conveniente advertírselo. Quizá Lucian ni siquiera había querido decir nada con aquello, quizás era su acento lo que había hecho que sus palabras sonaran tan amenazadoras. O, tal vez, su inexpresividad. Volvió a alzar la mirada hacia él mientras caminaban juntos hacia el coche, que ya les esperaba. Antonio sostenía la puerta abierta y, por primera vez, no sonreía. En lugar de eso, estaba meneando la cabeza como si Jaxon hubiera cometido un pecado grave.

—¿Qué? —estalló ella finalmente mirando furiosa a uno y a otro—. ¿Qué?

Lucian llevó su mano hasta la nuca de ella y ejerció suficiente presión como para obligarla a subirse automáticamente a la limusina.

—Qué problemática es esta mujer —susurró Antonio lo suficientemente alto como para que pudiera oírlo.

Jaxon esperó hasta que Antonio estuvo sentado al volante y puso el coche en marcha a toda velocidad camino de su casa.

—Pues no lo soy. ¿Qué quiere decir esto? Esos hombres son amigos míos, mis colegas. Trabajo con ellos.

—¿Es por eso que aquel caballero se tomó la molestia de decirte lo peligroso que parezco, que soy alguien con quien no te interesa estar? Le oí muy bien cuando te advertía que debías apartarte de mí.

De nuevo no había inflexión alguna en su voz, sólo aquel suave y aterciopelado indicio de que estaba molesto.

—Vale, ¿y qué esperabas que pasara si te presentas allí mirando a todo el mundo con ese aire amenazador y desafiante propio de un sicario de la mafia, de un matón o algo parecido? Deberías comportarte más como un... No sé, más como un... yo qué sé.

—¿Como un petimetre? —sugirió él en voz baja con un matiz de compasión en la voz.

—¿Qué es eso de petimetre? Antonio, ¿has oído alguna vez la palabra *petimetre*?

—Antonio no nos oye —puntualizó Lucian.

Jaxon se puso a apretar varios botones clavando nerviosa sus dedos en ellos.

—¿A cuál de estas cosas le tengo que dar para que nos oiga? Qué poco te cuesta servirte del control mental. ¿Me estás controlando a mí también?

Con gran delicadeza, Lucian colocó una mano sobre la suya para que relajara sus inquietos dedos encrespados.

—Tranquilízate, Jaxon. Estás padeciendo sin necesidad alguna. No estoy controlando tu mente. Si lo hiciera, no te pondrías en peligro cada vez que tienes ocasión de hacerlo. Lo creas o no, estoy intentando encontrar un equilibrio con tu carácter. Los varones carpatianos no son fáciles si hay otros hombres cerca de sus mujeres. Ésa es la realidad; y no hay que tener miedo de la realidad. Mis emociones son nuevas, y aún las tengo que pulir, pero nunca te haría daño, ni se lo haría a nadie por el que sientas afecto.

—Muy bien, pues yo no soy carpatiana, así que tendrás que acostumbrarte —le respondió ella exaltada y hablando entre dientes—. Además, no te tengo miedo. —Encerrados en aquella limusina, con la mano de él sobre la suya, su pulgar recorriéndole la muñeca hacia adelante y hacia atrás con una caricia, le resultaba difícil pensar en otra cosa que no fuera Lucian—. Soy poli, y esos hombres son mis compañeros. Nos guardamos las espaldas unos a otros. Así es como vivimos, así es como sobrevivimos. —Se estaba justificando pese a su determinación de no hacerlo.

—Ya sabía yo que había razones para que no continuaras con la profesión que has elegido —dijo Lucian inexpresivo. Se ladeó hacia abajo y con la palma de la mano la obligó a levantar la cabeza hacia él—. No me gusta verte en peligro. Es más de lo que mi corazón puede soportar. Y si a eso le añades el dolor y la culpa que cargas sobre tus espaldas, entonces sé lo que es sentir que se le rompa a uno el corazón. Si otro hombre, humano o no, decide mirarte con deseo y te pone las manos encima, de lo único que tengo ganas es de perder el control, aunque sólo sea unos minutos.

Jaxon se vio controlando una sonrisita ante su sinceridad.

—¿Le hiciste pensar a Tom que tenía el aspecto de una bruja vieja y arrugada o algo así?

—Tuve la tentación de hacerlo. —Le colocó una mano en la nuca y le cogió algunos rizos para acariciárselos—. Sentí el impulso primitivo de disuadirlo de codiciarte.

Jaxon lo miró recelosa.

—No quiero saber a qué te refieres, así que no te molestes en explicármelo.

Una sonrisa animó lentamente la negra gelidez de los ojos de Lucian.

—Estás empezando a conocerme.

—Gracias por salvar a Barry. Por lo que pude vislumbrar de él, tenía muy mal aspecto. Sé que tuvo que ser difícil matar al gul, ayudarme a mí y también a él, todo al mismo tiempo.

Lo sintió exhausto. No se le notaba en la cara, pero sí en la mente. Estaba terriblemente cansado. Había hecho un tremendo derroche de energía aquella noche e incluso alguien tan poderoso como él podía llegar a fatigarse.

Tenía claro que también ella estaba cansada, pero ese agotamiento se manifestaba más como pesar. La pérdida de tanta gente a la que conocía y por la que sentía afecto casi excedía su capacidad de comprensión. Por unos instantes, se sintió conmovida por la realidad de todo aquello y notó que se le cortaba la respiración, que sus pulmones se negaban a funcionar adecuadamente.

—Si el hombre de los apartamentos no era Drake y el de la comisaría tampoco, ¿quiénes eran entonces esos hombres? ¿Y cómo sabían con tanta exactitud lo que Drake les hacía a sus víctimas? ¿Cómo pudieron saber a quién debían matar? ¿Por qué habían de querer matar a todas sus víctimas, Lucian?

—Sólo hay una respuesta a todo eso, cielo. —La voz de Lucian sonó aún más inexpresiva que antes, lo que hizo que Jaxon levantara la vista hacia él con aprensión—. Tiene que haber un vampiro implicado en todo esto, un vampiro maestro, uno de los antiguos. Esos seres son capaces de hacer cosas así.

—¿Tiene a Drake en su poder? ¿O está muerto? —preguntó con cierto tono esperanzado en la voz.

Lucian negó con la cabeza.

—Es más que probable que Drake siga vivo en alguna parte y posiblemente se sienta muy desconcertado por los asesinatos. El vampiro leyó tu mente, obtuvo todos los detalles de tu cabeza y por esa razón tú notabas que había algo que no encajaba. Los detalles no se corresponden exactamente con Drake. El vampiro creó sus guls y los envió a ejecutar sus órdenes de matar a cualquiera que tuviese algún recuerdo bueno de ti.

Jaxon retorció los dedos y sintió un fuerte ardor en el estómago, tenso y dolorido.

—¿Por qué? ¿Qué habría de conseguir?

Lucian le dedicó una mirada sombría e insondable, posesiva.

—Justamente lo que consiguió. Sufrimiento. Los vampiros medran a costa del sufrimiento de los demás. Debe de haberte sorprendido fuera, al descubierto, lejos de la protección de la finca y en ese momento habrá leído tus recuerdos. De haber estado yo cerca, no habría podido ocultar de mí el sucio rastro de su poder.

Jaxon sintió entonces como si Lucian le acabara de dar un puñetazo en el estómago con todas sus fuerzas. Y lo sintió como algo tan real que se encorvó hacia adelante y se cogió la cabeza con la base de la palma de una mano.

—Así que fui yo quien hizo todo esto. Sólo por salir de la casa he provocado todo esto. En resumidas cuentas, es eso lo que acabas de decir, ¿o no?

Irradiaba tanto dolor que su pesar lo envolvió también a él y le hizo sentirse casi tan deshecho como ella.

—Por supuesto que no, Jaxon. No puedes pensar siempre que eres responsable de las acciones de las mentes retorcidas de los demás.

Jaxon, casi incapaz de respirar ni de resistir el contacto físico, se zafó de su brazo.

—Lucian, haz que Antonio detenga el coche hora mismo. Tengo que salir afuera. Voy a ir andando el resto del camino. Ya no estamos tan lejos.

—Casi ha amanecido ya, amor mío —dijo él en voz baja y sin imprimir inflexión alguna en su voz, aparentemente ni a favor ni en contra de su decisión.

—No puedo respirar aquí dentro, Lucian. Para el coche.

Quería salir corriendo tan rápido como le fuera posible, y no sabía si para huir de sí misma o de todo lo que había ocurrido aquella noche. Lo único que tenía claro era que necesitaba estar al aire libre.

—Necesito estar sola —insistió—. Por favor, sólo te pido que pares el coche y me dejes volver sola a casa. Tengo que estar sola.

Lucian le repasó su cara con una mirada siniestra y recelosa. Entró con su mente en la suya y leyó su necesidad de estar sola, de tomar el aire, de poder respirar libremente. Tenía tal caos mental que le costaba incluso respirar.

De pronto, el automóvil se detuvo y Jaxon se dio cuenta de que Lucian le había ordenado a Antonio interrumpir la marcha. En cuestión de segundos había bajado ya del coche y corría, alejándose del asfalto, encaminándose por el prado abierto que daba a las colinas y al lado sur de la finca. Corrió paralelamente a la carretera hasta que la limusina tomó una curva y se perdió de su vista. Inmediatamente, cambió de dirección, alejándose de la casa, y se dirigió hacia la colina, camino de los riscos. Dos veces tuvo que detenerse, y su cuerpo se echaba entonces hacia adelante como si se negara a admitir los terribles crímenes, cometidos simplemente porque las víctimas la habían conocido. ¿Qué era ella? ¿Por qué atraía a los monstruos como un imán? Debía de haber algo espantoso en su interior que despertaba al demonio que habitaba en los demás. Y no era ella quien tenía que pagar por eso, sino siempre algún testigo inocente. Jaxon había oído las conversaciones en el edificio de apartamentos y en la sala de reuniones de la comisaría, los murmullos, las inculpaciones tácitas. Muchos de sus amigos tenían miedo de hablar con ella, ninguno quería dejarse ver a su lado; todos estaban atemorizados por sus familias, y con razón. Esta última carnicería había sido aún peor que cualquiera de las que Drake había perpetrado nunca. Ese vampiro era capaz de provocar una masacre en dos sitios a la vez.

Jaxon continuaba corriendo tan rápido como podía. Cuando el camino se hizo más empinado, llorando a lágrima viva y con la vista empañada por el llanto, tropezó en más de una ocasión. En medio de una gran confusión mental, no sabía en realidad lo que se proponía hacer. Lo único que veía con claridad era que aquella masacre no podía continuar. Su padre, su madre, su adorado hermanito Mathew. Toda la familia Andrews, incluso la pobre Sabrina, que sólo había ido a su casa a pasar las vacaciones de primavera. Después le había tocado el turno a su vecina, Carol; la pobre Carol había cometido el crimen de contemplar el amanecer todas las mañanas y murió porque disfrutaba compartiendo aquella experiencia con su vecina. Y ahora todas aquellas muertes de inocentes.

Jadeando por la escarpada roca, se abrió paso hasta la cima del risco sin que nada pudiera detenerla. Justo cuando se detuvo, la tierra rodó y se agitó bajo sus pies como si fuera una montaña rusa. Sobre su cabeza negros nubarrones se agitaban y se arremolinaban como una inmensa olla de agua hirviendo. Los rayos, arqueándose incandescentes de una nube a otra, se precipitaban zigzagueando contra el suelo en medio del estruendo ensordecedor de los truenos. Gritó mientras corría hacia el borde del precipicio. Si Jaxon dejaba de existir, Drake ya no tendría necesidad de matar a nadie más.

Corriendo con dificultad mientras sentía que la tierra se sacudía bajo sus pies se lanzó al precipicio. Pero justo en el momento en que adelantó un pie para precipitarse en el vacío, un brazo fornido la rodeó por la cintura y la cogió a peso cuando ya todo su cuerpo colgaba sobre el abismo.

—Lucian —susurró entonces y se aferró a él, lo único sensato que había en la locura de su vida.

Le rodeó el cuello con sus finos brazos y hundió la cara en el consuelo de sus hombros.

Jaxon sintió cómo el cuerpo de él temblaba y, cuando alzó la cabeza y lo miró, vio el más puro terror ardiendo en el fondo de sus ojos. Inclinándose sobre ella, Lucian tomó su boca justo en el momento en que sobre sus cabezas el cielo se abría dejando caer un aguacero sobre la tierra.

—Te necesito, Jaxon. —Pronunció cada palabra en voz baja—. No puedes dejarme solo en este mundo. Te necesito. —Los rayos crepitaban y crujían danzando a su alrededor; los truenos estallaban retumbando con furia—. No puedes dejarme solo.

—Ya lo sé, ya lo sé —susurró ella como respuesta apretándose más fuerte contra su cuerpo, ofreciéndose a él mientras el mundo se desmoronaba a su alrededor con gran estrépito—. No sé qué me ha pasado; no sé en qué estaba pensando. Lo siento, Lucian. Lo siento.

—No tienes por qué decir eso. Nunca digas eso. —Su boca, cálida y anhelante, temerosa, cada vez más deseosa, se agitaba sobre la de ella—. Lo único que tengo que saber es que estás aquí conmigo.

—Estoy aquí. No te dejaré. No es por ti.

Jaxon lloraba y metió las manos bajo su camisa para poder palparlo, para poder tocar la solidez de su existencia. Él era real, era su único consuelo, lo único que tenía sentido en su vida. Y lo había herido; percibió, junto con el terror que atenazaba su alma, el dolor que irradiaba, intenso, profundo. Alzó la cabeza para corresponder a sus besos con los suyos, para entregarse a él, con el único deseo de consolarlo y de encontrar consuelo.

Con la lluvia cayendo sobre la piel desnuda de Jaxon, sobre la piel desnuda de ambos, Lucian la devoraba, la consumía. Su mente impaciente, con sólo pensar en ello, los había desnudado a ambos en un instante y sin dificultad.

Pasados unos momentos, Jaxon logró darse cuenta de que estaba furioso, de que la terrible furia de la tormenta no era más que el reflejo de su oscuro estado de ánimo. Y, sin embargo, él la sostenía con tanta delicadeza entre sus brazos de fuerza colosal que sintió cómo el corazón le daba un vuelco.

—Te necesito a mi lado, cielo. Pero aún no pareces haberlo entendido, por más que intento decírtelo, mostrártelo. —La tierra se agitaba y se resquebrajaba a su alrededor; enormes grietas se abrían en la roca—. Sin ti mi vida no tiene sentido. Te necesito. Te necesito de verdad. Rodéame con las piernas por la cintura. —Le susurró aquella orden justo en el momento en que le rasgaba el cuello palpitante con los dientes—. Ahora mismo, Jaxon, te necesito ahora; necesito estar dentro de ti, que me rodees con tu calor y tu luz. Necesito sentir que estás a salvo y que nada te puede hacer daño.

La invadió por todos lados, explorándola, inflamándola con sus manos, con su cuerpo, duro, agresivo, tan tenso por su terrible urgencia, por su sed insaciable, que ella le obedeció casi a ciegas. La tormenta, lejos de calmarse, fue *in crescendo*, un verdadero barómetro de su anhelo urgente, de su intenso apetito.

—No puedes dejarme solo viviendo en un mundo vacío, sin luz, sin risa. No puedes dejarme solo.

Su voz, su bella voz, sonó ronca, ronca de temor y del insaciable apetito que sentía por ella. Con el pelo empapado, su abundante melena de ébano cayéndole por la espalda, tenía un aspecto salvaje e indómito. Tenía el aspecto de lo que era, un ser peligroso, impredecible. Pero Jaxon no sintió miedo; se aferró a él, lo necesitaba con la misma urgencia, sólo deseaba ya sentir la fuerza de sus brazos, de su posesión, de su cuerpo agitándose en ella, de su boca alimentándose de su pecho, de su alma anclando la suya en medio del caos.

Deslizó sus piernas alrededor de la cintura de Lucian y acomodó su cuerpo sobre la dura extensión del suyo, que la llenó al instante haciéndola jadear de inesperado placer. La tormenta arreció, los rayos cortaban el cielo gris. El sol se elevaba ya valeroso e intentaba iluminarlos, pero los negros nubarrones que se arremolinaban amenazadores eran espesos y oscuros e impedían que la luz alcanzase sus sensibles pieles. Jaxon sintió, no obstante, que la atenuada iluminación le provocaba ya el malestar de una cierta picazón. Sumergida en un mar de lágrimas, los ojos le escocían y jadeaba para llenar los pulmones de aire, sacudiéndose ahogada por sus propios sollozos mientras ambos se aferraban el uno al otro en un tango de amor y decían sí a la vida.

Él la mantenía firmemente con sus brazos de acero mientras se agitaba en su interior impetuosamente y con una ternura arrobadora a la vez, y le pasaba la boca, cálida y amorosa, por toda la piel.

—No llores más, cielo. Deja ya de llorar —le susurró pegado a su pelo empapado—. Mientras estemos juntos, podremos superarlo todo. Nunca podré estar sin ti. Tú eres el aire que respiro, eres mi alma, mi corazón. Mira en mi mente, en mis recuerdos, mira mi vida vacía y monótona sin ti. Nunca habrías considerado hacer una cosa así si supieras cómo te necesito. Ya no puedo volver a estar solo.

—No sabía lo que hacía —repuso ella.

Él la creyó; su mente, embargada de tanto dolor, había caído presa de tal caos que se lanzó a ciegas sin pensar realmente en lo que hacía. Ni siquiera había considerado la idea de destruir aquello en lo que se había convertido, sino que simplemente había centrado sus pensamientos en su propia tragedia. Por fin, Lucian sintió que podía volver a respirar y obligó al aire a entrar en sus pulmones y permitió que su corazón volviera a latir.

—Nunca más harás algo así.

Movía las caderas al ritmo de la furiosa tormenta.

Jaxon notó que su llanto se calmaba cuando sintió el fuego que se propagaba a través de su cuerpo, a través del cuerpo de Lucian. Las llamaradas saltaban más y más altas hacia el cielo, hasta alcanzar las nubes que tenían sobre sus cabezas, hasta que los rayos danzaron zigzagueantes alrededor de ellas y las atravesaron después. Entonces oyó sus gritos mezclarse con los de él cuando explotaron por fin, juntos, aferrados el uno al otro como dos niños asustados, mientras sus corazones y sus pulmones luchaban frenéticamente para mantenerse al ritmo de sus cuerpos exaltados.

Jaxon quedó acostada sobre él, acurrucada en busca de consuelo, tan pegada a él como le era posible, incapaz ya de contener la tormenta de lágrimas tanto como lo había sido de contener la tormenta de fuego que acababa de arrasarlos con su anhelo. Lo sintió temblar y estremecerse mientras la abrazaba más fuerte que nunca. Y sintió las lágrimas en su mente, la agonía del horror, el miedo apoderándose totalmente de Lucian cuanto más pensaba en lo que ella había estado a punto de hacer.

Fue entonces Jaxon la que lo consoló a él, rodeándole la cara con las manos, cubriéndosela de besos.

—No quise hacer una insensatez como ésa, Lucian. Y no fue ni por ti ni por lo que soy ahora. En realidad, no estaba pensando. No ha tenido nada que ver con nosotros. Es que no podía soportar más haber provocado tanto dolor en tantas familias.

—Jaxon, Jaxon —dijo él en voz baja desgarrándola con su pena—. ¿Qué voy a hacer contigo? ¿Cuántas veces te voy a tener que recordar que tú no eres la responsable de todas esas muertes? Haces las cosas de forma tan impetuosa, sin pensar. Pese a que no hubieras muerto aunque te hubieras lanzado por el risco, pensaste en desperdiciar una vida tan bella, tan importante.

Ella alzó la mirada pestañeando.

—¿Qué quieres decir?

—Si no te hubiese cogido o no te hubiese hecho caer flotando unido a tu mente, o no te hubiese detenido de cualquier otra forma, es decir, si realmente te hubieses tirado y hubieses caído en el fondo del precipicio, tus huesos rotos y las heridas internas te habrían hecho sufrir terriblemente, pero tu cuerpo no te habría permitido morir más de lo que el mío me lo permitiría a mí. Nuestra gente a menudo sufre heridas mortales, pero la tierra nos cura rápidamente.

Ella apretó la cara contra su pecho; no estaba dispuesta a seguir hablando de aquello. Le resultaba demasiado difícil asimilar la información que él le estaba dando en medio de aquel caos mental. Sólo entonces se dio cuenta de que sentía un hormigueo en la piel a pesar de la violenta tormenta que cubría la zona y atenuaba los efectos del sol naciente. Notó que el escozor de sus ojos aumentaba por momentos y se los cubrió con una mano cuando él por fin le permitió pisar el suelo. Sentía como si le estuviesen restregando sin piedad miles de agujas de afiladas puntas por ellos. Se mordió el labio inferior y pegó la cara aún más contra su pecho.

—Lucian, ¿y esa cosa rápida que te gusta tanto hacer? Ahora sería el momento ideal de utilizarla.

A pesar de las oscuras nubes que ocultaban el sol, Lucian también comenzaba a sentir sus efectos sobre la piel. Recogió a Jaxon en sus brazos y avanzó a velocidad preternatural; el espacio giraba a su paso y la lluvia azotaba la estela de vacío que dejaban tras de sí. Lucian entró en la casa por el balcón del segundo piso y mantuvo a Jaxon entre sus brazos hasta que llegaron, después de atravesar toda la casa levitando, al dormitorio subterráneo, donde ya no los alcanzarían los rayos del sol. Sólo entonces permitió que la tormenta se disipara.

—¿Qué vamos a hacer? —le preguntó Jaxon—. ¿Cómo vamos a poner fin a todas esas muertes?

Miró a su alrededor buscando una bata.

Lucian, leyendo su mente sin dificultad, le ofreció una. La cogió del aire mientras ella lo miraba confiada con sus enormes ojos. Ella metió los brazos por las mangas de la prenda de algodón grueso y se la cerró juntando las solapas. Seguía con la mirada fija en su rostro. *Tú también te podrías poner una bata.*

Él meneó la cabeza ante su recato, pero tuvo la atención de diseñar otra bata, mayor y más larga, y, sólo por complacerla, se la puso. Como pudo comprobar, ella se relajó una vez que su cuerpo estuvo cubierto, y tuvo que darse la vuelta para disimular su sonrisa. Jaxon, con tanta adrenalina corriéndole por las venas, andaba de un lado para otro sin poder estarse quieta.

—Dime qué vamos a hacer, Lucian. ¿Cómo vamos a detener a ese monstruo para que no siga matando a la gente que quiero?

—Tenemos dos posibilidades —respondió él con su voz siempre tranquila, ayudándola a rebajar la sobrecarga nerviosa que le invadía la sangre—. Podemos quedarnos aquí e intentar hacer que el vampiro salga de donde está. Eso no sería fácil. Es viejo y sabe quien soy. Enviaría a sus guls y a otras criaturas oscuras para que lucharan con nosotros antes de dejarse ver. Y sólo se expondría en caso de que se creyera con una gran ventaja.

Jaxon se echó el pelo húmedo hacia atrás con una mano y, al darse cuenta de que estaba temblando, la escondió a toda prisa detrás de la espalda. Retorciéndose los dedos unos con otros, hizo todo lo que pudo por no parecer nerviosa.

—¿Y la otra posibilidad?

—Podemos abandonar la ciudad. Irnos lejos con la esperanza de que nuestros enemigos nos sigan, apartándolos así de nuestros amigos inocentes. Creo que Tyler Drake nos seguiría. Es posible que el vampiro también. Hay muy pocas mujeres humanas como tú. No querrá esperar hasta encontrar a otra. Quizá ya te estuviera siguiendo cuando yo te encontré y que crea que no he jugado limpio al arrebatarte de sus manos. Si es así, nos seguirá.

—Y si no, dejaríamos a los demás desprotegidos aquí —dijo Jaxon con un tono de desesperación en la voz—. No lo entiendo, Lucian. ¿Qué tengo yo que atrae a esos monstruos?

Sin ser consciente de la cruda pena que se vislumbraba en el fondo de sus ojos, se dio la vuelta para mirarlo.

Lucian le devolvió la mirada directa y fijamente a los ojos. Él también era un monstruo. Un monstruo oscuro que había vivido más siglos incluso que la mayoría de los de su especie. Había cometido crímenes, era responsable de un sinnúmero de muertes. Y la había buscado a lo largo y ancho del mundo entero y no iba a permitir que se le escapara: jamás renunciaría a ella, jamás permitiría que nadie se la arrebatara de las manos. ¿Qué diferencia había entre él y los otros que la querían tan desesperadamente? ¿Era así como ella lo veía? ¿Como un monstruo?

—Lucian, tú no eres ningún monstruo. Eres amable, honrado, eres un buen hombre. Ni se te ocurra incluirte en la misma categoría que Tyler Drake o ese ser maligno que llamas vampiro.

Él inclinó la cabeza sobre ella y la abrazó con fuerza. No lo conocía tan bien como ella pensaba. Tenía tanto poder que lo habían llamado monstruo muchas veces a lo largo de los siglos. Jaxon ya había leído sus pensamientos, y a él le resultaba sorprendente que, aun así, no se hubiera percatado de ello. Le hacía creer que su alma no estaba condenada eternamente, que sus acciones serían juzgadas con compasión; le hacía creer en los milagros.

Hablando en la lengua de los antiguos, le susurró que la amaba; lo hizo mentalmente, temeroso de que si se lo decía a viva voz ella se apartara de él. Le acarició el pelo con anhelo, con posesividad.

—Cielo, he aprendido el significado de la palabra *temor*. No ha sido una lección fácil y, desde luego, ojalá no se repita, pero me ha dejado vislumbrar algo del infierno que has pasado en los pocos años de tu corta vida. Elige, Jaxon. ¿Dejamos un rastro para que el vampiro nos siga? ¿Lo alejamos de tus amigos con un señuelo? ¿O nos quedamos y luchamos aquí?

Le estaba pidiendo su opinión. Jaxon contuvo las lágrimas. Ciertamente, no lo conocía tan bien, pero había captado destellos de su mente cada vez que él se había unido mentalmente a ella del todo, y había visto lo suficiente como para saber que Lucian era un maestro planificando batallas. Pero, más que nada, lo que le importaba era que le estuviese pidiendo su opinión.

Pensó detenidamente en cada uno de los planes.

—Creo que es demasiado difícil proteger a todo el mundo. No podemos estar vigilándolos todo el día, así que son vulnerables a Drake y a cualquier ser que el vampiro decida crear. Si nos vamos, no veo qué sacará en provecho el vampiro de atacar a la gente que queda aquí. Deberíamos pensar en algún lugar donde podamos tenderle una emboscada y que sea fácil de defender. —De pronto se dio cuenta de que estaba temblando incontroladamente y de que tenía el pelo empapado mientras que él estaba perfectamente seco y acicalado—. ¿Por qué tú estás seco y yo estoy empapada y temblando de frío?

Lucian le cogió las manos y se las frotó con delicadeza para que entrara en calor. Una leve sonrisa se dibujó en su escultórica boca.

—Piensa que tienes calor y estás seca. Figúratelo así en tu mente. Mantén esa representación ahí: el pelo seco, la piel seca y el cuerpo caliente.

Se fusionó mentalmente con ella y aplacó el tambaleo de sus pensamientos, ayudándola a construir una imagen de calor y sequedad.

Jaxon retiró una mano y se la llevó impresionada a la cabeza para tocarse el cabello.

—¿He sido yo? ¿Así de fácil? ¿Sin usar secador ni toalla?

—Así de fácil.

La sonrisa se dibujó ahora en su interior, floreció con fuerza, lo llenó de dicha. Ella le hizo evocar sus tiempos de principiante intentando aprender las cosas que les resultaban tan sencillas a los adultos de su especie.

—¿Puedo hacer todas las cosas que tú haces?

Él inclinó lentamente la cabeza en señal de asentimiento mirándola con los ojos entornados. Aunque parecía relajado, Jaxon sintió que estaba totalmente alerta.

—¿Qué te gustaría aprender a hacer? —le preguntó entonces.

—¿Ahora mismo? —preguntó ella a su vez mientras se pasaba las palmas de las manos por los brazos y tomaba conciencia de cómo su piel había reaccionado a la luz del amanecer.

—Tu piel se hará más resistente, Jaxon. Al final serás capaz de contemplar el amanecer siempre que lleves gafas de sol. Deberías acostumbrarte a llevarlas siempre encima, vayas adonde vayas. De esa forma, si la mañana te sorprende al descubierto o necesitas levantarte temprano, tus ojos estarán protegidos de los rayos del sol. Yo soy un antiguo y nosotros, los antiguos, sentimos mucho más dolor que los más jóvenes de nuestra especie. De todas formas, puedo salir en las primeras horas de la mañana sin demasiados problemas. Es una de las ventajas que los cazadores tenemos sobre los vampiros. Los vampiros no se pueden levantar hasta que el sol se haya puesto del todo ni pueden ver jamás el amanecer.

—¿De verdad estamos indefensos durante la tarde? —preguntó ella.

Un leve matiz en su voz delataba su miedo.

Lucian le llevó una mano hasta el cabello sedoso y, deslizándosela después hasta la nuca, se la masajeó lentamente con los dedos para aliviarla de aquella repentina tensión.

—A esas horas del día nuestros cuerpos están aletargados, cierto, pero eso no quiere decir que nos quedemos totalmente desprovistos de medios para defendernos. Soy poderoso en extremo, cielo; no hay forma de que puedas sufrir daño alguno. Jamás lo permitiría.

Jaxon se entregó a sus brazos abrazándolo con fuerza. Permaneciendo como una sombra en su mente él pudo ver lo terrorífico que su mundo le parecía a ella, tan ajeno y diferente, tan cargado de mitos y supersticiones, de violencia y seres nocturnos. Lucian la rodeó con sus brazos.

—Si alguna vez necesitásemos ayuda, Jaxon, mi hermano siempre está cerca.

—Siento desilusionarte, Lucian, pero tu hermano vive en París. Vi su dirección. No es que esté precisamente a la vuelta de la esquina, ni siquiera para vosotros.

—Si lo necesitaras de verdad, podría hacer lo que hice yo desde la distancia, a través de tus ojos. Te podría prestar ayuda, su fuerza, y hasta destruir a algún enemigo que te estuviera amenazando.

La idea de que otro hombre pudiera arrastrarse por el interior de su mente le causó un rechazo inmediato. Por qué no le importaba que Lucian leyera cada uno de sus pensamientos, y que hasta le pareciera natural, era algo que no acababa de comprender, pero tenía claro que se resistiría a que cualquier otra persona pudiera descubrir las cosas que sobre ella había descubierto él.

Sorprendentemente, Lucian se complacía con sus pensamientos. En general, ella se mostraba muy distendida en compañía de los hombres, cosa que a él le molestaba más de lo que pensaba, y él deseaba que ella lo quisiese a él, lo necesitase, de la misma forma que él a ella. Y no porque se hubieran unido en el ritual y, por tanto, sus cuerpos se reclamaran el uno al otro, sino por ser —él, Lucian y no otro— importante para ella. Sin embargo, Jaxon se resistía a leer su mente, a indagar en sus recuerdos, en la persona que realmente era. Los compañeros eternos se conocían en seguida de esa forma, explorando en las mentes de sus cónyuges, pero ella insistía en rehuir tales cosas, manteniéndose totalmente al margen de ellas.

—Pareces triste. —Le puso una mano sobre el brazo y le tocó la boca con la yema de un dedo—. Tus ojos, Lucian. A veces tienes una mirada tan triste; me partes el corazón. Ya sé que debes sentirte muy decepcionado conmigo porque no sé hacer las cosas que las mujeres de tu especie siempre han hecho, pero lo estoy intentando. De verdad que lo intento.

—Jamás me podrías decepcionar, de verdad, cielo. Ni se te ocurra pensar una cosa así. Cada segundo que paso contigo me llena de felicidad. —Juntando su cuerpo, más grande y, más pesado, con el de ella, más delgado y menudo, la fue llevando hasta la cama. El sol continuaba su avance por el cielo, y lo sintió, sintió sus efectos en su cuerpo ya cansado—. Ver cómo aprendes me hace sentirme dichoso de nuevo por todos nuestros dones.

Jaxon se subió a la cama casi ausente, mordiéndose muy pensativa el labio inferior.

—No quiero que estés triste por mí. ¿Es por eso? No sientas lástima por mí, Lucian. No podría soportarlo.

Aunque ella intentó mantenerse arrebujada en la bata de algodón grueso para cubrir su desnudez, Lucian se la fue retirando. La que llevaba él ya era un bulto arrugado en el suelo, donde la había dejado caer con descuido. Rodeándola con los brazos fue echando a Jaxon hacia atrás, hasta que ésta acabó acostada en la cama mirándolo fijamente con sus enormes ojos.

—¿Cómo iba yo a sentir lástima por la mujer que es la compañera eterna de Lucian Daratrazanoff? De un hombre tan guapo; lo sé de buena tinta. Tan sexy. *Picante* es la palabra que creo que suelen usar para hablar de él.

Jaxon sintió el rubor que la recorría de pies a cabeza. Lucian le pasaba las manos delicadamente por toda la piel, explorándola con calma, como si no pudiera dejar de tocarla. Ella cerró los ojos y se entregó a las sensaciones que sus manos provocaban en su cuerpo.

—Es picante, pero también bastante arrogante.

—Tiene unos ojos muy bonitos —le susurró él buscando con su boca la comisura de sus labios, provocándola, pasándosela muy cerca, mordisqueándola tiernamente con los dientes—. Te gustan sus ojos.

El placer que le hizo sentir era indescriptible. No encontraba las palabras para expresar las sensaciones que recorrían todo su cuerpo. Calidez; felicidad. Lucian se recreaba en ello, acariciando su piel con las manos por puro deleite, trazando la turgencia color crema de sus pechos, disfrutando intensamente al sentir la presión de sus pezones suplicantes bajo las palmas de las manos. Al inclinar la cabeza para besarla en el centro del cuello, ella sintió los cabellos de él rozándole los pechos, un tormento exquisito.

Ella alzó las manos para mecer su cabeza entre ellas mientras agitaba inquieta las piernas. Adoraba la forma en que la deseaba, sintió su anhelo en el tacto de sus manos, que casi parecían rendir culto a su cuerpo, y la calidez de su pecho agitándose sobre el suyo, su lengua buscando los latidos de su cuello. El corazón le dio un respingo, y su cuerpo, contrayéndose, se anticipaba ya. Sintió que los pechos le ardían anhelando sus manos, y la humedad cremosa de su cuerpo clamando por el de él. Lucian buscó su pecho con la boca y la hizo gemir suavemente de exquisito placer mientras le pasaba las manos por la cintura, por las caderas, acariciándoselas. Pero eso no bastaba, jamás sería bastante. Jaxon gozaba con la perfección de su cuidadoso tacto; jamás existiría otro hombre que llegara hasta ella como él lo hacía, que viviera en su interior como él. La estaba mirando con sus ojos negros cuando lentamente, empujando con suavidad, le metió dos dedos hasta el fondo.

Agarrada a su larga melena revuelta se entregó al éxtasis puro que sólo él era capaz de hacerle sentir. Él procedió con calma, tomándose su tiempo para incendiarla poco a poco con su fuego ardiente, estremecedor. Y así, lentamente, ella quiso más; necesitaba más. Necesitaba su boca sobre la piel, su cuerpo en el interior del suyo, colmándola. Necesitaba que su propia sangre fluyera dentro de él, conectándolos, convirtiéndolos así en una y la misma persona. Ya nunca podrían separarse —ahora lo entendía, sabía que tendría que estar siempre con Lucian. Fuera lo que fuera lo que había hecho para unirlos, había surtido efecto: ya ni siquiera podía soportar la idea de estar separados. El fuego que ardía entre los dos ya sólo parecía avivarse más y más y propagarse fuera de control a medida que pasaba el tiempo.

Jaxon, dejando explotar el aire que tenía en los pulmones, soltó un grito cuando Lucian se unió a ella. Pero necesitaba aún más que su cuerpo, grueso y caliente, invadiendo su interior. Necesitaba más. *Más.* Él, cogiéndole la cabeza por detrás, la mantenía de cara contra su pecho, pegada a su corazón. *Tú necesitas, cielo, y yo te puedo complacer. Pruébame, soy tuyo. Pruébame. Estás hambrienta, necesitas alimentarte. Sólo me necesitas a mí. Te encanta mi sabor, cariño, ¿lo recuerdas?* Le acarició la mente en voz baja con aquel suspiro dulce y seductor: una invitación, una tentación, pura seducción.

Jaxon agitó la boca sobre su piel y sintió cómo se contraía su cuerpo. *Lo necesito, cielo; igual que tú. Necesito que lo hagas.* Ella sintió en la mente de él la terrible anticipación, el oscuro deseo, su cuerpo entero esperando con una obsesión impaciente. Necesitaba que ella lo hiciera del mismo modo que ella necesitaba hacerlo. *Por mí, Jaxon, por mí. Lo deseo como nunca he deseado nada. Tú también lo necesitas.*

Lucian estaba ya presente en toda ella: en su mente, en su corazón, en su cuerpo, en su alma. Él estaba necesitado y ella no tenía más remedio que complacerlo. Por iniciativa propia la boca de Jaxon se empezó a mover sobre la piel de Lucian, no por imposición, sino impulsada tan sólo por el pensamiento de complacerlo, de satisfacerlo. Lo sintió contraerse cuando le mordisqueó la piel con los dientes y le dibujó círculos alrededor con la lengua para aliviar su dolor.

Esta vez lo harás tú sola, le susurró suplicante mientras la invadía con sus caderas al ritmo salvaje de su fiera posesión, agitándose sobre ella, dentro de ella, alrededor de ella, con el anhelo de fluir a través suyo.

La estaba inundando de tal deseo, de tal erotismo, que Jaxon tuvo la impresión de que se consumía en él. Sintió entonces que se le prolongaban los incisivos cuando los hundió en su piel hasta que ambos estuvieron ya conectados de todas las formas posibles. Un latigazo les recorrió todo el cuerpo haciéndolos arquear como un relámpago candente. Ella oyó el eco de su voz, íntima, sensual, rebosante de una pasión salvaje, llamándola en su mente y sintió el calor ardiente de su cuerpo agitándose dentro de su ser, hincándose, enterrándose más y más adentro con cada nueva firme embestida.

Su sabor era salvaje, cálido, exótico; adictivo. Su sangre fluyó por las venas de Jaxon colmándola de un poder antiguo, saciando sus sedientas células, inundando su cuerpo de una tormenta tal de llamas ardientes que tuvo que rendirse a su necesidad de alivio. Sintió que se fragmentaba, que explotaba, e intentó llevárselo consigo agarrándose a él cada vez con más fuerza mientras giraba expandiéndose en una espiral vertiginosa.

Cierra las heridas con la lengua. Ahora quiero alimentarme yo. Quiero sentir todo tu sabor en mi cuerpo. Quiero saborearte por toda la eternidad. Su voz era un arma de hechicero, un embrujo de terciopelo negro que ella no podía ignorar de ninguna manera. Necesitara lo que necesitara, ella lo complacería.

Necesites lo que necesites, yo te complaceré. Y ahora lo necesitas. Él buscó entonces sus latidos y hundió los dientes hasta el fondo en su piel palpitante. Jaxon, debajo de él, gimió en voz baja, tensando su cuerpo alrededor del de Lucian en una convulsión de placer abrasador. Y, mientras él cabalgaba ardiente sobre ella, se entregó a él por completo, sumergiéndose en su pasión, rindiéndose a sus abultados músculos, a la atracción de su boca, a las llamas que los consumían a ambos.

Y así siguieron eternamente, por siempre, hasta que Jaxon pensó que moriría de tanta belleza como había en ello, como tenían los dos. Lo abrazó, acunó su cabeza deleitándose en la sensación de su pelo rozándole los pechos ya tan sensibles. Él seguía embistiéndola una y otra vez hasta que, somnoliento, se sintió saciado, completamente satisfecho, totalmente colmado.

Con una gran delicadeza, Lucian permitió que sus cuerpos se desacoplaran. El sol ya había salido; incluso en la profundidad del dormitorio subterráneo, conocía su posición exacta. Bajando su mirada hacia Jaxon, hacia sus enormes pestañas, la belleza de su rostro, los rastros que habían dejado después de hacer el amor, supo que ella ni sabía ni tampoco le importaba saber dónde estaba el sol. Agachó la cabeza para rozar su lozana boca con la suya.

—*Je t'aime*, cielo —le susurró en voz baja mientras le ordenaba dormir.

Fue lo último que oyó, las palabras que se llevó consigo, cuando el aire abandonó sus pulmones y su corazón dejó de latir.

Lucian abrió el suelo del dormitorio y descendió levitando con su compañera eterna en la tierra profunda que lo llamaba. Ella yacía en sus brazos, su belleza capturada en la inmovilidad de su cuerpo, mientras él abría la tierra y se la llevaba consigo a descansar.

Capítulo 12

Una nota disonante rompió el silencio de la tierra bajo el dormitorio subterráneo. Un silbido de muerte, lento, se propagó bajo varios estratos de tierra oscura y rica hasta emerger en el aire y recorrer toda la propiedad invadiendo la finca con su presencia amenazadora. Los negros ojos de Lucian se abrieron de golpe. Su plúmbeo cuerpo yacía en su lecho mientras escuchaba los sonidos de insectos y animales: una rata escarbando cerca de allí en busca de alimento; un lobo gruñendo a su hermano de manada con enfado. ¿Qué era aquel sonido tan discordante con el resto del universo que, alcanzándolo en las entrañas mismas de la tierra, lo había despertado?

Un crujido del muro de piedra le hizo saber que un intruso estaba probando la resistencia de sus defensas. Lucian yacía sigiloso, escuchando. Llegando hasta la pareja dominante de lobos, les advirtió de que no se acercaran a ningún trozo de carne ni comida alguna que les hubiera lanzado algún desconocido y les avisó de que debían cuidar de los otros miembros de la manada, de los más jóvenes e inconscientes que solían disfrutar desafiando su autoridad. En su mente encontró una clara alerta de veneno, de muerte de la manada. Ordenó a la pareja dominante que se internara con el resto de los lobos en el interior del bosque, donde no pudieran alcanzarlos las balas de una pistola. Enseñando los colmillos, el macho dominante gruñó en señal de alerta para avisar al resto del grupo.

Satisfecho, Lucian continuó escuchando. El intruso persistía en su empeño. Una vez que se hubo convencido de que no podría entrar a través del muro ni tampoco de las puertas, se dispuso a trepar a un árbol, manteniéndose alejado de la parte trasera de la finca para evitar encontrarse con los lobos. No había duda de que se había percatado de que éstos no habían devorado su «regalo» de carne envenenada, y no se atrevía a emprender su asalto cerca de las astutas fieras. Lucian cerró los ojos y se envió a sí mismo fuera de su propio cuerpo a continuar su búsqueda. Tan ligero como el propio aire, viajó, liberándose de la tierra, en forma de energía pura. Avanzó por los estrechos pasadizos hasta alcanzar el sótano y, después, la cocina.

Como siempre, las gruesas cortinas evitaban que la luz del sol penetrase en el interior. Navegó sin dificultad como energía pura a través de la casa hasta alcanzar el balcón, la atalaya desde la que se gozaba de una vista estratégica. Las vidrieras de colores que con tan bella minuciosidad había diseñado Francesca lo resguardaban de la luz resplandeciente del sol, de manera que podía ver perfectamente al intruso en su avance hacia la casa. Al fin. Ahí estaba aquel que había destruido la familia de Jaxon. Pero ¿era él? Aguardó hasta poder ver su cara entre el espeso follaje.

Lucian desahogó su decepción con un sigiloso gruñido que resplandeció por el aire. Aquel intruso, con su traje azul oscuro y su corbata de seda, de ninguna manera podía ser Tyler Drake. Lucian observó con qué facilidad trepaba por las ramas de los árboles para poder mirar por encima del muro de piedra. Le estaba susurrando algo a su *walky-talky*:

—No parece que haya nadie en la casa, pero no va a ser nada fácil entrar si no queremos que se enteren de que tienen visita.

Lucian se puso a pensar con rapidez. Durante varios siglos había estado durmiendo en las profundidades de la tierra, inmovilizado en su interior, mientras a su gente le habían sucedido gran cantidad de cosas. Había oído rumores de una sociedad de cazadores humanos que se consideraban científicos. Afirmaban tener pruebas de la existencia de vampiros y habían jurado acabar con ellos. Hasta el momento había muy pocos humanos que los tomasen en serio, así que estaban decididos a capturar a un vampiro vivo. El único problema era que, según parecía, eran incapaces de diferenciar entre un carpatiano, un vampiro y un humano con dotes especiales. ¿Podía ser que aquella sociedad de cazadores de vampiros lo hubiera encontrado a él?

Decidió que la mejor forma de encontrar respuesta a sus preguntas era dar vía libre al intruso —o intrusos— para que pudieran entrar en la casa. Al fin y al cabo, el sol empezaba ya a ponerse. Y, por otra parte, si se habían propuesto prepararle una sorpresa, estaba más que dispuesto a complacerlos. Ascendió pegado a las vidrieras de colores y se concentró en el sistema de defensas. Se proponía liberar la casa de las trampas y hechizos mortales, pero sólo de los exteriores, a fin de permitirles el acceso a la finca. No quería que empezaran a sospechar, pero tampoco deseaba que se desanimaran y abandonaran demasiado pronto.

Una vez que hubo hecho lo que estaba en su mano, Lucian fluyó por la casa atravesando el sótano y los estrechos pasadizos cavados en la roca hasta llegar al dormitorio subterráneo y, después, más abajo aún, a su guarida de tierra. Allí volvió a su cuerpo, profundamente enterrado en el suelo curativo. Requería gran energía fluir libremente fuera de un cuerpo y deseaba recobrar fuerzas mediante la acción rejuvenecedora de aquel sustrato.

Confiado en que su sistema de alarma interna lo avisaría cuando el intruso hubiera conseguido violar el santuario de su hogar, se sumió en el sueño. Hasta pasada una hora después del anochecer no consiguió el desconocido acceder al jardín principal. Desde allí abrió una puerta para que pudieran entrar otros dos colegas suyos. Cuando Lucian percibió aquella alteración, se despertó poco a poco e hizo un gesto con la mano para que la tierra se abriera. Las vibraciones de la violenta intrusión retumbaban por la casa y llegaban amplificadas por acción de las defensas con que estaban dotadas las vidrieras de colores que Francesca había forjado. La armoniosa calma de la casa estaba siendo perturbada.

Junto a él, sin su consentimiento y sin que se lo hubiera ordenado, Jaxon inspiró aire, su corazón comenzó a latir; gimió angustiada en voz baja. Lucian jamás lo habría creído si alguien le hubiera contado que el sistema de alerta que Jaxon tenía incorporado llegaría a perturbar su sueño después de tan poco tiempo de haber sido iniciada. Los principiantes no solían despertar ante la mera presencia del mal. Se conectó con ella antes de que abriera los ojos con la intención de sumirla de nuevo en sueños.

¡No! Lo dijo bruscamente mientras desplegaba las pestañas y sus ojos lanzaban una mirada furiosa.

—Me has mentido.

Lo empujó para apartarlo y echó un vistazo a su alrededor.

Lucian sintió cómo la asaltaban las náuseas al darse cuenta de que estaba en la tierra y no en el dormitorio subterráneo. Hubiera querido consolarla, pero ella se lo impidió alzando las manos para detenerlo.

—No quiero que me toques. Me has enterrado viva, Lucian. Me enterrabas y me hacías creer que estábamos durmiendo en una cama normal y corriente.

—Jaxon —respondió él en voz baja y con tono persuasivo—. No te he mentido.

Ella intentó salir a rastras de aquel hoyo cavado en la tierra.

—Llámalo como quieras, pero, sea como sea, un pecado de omisión sí ha sido —respondió ella siseando por encima del hombro.

Sin embargo, cuando Lucian la cogió de la cintura y la atrajo hacia sí, no se resistió, sino que, antes bien, se quedó inmóvil. Estaba pálida, tenía la piel pegajosa y el corazón desbocado.

—Hay alguien en la casa. —Se apretó el estómago. Sabía que alguien los estaba acechando—. Me parece haberte oído decir que era inexpugnable.

—El intruso es humano. De hecho, si escuchas, oirás a más de uno. Ahora mismo se están dispersando para registrar el piso de arriba. Los dejé entrar en el interior para ver quienes son. Siempre es mejor conocer a tus enemigos. —Su voz era suave y cautivadora, y la envolvió sosegándola con su calidez—. No les he permitido entrar en tu habitación; no quiero que toquen tus cosas.

Se tragó su enfado y le espetó:

—Y ahora se supone que con eso olvidaré todo lo que me has hecho, ¿verdad? Estoy muy enfadada contigo, Lucian. Y en este preciso instante no soporto que estés tan tranquilo, así de impasible. ¿Cuántas sorpresas me tienes aún reservadas?

—Supongo que te estás refiriendo a nuestro lecho de descanso y no a los intrusos.

Sintió ganas de darle un puñetazo, pero Lucian tenía la complexión de un roble y era más que probable que acabara con el puño amoratado.

—¿Dónde está mi ropa? —le preguntó entre dientes.

—¿Tu habitual atuendo femenino? —Al ver que ella se resistía a mirarlo, Lucian se encogió de hombros con su natural firmeza—. Tu ropa está en tu mente. Buscad y encontraréis.

Deliberadamente salió entonces levitando del hoyo cavado en la tierra que debía de tener poco más de dos metros de profundidad. Por sus propios medios, Jaxon no tenía manera de salir de allí.

¿Qué te apuestas? Furiosa, Jaxon se puso en pie y examinó las paredes de su sepultura —o así era como ella la veía, la sepultura de ambos. Juró repetidamente para sus adentros y lo llamó todo lo que no está en los escritos mientras medía las dimensiones de aquel recinto. Era imposible salir de allí escalando.

¿Necesitas ayuda? Aquello era una muestra de exasperante sorna machista.

—En la vida. Antes me quedaría aquí abajo en compañía de los gusanos que pedirte ayuda —le espetó ella.

Lucian se pasó una mano de arriba abajo y de pronto apareció vestido con unos vaqueros negros y una camiseta del mismo color. Su larga y negra melena suelta brillaba en la oscuridad como el azabache. Repentinamente, Jaxon se dio cuenta de que veía tan bien como si un sol resplandeciente estuviese iluminándola desde debajo de la tierra.

Ladeó el mentón. Si él era capaz de hacerlo, ella también podría. Todo lo que tenía que hacer era pensar en que estaba vestida. Se lo imaginó y cerró los ojos para apartar de su mente cualquier otra idea. Pasó unos instantes borrando de sus pensamientos el miedo a las arañas y a los repulsivos gusanos antes de comenzar a construir una imagen mental de lo que llevaría puesto: ropa interior de encaje, de la cómoda, sus prendas favoritas; vaqueros de algodón, finos y azules, y una blusa fina de cordoncillo de algodón, negra, para hacer juego con su estado de ánimo. Se quedó pasmada al abrir los ojos y comprobar que lo había conseguido: estaba perfectamente vestida, con excepción de su calzado, que se le había olvidado.

Jaxon tuvo que reprimir una incipiente sonrisa. Le resultó asombroso ser capaz de hacer algo tan fantástico. En seguida, se puso a pensar en el aseo: el pelo y los dientes, su cuerpo. Se aseguró de estar tan limpia como si hubiese pasado un buen rato en la ducha. A continuación, decidió examinar aquel cubículo que tanto le recordaba a una tumba.

Escuchó los corazones latiendo en la casa, las pisadas de los intrusos moviéndose de un lado al otro, el aire saliendo y entrando de sus pulmones. Alzó la vista hacia Lucian, que le estaba sonriendo con su exasperante sorna machista.

—Volveré a ayudarte a salir de aquí después de haber despachado a nuestros invitados.

De hecho, se dio la vuelta y se alejó de ella andando tranquilamente. Por un momento Jaxon sintió que se le cortaba la respiración. Deseó lanzar un grito pidiéndole ayuda, pero su orgullo no se lo permitía. En realidad, no tenía miedo de las arañas, pero sus oídos captaron un sonido que indicaba que algo andaba escarbando la tierra muy cerca de allí, demasiado cerca. De acuerdo, eran ratas. *Hay ratas aquí, Lucian. No voy a poder resistirlo.*

Estoy seguro de que te las podrás arreglar sola hasta que vuelva. Su voz sonó arrogante. *Al menos, así estaré seguro de que estás a salvo retenida ahí en lugar de andar disparándole a la gente. Y, si aparece alguna rata, puedes probar a darle conversación.*

Probablemente sea pariente tuya, le respondió ella. Con los brazos en jarras se giró sobre sus talones dos veces intentando idear la manera de componérselas ella sola. Saldría de allí, y le dispararía a alguien, a ser posible a Lucian. ¿Cómo lo hacía él? ¿Cómo conseguía levitar de aquella forma? ¿Debía imaginarse a sí misma flotando hasta lograr salir? Lo intentó, pero no pasó nada. Lo intentó de nuevo dando dos saltitos; pero, nada.

Sintió el cosquilleo de las risas de Lucian restregándose contra su mente. ¿Tendría alguna manera de estrangularlo? Si pensaba en estrangularlo, ¿surtiría efecto? Sabía exactamente dónde estaba: en la cocina. Se movía sigilosamente, sin dejar oír ni una pisada, pero sabía dónde estaba. Cuando él respiraba, ella también. ¿Cómo ocurría aquello? ¿Cómo era que, de repente, lo necesitaba tanto, necesitaba tanto que se conectara mentalmente con ella, hasta para poder respirar?

Se quedó muy quieta un momento esperando a ver lo que iba a hacer Lucian. No quería que se enfrentara solo a los intrusos, pero tenía claro que era eso lo que pretendía. De pronto, se puso a sonreír. ¿Por qué flotaban las cosas? No era tan difícil. Flotaban las cosas más ligeras que el aire. Las cosas que son tan ligeras se mueven por el espacio, subiendo a la deriva hacia el cielo; en aquel caso, más bien hacia el suelo del dormitorio subterráneo, aunque ella se conformaría con lo que fuera porque... *¡Ajá! ¡Lo conseguí!*

Notó la mano de Lucian frotándole la cara con ternura. Sintió calor de pronto en su interior, como si él la estuviese elogiando; sintió en su mente su sonrisa. *Sabía que lo conseguirías. Ahora quédate ahí y no te muevas mientras yo voy a preguntarles a estos caballeros las razones de su visita.*

Jaxon alzó la vista al cielo dejando los ojos en blanco. *Eso suena tipo: yo me quedo mano sobre mano mientras tú les sirves una taza de té a nuestros invitados.*

Té no era en lo que estaba pensando precisamente, pero, en fin, hace ya mucho tiempo que no se me pide que reciba a una visita con la cortesía adecuada. Había un tono de irritación en su voz que sugería que se había desprovisto del barniz de buenos modales y ya no habría ocasión para actuar con guante blanco.

Jaxon se echó a temblar. *No te precipites. Recuerda que soy poli. Arrestamos a la gente por allanamiento de morada. Seguro que irán a la cárcel. A lo mejor son periodistas a la caza de una exclusiva del nido de amor del multimillonario del lugar.*

Tú no te acerques mientras no los tenga bajo control.

Jaxon se apresuraba ya por los pasadizos hacia el sótano y, escaleras arriba, hacia la cocina. *Tú ya estás bajo control, Lucian. Más bien estoy preocupada por ellos, no por ti. Ya siento el peso de tu...* Buscó una palabra con que describirlo, pero, nada. No estaba enfadado. No había rastro de indignación en él. Y aunque en su interior ardía un rescoldo amenazador, estaba tranquilo, incluso sereno. Nada lo perturbaba ni hacía tambalear su absoluta confianza en sus propios poderes.

Representan un peligro para ti, cielo, no para mí.

Estás leyendo sus mentes.

Así es. Nuestros invitados son de otro estado. No te preocupes tanto, mi amor. No haré nada que te pueda resultar embarazoso o que pueda poner en entredicho tu estatus como oficial de policía.

Has de saber que te pienso arrestar al instante si se te ocurre ponerle un dedo encima a cualquiera de ellos.

Su risa sonó dulce y sensual, rozando su mente y su cuerpo como una caricia de sus dedos. *Cielo mío, jamás sería tan grosero.*

Sintió que el corazón le daba un vuelco al percibir la amenaza que, bajo la superficie, dejaba traslucir su manera de arrastrar las palabras. Ya lo conocía bien y sabía que era más letal en esos momentos que cuando había acabado sin mayores esfuerzos con aquel vampiro que le había seguido los pasos hasta su casa. ¿Qué era lo que había dicho? «Representan un peligro para ti, no para mí.» Por supuesto que apartaría de ella cualquier amenaza, pues creía que era su corazón y su alma. Jaxon sentía la necesidad colosal que tenía de poseerla. Jamás permitiría que nada ni nadie la amenazaran.

Lucian, ya sé que tú te comportas de forma diferente en tu mundo, pero éste es mi mundo. Esos hombres son humanos. Hay que tratarlos dentro de los límites que marca la ley.

Yo soy quien administra la justicia, amor mío. Por esta vez no los mataré.

Jaxon sintió que recobraba el aliento. Él jamás le mentiría. Se había imaginado que los incineraría allí mismo, sobre la alfombra. ¿Y qué les diría entonces a Barry Radcliff o al comisario Smith para explicarles lo de ese nuevo montón de cenizas?

Lucian sabía exactamente dónde se encontraba ella, lo cerca que estaba de empezar a subir las escaleras, así que, de un repentino acelerón, fue en busca del primer hombre, que se encontraba en el dormitorio de invitados. Agarrándolo del cuello, le hundió los dientes hasta el fondo de la yugular y bebió. El intruso no tuvo ocasión de forcejear ni manera de zafarse de aquella garra de acero. *Mantente en silencio. Me obedecerás.* La suave voz calmó inmediatamente al hombre, que se quedó quieto, sostenido por la fuerza colosal de las manos de Lucian, quien lo tiró después al suelo y lo dejó allí. Se evaporó entonces convirtiéndose en niebla y, fluyendo por el pasillo, entró en la habitación contigua.

El segundo intruso, el del traje azul oscuro, reprimió un grito de alarma cuando Lucian se materializó de pronto frente a él y, agarrándolo con su mano de acero, se le tiró al cuello con gran brutalidad para beber de su sangre a grandes tragos. *Me obedecerás. Mantente en silencio.* Lo dejó totalmente hechizado. Cualquiera de los dos intrusos haría la voluntad de Lucian, fuera de día o de noche, tan pronto como oyeran su llamada, y cumplirían todas las tareas que les encomendara. Dejó caer al suelo al hombre del traje azul, mareado y débil debido a la pérdida de sangre. Pasando por encima de él con cierto desprecio, fluyó por la casa en dirección al torreón, donde se hallaba el tercer hombre estudiando unos viejos documentos que había sacado de su escritorio.

Se dejó dominar durante unos instantes por la bestia que había en él mientras se saciaba bebiendo salvajemente de su sangre. Aquellos hombres habían ido a matar a su compañera eterna, así que, en rigor, hubiera estado en su derecho de arrancarles el corazón. Les tenía reservada una labor importante, pero eso no significaba que tuviera que tratarlos con la cortesía propia de los humanos; en su mundo no había mucho espacio para tales sutilezas.

Siguiendo sus órdenes, los tres hombres se pusieron a seguirlo por el descansillo superior de la escalera; estaban todos pálidos y, aunque uno se tambaleaba un poco, todos ellos avanzaban haciendo lo que él les había mandado con una sonrisa de satisfacción dibujada en sus rostros. Harían lo que fuera por él; necesitaban el tacto de su mente y el sonido de su voz. Vivían ya sólo para ponerse a su servicio. Jaxon irrumpió justamente en las escaleras cuando descubrió la pequeña procesión y se quedó parada en mitad de aquel tramo. Parecía tan inquieta que Lucian tuvo que sonreír al verla.

—He encontrado a nuestros invitados deambulando por el piso de arriba, Jaxon, pero ahora se van a comportar como unos perfectos caballeros y se van a sentar con nosotros de visita en el salón. En algunos aspectos soy un hombre más bien anticuado. La informalidad de los norteamericanos a la hora de recibir visitas permitiéndoles acceder sin restricciones a todos los espacios de sus casas excede mi concepto de hospitalidad. Seguro que no les importa, ¿verdad que no, caballeros? —les preguntó entonces con voz suave y agradable.

Ante su sugerencia, los tres hombres se pusieron a menear la cabeza y a darle la razón entre susurros. Jaxon, desconfiada, se quedó mirándolos atentamente unos instantes, pero al ver que aparentemente se comportaban con normalidad, les precedió en su avance escaleras abajo, para conducirlos a la pequeña y acogedora estancia que se encontraba junto al vestíbulo. Los tres intrusos esperaron cortésmente a que ella tomara asiento antes de sentarse. De pronto, Lucian estaba ya sentado junto a ella con los dedos enroscados en los suyos.

—Quizá prefieran presentarse ustedes mismos —les invitó Lucian en voz baja.

Jaxon lo miró inquieta. Aquellos hombres estaban sentados tan tranquilamente, sin mostrar la más mínima preocupación por el hecho de haber sido sorprendidos en flagrante allanamiento de morada. Los tres iban vestidos con traje y corbata, y, si no se equivocaba, armados.

El del traje azul oscuro parecía ser el portavoz:

—Soy Hal Burton. Y ellos son Harry Timms y Denny Sheldon.

Lucian asintió cortésmente con la cabeza, como si la gente se paseara por su casa todos los días sin haber sido invitada.

—Ella es mi prometida, Jaxon Montgomery. Jaxon, estos señores han venido hasta aquí desde Florida y tienen un interesante negocio que proponerme.

Jaxon enarcó una ceja y adoptó una expresión de innegable escepticismo.

—¿Han cruzado ustedes todo Estados Unidos para irrumpir en casa de Lucian y proponerle un negocio?

Lucian se reclinó sonriente contra el respaldo mientras los tres le daban la razón solemnemente con la cabeza. Hal Burton tomó la iniciativa una vez más:

—De hecho, así es. Pensamos que si podíamos romper el sistema de seguridad e irrumpir en casa del Lucian Daratrazanoff, quizá conseguiríamos que nos escuchase y respaldase nuestro nuevo y revolucionario sistema de seguridad. Lo hemos diseñado ya, pero no contamos con los fondos necesarios para producirlo en serie y comercializarlo.

Jaxon volvió la cabeza hacia Lucian y encontró su negra mirada con sus ojos de color marrón oscuro.

—Es genial. Y con tan poca antelación. Estoy verdaderamente impresionada. —Se volvió de nuevo hacia los tres hombres—. ¿Y qué les ha ofrecido a cambio de mentirme? ¿Eximirlos de la acusación? Yo soy policía. ¿Los ha puesto al corriente de eso?

Hal Burton negó con la cabeza.

—Parece no haber entendido la idea. Si conseguimos que el señor Daratrazanoff nos respalde, podremos hacer una enorme cantidad de dinero. Todos nosotros podremos ser millonarios. Tenemos un gran producto.

Jaxon intentó conectarse con la mente de Burton de la forma en que Lucian era capaz de hacerlo. Quería «registrarla», como él decía, no fusionarse con ella de la manera íntima en que lo hacía con Lucian. Tal intimidad requería haber tomado sangre previamente. Sintió que el corazón le daba un vuelco y se apresuró a desterrar aquel pensamiento de su mente, pues no se atrevía a fijar demasiado su atención en lo que había sucedido entre ella y Lucian la noche anterior. Si conseguía no entretenerse demasiado con aquellos pensamientos, todo marcharía sobre ruedas. Al intentar registrar la mente de Burton, le pareció que estaba siendo totalmente sincero con ella. Jaxon suspiró: le parecía algo tan improbable; las personas adultas no podían ser realmente tan estúpidas.

El dinero suele llevar a la gente a hacer cosas que normalmente no harían.

Tú puedes leer en sus mentes mucho mejor de lo que yo podría jamás. ¿De verdad crees que nos están contando la verdad? Jaxon se pasó las dos manos por el pelo. Todo aquello no parecía cierto. Como si aquellos hombres no hubieran irrumpido en su casa. Pero ella había sentido las vibraciones de la violencia al despertarse; lo había sabido. Siempre sabía si alguien tenía una naturaleza agresiva. Y las señales habían sido lo suficientemente fuertes como para despertarla. Pero en esos momentos ya no sentía nada de aquello. *¿Podía ser que hubiera habido a la vez alguna otra persona cerca?*

Nadie, dijo Lucian con su suave autoridad.

Jaxon meneó la cabeza. Su vida se había vuelto rarísima. La gente que la rodeaba era rarísima. ¿Qué conclusión sacaba sobre sí misma de todo aquello?

Lucian abarcó su nuca con la palma de la mano. *Que eres una mujer muy tolerante.* Su voz la acarició, la estaba recorriendo como el tacto de sus dedos, de la misma forma que el pulgar le estaba recorriendo la suave piel siguiendo el borde de su blusa.

—Tiene usted que admitir que hemos sido capaces de franquear su sistema de seguridad —continuó Hal entusiasmado vendiendo su producto. Frunció el ceño y añadió—: Fue más difícil de lo que había imaginado. Nunca en la vida me había encontrado con nada parecido.

—El diseño es mío —respondió Lucian—. Soy bastante manitas.

Suspirando, Jaxon se levantó.

—Encárguense ustedes de este asunto. De lo contrario, me sentiré obligada a detener a todo el mundo.

A ti incluido.

No le veía sentido a nada de aquello. Cuando los tres hombres se pusieron en pie respetuosamente, sintió aún más desconfianza que antes. Con un gesto de su mano se despidió de ellos y salió precipitadamente de la habitación. Lucian nunca cometía un fallo; nunca. Le había dicho que representaban un peligro para ella, y no para él, lo que significaba que era ella la que estaba en peligro. Habían ido hasta su casa con la intención de hacerle daño a ella y no con la idea de mostrarle un sistema de alarma a Lucian. ¿Cómo se las había arreglado para representar aquel número tan rápido? ¿Qué tenía planeado hacer? ¿No estaría pensando matarlos?

Decidida a registrar sus huellas dactilares, se fue a la cocina a preparar café. Debería haberlos arrestado a todos de entrada, y después haberse dedicado a averiguar quiénes eran y qué se habían propuesto hacer.

Lucian se sorprendió sonriendo en el salón de visitas: así era la mente de Jaxon, rápida, inteligente. No la podrían engañar durante mucho tiempo. Huellas dactilares; estaba actuando como la detective que era. Se inclinó entonces hacia el trío de intrusos:

—Les han enviado aquí a matar a Jaxon. Ya saben ustedes que eso está muy mal. Tiene que vivir: en estos momentos es lo único que se interpone entre ustedes y una muerte segura.

Durante unos breves instantes, les permitió que lo vieran, su poder, sus colmillos, cambiando de forma ante su horrorizada vista, metamorfoseándose en una bestia de ojos enrojecidos, ansiosa por devorarlos, por matarlos.

Paralizados por el horror, se quedaron de piedra sin moverse de sus asientos. Les había implantado aquella mentira y había controlado sus creencias durante el breve espacio de tiempo en que Jaxon había estado allí presente. Ella se estaba volviendo muy hábil en el manejo de sus nuevas capacidades y no quería arriesgarse a que pudiera leer sus verdaderas intenciones.

—Escuchadme bien, vosotros tres. Tenéis que proteger su vida cueste lo que cueste. Volveréis a encontraros con los dos hombres que os han enviado aquí y haréis todo lo que sea necesario para aseguraros de que no vuelvan a enviar a nadie a hacerle daño. Si fallarais en vuestra misión, no habrá lugar en el mundo donde podáis esconderos de mí. Os mataré. Marchaos de aquí, tomad un avión y liberad a Jaxon de esa doble amenaza para su vida.

Su voz resultaba imposible de desobedecer. Había bebido de su sangre, así que le resultaría muy sencillo controlarlos desde cualquier distancia. Sabría en qué momento sus jefes morirían o cuándo enviarían a otro equipo a perseguir a Jaxon. Lucian los acompañó hasta la puerta y se quedó observando cómo se iban. Se había instalado con firmeza en sus mentes. Ya sólo recordarían sus órdenes, convertidas para siempre en prioridad absoluta, y considerarían su cumplimiento a partir de entonces una necesidad de primera magnitud.

Se dio la vuelta al sentir que Jaxon se estaba aproximando. Ella, que siempre había sido tan inquieta, ahora se movía con un sigilo absoluto, como una carpatiana de nacimiento.

Llevaba cuatro tazas de café en una enorme bandeja, tan grande en comparación con su menuda estatura que parecía abrumarla. Le tomó la bandeja y le preguntó:

—¿Qué estás haciendo?

—Sabes muy bien lo que estoy haciendo. Estoy tomando huellas dactilares. Pero te has deshecho de ellos a toda prisa en cuanto te has dado cuenta de que no me tragaba tu ridícula historia. Si te propones engañarme, Lucian, será mejor que aprendas a mentir mejor.

Él sonrió impenitente.

—Yo no he dicho ni una sola mentira.

—No, les has hecho mentir a ellos y has ido tan lejos que les has hecho creerse esa absurda historia.

—No estarías pensando en beber tú también café con ellos, ¿no?

—Por supuesto, me habría comportado con corrección.

—No puedes beberte ese brebaje, Jaxon. Ya no eres humana. Tu cuerpo lo rechazaría. No puedes beber esas cosas.

—Me imaginé que me provocaría náuseas, pero tú ya has ingerido comida antes, ¿no es cierto?

¿Cómo se había enterado de eso? Lucian se apartó de aquellos enormes ojos marrones y flotó hasta la cocina. Estaba aprendiendo demasiado rápido. Aún no estaba preparada para ello. Había querido ir introduciéndola suave y paulatinamente en su mundo. Inmersa aún en una vida de violencia y muerte, no era necesario que su iniciación en la forma de vida de los carpatianos le resultara tan difícil. La mayoría de los carpatianos llevaban vidas sosegadas y productivas. Pero ella ya se movía sin dificultad alguna en su mente, escogiendo los recuerdos que le resultaban más convenientes en cada momento. Y él no estaba preparado para eso, ya que había cosas horribles en su pasado. ¿Cómo habría de comprender una persona en los tiempos modernos lo que ocurría en aquellas épocas terribles? Enemigos por doquier; sangre, muerte y enfermedades atenazando a todo el mundo; mujeres y niños asesinados. ¿Cómo habría de comprender Jaxon la depravación de un verdadero vampiro, los males que era capaz de infligir a un ser humano, la amenaza que los no muertos suponían para la especie de los carpatianos?

De la misma manera que conozco otras cosas. Las veo en tus recuerdos. Su voz sonó dulce, bella, casi amorosa; sin duda alguna, como una caricia. Él sintió que el corazón le daba un vuelco y se le cortaba la respiración.

—No bebas café ni ingieras comida humana. Hace poco que has pasado por el proceso de la conversión y tu cuerpo no eliminaría esas sustancias con tanta facilidad, y lo que te provocarían es un dolor tremendo.

No podía permitir tal eventualidad; ya le resultaba bastante difícil tener que presenciar cómo soportaba las cosas que él no podía controlar.

Jaxon lo observó mientras depositaba la bandeja en la barra.

—Vale, cuéntame qué es lo que no quieres que sepa. ¿Quiénes eran esos hombres y a qué vinieron?

Lucian vertió el contenido de las tazas de café en el fregadero y las enjuagó.

—¿Qué importa eso en realidad? Se han ido y dudo mucho que vuelvan.

—Sí que importa, si te pusiste en peligro por mí.

Como no la miraba, ella le tocó el brazo. Lucian era siempre tan sincero.

Él se quedó mirando su mano en contraste con el grosor de su brazo; había tanto poder en aquella mano tan delicada. Le cubrió los dedos con la palma de la suya y la atrajo hacia sí para mantener el contacto físico entre ambos.

—Jaxon, ellos son humanos y yo soy de una estirpe muy antigua. Me resultaría muy difícil ponerme en peligro, pues tengo conocimientos, habilidades y dones que superan con mucho sus capacidades. No, no fue eso lo que hice.

—Pero para mí sí que eran una amenaza —afirmó ella.

—Nos vamos a ir de esta casa, cariño. No desearía que perdieras ninguna de tus pertenencias más apreciadas si viniera otro intruso mientras estamos fuera, así que voy a coger todas las cosas que más valoras y las voy a guardar en el dormitorio subterráneo. Antonio le echará un vistazo a la casa hasta que volvamos.

—Esos hombres representaban una amenaza para mí —insistió ella con tenacidad.

Llevándole una mano hasta el centro de la espalda, la empujó con delicadeza para que saliera de la cocina.

—Sólo contamos con esta noche para preparar nuestra partida. Tenemos que encontrar un lugar que esté oculto del sol y que sea fácil de defender. La idea es atraer con un señuelo hasta una trampa a aquellos que nos persiguen, sin quedar nosotros al descubierto.

Jaxon lo acompañó encajándose sin dificultad bajo sus hombros y avanzando al ritmo que marcaban sus pasos.

—Mientras avanzamos, podemos hablar de mis cosas.

—Jaxon, la persistencia no es siempre una virtud.

Trató de resultar duro, pero en realidad estaba admirado por la capacidad que tenía de descifrar las cosas por sí misma.

Ella alzó la cara hacia él sonriéndole socarronamente.

—Por supuesto que lo es. Es la única forma de averiguar cosas que preferirías que no supiera. Así que eran una amenaza para mí. ¿Y cómo diablos conseguiste transformarlos en unos hombres tan dulces que en vez de instintos asesinos sólo tenían dinero en la cabeza?

—Bebí de su sangre.

Perpleja, Jaxon parpadeó varias veces.

—Pero si no oí nada. Y te estaba pisando los talones. ¿Cómo pudiste hacer tantas cosas en tan poco tiempo? Si estaban en cuartos diferentes. No es posible que seas tan rápido, ¿o sí?

—Sí, sí que puedo, si sacrifico la elegancia por la rapidez. Soy un antiguo, cariño. Me resulta facilísimo hacer cosas como ésas. Mientras tú subías las escaleras, yo ya los tenía bajo mi control. Fue muy fácil implantarle aquella historia a Burton en la mente y darles a los otros dos instrucciones de que se lo creyeran todo y permanecieran en silencio.

—¿Y por qué? ¿Por qué querían matarme?

Jaxon estaba recogiendo algunas reliquias de su pasado: fotos de su madre y de su hermano, la mantita preferida de Mathew. De forma inconsciente restregó los dedos amorosamente contra la fina tela. A Lucian le resultó evidente que era algo que solía hacer.

Le pasó una mano por el cabello:

—Tras su muerte, hacer eso era una de las pocas cosas que te consolaba, al menos por unos instantes.

Jaxon se acercó la manta a la cara e inhaló profundamente. Después de todos aquellos años, aún era capaz de captar el aroma de Mathew.

—Era tan pequeñito y tan gracioso. Ponía unos ojitos tan traviesos cuando hacía el payaso. Lucian, era un niño tan precioso. A veces no puedo soportar ni pensar en él. Me duele tanto como si me acabara de ocurrir. Todo el mundo me decía que el tiempo aliviaría mi dolor, pero, cada vez que pienso en él, siento una pena tan grande, tan violenta, tan terrible, que apenas puedo respirar.

La abrazó mientras retiraba de sus manos aquella manta. Y, al mismo tiempo que le quitó aquel recuerdo angustioso de la memoria, se lo sustituyó por su firme determinación de averiguar quiénes habían sido sus huéspedes y qué había hecho él para manejar aquella situación. A sabiendas de cómo asociaba su tacto al dolor, dobló la manta a toda prisa. Los hilos de aquel tejido conservaban los llantos del niño, y Jaxon, tan sensible como era, no podía evitar percibirlos. Lucian no podía soportar aquella agonía tan firmemente instalada en su corazón y no veía la necesidad de que sufriera constantemente cuando le resultaba tan fácil detener su sufrimiento.

Jaxon, pestañeando, se llevó una mano a la garganta. ¿En qué había estado pensando? Algo la había distraído, tan decidida como estaba a averiguar lo que había ocurrido en su casa. Seguramente, Lucian tenía serias razones para intentar que no supiera la verdad. Extendió una mano hasta su joyero.

—¿Por qué querían matarme esos hombres, Lucian? Y esta vez responde con sinceridad.

—No se lo pregunté explícitamente.

Lucian cogió el joyero de sus manos. Contenía bellísimas piedras preciosas, las joyas de su madre. Ya las había visto. Rebecca Montgomery procedía de una familia muy acaudalada. Había tenido diamantes, rubíes, esmeraldas y zafiros estrellados engarzados en collares, pendientes y pulseras. Jaxon jamás los llevaba, se limitaba a contemplarlos.

—No te hizo falta preguntárselo explícitamente —puntualizó ella—. Te bastó con mirar en el interior de sus mentes —añadió desafiándolo con sus ojos de color marrón oscuro.

Lucian meneó la cabeza.

—En todos los siglos de mi existencia, nunca me he encontrado a nadie que me interrogase como tú. Cuando decido que hay que hacer algo, pues lo hago, y nadie me interroga al respecto.

—No eres Dios. No puedes tener siempre razón.

En la mirada que ella le lanzó, Lucian pudo captar los destellos amenazadores de su fuerte temperamento.

—Ni soy Dios ni pretendo serlo, pero soy perfectamente consciente de las enormes responsabilidades que tengo y de los dones que me han conferido para poder llevar a cabo las tareas que se me ha encomendado realizar. Soy capaz de sopesar los problemas sin que la ira personal o cualquier otra emoción nublen mi capacidad de discernimiento.

—Eso es erigirse en juez y verdugo, Lucian. Nadie tiene derecho a hacer eso.

—Te equivocas, cielo. A lo largo de la historia ha sido necesario que muchos de los de mi especie hicieran justamente eso. No es fácil y el precio que nuestras almas han tenido que pagar ha sido tremendo, pero hemos asumido esa responsabilidad para proteger tanto a nuestra propia especie como a la humanidad. Soy lo que soy, y no puedo cambiar lo que me precede ni lo que ahora es. Cuando alguien amenaza nuestra manera de vivir, hacemos lo posible por borrar sus recuerdos sin recurrir a la violencia, pero si resulta necesario, no nos queda otro remedio que contraatacar. Nosotros también tenemos derecho a vivir en este planeta. El mismo ser nos creó con la misma apariencia. Nos han impuesto grandes retos y dificultades, y nosotros los hemos aceptado.

—¿Y qué ocurre si alguien completamente inocente descubre vuestra existencia, pero no podéis borrar su recuerdo? ¿Creéis que tenéis el derecho de acabar con esa vida?

Una leve sonrisa se insinuó en la comisura de los labios de Lucian.

—En todos los siglos de mi existencia jamás ha ocurrido nada así. Si existiera un ser que nos descubriera, pero no pudiera ser puesto bajo control, me podría imaginar que habría una buena razón para explicar tal fenómeno. Me dedicaría a investigar ese asunto en profundidad. En estos momentos sería incapaz de emitir un juicio al respecto sin contar con mucha más información.

—Qué bien te vendría algo así.

Jaxon se vio bajando las escaleras de espaldas mientras acompañaba a la enorme figura de Lucian hacia el piso de abajo.

Sin mostrar la más mínima perturbación, él la repasó con su negra mirada.

—El sarcasmo es algo que no acaba de encajar contigo, cielo. Tengo que reconocer que tengo debilidad por tu boca descarada, pero ese sarcasmo sobre un tema de tal magnitud es caer muy bajo.

Jaxon se sonrojó. No estaba bien de su parte ser tan crítica. En el tipo de trabajo al que ella se dedicaba era muy fácil verse en un abrir y cerrar de ojos en la disyuntiva de tener que disparar o no, así que, en cierto modo, había que erigirse también en juez y verdugo. Ella nunca había tenido que enfrentarse a una decisión como aquélla, sin embargo, conocía a un par de agentes que habían perseguido a un sospechoso, le habían hecho darse la vuelta y, al verle algo reluciéndole en la mano, habían decidido dispararle. Ninguno de los dos fue capaz de asumir que había disparado a un adolescente desarmado. Uno de ellos se suicidó; el otro abandonó la policía y aún seguía luchando contra sus pesadillas y el alcoholismo. ¿Cómo hubiera manejado ella una vida llena de tales decisiones? Su mente rehuyó una cuestión como aquélla.

—Lo siento, Lucian. Tienes razón. Me alegro de no ser tú ni haber tenido que vivir tu vida ni tomar tus decisiones. La mía ya ha sido bastante difícil. —Le apoyó una mano en el brazo—. De verdad, lo digo en serio.

357

—No tienes por qué pedirme disculpas, Jaxon. Estamos tomando decisiones a toda prisa, decisiones muy duras que no sólo afectan a nuestras vidas. Ya sé que eso es difícil para ti y, después de todo, aún no me conoces tan bien.

Sólo al cabo de un rato se dio cuenta Jaxon de que Lucian no le había dado ninguna de las informaciones que le había pedido. Seguía sin tener ni idea de por qué aquellos tres hombres habían invadido su casa ni de lo que buscaban; ni tampoco de lo que había hecho en realidad para manejar aquella situación.

Capítulo 13

Lucian se ocupó primero de los lobos, ayudando a Antonio a meterlos en cajones y a prepararlos para el viaje. Sosegados con su tacto, los animales se mostraban deseosos de emprender el viaje de vuelta a su medio natural, los bosques de Canadá. Lucian parecía muy tranquilo mientras preparaba con gran cuidado a cada uno de los ejemplares, prestando especial atención a la pareja dominante. Miraba fijamente a cada uno a los ojos, intercambiando con ellos algo salvaje y primitivo que a Jaxon, que pensó que jamás lo entendería, le pareció muy hermoso. Se le arrasaron los ojos en lágrimas observando lo dulce que era con ellos. Lucian nunca dejaba de sorprenderla.

Mientras miraban cómo arrancaba el camión para abandonar ya la finca, Jaxon le cogió la mano a Lucian y sintió pena por la partida de aquellos animales, salvajes e indómitos, cuyo sitio estaba junto a él.

—Si no estuvieras conmigo, no habrías tenido que mandarlos tan lejos de ti.

La atención de Lucian se centró de pronto completamente en ella, y rodeándola con un brazo por la cintura, acercó su melena negra al cabello rubio de ella.

—Tú eres mi vida, la única que me importa. Puedo vivir sin los lobos, puedo vivir sin mi pueblo y fuera de mi tierra natal, pero, sin ti, no puedo vivir. Esto lo decidimos los dos juntos; no estamos abandonando nuestro hogar para siempre, más bien nos estamos tomando unas breves vacaciones de trabajo. Los lobos se sentirían inquietos sin mí fuera de su medio natural. Si alguien volviera a intentar envenenarlos y yo no estuviera aquí para avisarlos, posiblemente los más jóvenes acabarían comiendo de esa carne emponzoñada.

Jaxon le miró la cara con sus ojos de color castaño oscuro.

—¿Aquellos hombres les dieron comida envenenada a los lobos?

Lucian tiró de su mano para que lo acompañara hacia la gran limusina blanca.

—Efectivamente, así lo hicieron.

Antonio le tendió una mano para invitarla a subir al coche y ella alzó la mirada sonriéndole más bien ausente, dándole vueltas en la cabeza a aquella nueva información.

—¿Y los dejaste marchar? No parece muy propio de ti ¿Adónde vamos? No vamos a llevarnos esta monstruosidad con nosotros allá adonde vayamos, ¿o sí? Tengo un coche pequeño. Consume bastante poco —añadió esperanzada.

Lucian se inclinó hacia ella y le susurró muy bajo al oído:

—Cielo, no necesitaremos un coche cuando nos marchemos. Por ahora, sólo estamos intentando que se fijen en nosotros.

Una sonrisa se dibujó levemente en la boca de Jaxon antes de observar:

—La verdad es que este coche llama mucho la atención.

—De eso se trata, ¿no? Tyler Drake sabrá así de nuestra marcha. Eso es de vital importancia. Y los no muertos deben estar al tanto de cada uno de nuestros movimientos.

—Pero ¿vamos a viajar de hecho en este cochazo hasta llegar a nuestro destino final, sobre el que, por cierto, aún no se me ha dicho nada? ¿Sabes siquiera cuál es?

El automóvil avanzaba veloz y con gran sigilo camino de la comisaría de policía.

—Tengo una propiedad en el norte, en la frontera entre Washington y Canadá. Allí podremos establecer nuestra residencia sin problemas.

Jaxon meneó la cabeza, pero se abstuvo de expresar sus recelos acerca de la idea de establecerse en medio de un paraje natural con Tyler Drake intentando darles caza. Ya lo habían discutido, y tenía muy claro que Lucian creía que Drake sería muy fácil de dominar. Sin embargo, no era consciente de su nivel de instrucción. Tyler Drake era humano, sí, pero era un humano fuera de lo común al que, por lo demás, lo único que le importaba en aquellos momentos era matar a Lucian. Y, aunque no podría lograrlo en un combate cuerpo a cuerpo, sí que podría hacerlo desde una cierta distancia. Jaxon lo consideraba capaz de ello desde una distancia muy grande, muy superior de lo que Lucian era capaz de imaginar. Era un tirador excelente y tenía una gran habilidad a la hora de fabricar bombas con control remoto.

Jaxon apartó la mirada de Lucian para fijar la vista en las calles que iban desfilando ante la ventanilla del coche. Incluso de noche, las aceras seguían animadas con la presencia de la gente; le resultaba familiar su modo de vida. Las fluctuaciones de la criminalidad según la hora del día, el tiempo y el mes del año habían centrado siempre su atención, su existencia. Y ahora sentía que ya no estaba en sincronía con todo aquel mundo que tan bien había conocido. Sin embargo, oía cosas que nunca antes había percibido, captando un bombardeo de sonidos que iban desde el zumbido de los insectos hasta el susurro de algunas conversaciones y que, por momentos, agredían sus oídos casi más de lo que era capaz de soportar, hasta que recordaba cómo reducir su volumen. Ahora era capaz de tomar conciencia de cosas que nunca antes había notado: texturas, colores, cosas insignificantes, cotidianas, tales como el roce del pelo contra las mejillas, el latido de los corazones, el torrente de la sangre circulando por las venas, la corteza de los troncos de los árboles, la manera como el viento azotaba el follaje.

Percibió la creciente agitación que había en ella y que nunca había experimentado. Un espíritu salvaje e indómito parecía apoderarse de su interior exigiéndole cada vez más, exigiéndole cosas de las que no tenía conocimiento. Para ella, la noche siempre había sido el periodo del día en que se cometían numerosos delitos al amparo de la oscuridad, pero ahora sentía su llamada, seductora, sus continuos susurros. *Abrázame. Abrázame.* Ahora ella era parte de la noche, que la envolvía en su oscuridad como en el más suave de los mantos. Sobre sus cabezas, las estrellas parecían diamantes relucientes, un caleidoscopio de belleza sobrecogedora.

El coche se detuvo en el área reservada para los aparcamientos de la comisaría; Antonio les abrió la puerta cortésmente. Incómoda y deseando que ninguno de sus amigos la estuviera viendo, Jaxon se apresuró a apearse de la limusina.

Lucian la cogió de la mano intentando evitar que le tomara la delantera.

—Sigue mi ejemplo, cielo. Aquí es desde donde se extenderán los rumores, de manera que aquellos que queremos que nos sigan el rastro lo acaben haciendo en realidad.

Ella inclinó la cabeza en señal de asentimiento y entró a la vez que él en la comisaría. Como siempre, Lucian atrajo hacia sí toda la atención de una forma inmediata. Jaxon no pensó que estuviera manipulando a nadie, sino que simplemente era debido a su manera de comportarse. Pisaba fuerte, estaba absolutamente seguro de sí mismo, era alto, oscuro y peligroso, misterioso, parecía de otra época, incluso medieval; un señor, un príncipe oscuro. De forma automática suscitaba respeto. Incluso el comisario salió inmediatamente de su despacho tendiéndole la mano —a Lucian, no a ella. Jaxon agitó la cabeza y permitió que la conversación discurriera sin su intervención, e incluso se apartó un tanto de ellos, hasta que oyó la palabra *boda*. Súbitamente se puso a pestañear para intentar enfocar la vista en ambos hombres.

Horrorizada escuchó cómo Lucian le contaba al comisario Smith que se habían casado con toda discreción y que ahora se la llevaba lejos de allí. Admitía abiertamente que esperaban que Drake los siguiera, con lo cual cualquier intento de volver a asesinar para adquirir notoriedad quedaría atajado de antemano. La versión oficial sería que partirían para celebrar su luna de miel en algún lugar apartado. El comisario se habría de encargar de hacer correr la voz por toda la comisaría de que se encaminaban hacia el escondite de Lucian, ubicado en la frontera, y, de hecho, se arrimó a Jaxon para expresarle entre susurros la enhorabuena, así como para aconsejarle que tuviera cuidado. Jaxon tuvo la extraña sensación de encontrarse en un mundo de fantasía, prácticamente como Dorothy en Oz.

No estamos casados. Lo dijo con contundencia, pues era lo único que sabía con absoluta certeza.

Por supuesto que lo estamos. ¿Qué crees que son los compañeros eternos? Rebatió su afirmación con la sutil naturalidad de un espadachín.

No estamos casados, repitió ella insistentemente, pero esa segunda vez le lanzó además con sus oscuros ojos una de sus miradas amenazadoras.

Él le respondió con una de sus sonrisas juguetonas, pícaras, traviesas y, en definitiva, irresistiblemente sexys, que tuvo el efecto inmediato de derretirle el corazón. *Recuerdo la ceremonia ritual vívidamente y al detalle. Si tú no la recuerdas, estaré encantado de repetirla. El ritual nos une en todos los sentidos.*

Jaxon le mostró el mentón mientras se subían de nuevo a la limusina.

—A ti, a lo mejor, pero yo soy humana, por si te has olvidado. Yo, lo que hago es casarme. Ésa es la manera que tenemos nosotros de hacer las cosas.

—Te gustaría que así fuera, tal vez, pero la realidad es completamente diferente.

Su voz sonó muy masculina, muy engreída.

Jaxon rabiaba en silencio sentada a su lado. No porque anduviera como loca a la caza de un anillo de bodas; o, aunque sólo fuera eso, de una boda. Era la idea de que él siempre tenía la razón lo que la sacaba de quicio, de que pensaba que tenía la razón, se recordó a sí misma. Aunque, oficialmente, no se habían casado, de modo que era ella la que, estrictamente hablando, estaba en lo cierto. Se relajó entonces y se sintió muy orgullosa de sí misma. Que pensara lo que quisiera, que pensara que era ella la que se equivocaba.

Estás casada y bien casada conmigo, Jaxon. No te equivoques en ese punto. Tras el suave terciopelo de su voz se detectaba una leve resonancia de acero, como si Lucian creyese que ella estaba considerando la idea de desertar y emprender el vuelo para abandonarlo.

Lentamente, Jaxon se encogió de hombros con despreocupación.

—Piensa lo que quieras, Lucian. Es evidente que sobre este asunto no nos vamos a poner de acuerdo. Y ahora, ¿qué es lo que estamos haciendo?

—Nos estamos asegurando de haber armado el suficiente alboroto como para que toda la ciudad haya presenciado nuestra partida o, al menos, haya oído hablar de ella. Y, ya que eres tan inflexible, también vamos a dejar un rastro documental.

—¿Qué significa eso?

Jaxon sospechó de pronto de la suavidad y la dulzura de su voz. Sonaba demasiado pura y bella como para que se estuviera proponiendo nada bueno.

—Los carpatianos dejamos tan pocos rastros documentales como nos es posible. Cosas tales como los pasaportes tienen la dudosa virtud de reaparecer pasados varios siglos como prueba incriminatoria. En la actualidad, con la informática, es todavía más fácil verse atrapado en el laberinto del papeleo. Nos resistimos a producir documentos, salvo en el caso de que tengan que ver con las propiedades, la fortuna o los negocios que nos legamos a nosotros mismos tras nuestros oportunos «fallecimientos». Ésa es una de las razones por las que a menudo viajamos de continente en continente cuando no vivimos en nuestra tierra natal. Y es que así a la gente le resulta imposible identificarnos si no es como a los descendientes de nuestros padres, que somos nosotros mismos, quizá cincuenta o sesenta años más tarde.

Jaxon se reía en voz baja.

—Supongo que me merecía una respuesta como ésa. Eso me pasa por preguntar. ¿Qué es lo que estás haciendo ahora?

—Me voy a casar contigo, tal y como hace tu pueblo. Hay un hombre que lo puede hacer, un juez que conozco, que arreglará todo el papeleo necesario. El dinero y las influencias hacen milagros incluso a estas horas de la noche. Está claro que se ha mostrado comprensivo; con tantos crímenes sucediéndose tan rápido a nuestro alrededor. La noticia se filtrará mañana a la prensa, lo que jugará a nuestro favor.

Jaxon ocultó su expresión tras sus enormes pestañas.

—Espero que me estés tomando el pelo.

La enorme limusina blanca estaba ya estacionada junto al bordillo como si Antonio hubiese recibido órdenes de esperar. Ella permanecía sentada atrás, con la espalda apoyada en el respaldo de cuero, ocultando su rostro entre las sombras. Lucian le acarició la mejilla suavemente con las yemas de los dedos.

—Esta ceremonia significa mucho para ti —afirmó él.

—En realidad, no tanto.

Jaxon intentó comportarse con la misma informalidad con que él lo hacía. ¿Y qué si, como casi cualquier muchacha en el mundo entero, hubiese soñado con un traje blanco de boda y una iglesia llena de familiares y amigos? Pero sus familiares habían muerto, y la mayoría de sus amigos les habían seguido los pasos. Cualquier invitado a su boda se estaría jugando la vida sólo por asistir a ella; incluso el hombre que oficiara la ceremonia se estaría poniendo en peligro de muerte. Jaxon negaba ya con la cabeza:

—No quiero hacerlo. Drake tomaría represalias antes de ponerse a perseguirnos.

Lucian se quedó observando un momento su perfil, ligeramente ladeado, y entonces inclinó la cabeza en señal de asentimiento. Súbitamente, el automóvil retrocedió y volvió a incorporarse al tráfico, encaminándose de nuevo de vuelta hacia la casa. Ella había actuado correctamente. Tyler Drake habría considerado a cualquiera que hubiera participado en la boda una amenaza de su mundo de fantasía. Lucian soltó lentamente el aire que había retenido en los pulmones. Había muchas cosas en los recuerdos de Jaxon que no acababa de comprender. Para él, las ceremonias humanas no podían tener la misma belleza ni completitud que las carpatianas, y, sin embargo, no podía quitarse de la cabeza el anhelo que ella sentía por celebrar su boda. Algún día, se juró a sí mismo, tendría su ceremonia en una iglesia, rodeada de sus familiares y amigos, tal como se había imaginado, y él, por lo tanto, había podido leer en su mente. Por el momento, todo lo que podía hacer era acercársela a su lado y abrazarla con todo el calor de su proximidad.

Dejó en su casa un mapa arrugado e incompleto de sus propiedades en el corazón de la cordillera de las Cascadas, junto con tres fotografías en blanco y negro del pabellón de caza decorado a la antigua que había adquirido allí. También, una nota desplegada y bien a la vista, escrita con su aparatosa letra. Cualquier grafólogo la habría calificado de anticuada y enérgica, y a su autor, de un varón dominante y completamente seguro de sí mismo. El destinatario era, supuestamente, Antonio, pues se detallaban en ella instrucciones sobre el cuidado y la gestión de la finca durante la ausencia de Lucian. Antonio ya estaba suficientemente familiarizado con sus indicaciones.

Lucian tomó a Jaxon de la mano y la condujo hasta el patio trasero que, por estar vallado, ofrecía más privacidad.

—¿Estás preparada? Tenemos que partir temprano si pretendemos viajar esta noche.

La mirada de Jaxon se volvió recelosa. Durante los preparativos del viaje se había mantenido extraordinariamente comedida, sin siquiera hacer preguntas. Tanto silencio había preocupado a Lucian mucho más que cualquiera de sus preguntas.

—No sé por qué, Lucian, pero tengo la clara sospecha de que, al final, no nos vamos a llevar la limusina.

—No; viajaremos mucho más rápido y seguro por nuestros propios medios. Antonio sacará el coche de la entrada y lo llevará camino del aeropuerto mientras nosotros partimos.

—Y nosotros vamos a... —Se le fue apagando la voz mientras lo miraba llena de expectación.

—Volar —añadió él en voz baja.

Jaxon intentó tragar saliva pese al nudo que le bloqueaba la garganta. De una forma u otra lo había sabido. En algún momento que ahora no podía recordar se había dado cuenta de que no se embarcarían en ningún avión ni recorrerían el estado en la limusina blanca. No estaba segura de qué era lo que la había puesto sobre la pista; quizá no fuera otra cosa que el hecho de que ahora era capaz de leer la mente de Lucian; tal vez se estaba conectando con él más a menudo de lo que pensaba.

Se percató de que se estaba retorciendo los dedos por los nervios y, de forma inmediata, se llevó las manos detrás de la espalda. Él la creía capaz de hacerlo; esperaba de ella que lo hiciera, y consideraba la idea de volar como cualquier acto de la vida cotidiana.

—¿Como superman?

Intentó sin éxito esbozar una sonrisa.

—No exactamente. Se está nublando; es perfecto para camuflarnos. Te ayudaré a disolverte y a transformarte en niebla. Utilizaremos las corrientes para movernos por el aire.

Jaxon, sintiendo que el corazón se le desbocaba, se mordió el labio inferior con más fuerza aún.

—Lo de la niebla suena un poco difícil para ser la primera vez. ¿Por qué no probamos con algo más fácil?

—¿Como qué? —preguntó en seguida Lucian muy atento.

—Podríamos intentarlo con los pies. ¿Sabes?, podríamos bajar andando por la autopista y sacar de pronto los pulgares. —De nuevo intentó sonreír, pero los latidos acelerados de su corazón la delataron.

—Mírame, cielo. —Dirigió toda la fuerza de sus negros ojos hacia los suyos—. Tú confías en mí. Sabes que confías en mí. Jamás te pediría que hicieras nada de lo que no fueras capaz. Estás perfectamente preparada para hacer esto.

Ella asentía con la cabeza; era consciente de que tenía razón, pero, a la vez, la idea de que su cuerpo se disolviera en gotas de niebla le resultaba terrorífica.

—¿No podría probar primero con otra cosa?, ¿algo más sencillo?

Aunque seguía retorciendo los dedos, permanecía firme y resuelta.

Lucian vaciló un momento. La niebla era una forma fácil para moverse rápidamente a través del espacio y del tiempo, una forma aerodinámica y veloz para desplazarse sin ser vistos ni siquiera por los no muertos en la oscuridad de la noche.

—Requiere la misma cantidad de energía transformarse en niebla que metamorfosearse en búho o en cualquier otra ave rapaz con unas alas de enorme envergadura. En esencia es lo mismo.

—Pero ¿cómo pueden meterse nuestros cuerpos en el minúsculo cuerpecito de un pájaro? —preguntó con voz temblorosa.

Aunque su voz dejaba en evidencia lo nerviosa que estaba, no podía hacer nada para evitarlo. Por mucho que intentara aceptar aquella idea, la encontraba aterradora.

Lucian la rodeó con sus brazos.

—Puedo ayudarte, Jaxon. ¿Confiarás en mí si lo intento hacer por ti? Puedo hacer que te resulte más sencillo aceptarlo.

Su primera reacción fue la de negar decididamente con la cabeza, clavándose los dientes con tanta fuerza en el labio que acabó brotando de ellos una gotita de sangre. No sentía gran simpatía por la idea de dejarse controlar por otra persona, pero, tras obligarse a inspirar profundamente, sintió que algo empezaba a cambiar. Aquello formaba ahora parte de su nueva vida; le gustara o no, ya no era un ser humano, ahora era carpatiana. Y ya no había vuelta atrás, sólo podía mirar hacia adelante. No le quedaba más remedio que aprender a hacer aquello, fuera como fuera. Además, no siempre iba a poder controlar cualquier situación.

Lucian la vio roerse el labio inferior de lo nerviosa que estaba y aquella visión le bastó para sentir que se le desgarraba el corazón. Deslizó la palma de la mano hasta su nuca, le pasó los dedos por la piel, por el cuello palpitante. Espontáneamente, las yemas de los dedos le acariciaron el cabello rubio, sosegándola. Inclinó la cabeza sobre la de ella, buscó su boca con la suya para aliviársela, trazando círculos con la lengua sobre su grueso labio inferior, embadurnándolo para curárselo mientras incorporaba la esencia de su sangre a su propio cuerpo.

—No quiero sino que me ayudes, que me calmes —dijo Jaxon en voz baja—. No quiero que te hagas con el dominio absoluto de mi mente.

Lucian le pasó entonces las manos por la cara con todo su cariño. Le resultaba tentador hacerse con el control absoluto de ella. Y no porque considerara que estuvieran malgastando el tiempo. Si había dedicado una gran parte de la noche a poner a punto a los lobos para su transporte, a prepararlos para que resistieran la desconcertante separación de la manada que les esperaba, por supuesto, también estaba dispuesto a pasar cada minuto de aquella noche junto a Jaxon permitiéndole que se tomara el tiempo que necesitara para conseguir aceptar lo que había que hacer, para aceptar los tremendos dones de que se había hecho heredera. Y, sin embargo, se sintió tentado de hacerse con el control de su mente para eliminar de ella todo temor, para conseguir que dejara de sufrir de aquella forma tan innecesaria. Le resultaba muy duro tener que soportar su sufrimiento.

Como si Jaxon hubiera estado conectada con él durante esos instantes, como si hubiera leído sus pensamientos, se obligó a sí misma a esbozar una leve sonrisa.

—Soy capaz de hacerlo. Sé que puedo hacerlo. Si puedo hacerlo esta vez con tu ayuda, sé que la próxima podré hacerlo sola. Hubiera sido muy práctico haberlo podido hacer cuando tenía delante a aquel gul en la comisaría. Hubiera podido evaporarme sin más.

—Sentirás una increíble sensación de libertad, Jaxon —le dijo él en voz baja y fundió completamente su mente con la suya.

De pronto, el sosiego de él era el sosiego de Jaxon, su mente serena equilibró la de ella, y construyó una imagen en lo que, ahora era la mente de los dos.

Jaxon sintió entonces cómo su cuerpo empezaba a desvanecerse; bien, no exactamente a desvanecerse, pero sí a aligerarse, a hacerse más etéreo. Intentó agarrarse a su mano, asirse firmemente a ella. Él era el pilar en que se apoyaba su propia mente y, cuando el terror empezó a apoderarse nuevamente de su ser, sintió el calor y la fuerza de sus brazos rodeándola, sólo que, esta vez, ya no abrazaban su cuerpo, pues éste, que se había convertido en vapor, una niebla colorida, prismas de arco iris, gotitas en el aire, envueltas por Lucian, quien ya no era carne y hueso, sangre y músculos, sino puntitos diamantinos avanzando veloces para protegerla mientras se lanzaban a surcar los cielos.

Contra lo que hubiera esperado, resultó estimulante; terrorífico, pero, a la vez, estimulante. Se desplazaron a gran velocidad hacia el cielo, directos hacia las nubes. Jaxon nunca había experimentado ni de lejos una sensación parecida. El poder manaba a través de ella y desde ella hacia el cielo de la noche.

Percibía las vistas que tenía debajo, pero no de la misma forma en que las habría captado a través de sus propios ojos. Antes bien, las estaba viendo por medio de Lucian mientras surcaban el cielo a toda velocidad. Se trasladaban demasiado rápido como para haber conseguido enfocar la vista en nada de lo que iban sobrevolando. Cada vez que se distraía más de lo conveniente, la mente de Lucian le devolvía el equilibrio manteniendo en la suya la imagen de la niebla como idea prioritaria. Para él era muy sencillo trasladarse así: lo hacía sin pensarlo, cambiaba de forma con la misma naturalidad con que andaba, sin necesidad de tomar conciencia de la mecánica de sus movimientos. Para ella, sin embargo, aquel loco viaje en libertad suponía un desgaste tremendo de energía.

Para cuando Lucian puso fin a aquel periplo, Jaxon se sentía tan exhausta que apenas era capaz de reasumir su propia forma. Con la piel tan pálida que resultaba casi traslúcida, se tambaleó de tal forma que, de no haber estado Lucian a su lado para ayudarla a mantenerse en pie, se habría caído redonda al suelo. No tenía ni idea de dónde estaba, ni tampoco le importaba gran cosa. Se encontraban en medio de un bosque, rodeados de hileras de gruesos árboles y vegetación oscura y exuberante, en un área montañosa, agreste y empinada. El viento agitaba con furia ramas y hojas produciendo un silbido que, curiosamente, recordaba un lamento.

En brazos de Lucian, Jaxon se sentía ligera, casi inmaterial. Éste la depositó con cuidado en el suelo para que pudiera descansar apoyando la espalda en el ancho tronco de un árbol.

—Lo has hecho perfectamente, amor mío. Cambiar de forma no es ni mucho menos como para asustarse tanto, ¿verdad?

Juntó las rodillas y, al menear la cabeza, que apenas tenía fuerzas para mantener erguida, sintió cómo se le tambaleaba; estaba mareada. Y también hambrienta. Sintió las pulsaciones del hambre como los latidos de su corazón, aporreándole los oídos, palpitándole en las venas. Era un malestar que la estaba consumiendo. Oyó el corazón de Lucian latiendo con fuerza, llamándola, y el torrente de su sangre, su fuerza vital, fluyendo por su cuerpo como la savia fluía por los troncos de los árboles. Percibió su aroma llamándola, su esencia misma reclamándola. Sintió cómo el calor que irradiaba su piel la alcanzaba y la rodeaba como un manto de seda. Necesitaba sentirlo, sólido y poderoso, abrazándola con fuerza.

Lucian se agachó junto a ella. El sonido de su sangre corriéndole por las venas, repleta de vida, dulzura y calor, la atormentó y, sin alzar la vista hacia él, le dio un empujón en el pecho con la palma de una mano para evitar que viera en sus ojos el odio que le hacía sentir su propia necesidad. Se sentía tan débil y exhausta, tan cansada e inmaterial como nunca antes, pero se sabía capaz de dominar su antojo. Lo único que necesitaba para conseguirlo era que él se apartara y le dejara un poco de espacio libre.

Lo que estás sintiendo es completamente normal, amorcito. Necesitas alimentarte. Su voz la acarició, dulce, seductora, deliberadamente íntima.

Sé muy bien lo que me pasa, Lucian. Para ti es lo más normal del mundo. Pero para mí es repugnante. Estaba demasiado cansada para hablar en voz alta, para defender su humanidad. *Quiero dormir un rato. ¿No podemos encontrar un lugar para pasar la noche?*

Lucian se irguió despacio. Sabía que les habían seguido el rastro. Quien los estaba persiguiendo guardaba una cierta distancia, cuidándose mucho de cruzarse en su camino. Había podido detectar un extraño vacío en dos áreas a unos cuantos kilómetros de distancia de allí. Algo así sólo estaba al alcance de los poderosos. Cuando un carpatiano registraba una zona en busca de seres vivos, eran muy pocos los que conseguían ocultar su presencia. Lucian era un antiguo, lo suficientemente sensible como para poder percibir la ausencia de vida con la misma nitidez que su presencia.

—Escúchame, cariño —le dijo en voz baja, y con tal delicadeza y ternura que le aligeró el corazón—. Nuestro plan está funcionando muy bien. Hay dos vampiros menores siguiéndonos el rastro por el campo al norte y al oeste de donde estamos ahora. Y hay otro más, pero éste es un ser mucho más poderoso. Detecto el sucio rastro de su presencia, pero no podré localizarlo con exactitud si no salgo a enfrentarme con los tres.

Jaxon alzó la cabeza y lo miró con sus enormes ojos. Estaba tan cansada que casi no le salía la voz.

—Solo no, no irás solo. Si vas, yo también voy. Venga, Lucian, haz esa cosa que haces tú para controlar la mente. Es la única manera en que seré capaz de comer; o de alimentarme, o como demonios lo digas tú.

En su rostro, en el fondo de su mirada, se veía que estaba totalmente resuelta a actuar.

Lucian sintió la respuesta inmediata alrededor de su corazón. Aunque ella estaba exhausta y abrumada por todas las novedades a las que tenía que hacer frente, se creció ante la necesidad y supo estar a la altura de las circunstancias superando su natural aversión por aquellos hábitos alimenticios. Sabía que tenía que estar plenamente en forma para poder prestarle su ayuda y decidió hacer lo que fuera necesario con tal de poder dar respuesta a ese objetivo.

Sin darle tiempo a cambiar de opinión, actuó con prontitud conectándose psíquicamente a ella por completo, haciéndose con el control de su mente y ordenándole entonces que tomara lo que necesitara de su compañero eterno. Ella se levantó en seguida con desenvoltura, sensual, seductora, una carpatiana de sangre, una tentación, y avanzó hacia él fluyendo como el agua, sigilosa, elegante y bella. La oscuridad de la noche no lograba eclipsar su increíble belleza, la blancura de sus dientes, su fragancia, la perfección de su piel y de su talle. Un suave gruñido se escapó de la garganta de Lucian cuando, allí mismo, a la luz de la luna, bajo el acoso de los enemigos que se aproximaban desde todas las direcciones, el suspiro de ella le hizo sentir que su cuerpo se tensaba reclamándolo con urgencia.

El cuerpecito de Jaxon, suave y dócil, se agitó inquieto contra el suyo: el cálido satén de su piel se fundió con sus potentes músculos. De pronto, sintió su piel sensible confinada en la áspera ropa, pero ella fue desabotonándole la camisa lentamente, rozándole la piel con los dedos mientras lo hacía, buscando el contacto de su calidez, y le enredó los menudos brazos alrededor del cuello mientras se apretaba con fuerza contra él. El corazón de Lucian latió más rápido y las entrañas se le encogieron ardientes mientras ella se agitaba tan seductora contra su cuerpo que sintió que no sería capaz de soportarlo. Pegada a su pecho, ella le susurró entonces algo, inflamándole la piel con su cálido aliento, y condujo la boca hacia su garganta y después, siguiendo las llamadas de sus latidos, hacia su cuello. Con la lengua trazó entonces uno, dos círculos y le rozó la piel después con los dientes, se la mordisqueó, se la raspó hasta que Lucian sintió que su cuerpo lo reclamaba con urgencia, tenso y tan ardiente y anhelante que le pareció que le iba a resultar muy difícil concentrarse en registrar la zona.

Cielo, como no empieces ya a alimentarte, me vas a matar. Su voz ronca dejaba al descubierto la desesperada necesidad que sentía por ella.

Súbitamente, el latigazo de dolor y placer que le provocó la lanza candente le recorrió todo el cuerpo, fundiéndole las entrañas hasta que ya no eran más que lava líquida. El éxtasis se precipitó a través de él como una bola de fuego y se extendió como un incendio fuera de control mientras su sangre fluía hacia ella. Se conectaron eternamente. Él cerró los ojos y se deleitó en las sensaciones de su propio cuerpo, caliente, duro e incómodo, aunque inundado por oleadas interminables de placer.

En toda su existencia nunca había experimentado deseo o disfrute sexual mientras tomaba o daba sangre. Con Jaxon ambas cosas eran inseparables. Y no estaba seguro de ser capaz de presenciar cómo ella se alimentaba de la sangre de otro hombre. Se ponía enfermo con sólo imaginársela deslizándose seductora hasta otro hombre, rodeándole el cuello con los brazos, retirando la cabeza hacia atrás para localizar los fuertes latidos de su cuello, al pensar en su boca agitándose sobre la piel de otra persona, su lengua tocándola, atormentándola, sus dientes clavándose hasta el fondo, conectando a los dos. Aquella imagen cruzó su mente y lo sobresaltó durante unos instantes.

Un fiero gruñido se escapó de la garganta de Lucian; los ojos le ardían de pasión, y en el fondo de su mirada se vislumbraba una danza de llamas rojas. Jaxon le pasó la lengua por los minúsculos orificios para sellárselos y alzó la mirada hacia él.

—¿Qué es esto?

Tenía un sabor picante y cobrizo en la boca, un sabor adictivo y sutilmente masculino. Se pasó el dorso de la mano por los labios y se la limpió a escondidas, rogando por que su estómago no se rebelara ante lo que su mente se negaba a gritos a aceptar. Volvió a alzar la mirada hacia Lucian pestañeando e intentando a la desesperada aparentar normalidad. Ya tenía bastantes preocupaciones como para andar siempre aplacando sus temores.

Lucian la rodeó con los brazos y la abrazó con fuerza.

—Eres la persona más importante de mi vida.

—Y también resulta que soy la mujer más infantil del mundo. No puedo creer cuánto me asusta todo. —Intentó reír, pero ambos sabían que estaba hablando en serio—. Normalmente tengo mucha sangre fría, Lucian. No sé por qué me estoy comportando de una forma tan estúpida.

—No hagas eso, Jaxon. No me pidas disculpas cuando soy yo quien decide por ti. Te has visto obligada a aprender y a enfrentarte a muchos hechos en un corto espacio de tiempo. Estás aprendiendo cosas totalmente ajenas a ti. Dadas las circunstancias, creo que lo estás haciendo extraordinariamente bien. —Alzó las manos para acariciarle el pelo—. No tengo ninguna queja de cómo estás asumiendo todo lo que te estoy pidiendo que aceptes; estoy más que orgulloso de ti. —Se acercó aún más a ella y añadió—: ¿Es que no te das cuenta de lo que siento por ti? Ya has estado en mi mente lo suficiente como para haberte percatado de eso.

—Creo que aún tengo miedo de acercarme demasiado para mirar en tu mente. Todavía me estoy acostumbrando a mi nuevo yo —reconoció casi con timidez.

—Quizás aprenderías más de ti misma si te observaras a través de mis ojos en lugar de hacerlo a través de los tuyos —sugirió él con su persuasiva voz de terciopelo negro.

Lentamente, una leve sonrisa se dibujó en la hermosa boca de Jaxon.

—Estoy empezando a pensar que estás un poquitín predispuesto a mi favor.

Lucian enarcó entonces las cejas en un gesto elegante, anticuado y señorial que ella encontró encantador.

—Imposible. Eres la mujer más bella, apetecible y valiente del mundo. Es un hecho.

Ella le arrimó la nariz al pecho deleitándose con su calor y su fuerza, disfrutando de la forma que él tenía de consolarla en un mundo que escapaba a su comprensión.

—Estaría dispuesta a apostar que tu hermano no es de la misma opinión. Lo más probable es que piense que la mujer más apetecible del mundo es Francesca.

—Él nunca ha tenido mi intelecto superior ni tampoco mi buen gusto —replicó él solemnemente.

Jaxon no pudo contener la risa.

—Ya se lo diré yo cuando por fin lo conozca.

Lucian se encogió de hombros despreocupadamente con un natural contoneo de sus fibrados músculos que le hizo pensar a Jaxon en un enorme felino de la jungla estirándose perezoso.

—Ya se lo he dicho en muchas ocasiones, pero él insiste en engañarse a sí mismo pensando que sabe más que yo.

Jaxon estalló en una sonora carcajada; su juvenil voz, dulce y despreocupada, se quedó prendida en el viento.

—Así que es eso lo que hace. Cada vez tengo más claro que lo debería conocer. Seguramente, ambos descubriríamos que compartimos muchos puntos de vista.

Lucian le despeinó los sedosos cabellos con una caricia de sus dedos antes de darle un tierno tirón de pelo.

—Dudo mucho que te lo llegue a presentar.

—Tengo la impresión de que lo voy a conocer muy pronto. Me resulta más que evidente que te preocupas mucho por él. Y, mientras tanto, ¿qué hacemos con nuestra visita? Tú te puedes encargar del pez gordo; no quiero nada con él. Me huelo que los menores se me darán mejor.

Se quedó mirándolo expectante con una expresión grave y transparente en sus ojos oscuros. Esperaba ir con él a la batalla y estaba totalmente dispuesta a hacer lo que él le dijera.

Lucian inclinó la cabeza para darle un beso en aquella boca tan apetecible. Se sintió conmovido. No le hacía falta nada más que aquella certeza absoluta de que lo acompañaría para ayudarlo. Jaxon era para él la luz brillante que lo iluminaba con su calor más que ninguna otra cosa en el mundo. Le resultaba sorprendente que, habiendo conocido ya sus poderes y habilidades, aún persistiera en ayudarlo con tal determinación, resistiéndose a dejarlo luchar solo.

Jaxon ocultó su expresión tras sus enormes pestañas.

—No deberías haber estado solo todos esos años. —Levantó el mentón y añadió—: Ahora somos un equipo.

—Por supuesto —le respondió Lucian sonriendo.

Normalmente, habría atacado primero a los dos vampiros menores para eliminar la amenaza que ellos representaban, pero, con Jaxon en peligro, jamás correría el riesgo de dejarla sola mientras él acudía a la batalla.

—Cariño, luchar con un vampiro no es cosa fácil. Los guls con los que te has enfrentado no eran nada comparados con un vampiro. Incluso los que se acaban de transformar tienen un poder formidable. Recuerda que antes de hacerlo fueron varones carpatianos en plenas facultades durante siglos, y que, durante todo ese tiempo, adquirieron tremendos conocimientos y habilidades, y ahora, como vampiros, conservan, aunque contaminadas, una cierta proporción de sus fuerzas. Hay que considerarlos a todos ellos extremadamente peligrosos.

Jaxon asintió solemnemente con la cabeza.

—No es que esté deseando encontrármelos, si es eso lo que crees. No me importaría enfrentarme al hombre lobo, sé cómo va la historia ésa de la bala de plata en el corazón. Soy una estupenda tiradora. ¿Sirven de algo las balas de plata con estos seres?

—No vamos a luchar con ellos de momento. Aún no estamos preparados para ello. Esperaremos hasta estar en una posición ventajosa. Dejémosles que nos sigan. Pronto tendrán que buscar cobijo. Yo conozco bien estas montañas, ellos no. Al alba podremos avanzar más que ellos. Elegiremos el campo de batalla y les declararemos la guerra cuando estemos bien armados.

Lucian deseaba atraer hacia sí a los vampiros menores para acabar con ellos cuanto antes, a sabiendas de que podía hacerlo sin mayores dificultades. Sin embargo, era plenamente consciente de la presencia del tercero, que los acechaba ostentando sus conocimientos y habilidades, adquiridos tras siglos de vida en su condición de vampiro. Se trataba de un ser repugnante, absolutamente maligno, que pondría a su servicio a mortales e inmortales por igual a fin de ejecutar sus oscuros propósitos. Seguramente, ya se había percatado de que Lucian era capaz de atraer a los vampiros menores y de que se había dado cuenta de que tenía a varios no muertos siguiéndole. Lo más seguro es que estuviera aguardando a que decidiera enfrentarse con ellos.

—¿Lo dices sólo para evitar que te acompañe a perseguirlos? Lucian, yo aprendo rápido, de verdad. Sólo tienes que decirme lo que debo hacer.

—Vas a aprender demasiado pronto, Jaxon. Es fácil leer en mi mente mientras estamos conectados. Tienes toda la información que quieras a tu disposición en todo momento. Pero, en este preciso instante, debemos continuar nuestro viaje. Debemos encontrar un lugar donde cobijarnos antes de que el sol alcance un punto demasiado alto.

—¿Soy yo la causa de que nos estemos retrasando? —preguntó ella angustiada.

—Tenemos todo el tiempo del mundo, Jaxon. No hay prisa. Estamos en las montañas, a gran altura; conozco muy bien esta zona. Antes de descender a las ciudades, los carpatianos siempre salimos en busca de los parajes más altos. Las montañas de las Cascadas son hielo y fuego, el hogar perfecto para un pueblo como el nuestro.

Jaxon enarcó las cejas.

—Voy a hacer como si no lo hubiera oído. ¿Hielo y fuego? No me gusta como suenan esas palabras.

—Pues debería gustarte. Te describen a ti.

—En absoluto —protestó indignada.

Lucian se rio en voz baja, un tono íntimo y sensual que inmediatamente la colmó de una corriente de calor que le recorrió todo el cuerpo.

—Ahora mismo eres fuego, amorcito, y bajo el fuego eres hielo.

Ella se sonrojó, y, aparentemente, no encontró otra razón para ello aparte de su voz. Era su manera de hablarle, su acento, su hechizo de terciopelo negro, lo que la hacía sentirse como si fuera la única mujer en el mundo, la única a lo largo de aquellos largos siglos. Era su voz, su mirada, la manera que tenían de pasar en un abrir y cerrar de ojos del frío gélido al calor ardiente. Lucian la hacía sentirse intensamente deseable. Necesitaba estar con ella, necesitaba tenerla. Todo lo que ella decía, todo lo que hacía, era de enorme importancia para él.

Entonces se inclinó y, rodeándole la cintura con un brazo, acercó su menudo cuerpo hasta el suyo, hasta que ella pudo sentir su calor.

—Te hago sentir de esa manera porque es así, y no porque mi voz sea mágica.

—Eres mágico, Lucian —le respondió ella tras tocarle la boca con la yema de los dedos.

Él sintió que su cuerpo se tensaba presa de un repentino deseo y, por primera vez, le dolió el pecho de tan fuerte como le empezó a latir el corazón desbocado. Acababa de oír algo nuevo en su voz, algo que nunca antes había percibido en ella. Jaxon no le había dicho que lo amaba porque, en el fondo de su alma, no creía estar enamorada de él. Y, sin embargo, su alma estaba ya unida a la suya sin remedio; así debía aceptarlo. Y su cuerpo clamaba por el suyo; ella era plenamente consciente de la química que los atraía mutuamente. Con todo, él había contado con mantener una larga batalla antes de poder conquistar su corazón.

Y ésa era la prueba. Tres palabras que, en principio, no tenían por qué significar nada, y, sin embargo, él la había oído: dulce, tímida, inconsciente, llana. «Eres mágico, Lucian.» Estaba en esas palabras: la rendición de su corazón, su corazón en sus manos. La retuvo entre sus brazos, un pequeño montón de dinamita, y mantuvo los ojos cerrados para saborear aquel momento que quedaría grabado en su memoria para siempre. Jaxon, con aquel ridículo nombre y su menuda figura femenina; Jaxon, con todo el coraje de los guerreros ya olvidados.

—Conmigo siempre estarás a salvo —le susurró con la boca pegada a la sien.

Jaxon se sintió satisfecha abrazada a Lucian. Aunque el sol ya estaba a punto de salir, y se encontraban a la intemperie en plena naturaleza salvaje, acechados por sus enemigos, que andaban ya muy cerca, se sintió perfectamente protegida. Lucian la abrazó aún unos cuantos minutos más antes de proseguir su viaje.

Capítulo 14

La vista era imponente. Encaramada en lo alto de una roca plana, Jaxon contemplaba la cascada de agua que se precipitaba por una de las paredes de la caverna en un torrente de espuma blanca. Lucian había interrumpido de nuevo el vuelo, haciendo esta vez un alto en las profundidades de una montaña cavernosa. Ella ya se hallaba en un mundo subterráneo, y ni siquiera se había podido parar a pensar en los estratos de granito y tierra que descansaban sobre su cabeza. La cueva era gigantesca, y las charcas, muy por debajo de los saltos de agua, conferían al espacio una dimensión aún más colosal. Como grandes lanzas de colores, los cristales colgaban del techo reluciendo como diamantes. Veía con la misma nitidez que si estuvieran a plena luz del día. Estaba cansada, pero rebosante de una extraña felicidad.

Surcando los cielos en su camino hasta la caverna, Jaxon había logrado mantener la forma de niebla sin la ayuda de Lucian, que, aunque había permanecido completamente conectado con su ser, había permitido que fuera ella quien fijara con firmeza la imagen en su mente. En la primera etapa de su viaje, se había mostrado aprensiva y estado mucho más pendiente de todo lo que hacían. En esta segunda, había asumido aquella forma de trasladarse como la más conveniente y se había convencido de que era mucho más sencilla de llevar a cabo de lo que había pensado en un principio. Había

sentido su cuerpo relajado y su mente sosegada mientras surcaban el cielo a gran velocidad. Sin duda alguna resultaba
agotador, pero se dio cuenta de que aquello era como cualquier otro esfuerzo: para lograr perfeccionarlo sólo tenía que
practicar. Y ahora deseaba probar con otras cosas: lobos, aves,
cualquier animal, lo que fuera.

Pero todo aquello podría esperar a una mejor ocasión. Se
sentía demasiado cansada y se daba cuenta de que, en la superficie, el sol ya estaba saliendo. Justo antes de entrar en la
cueva, habían empezado a picarle los ojos como si se le estuviesen clavando miles de agujas en ellos. Y lo realmente sorprendente es que, en esos momentos, ella no había sido más
que niebla, sin piel ni ojos, sin nada sobre lo que los rayos del
sol hubieran podido incidir. Con todo, lo había sentido así,
notablemente incómodo.

Con las piernas cruzadas, permanecía sentada sobre la gigantesca roca plana de canto rodado con la vista puesta en las
charcas, que se sucedían unas a otras. Por encima de ella, a su
izquierda, caía la enorme cascada invadiendo la cámara subterránea con su ensordecedor estrépito. Jaxon se estaba convirtiendo en una experta a la hora de reducir el volumen de
los sonidos y, en aquel instante, eso era justamente lo que estaba haciendo sin dificultad alguna. Se sentía a gusto sentada
sobre algo sólido, a salvo y lejos de los rayos del sol.

Lucian estaba ocupado erigiendo sus defensas para asegurarse de que nadie los molestara. Ella no tenía muy claro
qué era lo que estaba haciendo, pero sabía que su poder era
suficiente para protegerlos de cualquier cosa que se pudiera interponer en su camino. Deseando tener un teléfono a
mano, empezó a tamborilear con los dedos sobre la superficie
de la roca.

—¿Por qué?

El sonido de la voz de Lucian la sobresaltó.

Jaxon se dio la vuelta y lo vio deslizándose hacia donde ella estaba. Su manera de moverse la dejó sin aliento.

—Estaba pensando que me hubiera gustado llamar al comisario para asegurarme de que no ha pasado nada desde que nos fuimos.

Él buscó su cabello con su mano infalible.

—Aún sigues preocupada por Drake. —Su voz sonó dulce y llena de compasión.

Ella asintió con la cabeza.

—Ya sé que marchándonos de allí seguramente hemos hecho lo mejor que podíamos hacer, sobre todo si realmente nos están persiguiendo los... vampiros. —Titubeó antes de pronunciar aquella palabra, pues la idea le seguía pareciendo como sacada de un cuento medieval—. Pero no puedo evitar sentirme como una desertora.

—Drake nos va a seguir, cariño —le dijo él con ternura mientras seguía con los dedos la delicada línea de su clavícula—. Estoy seguro de ello. Ya no tiene razón alguna para hacerle daño a nadie más.

—Ojalá pudiera estar segura de que hemos hecho lo que debíamos —le contestó ella preocupada.

—Conéctate conmigo —la invitó él en voz baja.

Jaxon vaciló un momento, pero sólo porque su mente le resultaba ya muy familiar, natural, una parte muy suya. Constantemente se deslizaba adentro y afuera de ella, buscándola con su mente incluso sin ser consciente de que lo hacía. Hasta le parecía desconcertante desear con tanto anhelo ser parte de él. Lucian esperó pacientemente, sin apurarla en ningún momento, y dejándola que tomara su propia decisión de hacerlo, limitándose a mirarla con sus insondables ojos negros. Jaxon permitió entonces que su mente entrara en conexión psíquica con la de él y, súbitamente, se sintió a salvo, resguardada, amada. Sintió poder y confianza, experimentó un sentimiento de plenitud.

¿Antonio? ¿Está todo bien?

Jaxon se sobresaltó. El camino mental que estaba usando para contactar con Antonio era totalmente diferente del que seguía para conectarse con ella. Buscó la mano de Lucian y agitó los dedos entre los suyos.

Sí. ¿Y tú y tu esposa?

Estamos los dos perfectamente. A Jaxon le preocupa que Drake haya podido tomar represalias.

Aquí todo está en calma. Yo estoy intentando pasar desapercibido mientras espero a que venga esta noche a visitar tu casa. Dile que no se preocupe.

Gracias, Antonio. Que tengas un buen día.

Jaxon no pudo evitar sonreír ante esas maneras tan anticuadas, la cortesía que Lucian no abandonaba ni siquiera durante un intercambio de pensamientos.

—¿Puede ponerse en contacto contigo en cualquier momento?

Lucian negó con la cabeza.

—No, aunque estoy seguro de que sentiría su angustia si estuviera en una situación en la que peligrara su vida. Su familia lleva siglos sirviendo a la de Aidan Savage. Aunque son humanos, conocen a la perfección las costumbres de nuestro pueblo. Hasta donde sé, ellos se cuentan entre tan sólo un puñado de humanos que saben de la existencia de los carpatianos. Antonio es un muchacho excepcional. Lo considero un amigo.

—¿Estás seguro de que el vampiro principal también nos ha seguido?

—Totalmente, Jaxon. Aunque se apartó de nuestro rastro antes que los dos vampiros menores, nos está siguiendo. Sin duda piensa que no somos conscientes de su presencia. Debe de saber que me he percatado de que los otros dos nos siguen, pero se tiene a sí mismo y a su capacidad de ocultarse de mí en muy alta estima.

—Quizá tenga sus motivos —sugirió ella tranquilamente.

Lucian enarcó una de sus negras cejas con gran elegancia; su gesto altivo lo decía todo sin necesidad de que pronunciara palabra alguna.

Jaxon prorrumpió en una carcajada ante tanta arrogancia.

—¿Qué? —le preguntó—. ¿Es tan descabellado pensar que ha logrado mantenerse con vida tantos siglos porque realmente sabe bien lo que hace? A lo mejor es más poderoso que...

—Estoy seguro de que no te propones decir que es más poderoso que yo —la interrumpió retándola con su tono de voz a desafiarlo.

Ella, sin dejarse amedrentar, le dio un empujón en el pecho, duro como una roca.

—¿No podría ser?

—En absoluto.

—Y te lo crees de verdad, ¿no es así?

—Lo sé, cielo. No hay vampiro tan poderoso como yo. Tengo un enorme control, una disciplina tremenda y he aprendido cosas que otros no saben. El único que se me acerca es mi hermano Gabriel, pues tiene los conocimientos y las habilidades que yo poseo.

No estaba fanfarroneando, hablaba con objetividad, indiferente ante su verdadero poder. Lo asumía como había asumido cualquier otra cosa en su vida. Sencillamente era así.

—¿Y qué pasaría si estuvieras equivocado? ¿Qué pasaría si lo estuvieras subestimando?

Lucian, relajado, despreocupado, se encogió de hombros.

—Lo podría subestimar fácilmente aunque no fuera menos poderoso que yo. Algunos vampiros son bastante taimados; todos son crueles y completamente malignos. Estoy seguro de que éste ya ha vivido mucho tiempo y ha adquirido muchos conocimientos. Pero eso no le servirá de nada. Tengo la obligación de acabar con él y eso es lo que haré.

—¿Cómo pudiste aguantar tanto tiempo mientras tantos otros varones acabaron transformándose?

Lucian le pasó las yemas de los dedos por la cara con gran dulzura.

—Me gustaría poder decir que la razón es que sabía que tú nacerías y que resistí por ti, pero la verdad es que jamás pensé que fuera a recibir tal recompensa. Hace muchos siglos conocí a un hombre. Unos decían que era el Hijo de Dios, otros decían que no existía, y había también quienes opinaban que no era más que un buen hombre que llevaba una vida ejemplar. Yo sólo sé que una noche conversamos él y yo mientras paseábamos juntos. Me conecté mentalmente con él y puedo decir que en todos los días que llevo en la tierra jamás he encontrado a nadie como él. Era como yo, pero diferente. Parecía humano, pero de otra forma. En él sólo había bondad. Nada más que bondad. Sabía cosas que nadie más sabía. Era dulce, estaba lleno de compasión. Yo ya había perdido mi capacidad de sentir, pero en su presencia me embargó un gran consuelo. —Lucian suspiró suavemente y meneó la cabeza—. Me preguntó qué le pediría si se me pudiera conceder algo, cualquier cosa en la vida. Yo le contesté que deseaba una compañera eterna para Gabriel. Entonces me dijo que Gabriel tendría su compañera eterna, que la encontraría, pero que habríamos de resistir mucho más tiempo que cualquier otro de nuestra especie. Supe que lo que quería decir era que, sin mi ayuda, Gabriel no lograría sobrevivir tanto tiempo.

—¿Y le creíste?

—No lo entiendes. Aquel hombre no podía mentir. Era incapaz de engañar. Entonces me prometí a mí mismo que no permitiría que mi hermano siguiera el camino de los no muertos. Muchas fueron las pruebas que tuvimos que pasar: la continua devastación y muerte de nuestra propia especie, el aislamiento que los cazadores debíamos resistir. Gabriel era diferente: sintió emociones mucho más tiempo de lo que es normal entre nuestros varones. Creo que eso se debía a que su compañera eterna estaba viva. Ella es carpatiana. Íbamos tan a menudo de un lado a otro, cazando, matando, batallando, que Gabriel no lograba dar con ella. Finalmente, yo me hice pasar por vampiro cuando supe que mi hermano estaba ya a punto de transformarse. Eso evitó que tuviera que dedicarse a matar, cosa muy peligrosa cuando uno está tan cerca de transformarse en vampiro, y, en su lugar, se vio obligado a dedicarse por entero a darme caza. Tras años de luchar contra mí y perseguirme de continente en continente, finalmente consiguió que ambos nos quedáramos atrapados bajo el suelo. —Una leve sonrisa delataba su resquemor—. Un error de cálculo por parte mía. De hecho, Gabriel logró sorprenderme. Fue sólo por casualidad que salimos a la superficie antes de que su compañera eterna se dirigiera ya por su propia voluntad a buscar el alba.

—¿Y todo eso lo hiciste por tu hermano?

Jaxon estaba asombrada por su capacidad de sacrificio. Lucian había narrado aquella historia con aire despreocupado, con unas pocas y sencillas palabras, pero ella se había mantenido como una sombra en su mente y había podido ver con nitidez todos sus dolorosos recuerdos. Los vívidos detalles, las escenas de muerte y crímenes reconstruidas con gran esmero para convencer a su hermano gemelo de que él mismo se había transformado, a Gabriel, un hombre mortífero y con una idea muy clara del aspecto que debía tener el asesinato de un vampiro. Había sido, por decir algo, una existencia difícil.

—Incluso cuando ya no fui capaz de sentir emociones, sabía que amaba a mi hermano y que él seguiría mi ejemplo. Fue decisión mía luchar por mi gente, batallar contra los turcos otomanos y matar a los no muertos. Gabriel me siguió y se mantuvo firme y leal a lo largo de su vida. Se merecía ser feliz. Y era mi obligación asegurarle esa felicidad.

—¿Y quién tenía la obligación de asegurarte a ti la tuya? —preguntó entonces Jaxon en voz baja.

Lucian sonrió al verla saltar en su defensa.

—Yo tengo dones tremendos, cariño. Yo era muy fuerte y estaba mejor capacitado para resistir el avance de la oscuridad. Aún más, yo había tocado la luz como ningún otro lo había hecho jamás. No podría olvidar aquel momento en que entré en conexión psíquica con una mente tan pura y bella, tan absolutamente buena. Fue un regalo al que no podía volver la espalda. Después de aquello jamás tuve opción de perder mi alma. Nunca volvería la espalda a algo tan perfectamente luminoso. En aquel momento conocí la verdad, supe que estamos aquí con un propósito, que nuestras vidas sirven para algo.

Jaxon meneó la cabeza.

—Me asombras, Lucian. Qué poco pides para ti mismo.

Él se rio, y su risa sonó dulce y amorosa.

—A ti no renunciaría nunca, Jaxon. Lo eres todo para mí. Eres lo único que me importa. Créeme, mi amor, no soy ningún santo, no soy un mártir. Ya no pediría por tu presencia en mi vida, la exigiría.

La mirada de Lucian se volvió abrasadora de pronto y, centrada ya sólo en ella, adquirió una oscura intensidad. Ella se sintió inquieta y caliente, y percibió una corriente de excitación recorriéndola desde muy adentro.

Se empujó el cabello hacia atrás con impaciencia, lo que hizo que se le resaltaran los pechos bajo la fina tela de su blusa.

—¿Cómo es que he aceptado nuestra relación con tanta facilidad si nunca he permitido que nadie se me acercara?

—Antes incluso de que te convirtieras en una de nuestra estirpe, tu corazón y tu alma ya eran la otra mitad de los míos. Y una vez hube pronunciado las palabras rituales, quedamos unidos para siempre como un único ser. —Volviéndole la mano, le besó entonces los nudillos en prueba de lo que decía y le lamió el dorso de la muñeca con la lengua en un gesto muy sensual e íntimo—. Nos pertenecemos el uno al otro. Ahora estamos completos. Tú eres la luz que ilumina mi oscuridad. Yo soy un predador, tú eres compasión. Te necesito para ser capaz de sentir emociones, para ver los colores del mundo, para disfrutar cada día y cada noche. Tú me necesitas porque te protejo y te doy mi cariño, me necesitas para estar segura de que eres feliz. No es una relación como las de los seres humanos. Es más intensa, y continúa intensificándose con el paso de los años.

Lucian la miró ardiente y lleno de anhelo y posesividad mientras le deslizaba los dedos por el muslo masajeándole sus entumecidos músculos.

—¿Eso crees? ¿Crees que incluso antes de nacer ya estábamos destinados a estar juntos? ¿Que soy la única mujer para ti en todos los siglos de tu existencia?

Jaxon respiraba con dificultad y apenas conseguía articular sus palabras, demasiado pendiente como estaba de la palma de la mano de Lucian, que se deslizaba entre sus piernas y presionaba contra el mismo núcleo de su cuerpo a través incluso de la tela de los vaqueros que llevaba puestos.

Los ojos negros de Lucian la quemaban, su mirada sensual y sombría le derretía las entrañas.

—¿Lo crees tú?

Lucian empujó con más fuerza, se restregó con ella, la acarició hasta que un suave gemido se escapó de su garganta.

Jaxon se quedó unos minutos en silencio pensando en aquella pregunta, dándole vueltas en la cabeza antes de responder. ¿Creía ella que estaban predestinados a estar juntos? Ya no podía imaginar su vida sin él. Ella, que jamás había compartido su vida con otro ser humano, ahora no quería apartarse de su lado nunca más. Quería compartir su mente, sus recuerdos, quería aquel sentimiento de pertenencia para siempre. Cuando tocaba su mente, encontraba sólo un fuego abrasador, una necesidad de ella tan elemental como la de respirar. Él sólo pensaba en ella, no pensaba en ninguna otra mujer. No había encontrado recuerdos de otras mujeres en su mente. Ella era su vida. Muy despacio, asintió con la cabeza:

—Debe de ser tu mala influencia, pero ya no me puedo imaginar mi vida sin ti.

—Eso es algo estupendo, cielo. No lo digas como si fuera una fatalidad peor que la muerte. —Agachó la cabeza y empezó a mordisquearle los hombros con los dientes—. Quítate la blusa, Jaxon. Estoy duro y caliente, y creo que a punto de explotar. —Se arrimó aún más a ella acercándole la boca a la oreja—. Quiero saborearte, húmeda y salvaje, caliente por mí. Lo estás, lo noto.

Jaxon adoraba que él se pusiera duro y caliente por ella. Adoraba que lo admitiera, aquel nudo suave en su voz, aquella ligera ronquera que le derretía las entrañas. Obedeciéndole, se quitó la camisa y tiró a un lado su escueto sujetador de encaje liberando así sus pechos, ofreciéndoselos a su fogosa mirada. Vio entonces cómo la camisa de Lucian seguía el mismo camino que su sujetador y, sin poder evitarlo, se arrimó a él para saborear una gotita de sudor que encontró sobre su piel. Él se estremeció.

—Recuéstate, cariño, y lleva las manos por encima de la cabeza.

Le estaba dando aquellas instrucciones con dulzura, pero en sus ojos, mientras la miraba de arriba abajo, no había ni rastro de suavidad.

Jaxon sintió que el corazón le daba un vuelco, pero se recostó entera sobre la roca lisa y estiró los brazos por encima de las orejas hasta que sus manos tropezaron con un palo grueso y largo. Entonces, rodeándolo con los dedos lo agarró, a sabiendas de que era eso lo que él quería que hiciera. Se le cortó la respiración, estirada bajo su abrasadora mirada, ofreciéndole su cuerpo. Minúsculas gotitas de sudor empezaron a correrle desde los pechos hacia el valle que los separaba.

Lucian se quitó los pantalones, los echó a un lado y cogiendo los de ella por la pretina se los retiró desnudando su cuerpo: los minúsculos rizos que se habían ocultado debajo, ya húmedos ante su invitación, atraparon por completo su atención.

—Pienso en ti de esta manera todo el tiempo. Abre las piernas, cielo. Invítame a entrar en ti —le pidió él mientras se sentía duro y grueso, incómodo por la urgencia de su propia necesidad.

Jaxon desplegó entonces las piernas, deliberadamente despacio, una seducción carnal, mientras agarraba con más fuerza el trozo de madera anticipándose a la reacción de él, que parecía ya fuera de control y desesperado por ella. Le resultó increíblemente sexy y se sintió más bien sorprendida por su propia desinhibición.

—No tienes idea de cuánto te deseo. Tócame, Lucian. Necesito sentir que me tocas.

Se pasó la lengua por su carnoso labio inferior; sus pezones, endurecidos, en punta, lo reclamaban con ardor.

Lucian le acarició entonces una pierna, un muslo, entreteniéndose en su ensortijado y húmedo vello púbico, hasta que su cuerpo se empezó a agitar, arqueando las caderas hacia él. Lucian sonrió, sus dientes resplandecieron de blancura.

—No empieces aún, cielo. Te quiero así, simplemente así, abierta ante mí.

Mirándola fijamente a la cara, le introdujo entonces un único dedo en su centro caliente, húmedo, y su cuerpo se apretó de pronto contra él, rodeándolo firme, con la suavidad del terciopelo. Él, sintiendo la respuesta de sus músculos agarrados a su dedo, empujó un poco más mientras ella jadeaba de placer.

—Sé que estás muy cansada, Jaxon, así que quédate acostada y déjame a mí hacerte sentir a gusto.

Se llevó entonces el dedo a la boca y capturó los fluidos con la lengua, inhalando para adueñarse de su picante aroma.

Estremecida por un terrible anhelo, a ella se le nubló la vista.

—Lucian.

En su voz había ya sólo deseo.

Como respuesta, él se llevó sus muslos hasta los hombros y le acarició los minúsculos rizos con su lengua caliente. Jaxon lanzó un grito ronco, una inarticulada súplica, dulce y ardiente. Lucian tanteó entonces con la lengua más a fondo, hundiéndola y haciéndola retroceder en un travieso juego que la hizo extasiarse hasta casi perder el sentido: su cuerpo se contraía y estiraba fuera de control, rápida, frenéticamente, hasta caer inconsciente en una estremecedora serie de temblores sísmicos.

Lucian bajó entonces las piernas de Jaxon hasta su cintura y embistió entonces con su anhelante y palpitante lanza contra la cálida y húmeda entrada de ella, observando mientras la empujaba lentamente hacia su interior. Ella, menuda, apretada y ardiente, le hizo sacudirse de placer a medida que su cuerpo iba engullendo el de él, lentamente, centímetro a centímetro. Y de nuevo se vio Jaxon girando en una espiral vertiginosa mientras su cuerpo se incendiaba en llamas, en una danza de colores que daban vueltas a su alrededor, jadeando en busca de aire, suplicando clemencia.

—Más —dijo él en voz baja—. Puedes tomar más de mí. Éste es mi sitio, dentro de ti, amor mío. Mi sitio.

Ella era su santuario, su puerto.

Y empezó a agitarse, sacudiéndose contra ella en embestidas largas y fuertes, cada vez más profundas, enlazándolos a los dos, con un roce cada vez más intenso, a un ritmo frenético, con un anhelo implacable. Se deleitó tomando su cuerpo para sí, entregándole el suyo sin reservas, haciéndole sentir una y otra vez un éxtasis estremecedor. Sintió el calor cada vez más ardiente, los músculos de ella rodeándolo, apretándose contra él una y otra vez, firmes, calientes, agarrándolo, exprimiéndolo, hasta que le hizo perder el control y, remontando el vuelo, se lo llevó con ella.

Jaxon estaba exhausta, era incapaz de moverse, tenía los ojos cerrados, su cuerpo se estremecía continuamente, apretado alrededor de Lucian, manteniéndolo dentro de sí. Él se inclinó hacia adelante para atrapar con la lengua una gotita de sudor que tenía sobre la punta de uno de sus pechos y aunque ese movimiento la hizo estremecerse de nuevo, estaba tan cansada que lo único que pudo hacer fue quedarse recostada bajo él mientras su cuerpo se volvía a inflamar. Él permanecía acostado sobre ella, aspirando su fragancia, devorando con el suyo el menudo cuerpo de ella. Sus corazones latían al unísono, sus pulmones trabajaban a la vez. Jaxon soltó lentamente los dedos que seguía manteniendo aferrados al trozo de madera y sus brazos cayeron a los lados sin fuerzas. Ya no tenía ni siquiera energía para abrazar a Lucian y lo único que podía hacer era entregarse al disfrute de las sensaciones que le producía su boca en el pecho. Yacían unidos, sus cuerpos entrelazados, la boca de él arrimándose delicadamente a ella, rindiéndole culto en silencio. Jaxon fue cayendo entonces en un estado de vaga ensoñación y se asustó cuando él, a regañadientes, se movió para separar su cuerpo del suyo.

Lucian se sentó y la alzó a la vez rodeándole los hombros con un brazo y estrechándola con fuerza. Habían llegado a la caverna justo cuando empezaba a amanecer y, en la superficie, el sol debía de estar ya muy alto. Nada más llegar y debido a que aquel primer vuelo le había supuesto un enorme gasto de energía, Jaxon se había sentido agotada. Y después habían estado haciendo el amor largo rato y de forma salvaje, así que ahora la sentía exhausta, y notaba cómo su cansancio lo golpeaba también a él.

—Ahora debemos descansar.

Jaxon sintió que el corazón le daba un vuelco. Allí no había dormitorio subterráneo ni cama acogedora alguna, así que seguro que Lucian los cogería a ambos y los enterraría profundamente en la tierra sin siquiera pedir permiso. Aun estando tan cansada, la idea le resultó inquietante.

—Soy muy diferente de las mujeres carpatianas, ¿verdad?

Su voz sonó triste. Se sentía molesta por no ser capaz de adaptarse de buena gana a todas las necesidades de su nueva vida.

Lucian buscó su boca con la suya, jugó con su lengua, buscándola con la suya, explorando en su interior, amándola, reconfortándola, hasta que, mirándola con un destello de posesividad en sus ojos, levantó la cabeza.

—Eres diferente en muchos sentidos, cielo, pero no como tú crees. Nuestras mujeres nunca se lanzarían a la caza de un vampiro como tú quieres hacer. Para ti cazar un vampiro es mucho más que un deseo. Si sólo fuera eso, te habría negado la posibilidad de intentarlo. Para ti es una necesidad, parte de tu personalidad, de tu carácter. Y no me queda más remedio que aceptarte como eres, y no imponerte, como a mí me gustaría, que te quedes tranquila y segura dentro del ámbito de mi sistema de defensas. Ésa es la única diferencia que exige de mí un mínimo de transigencia.

Jaxon negó con la cabeza y, cerrando los párpados, le acarició el pecho con la nariz.

—Soy policía. Siempre he sido policía. Eso es lo que soy.

—Eres mi compañera eterna, no una policía. Cuando salgamos de caza, cazaremos juntos, pero tú te pondrás bajo mis órdenes.

Más que una afirmación, aquello era una imposición, una orden pronunciada con el respaldo de siglos de autoridad en su voz.

Jaxon se apoyó en él apretando su menudo cuerpecito en la fuerza viril del suyo. Si lo que quería era darle órdenes, pues no le importaba nada en realidad. Jamás saldría sin él a la caza de un vampiro; la sola idea le resultaba terrorífica. Ella había dirigido a su grupo de hombres porque lo hacía brillantemente, pero, en lo que se refería a perseguir vampiros, le cedería a Lucian el liderazgo. Él llevaba siglos luchando contra los no muertos y era un maestro en ese arte.

—De acuerdo, Lucian, dejemos ya ese asunto. Y vámonos a dormir antes de que me caiga redonda de cansancio.

Lucian volvió a buscar su boca con ternura.

—Estarás a salvo, amor mío.

—Ya sé que lo estaré —susurró ella en respuesta con la boca pegada a su cuello y cerrando sus ojos de enormes pestañas—. Es sólo que no quiero conocer los detalles. Estoy descubriendo que hay ciertas cosas que es mejor dejarlas a su aire.

—A mi cuidado estarás a salvo —le repitió él deseoso de que le creyera.

Y era cierto que siempre estaría a salvo. La quería, todos sus pensamientos se inspiraban en ella. Habría querido hacerle más llevadera su transición, pero, al mismo tiempo, quería que ese proceso se ajustase al ritmo que ella necesitaba marcar. Volvió a inclinar lentamente la cabeza hacia ella mirando con pasión su dulce boca. La deseaba; incluso con el sol ascendiendo cada vez más sobre el horizonte, incluso sintiendo que su cuerpo se volvía de plomo de tanto como le pesaba, aún la deseaba. La besó con delicadeza, sin prisas, como si tuviera todo el tiempo del mundo para saborearla.

Jaxon se relajó entre sus brazos, entregándose a la magia, al milagro de su boca. Y ése fue su último recuerdo, lo último que se llevó consigo al mundo de los sueños. *Que duermas bien, cielo. Llévame contigo hasta lo más profundo de tus sueños. No te despertarás hasta que yo te lo ordene. No tendrás miedo de la tierra ni de su acogedor abrazo.*

Lucian capturó su último aliento con la boca cuando sucumbió a su imposición de dormir. Sintió de nuevo las entrañas contrayéndosele de pasión, todos los músculos de su cuerpo se volvieron a tensar otra vez. Era tan bella, tan perfecta. Nunca lograría acostumbrarse a la idea de que ella pusiera los deseos, la seguridad y la felicidad de él por encima de los suyos propios. Lo cuidaba, se preocupaba por él, lo necesitaba. Se le escapó un suave gruñido. Siempre pensaba bien de él, jamás albergaba temor alguno. Y no se le ocurría siquiera pensar que él fuera hasta capaz de exterminar a todo el mundo si alguna vez algo la pusiera en peligro. Creía en él de forma incondicional, con una confianza ciega. Y ni siquiera sabía lo que eso suponía para él. Después de siglos, incluso la misma gente a cuya protección había dedicado su vida le temía. En cambio, Jaxon, que tenía buenas razones para tenerle miedo, para temer los cambios que él le había impuesto, le ofrecía su confianza. Y eso lo llenaba de humildad.

¿Lucian? La voz de Gabriel lo sobresaltó. Le llegaba desde muy lejos. *¿Me necesitas?* El sol ya se había puesto, la noche acababa de comenzar allí donde vivía Gabriel.

Necesito a alguien, pero no eres tú, Gabriel. ¿Estáis bien tú, Francesca y Skyler? ¿Y la pequeña Tamara? Lucian estaba al tanto de que Tamara aún corría un serio peligro.

Jacques y Shea Dubrinsky, el hermano del príncipe y su compañera eterna, han venido a ayudarnos a encontrar una manera de mantener a Tamara con vida. Está respondiendo muy bien. Skyler es brillante, como muy bien sabes. Te echa de menos, pero está muy contenta de que te conectes con ella tan a menudo. Francesca está mucho más contenta ahora que Shea está aquí. Ella ha desarrollado una fórmula, y parece que está dando resultados.

Si fuera necesario acudiría en seguida junto a vosotros, se ofreció Lucian, aunque no hacía falta que lo dijera. Todavía no le había hablado a Jaxon de la terrible realidad con la que se enfrentaban al tener que contemplar, pese a todos los esfuerzos de los sanadores, cómo la vida de sus hijas tan deseadas se iba apagando sin remedio. Él, como tantos otros carpatianos, depositaba todas sus esperanzas en Shea, Francesca y Gregori a la hora de hacer frente al hecho de que entre los de su estirpe murieran tantas niñas poco después de su nacimiento, lo que representaba una terrible amenaza para su especie.

Te lo agradezco. Estás preocupado por tu compañera eterna.

La tengo que proteger. No puedo hacer otra cosa.

Te ayudaré si lo necesitas. Gabriel le hizo el mismo ofrecimiento de forma inmediata.

Lucian se sonrió en agradecimiento por poder sentir la intensidad de su amor por su hermano gemelo, y no simplemente como el recuerdo de una emoción, sino como un sentimiento sincero y real. *Sé que vendrías, Gabriel, y te llamaría si te necesitara, pero Francesca y las niñas te necesitan aún más en estos momentos. Ahora mismo nos están persiguiendo tres no muertos. Pero Jaxon les tiene menos miedo que al monstruo humano que estamos intentando atraer hasta nosotros.*

Quizá tenga buenas razones para temer al humano. Ten cuidado. Podría partir ahora mismo y estar allí el próximo despertar.

Gracias por tu ofrecimiento, pero ahí te necesitan. Puedo ocuparme de esos diablos sin mayores problemas.

¿Y del humano?

No empecemos, Gabriel. Ya tengo bastante con una compañera eterna que piensa que ese enclenque me puede derrotar. Sólo me faltaba que te pusieras de su parte.

La respuesta fue una suave carcajada. Aquella hora del día empezaba a dejarse notar de forma implacable en el cuerpo de Lucian. Era un antiguo y, por tanto, muy sensible a los efectos de la luz del día. Su cuerpo necesitaba la tierra. Levantó más defensas y también su sistema de aviso para mantener alejados de su lugar de descanso a humanos e inmortales por igual. Deslizándose por el aire hacia el exterior de la caverna de las charcas y con Jaxon abrazada fuertemente, siguió un estrecho túnel que se internaba aún más en las profundidades de la tierra. Dejando a un lado unos pozos termales, encontró una capa de suelo rico y oscuro, rebosante de minerales curativos y rejuvenecedores, y abrió un lecho de varios metros de material fértil. Mientras levitaba para entregarse al abrazo de la tierra que lo acogía y lo llamaba a su lado, centró su atención en registrar el área circundante. Abrazó fuertemente a Jaxon y se enredó alrededor de su cuerpo para mantenerla bajo su protección. Se fue a dormir con una sonrisa de satisfacción dibujada en los labios.

El sol, pugnando por alcanzar el suelo bajo el espeso follaje, intentaba con denuedo inundar las montañas con su luz. Al mediodía había alcanzado ya su cenit y los vientos habían comenzado a arreciar. Las nubes, acercándose desde el sur, fueron cubriendo el cielo, y sobre las cuatro de la tarde ya se habían acumulado tantas que la claridad del día quedó oscurecida. A las cinco el viento soplaba con tanta fuerza que los árboles se cimbraban y las ramas se agitaban en una danza frenética y furiosa. En las profundidades de la tierra, en las entrañas mismas de la montaña, Lucian se agitó: se había despertado.

Desplazó sin dificultad la tierra que lo cubría y se desperezó con placer mientras sus dedos se esmeraban por encontrar los cabellos sedosos de Jaxon, que yacía completamente inmóvil, su rostro, pálido, su corazón, visiblemente en reposo. Con gran delicadeza salió del lugar donde sus cuerpos habían permanecido entrelazados y, levitando hasta la superficie, se quedó de pie en silencio unos instantes antes de tomar una decisión. No quería que ella se despertara y descubriera que él ya se había marchado y la había dejado sola enterrada en su lecho. No estaba aún preparada para una experiencia como ésa. Sin embargo, la había sumido en sueños con su orden y no se despertaría hasta que él se lo mandase. Al menos en teoría. Sintió que un desasosiego estremecía sus pensamientos. Jaxon era fuerte e inteligente; había que tener en cuenta sus cualidades. Y, si bien no era más que una mera principiante, le había dado ya pruebas una y otra vez de ser muy capaz de actuar saliéndose de lo que era previsible.

Lentamente volvió la cabeza y se concentró en la planificación de la batalla. Lo más importante era encontrar la guarida del vampiro maestro. En esos momentos, y mientras el sol no se pusiera, estaría inmovilizado en la tierra. Además, sabiendo de que Lucian estaba a punto de salir a darle caza, debía de sentirse maniatado y estaría contando los segundos que faltaban aún antes de poder abandonar libremente su escondrijo. En su ascenso por cuevas y túneles, Lucian hizo que la tormenta se recrudeciera y la mandó detenerse sobre las montañas para facilitar así su rastreo. Con nubarrones tan oscuros y espesos, podría exponer los ojos a la luz sin necesidad de protegérselos con unas gafas oscuras.

Justo en el momento en que las nubes reventaron descargando un copioso aguacero, Lucian apareció en el cielo de un estallido y, entre las cortinas plateadas de la intensa lluvia, comenzó su búsqueda desplegando sus sentidos varios kilómetros a la redonda para registrar el área circundante.

Siempre era difícil detectar la ubicación exacta de los vampiros. Era mucho más probable que fueran seres menores los que delataran su presencia: una inmensa cantidad de insectos, murciélagos agitándose en sus habituales refugios, una multitud de ratas congregándose en algún lugar. Los vampiros debían de estar dispersos y seguramente desconocerían las guaridas de los otros. Y el vampiro maestro estaría escondido lejos de los otros dos y no le habría confiado a nadie información alguna que pudiera comprometer su seguridad. Los no muertos medraban con el dolor y el sufrimiento de los demás, eran completamente malvados, incapaces de hacer otra cosa que no fuera engañar o traicionar. Jamás se confiarían unos a otros detalles tan importantes como la localización de sus lugares de reposo.

En la montaña que tenía al norte detectó una leve mancha de poder. Era un indicio de que uno de los dos vampiros menores estaba allí. Ningún antiguo cometería tal error. Saliendo de aquella área, Lucian continuó su avance para ampliar el radio de su búsqueda. Una ligera perturbación entre los murciélagos delató la posición del segundo de los vampiros. Se había retirado a descansar a una cueva muy alta situada en el pico sur de la montaña. Centró su atención en el este y en el oeste.

Jaxon no era consciente de nada de lo que estaba ocurriendo. Pero, entonces, un manto oscuro y oleoso, en realidad inmaterial, comenzó a penetrar a través de los estratos de tierra abriéndose paso hasta ella. Se filtró en sus poros e invadió su mente y, recorriendo su cuerpo, tomó posesión de su corazón, estrujándolo con fuerza como una mano que se lo estuviera masajeando. Un latido, dos. Se despertó empapada en sudor y sintió cada centímetro, cada metro de la tierra que la oprimía con su peso y la recubría por completo. Instintivamente, fue capaz de determinar con precisión la profundidad a la que estaba enterrada.

Lucian percibió al instante que se había despertado. Se sintió realmente asombrado por su sistema de radar innato, por la intensidad de la conexión entre los dos, que le había permitido ignorar su orden de que permaneciera dormida. También era cierto que no había ejercido todo su poder sobre ella, pero Jaxon no era una marioneta y él jamás la trataría como tal. Como una sombra inmóvil en su mente, esperó para ver cómo reaccionaba, presto a intervenir rápidamente para hacerse con el control de la situación si resultaba necesario.

En un primer momento, ella sintió los latidos de su corazón retumbándole como truenos en los oídos, un estrépito que le resultó casi ensordecedor. Tenía la garganta cerrada, se estaba asfixiando. Enterrada en vida como estaba, no había aire que poder respirar. De forma instintiva alzó las manos para intentar abrirse paso escarbando la tierra hasta salir de su tumba. Su mente era un puro caos de gritos, pánico y miedo. Pero la oscuridad espesa y oleosa que invadía su alma era tan intensa que finalmente se impuso sobre su temor, logrando acallarlo. Había algo en el exterior, algo maligno, oscuro y perverso, algo que aguardaba acechando a... *Lucian*.

Se le paró el corazón por un instante para comenzar a latir de nuevo poco después. Hacía mucho calor bajo tierra, pero sintió la mente fría y serena, dispuesta a ponerse en marcha, a trazar una estrategia. Tenía que haber una manera de desplazar aquella tierra. No debía moverse a través de ella, sino mover la tierra en sí. Así lo había hecho Lucian la vez que ella había descubierto que dormían enterrados. ¿Qué hacer? Tenía que pararse a pensar detenidamente. Mientras tanto, tuvo que hacer un alarde de disciplina para ignorar lo que su propia mente le decía: que no podía respirar con todas esas capas de tierra encima, aplastándola, asfixiándola.

Compuso entonces la imagen en su mente, precisa, meticulosa, detallada: la tierra abriéndose enteramente hasta la superficie, un área lo suficientemente grande como para poder escapar de aquel confinamiento. Para su sorpresa y gran alivio, la tierra que la cubría se abrió limpiamente dejándole ver el elevado techo de la caverna. Ligeramente asustada, Jaxon empezó a respirar jadeando con fuerza y llenándose los pulmones mientras levantaba la cara para intentar aliviarse en lo posible del calor sofocante que sentía. Volvía a despertarse otra vez pese a que Lucian le había impuesto dormir. ¿Qué fuerza se había desatado como para poder interrumpir su descanso?

Jaxon levitó hasta el suelo de la cueva; de pura euforia llegó sin darse cuenta hasta los pozos termales y se lanzó a la carrera por los estrechos pasadizos. Sólo había una cosa capaz de despertarla, sólo una necesidad era tan imperiosa. Algo había fijado su atención en Lucian, algo que lo amenazaba de una u otra forma. Sintió su oscura iniquidad, su codiciosa maldad extendiendo sus manos invisibles, dispuestas a asestar el golpe. *Lucian, canalla. Gracias por compartir la cacería con tu pareja. Pensaste que te podrías ocupar del problema mientras yo dormía, ¿verdad? Qué poca vergüenza. Estás corriendo un grave peligro.* El túnel se ramificaba en todas direcciones. Resultaba frustrante intentar recordar adónde conducía cada pasadizo.

¿Grave peligro? No creo que usara la palabra grave *para referirme a ello, mi amada compañera eterna.* En su voz no había ni una pizca de remordimiento, en todo caso, un matiz de sorna machista.

Aquel tono suave le produjo dentera y la impulsó a buscar con mayor determinación aún la salida de aquel laberinto para ayudarlo. Cerró los ojos y se concentró en Lucian: su olor, su calor; su energía, su poder.

Le resultó asombrosa la cantidad de información con que se vio inundada de pronto. De forma instantánea e infalible supo cuál era el camino que conducía al exterior; y también supo con exactitud dónde se encontraba y qué estaba haciendo Lucian. Sintió que estaba buscando la guarida del vampiro maestro, avanzando despacio, escudriñando una zona que le parecía sospechosa. Mientras continuaba atravesando veloz la montaña en su esforzado ascenso hacia la entrada, extendió a los cielos su red de detección para contribuir ella también a la búsqueda. Su cuerpo parecía un diapasón sintonizando el mal.

Más hacia tu izquierda, Lucian. Le iba retransmitiendo la información de forma automática, sin pensar en ello. Ahora estaba segura de que él tenía que haberse dado cuenta al instante del momento en que se había despertado y de que, probablemente, la había ayudado a aplacar el caos que se había apoderado de su mente. Y le estaba agradecida por no haber intervenido, por haberle permitido que fuera ella la que abriera la tierra por sí sola. Pero, incluso ahora que continuaba subiendo sin descanso a través de la imponente montaña, no pudo evitar fruncir el ceño: quizás él la había ayudado a conseguirlo. *Te estás acercando a la entrada. Siento su odio, su furia. Está muy cerca de ti, Lucian.*

Lo tengo. ¿Y tú qué crees que estás haciendo? Como siempre, la voz de Lucian sonó dulce y serena. Se mantenía tranquilo en medio de un peligro extremo.

Jaxon vislumbró una sólida pared de granito que, aparentemente, había permanecido siglos intacta. Tal y como ya le había ocurrido anteriormente cuando había «mirado» a través de los ojos de Lucian, se sentía desorientada. Tropezó y se agarró al túnel de roca para no caerse. *Ten cuidado, Lucian. Sabe que estás ahí. No sé cómo, pero te está mirando.*

Está inmovilizado en la tierra hasta la puesta de sol. Y el sol está a punto de ponerse. No has respondido a mi pregunta. ¿Qué estás haciendo?

Acudir en tu ayuda, por supuesto. Lo llaman apoyo entre compañeros. Le explicó aquel concepto con dulzura, pronunciando cada palabra en su mente. *A lo mejor aún no lo has olvidado. Creo recordar que trabajaste con tu hermano, así que deberías haberte familiarizado con el trabajo en equipo. Nosotros somos compañeros, lo que significa que no podemos irnos y abandonar al otro sin que lo sepa.*

Jaxon sintió en su mente la dulce caricia de su risa. Lucian no lo podía evitar: ella lo colmaba de dicha en cualquier circunstancia. Inspeccionó la pared del risco con atención. *¿Como tú tienes la costumbre de hacer?* Le suspiró aquellas palabras mentalmente aunque ya había comenzado a moverse sobre una estructura peculiar, buscando con los pies un ritmo de varios siglos de antigüedad. Era una forma de defensa antigua, no especialmente poderosa, desplegada más bien como táctica dilatoria. No requería grandes esfuerzos, aunque sí mucho tiempo para desenredarla. Echó una mirada al cielo; jamás daría alcance a aquel ser malvado antes de que el sol se pusiera.

Pero eso no pareció importarle. No cambió su ritmo de acción, manteniéndose impasible para no cometer fallos, desplegando con calma y precisión una serie de movimientos diseñados para ir desmontando la red que el vampiro había forjado. Lucian no se dejaba engañar por la primitiva estructura de sus defensas. Tenía una paciencia infinita, y una confianza aún mayor. Su única preocupación era Jaxon. No iba a quedarse de brazos cruzados, a salvo en cualquier lugar, mientras él perseguía y mataba a los no muertos; estaba resuelta a ayudarlo.

No te preocupes, Lucian, estoy aprendiendo mucho de tus recuerdos. Todo lo que tienes que hacer es dirigir mis acciones como hacías con tu hermano. Soy perfectamente capaz de hacer lo que él hacía. Lo dijo sin vacilar en absoluto; lo consideraba su deber, su responsabilidad. Lucian no tenía duda alguna de que estaba hablando en serio.

La primera de las barreras de defensa había quedado neutralizada. Se dedicó entonces al proceso más complicado de desmantelar la trampa que el vampiro había colocado para atrapar a los cazadores más incautos. Esta estructura era mucho más intrincada y difícil. Le importó bien poco que fuera la primera ocasión en que se la encontraba desplegada: era un espejismo que escondía la entrada de la cueva, una ilusión que hacía uso, entre otras cosas, de una trampa mortal para salvaguardar su acceso. Cuando empezó a desenmarañarla, el granito crujió y rechinó en respuesta y una lluvia de cantos rodados cayó desde arriba precipitándose con gran estrépito hacia el lugar donde él se encontraba ocupado en su labor. Lucian se limitó a apartarse a un lado mientras mantenía sus manos en movimiento pese al ataque recibido y, cuando la avalancha se hizo más intensa, y las piedras mayores, se detuvo nada más un instante para cubrirse con un escudo invisible que desviaba su trayectoria.

Jaxon ahogó un grito al sentir las oleadas de odio y rabia que salían de debajo de la tierra. Aún se encontraba a cierta distancia de aquel lugar, pero, mientras continuaba avanzando hacia él, la vesania que irradiaba aquel engendro la hacía sentirse enferma. Percibía el enorme peligro que corría Lucian ante aquel ser malévolo, que, como podía comprobar con total certeza, dirigía su mente y sus poderes, toda su voluntad, contra él, para matarlo. Cuanto más se aproximaba a su guarida, más pestilente se volvía el aire, saturándose de un denso gas venenoso y nocivo, una tóxica combinación de malevolencia y odio que amenazaba con asfixiarla. Y allí donde Lucian se encontraba, la nube, dirigida contra él, era aún más espesa, tanto que ni siquiera el fuerte viento lograba disiparla.

Jaxon sentía la serenidad de Lucian, cuya mente, sin caer presa del pánico, sin apuros, con absoluta tranquilidad, continuaba su trabajo a un ritmo impasible para desbloquear la entrada al escondrijo de aquella repulsiva abominación que aguardaba en su interior con los colmillos destilando saliva y una única idea en su cabeza: matarlo. Pese a que había sido entrenada para trabajar con el cuerpo dolorido y todo tipo de incomodidades, Jaxon entendió que jamás habría sido capaz de entrar en el reino de los no muertos si no hubiera sido para ayudar a Lucian.

Mientras tanto, a él nada parecía perturbarlo. Actuaba como si no percibiese el nocivo olor, el venenoso y denso gas que lo rodeaba por todos lados. Se limitaba a ejecutar su trabajo tranquila y eficientemente. Ella se concentró esforzándose en hacer lo mismo, apoyándose en él mientras se internaba en el campo de acción del funesto gas.

Acércate desde el sur, cielo. Él sentirá tu presencia, y tú sentirás su júbilo. Te considerará el punto débil a través del cual poder escapar. Sabe que no tendré manera de darle alcance en su guarida para enfrentarme a él, así que irá a por ti con la esperanza de retrasarme con sus trampas. Tienes que estar preparada. Una vez que lo veas, ya no podrás perderlo de vista. ¿Me has entendido? Ya que estás dispuesta a meterte en esto, debes hacer exactamente lo que yo te diga.

Ese monstruo me da un miedo de muerte, así que, no te preocupes, haré todo lo que me digas.

Intentará capturarte. Si no lo consigue y ve que no tiene escapatoria, se volverá muy peligroso y seguramente intentará matarte.

Te creo, Lucian, dime tan sólo qué tengo que hacer para retenerlo hasta que tú le des alcance. Jaxon tenía el corazón desbocado e inspiró lentamente varias veces para calmarse y controlar los nervios. Ella sola había conseguido abrir su tumba de tierra, tenía que convencerse de ello. Y después se había desplazado a una velocidad increíble a través de la montaña siguiendo el sendero mental que Lucian había dejado tras de sí para que pudiera guiarse. Había surcado el cielo a toda velocidad en forma de niebla inmaterial con sólo mantener la imagen en su propia mente, incluso sin dejar de hablar con Lucian. Sería capaz de hacer lo que él le pidiera de ella. Era lo mismo que hacía como policía, así lo tenía que ver; y ahora su compañero necesitaba su apoyo.

Podrías mantenerte a salvo, como sería tu deber. Lucian le hizo aquella sugerencia con dulzura, casi ausente, cuando acabó de desenredar la segunda barrera. De pronto, de una minúscula grieta que acababa de empezar a abrirse en la roca, surgieron unos gigantescos escorpiones. El agujero era muy estrecho, pero aquellos venenosos arácnidos salían en tropel, brotando de él, derramándose unos sobre otros y extendiendo sus enormes colas hacia Lucian, en su intento por darle alcance.

Jaxon reprimió un grito de horror cuando captó en la mente de Lucian la impresión de aquellos animales. Se movían mucho más rápido de lo que hubiera considerado posible, y eran horribles, espantosos. Pero la suave risa de Lucian consiguió sosegarla, permitiéndole continuar su camino hacia el lugar señalado. Él permanecía inalterable, aparentemente impasible, fuera lo que fuera lo que el vampiro lanzara contra él. De hecho, ya lo había visto todo, y se había enfrentado a ello alguna vez en su vida. Reaccionó ante el enjambre de arácnidos que avanzaban a la velocidad del rayo, elevándose por el aire y exhalando fuego como si fuera un dragón hasta dejar aquella marabunta convertida en un montón de cenizas.

No es más que un truco para entretenerme, le dijo a Jaxon para que recobrara la confianza.

Un truco que, la verdad, podría haber resultado mortal. Ella resplandeció mientras recuperaba su forma sólida al llegar al lado sur de la montaña. Respiró profundamente para mantener la calma. De pronto flaqueó. El aire era tan denso y nocivo que sintió náuseas. Aunque, desde luego, aquello era mejor que los arácnidos. Si una avalancha de escorpiones gigantes hubiera brotado de la montaña para darle la bienvenida, habría salido corriendo de allí como alma que lleva el diablo en busca de un refugio.

Eres mucho más valiente de lo que tú piensas.

Espero que tengas razón. Sabía exactamente lo que él estaba haciendo en ese momento. Era él, y no ella, quien mantenía la conexión psíquica. Ella tocaba su mente de forma ocasional, pero Lucian permanecía unido a ella, como una sombra en su mente. Ahora estaba levantando la siguiente barrera, anulando la intrincada estructura que había tejido el vampiro, con un ojo puesto en el sol poniente.

Jaxon sintió cómo el vampiro extendía ahora su poder hacia ella, intentando inundarla de pavor, aterrorizarla. Pero se mantuvo inmune a sus tentativas, y fue capaz de apartar de su mente las oleadas de temor, de la misma manera que había hecho con el gas venenoso que aquel engendro excretaba al aire. Se limitaba a mantenerse firme en su lealtad hacia Lucian, y deseaba desesperadamente tener una o dos pistolas a mano, por muy claro que tuviera que las balas no servían de gran cosa contra los no muertos. Sin embargo, un arma la habría hecho sentirse segura, justo lo que necesitaba en aquellos momentos. El sol descendía a toda velocidad.

Súbitamente, el viento arreció y la tormenta se recrudeció, desatándose con toda su furia, lanzando ramas y follaje por los aires. La montaña entró entonces en erupción, escupiendo su lava ardiente sobre Lucian, y disparando el material incandescente hacia el cielo en dirección a su objetivo. La tromba de fuego y rocas que se precipitaba sobre él le obligó a ponerse a cubierto. Jaxon se mantuvo firme, escudriñando los cielos mientras esperaba inmóvil a que el demonio se manifestara.

Como de la nada, se produjo una explosión a pocos metros de donde se encontraba y el vampiro apareció del suelo, volando directamente hacia ella con las garras extendidas. Bajo una lluvia de tierra, Jaxon tuvo apenas una fracción de segundo para reaccionar: lo único que vio fueron sus dientes marrones y puntiagudos, sus ojos de párpados rojos y sus zarpas afiladas precipitándose sobre ella. Se lanzó a un lado rodando y con sumo cuidado de no perder de vista a la repugnante criatura. No era fácil moverse tan rápido y mantener la vista fija en aquel monstruo grotesco, la cosa más repugnante que jamás hubiera visto. Su aliento casi la dejó sin sentido; hedía a descomposición.

El no muerto se volvió entonces hacia Jaxon y extendió un brazo, delgado y deforme, alargándolo, prolongándolo hacia ella ante su horrorizada mirada, para tocarla. Ella se obligó a permanecer completamente inmóvil, sin perder la confianza en Lucian. De pronto, sintió que un poder increíble afluía a su interior y la invadía. El vampiro ya casi la había alcanzado con su enorme uña, grotescamente retorcida, larga, repulsiva, y de un color gris amarillento. La tenía a menos de un centímetro de su piel cuando, de repente, se ennegreció carbonizada: un chasquido quebró el silencio y un remolino de humo negro y denso ascendió por el aire frío de la noche.

La negra quemadura se extendió entonces como un fuego fuera de control apoderándose también de su mano gris y de su retorcido brazo, que quedaron calcinados al instante. Entonces lanzó un chillido tan agudo que le lastimó los oídos.

Jaxon se mantuvo en pie, firme, sin moverse ni un centímetro, con la mirada fija en el monstruo. Sus ojos eran dos pozos negros y vacíos, no tenía nariz y la carne se le desprendía colgándole de los huesos. Le lanzó un alarido con su horrible voz cargada de odio, desafiante, una promesa de venganza. Las llamas prendieron en él y se propagaron por todo su cuerpo mientras remontaba el vuelo dando gritos y elevándose hacia el cielo. El aguacero que las nubes continuaban descargando no parecía sino añadir más combustible al fuego.

El vampiro se alejó a toda prisa de Jaxon surcando veloz el cielo de la noche y dejando tras de sí un rastro rojo anaranjado. Ella buscó apoyo en el delgado tronco de un árbol; las piernas le temblaban. El monstruo, aterrorizado ante el poder de Lucian, se había dado a la fuga y, justo cuando ella se atrevió a soltar el aire que había retenido en los pulmones, sintió que el mal volvía a sacudir el aire con su presencia.

Capítulo 15

¡Lucian! ¿Lo sientes? Los otros, sus amigos, han venido en su ayuda. Jaxon lanzó aquel grito de alerta mientras escudriñaba angustiada los cielos intentando localizar al vampiro que se había puesto a la fuga. Si fuera cierto que los otros venían en su ayuda, el vampiro maestro volvería sin ninguna duda para seguir luchando.

Los no muertos no tienen amigos. Cada cual actúa únicamente en su propio beneficio. El vampiro maestro utilizará a los otros dos para intentar agotar mis energías. Nosotros también podemos hacer lo mismo.

¿Cómo? ¿Qué vamos a hacer?

Amor, es a ti a quien buscan. Desean encontrar a una mujer para redimir sus pecados y recobrar sus almas perdidas. Y, aunque eso es imposible, no lo admitirán jamás.

¿Y yo qué debo hacer?

Su mente se iba colmando de calidez, la fuerza se iba filtrando en su ser; Lucian estaba cerca, lo sentía.

Lo único que debes hacer es ponerte guapa y sexy. Elige a uno de los dos para coquetear con él, pero no permitas que ninguno te toque, que no te hagan ni el más leve rasguño. No los pierdas de vista ni un instante; a ninguno de los dos.

Vale, y después vendrá mi machote a rescatarme, ¿no es así? Estaba molesta; su tono sarcástico dejaba traslucir su enfado.

Las risas de Lucian resonaron con dulzura y suavidad en su cabeza, acariciándole la piel como si de unos delicados dedos se tratara. *Lo más probable es que se pongan a luchar el uno contra el otro y me ahorren una buena cantidad de problemas. Yo estaré esperando al más poderoso de los tres.*

Entonces, ¿crees que el antiguo también vendrá?

¿Tres contra uno? No podrá resistirse creyéndose con tanta ventaja; vendrá al instante.

Dos. Nosotros somos dos. Jaxon se enfadó aún más que antes.

Un vampiro jamás se esperaría que una mujer fuera a participar en una batalla, cielo. Está mal visto. A nuestras mujeres les sobra compasión, no ganas de pelearse.

Quiso mostrarse irritada, pero, en lugar de eso, empezó a reírse a carcajadas. *Pues se va a llevar una buena sorpresa, ¿eh? ¿Así que crees que estoy loca por buscar pelea? Pues has de saber que, mientras yo he sido dulce y amable, tú te comportas con una arrogancia insufrible.*

Sigues sin entender la diferencia entre la arrogancia y la confianza en uno mismo, pero yo te enseñaré en qué consiste.

Estoy impaciente por recibir esa lección. El sistema de alarma de Jaxon se estaba disparando de nuevo mientras el aire se saturaba de ondas de maldad.

Buscó por encima de su cabeza, escudriñando los cielos mientras se apartaba de los árboles para disponer así de un espacio lo suficientemente despejado para la batalla. Le resultaba extraño enfrentarse a un enemigo tan depravado como un vampiro sin contar siquiera con un arma. Durante unos instantes su confianza en sí misma flaqueó, pero en seguida sintió a Lucian agitándose en su interior, fuerte y sereno. Debía de estar muy cerca; su presencia era demasiado intensa como para que no estuviera por allí. Eso la hacía sentirse mejor. Además, que así también contaba con el recurso de todos los recuerdos de innumerables batallas que él atesoraba en su memoria. Mientras aguardaba a la intemperie bajo la llovizna que caía del cielo, examinó todos los encuentros que había tenido con vampiros que le fue posible estudiar, prestando especial atención a las estrategias que Lucian había puesto en práctica con su hermano. Uno de los dos solía mantenerse al acecho mientras el otro hacía de señuelo para atraer al enemigo. En esencia, ésa era la táctica que estaba empleando Lucian en aquel momento.

Un aire escalofriante empezó a soplar abriéndose paso por mitad de la tormenta y alcanzando el suelo a pocos metros de donde se encontraba Jaxon. Un hombre alto y flaco resplandeció ante ella. Iba impecablemente bien vestido y era notablemente elegante y refinado, todo lo contrario de lo que se había estado esperando. Bastante pálido, le sonrió dejando ver su reluciente dentadura. Era irresistiblemente guapo, muy diferente de todos los demás de su especie que ella había podido ver. Sin perder de vista ninguno de sus movimientos, Jaxon buscó entre sus rasgos los signos ocultos de su depravación.

Se ha transformado recientemente, cielo, le informó Lucian en voz baja. *No escuches su voz con oídos humanos,* le advirtió.

El vampiro se inclinó hacia adelante y le hizo una reverencia.

—Buenas noches, señora. Un lugar muy poco apropiado para una mujer sola —dijo entonces con voz dulce y sonora.

Lo estás escuchando justo como él espera que lo hagas. Con su sola voz es capaz de manipularte.

Si lograba desenmascarar al no muerto, el espejismo de su tierna delicadeza, sólo era gracias a la voz de Lucian, pureza en sí misma, un sonido tan perfecto que casi no era de este mundo. Después de haberla oído, la del vampiro le sonó como el chirrido de las uñas al arañar una pizarra.

Jaxon ladeó la cabeza con cierta coquetería.

—Bueno, me gusta la paz de las montañas. Incluso con tormenta esto es muy bonito. ¿De dónde viene usted? ¿Hay alguna población por aquí cerca?

Con una insinuación de su fortaleza, el vampiro se movió ligeramente y un halo de color rojo resplandeció en sus ojos.

—¿Y dónde está quien la habría de proteger?

Jaxon se encogió de hombros.

—Suele ausentarse largas temporadas. Alguien muy poderoso lo ha desafiado, y a Lucian no le gusta que lo reten.

Enarcando una ceja con elegancia, el vampiro le preguntó:

—¿Lucian? Ha nombrado usted a alguien que ya hace mucho tiempo se tenía por fallecido. Imposible. Lucian es un vampiro. Todo carpatiano lo sabe.

—Yo sólo sé que se hace llamar Lucian y que afirma que me debo quedar junto a él para siempre. La verdad es que no me trata como pensé que lo haría.

—Y dígame, ¿cuál es su nombre?

—Jaxon.

Al comprobar que él avanzaba deslizándose hacia ella, se apartó, moviéndose hacia un lado y retrocediendo después para mantener cierta distancia entre los dos. Sus movimientos elegantes, rebosantes de sensualidad y feminidad, captaron la atención del vampiro, que ya sólo se fijaba en ella. Sintió un retortijón en el estómago, que se le contraía y se le dilataba alternativamente, e hizo un enorme esfuerzo por mantener las manos a los lados del cuerpo. Sentía la presencia de Lucian en su mente, fuerte y poderoso, completamente seguro de sí mismo, así que no tuvo más remedio que confiar en sí misma: ambos eran un único ser, una mente, un corazón y un alma.

—¿Quién es usted?

Jaxon estaba resultando excesivamente coqueta y, al notar la mueca de Lucian, dejó de sonreír al instante.

Sin perder en ningún momento sus corteses ademanes, el vampiro volvió a inclinarse.

—Soy sir Robert Townsend.

Fingiendo asombro, Jaxon alzó la vista y se quedó mirándolo fijamente con los ojos como platos.

—¿Es usted un caballero? ¿De veras?

Por encima de sus cabezas, las ramas de los árboles se agitaron y temblaron; un segundo hombre descendió desde la copa de los árboles. Éste era tan alto, delgado y pálido como se decía que había sido el legendario Drácula. Al sonreír mostró una dentadura manchada y con los dientes afilados. Sus ojos, aunque vacíos y fríos, resplandecían de un rojo abrasador. Tenía la mirada puesta en el otro vampiro.

—Buenas noches, Robbie. Espero que no estés entreteniendo a la joven dama con tus mentiras, intentando impresionarla con tus falsos títulos.

De la garganta de Townsend se escapó un prolongado siseo mientras en el fondo de sus ojos se empezaba a vislumbrar una danza de llamas rojas.

—Abandona este lugar, Phillipe. Aquí no eres bienvenido. La dama y yo estamos conversando. Vete a buscarte tu propia mujer a otra parte.

En la sonrisa que se dibujó en la cara del recién llegado había un serio desafío, una clara advertencia.

—Si he tolerado tu presencia, Robbie, ha sido únicamente porque podías resultarme útil. Pero ahora que tengo lo que estaba buscando, ya no eres más que un estorbo. Te lo advierto, largo de aquí.

Townsend volvió a sisear mientras un gruñido resonaba en el fondo de su garganta. Dio entonces un paso hacia Jaxon, que puso especial cuidado en no quedar atrapada entre los dos, pues le habría resultado muy difícil defenderse de ambos a la vez; era preferible enfrentarse a cada uno por separado. Sintió cómo se le revolvían las entrañas al pararse a pensar que tenía a dos monstruos frente a ella, y no a dos seres humanos. Dos seres malvados acechándola, y un tercero que, aunque aún no se dejaba ver, se encontraba cerca; ella lo sentía muy cerca.

—Esta mujer ha venido hasta aquí para estar conmigo, Phillipe, no contigo. Ya llevo demasiado tiempo soportando tu ridículo ego.

Entornando sus ojos de enormes pestañas, Jaxon le dedicó a sir Robert Townsend una sonrisa explosiva y, sacando después la punta de la lengua, se humedeció el labio inferior, resaltando así su carnosa exuberancia.

Al instante, Phillipe gruñó y saltó sobre el vampiro más joven volando por el aire a una velocidad increíble, mucho más rápido de lo que Jaxon habría esperado. Aunque ya había visto los recuerdos en la mente de Lucian, la realidad resultaba aterradora. Los dos vampiros se enzarzaron a dentelladas y zarpazos; la visión resultaba horripilante. Mientras luchaban, se fueron metamorfoseando continuamente en un animal tras otro al tiempo que sus gargantas dejaban escapar espantosos gruñidos.

Jaxon permaneció inmóvil, incapaz de apartar la vista de aquellos cuerpos mientras se retorcían cubiertos de pelaje y se ondulaban ostentando desde púas hasta cornamentas. Parecía una escena sacada de una película de terror. La sangre manaba a chorros y ella saltó hacia atrás por puro instinto para ponerse fuera del alcance de aquel fluido ponzoñoso. Se mordió el labio con fuerza y se concentró en el dolor que eso le produjo para romper la fascinación que aquellas imágenes ejercían sobre ella.

El único aviso que recibió antes de verse succionada de repente bajo el suelo fue el golpe súbito de los grilletes al cerrarse en torno a sus tobillos. Sin pensar en ello de forma consciente, se disolvió entonces en gotitas de agua, y después de aquello ninguno de los dos supo si había sido ella o él, Jaxon o Lucian, quien había provocado la evaporación, cuya imagen se había fijado en la mente de ella, en la mente de los dos, como la idea predominante. Salió disparada hacia el cielo en un chorro ascendente hasta alcanzar el banco de espesa niebla y bruma que Lucian había dispuesto de forma instantánea para que pudiera mezclarse con él. Desde su privilegiada atalaya pudo observar entonces cómo se desarrollaba la batalla y alcanzó a ver a Lucian, que se materializó durante un breve instante para desaparecer de nuevo, hundiéndose en el suelo, y lanzarse a la velocidad del rayo a través de la tierra para dar caza al vampiro maestro, que se había dado a la fuga una vez más.

Los dos vampiros menores seguían trabados en su cruel combate con uñas y dientes. La sangre, de color rojo carmesí, brotaba a chorros en todas direcciones. En las alturas, los rayos se arqueaban saltando entre los negros nubarrones y cayendo en zigzag hasta precipitarse contra el suelo en medio de un gran estrépito. De pronto, una fetidez a carne carbonizada alcanzó a Jaxon, que pudo ver cómo saltaban chispas alrededor de los dos contendientes. Oyó entonces los gritos de uno de ellos, que chillaba soltando agudos alaridos de terrible dolor. Cuando el humo y las chispas se disiparon, lo vio arrastrarse por el suelo con un enorme agujero que atravesaba su pecho allí donde había tenido el corazón. El calor abrasador del rayo había cauterizado la carne del monstruo, de manera que ya no debían de quedar restos de su sangre contaminada. Sin embargo, sintió que aún era peligroso.

El segundo vampiro, sir Robert Townsend, yacía inmóvil. Una nube de humo seguía ascendiendo de su pecho, donde se alcanzaba a ver el boquete, idéntico al del otro vampiro, que había dejado su corazón al incinerarse. Jaxon centró su atención en Phillipe, que seguía arrastrándose por el suelo siseando entre gemidos. Aquellos sonidos le herían los oídos, pero, mientras siguiera manteniendo su forma de niebla, no tenía manera de taparse los oídos. Finalmente, recordó que podía bajar el volumen; así de sencillo. Entre tanto, una parte de ella permanecía enlazada a Lucian y podía seguirle los pasos en su relampagueante carrera tras el no muerto. Pero, para no distraerse, volvió a centrar su atención en Phillipe, que a esas alturas ya debería haber muerto y yacer inmóvil junto a Townsend.

Tal vez el rayo no acertó de lleno en su corazón. Si alguna parte de él aún funciona, será capaz de recomponerse. No le permitas cubrirse de tierra.

Reconoció la confianza que Lucian depositaba en ella, lo que le hizo sentir el apoyo que necesitaba de él. Jaxon se concentró en el vampiro, que, de hecho, estaba recogiendo aquella tierra rica en minerales a puñados y rellenando con ella la brecha de su herida. Recurriendo a los recuerdos de Lucian para guiar sus pasos, centró su energía en el cielo y sintió entonces el poder que se agitaba en su interior. Al hacer eso, una parte de ella descubrió los latidos del corazón del vampiro, que no era como un corazón humano, sino que resultaba frío, sin vida, y palpitaba sin un ritmo real. De hecho, sólo detectó un flujo lento e irregular de fluido a través de sus cámaras. Desplazando con la mente las partículas eléctricas del aire, las reunió y les dio la forma de una bola incandescente roja anaranjada, y, una vez que ésta alcanzó el tamaño suficiente, volvió a centrar su atención en Phillipe que, siguiendo su orden silenciosa, volvió su cuerpo hacia el cielo, demasiado débil a causa de sus espantosas heridas como para oponerse a aquel movimiento compulsivo. La bola se precipitó entonces a una velocidad vertiginosa desde el aire acertándole de lleno en el pecho, chamuscándoselo limpiamente e incinerándole el corazón de un solo golpe.

De pronto, Jaxon se encontró sentada a algunos metros de distancia de los dos cadáveres. Pálida y exhausta, se vio incapaz de reunir las fuerzas necesarias para mantenerse en pie. El uso que había hecho de su mente para llevar a cabo aquellos trabajos físicos había supuesto un extraordinario derroche de energía. Y, por lo que había visto en los recuerdos de Lucian, sabía que aún no había terminado. Tenía que destruir ambos cuerpos y todo rastro de la batalla, hasta la última gota de sangre.

Súbitamente se sintió invadida por el hambre, que se agitaba por todo su cuerpo como si fuera una entidad dotada de vida propia. Sus células clamaban por su sustento, necesitaban reponerse tras su letargo, después de la batalla y de haber consumido tanta energía.

¡No hagas eso! Oyó aquella orden de forma nítida en su mente.

Sólo necesitó un momento para darse cuenta de que su debilidad y su hambre estaban mermando las propias capacidades de Lucian. Entonces se puso a pensar inmediatamente en el poder y la fuerza, en el amor y el éxito, sin dejar espacio en su mente para nada más. Al hacer eso, comprobó que recuperaba su propia fuerza y fue capaz de reunir de nuevo las partículas cargadas de electricidad y de dirigirlas contra los cadáveres, de los cuales ya sólo quedó un montón de cenizas que el viento se encargaría de dispersar. Encontró y erradicó hasta la última gota de sangre, y toda huella de la existencia de vampiros y carpatianos quedó borrada para siempre. Cuando hubo acabado, Jaxon se quedó sentada en el prado, ahora despejado, con el rostro levantado hacia el cielo, recibiendo sobre él la lluvia purificadora y permitiendo que el viento se llevara cualquier pensamiento que no fuera encaminado a apoyar a Lucian en su batalla contra el monstruo más perverso de todos.

Éste, mientras perseguía al vampiro por los túneles recién excavados, fue muy consciente del peligro que estaba corriendo. Era un antiguo, un vampiro que había vivido mucho tiempo y que estaba dotado de increíbles poderes y habilidades, ya que había eludido la justicia durante muchos siglos y no iba a resultar nada fácil de destruir. Sin pensar en ello, le dio instrucciones a Jaxon de lo que debía hacer de la misma manera que siempre había hecho con Gabriel. *Adelántate a él. Está avanzando de nuevo hacia la superficie. Intentará salir por los afloramientos rocosos que tienes aproximadamente a unos cuatrocientos metros a tu izquierda. Debes conseguir que retroceda de nuevo hacia donde estoy yo.*

De acuerdo. Jaxon no tenía ni idea de lo que tenía que hacer para conseguir que el vampiro no saliera a la superficie, pero, si Lucian decía que había que hacerlo, así se haría. Recorrió aquella distancia a la velocidad del rayo mientras calculaba dónde estaban atendiendo a las vibraciones subterráneas. Si prestaba atención, hasta podía oír rugir la tierra allí por donde aquel ser malvado se iba abriendo paso a empellones. De hecho, sentía cómo la tierra se desplazaba bajo sus pies y entendió que el no muerto estaba corriendo hacia ella para alcanzar la superficie muy lejos de donde Lucian se encontraba.

Jaxon se elevó entonces hacia las alturas y lanzó una cortina de fuego contra la tierra, que se propagó inflamándolo todo a su paso. Al oír los aullidos y percibir el pernicioso hedor del monstruo, supo que había dado en el blanco. Un súbito silencio se produjo después, como si aquel ser se hubiera enterrado de nuevo. Para acabar de asegurarse, siguió lanzando llamas contra la superficie mientras pudo, hasta que, de puro agotamiento, se posó tambaleándose en el suelo.

Pero algo había fallado. Interrumpiendo la conexión psíquica, Lucian se había apartado de ella dejándola sola en medio de la tormenta. Demasiado cansada incluso para moverse, Jaxon se sentía incapaz de reunir las fuerzas necesarias para unirse a él. Sin previo aviso, del suelo emergieron entonces por todas partes unos tentáculos enormes y llenos de púas, semejantes a los de un pulpo, pero afilados y puntiagudos como lanzas. Aquí y allá se quebraba la superficie del suelo y aparecían aquellos brazos extendiéndose, retorciéndose, intentando atraparla. Aunque ella dio un brinco, recobrando las fuerzas, impulsada por el terror que sintió, cuando uno de ellos se le enroscó alrededor de un tobillo. Horrorizada, se quedó mirando fijamente hacia abajo. Y, de pronto, mientras lo seguía mirando, el tentáculo perdió su vigor y, encogiéndose, cayó inerte a un lado.

Jaxon se dio la vuelta y entonces por poco no se tropezó con un hombre alto y enjuto, que pasó en unos instantes de ser joven a ser viejo, de tener un aspecto bello, a resultar repugnante y malvado, y que sonriéndole, le dijo:

—Confío en que pongas ya fin a tus irrisorios intentos de lastimarme. Es imposible. Soy demasiado poderoso. Al final, querida, acabarás pagando por los pecados que has cometido contra mí.

Su voz grave quizás hubiera resultado bella para otros oídos, pero para los suyos no fue más que una agresión.

Ella se movió despacio manteniendo las manos pegadas a los costados, y mientras esquivaba los tentáculos, que afilados como lanzas seguían intentando alcanzarla, no pudo apartar la vista ni un momento de su enemigo, al que miraba fijamente. Sí, era su enemigo: por muy dulce que sonara su voz, por muy tierna que fuera la apariencia con que intentaba mostrar su rostro, Jaxon sabía que era un monstruo desalmado y sin honor. Ladeó el mentón y se quedó tan inmóvil como las montañas que los rodeaban. En su interior encontró un mar de calma y tranquilidad y se limitó a permanecer en él mientras su cuerpo, un mero caparazón de su ser, seguía enfrentándose al vampiro.

Éntonces éste le sonrió, y sus dientes relucieron como agujas.

—Crees que vendrá en tu ayuda, pero me he asegurado de dejarlo atrapado bajo tierra para toda la eternidad. Harás lo que yo te diga; sabré tenerlo en cuenta en mis tratos contigo. —Su voz era fascinante, poderosa.

Jaxon, con la mirada fija en él, sintió que toda la tensión que había agarrotado su cuerpo, de pronto, cedía. Comenzó a reírse con suavidad.

—No puedo creer que pienses de verdad que sólo con tu voz me vas a convencer de lo imposible, ¿o lo piensas de verdad? Lucian no está atrapado en la tierra; está por todas partes, te tiene rodeado.

Y con un movimiento de su mano el antiguo cazador surgió por todas partes, al este y al oeste, al norte y al sur. De pronto, estaba en las nubes, sobre sus cabezas, y también apoyado relajadamente en las rocas. Lucian, alto y bello, sus ojos negros resplandecientes.

El vampiro giró entonces sobre sus talones y su larga capa negra lo hizo con él, como si fuera un mago. Jaxon aprovechó la oportunidad para alejarse un poco, ya que la enorme cabeza del no muerto comenzó a ondularse como si fuera un reptil mientras dejaba escapar un prolongado y lento siseo como prueba de su ira. A continuación, con sus ojos de halos rojos posó la mirada sobre ella como un sofocante manto de maldad.

—Piensas que me vas a asustar con tus trucos infantiles.

Y, tras decir aquellas palabras, agitó las manos y las imágenes se desvanecieron como si nunca hubieran estado allí. Entre tanto, de los agujeros que los tentáculos del pulpo habían hecho en la tierra comenzaron a brotar escorpiones. Decenas de ellos, tantos, que la superficie del suelo se ennegreció y pareció agitarse hacia Jaxon, que oía el chasquido seco de esos horribles arácnidos precipitándose hacia ella.

Intentó saltar hacia el cielo, pero una fuerza opresiva la obligó a retroceder de nuevo. Parecía no haber escapatoria de la marabunta que se le acercaba blandiendo ya sus venenosos aguijones. Sintió un latido golpeándole dolorosamente el pecho, pero logró relajarse de nuevo y, sonriendo con dulzura al vampiro, le espetó:

—¿A esto nos vamos a rebajar?

Con un movimiento de su mano, el tupido enjambre vaciló en su ataque y los escorpiones comenzaron a volverse unos contra otros clavándose los aguijones entre sí.

—Es divertido, pero lo encuentro un tanto estúpido —añadió entonces Jaxon.

—Ven a mí —le respondió el vampiro con los brazos extendidos hacia ella.

Jaxon enarcó una ceja.

—¿Así de sencillo? ¿Piensas vencer así, sin más? Pues creo que no te lo voy a poner tan fácil. Tú jamás me valorarías lo suficiente.

Jaxon intentaba ignorar las manchas de sus uñas afiladas como puñales. La visión de su color pardusco le revolvía el estómago. ¿Cuántos seres humanos habría matado? ¿De cuánta sangre inocente tenía manchadas las manos?

—Yo no me doy por vencida tan rápido.

Sabía que Lucian acabaría acudiendo en su ayuda; lo sabía.

Intentaba alcanzarlo con su mente, conectarse con él, pero se sentía exhausta y prefirió reservar energías, pues muy pronto le iban a hacer falta. Fuera lo que fuera lo que el vampiro había hecho para atrapar a Lucian, para retrasarlo, jamás lo retendría eternamente.

El viento la azotó con fuerza, un huracán a pequeña escala la empujó y tiró de ella intentando conducirla hasta el vampiro. Éste empezó a dejar que la belleza de su rostro se desvaneciera: la cara se le volvió gris y fofa, la carne comenzó a colgarle sin firmeza. Parecía como si de pronto le hubiera dejado de importar mantener las apariencias. Los huesos del cráneo se tornaron mucho más prominentes, y los ojos se le fueron hundiendo hasta convertirse en dos fosos oscuros y despiadados.

—Harás lo que te ordeno.

—¿Eso crees? —Jaxon empezó a reírse—. ¿Sabes de verdad quién es él?

El vampiro se agitó entonces con una ondulación de su capa. Los dientes le rechinaron.

—No importa quién sea. Morirá como todos aquellos que le han precedido.

—En realidad no lo sabes, ¿verdad? Me sorprende. Él es Lucian. El antiguo. El más famoso de todos los cazadores.

Lo dijo en voz baja, con dulzura, casi con tanta delicadeza y pureza como lo habría dicho él mismo.

De no ser por el tic nervioso que súbitamente se adueñó de su ojo izquierdo, se habría dicho que el vampiro se quedó totalmente inmóvil.

—Lucian murió hace mucho tiempo. Eso es lo que se dice, aunque yo no lo creo. También se dice que es unos de los nuestros. Eso sí me lo creo.

Con un gesto delicado y femenino, Jaxon se encogió de hombros.

—Sea como sea, es Lucian, el cazador sin par.

Jaxon alzó los brazos justo en el momento en que notó de nuevo la conexión psíquica con su compañero eterno, la conexión completa, la fuerza que se filtraba nuevamente en su cuerpo. Captó imágenes de un terrible combate aún fresco en su mente, pero había sido él quien había debilitado el tentáculo cuando la había atrapado, y también quien la había ayudado a crear los espejismos incluso mientras luchaba por su propia vida. De nuevo agitó los brazos abarcando ahora todo el área que tenía a su alrededor.

—¿No sientes su presencia? ¿No lo sientes? Está en todas partes, en todos los sitios a la vez. Nos rodea por todos lados. No hay forma de derrotar a alguien como Lucian.

Otro movimiento de sus manos, y las imágenes de Lucian aparecieron una vez más por todas partes: multiplicadas como recortables de papel, firmes y pisando fuerte, o apoyadas relajadamente en las rocas, repetidas hasta alcanzar las nubes con los brazos colgándole a los lados.

—¡Basta ya! —Encendido por la ira, la voz del vampiro siseó crujiendo con estrépito—. No me dejaré afectar por tus trucos infantiles. La repetición es aburrida. Esto no me divierte nada.

—No pretendía divertirte —respondió Jaxon en voz baja—. Lo que pretendo es advertirte, que es muy diferente.

Las imágenes de Lucian comenzaron entonces a agitarse, primero meciéndose simplemente de atrás hacia delante con el viento, y después, ya con movimiento propio, trazando círculos, hasta que los pies de todas ellas empezaron a danzar a un ritmo peculiar. El vampiro centró entonces la mirada de nuevo en ella mientras gruñía y sus labios se retorcían hacia dentro.

—¿Cómo te atreves a intentar engañarme?

Se le quebró la voz, chirriante de irritación, y escupió saliva al aire mientras le espetaba aquellas palabras.

El vampiro la miró con furia, entornando los ojos para enfocar la vista en su garganta. Su rostro se endureció lleno de odio mientras lentamente impedía que el aire entrara en los pulmones de ella. O, al menos, eso fue lo que intentó, pues Jaxon no sintió más que el leve roce de sus perversas manos intentando estrangularla a distancia antes de volver a soltarla de inmediato. Lo vio entonces con los ojos saliéndosele de las órbitas de horror mientras alzaba los brazos para protegerse su propia garganta.

A su alrededor todos los clones de Lucian comenzaron entonces a reírse suavemente.

—Ya deberías saber que a las compañeras eternas de los demás no se les deben poner las manos encima. La ley es bien clara y antigua, tan vieja como el tiempo. Ahora te recuerdo, Matias. Luchaste en la batalla contra los turcos, pero desertaste cuando el sol empezaba ya a despuntar. Abriste la tierra demasiado pronto. En seguida supe que me tendría que enfrentar a ti dentro de nuestras propias filas.

El vampiro, con el rostro ya amoratado, seguía forcejeando por quitarse de encima las manos invisibles que le rodeaban la garganta. De pronto, se disolvió y apareció al instante justo detrás de Jaxon, sus brazos ya dispuestos a rodearla, blandiendo como un cuchillo las ponzoñosas garras alrededor de su cuello. Sin embargo, sus zarpas, tropezando con algo sólido, se quebraron y sus brazos se vieron rodeando un espacio vacío.

Lucian siguió hablando entonces:

—Puedes seguir intentándolo, pero sabes que será en vano. Jamás permitiría que alguien como tú tocara a mi compañera eterna.

Mientras el clon de Lucian estaba pronunciando aquellas palabras, el vampiro se vio atacado desde atrás: recibió un golpe de una fuerza colosal, una mano que se estrelló contra él atravesándole las costillas y desgarrándole músculos y tendones, avanzando directa hasta su indefenso corazón. El vampiro, rugiendo de dolor y de rabia, se dio la vuelta para enfrentarse a su cazador, abandonando ya su esperanza de poder utilizar a Jaxon como rehén, pues un campo de fuerza impenetrable la rodeaba y ya no tenía tiempo de examinarlo para buscar sus puntos débiles. Su propia vida pendía de un hilo. Al darse la vuelta, agitó sus venenosas garras sin preocuparle siquiera contra qué intentaba lanzar su ataque, con el único propósito de inyectarle su veneno al adversario. Pero Lucian no se hallaba detrás de él. Enfrente tan sólo encontró sus clones, o los espejismos de sus clones, decenas de ellos, de pie como estatuas, sin expresión alguna en sus rostros, sin movimiento que pudiera delatar si alguno de ellos estaba realmente vivo.

La sangre manaba de la enorme brecha de su herida, y el no muerto era consciente de que, si intentaba remontar el vuelo, el cazador no tendría problema alguno para seguir su rastro. No le quedaba otra opción que resistir y abrirse paso luchando. Se alejó unos pasos de la mujer y de la compasión y piedad que había en sus enormes ojos. Mirarla lo hirió aún más, lo hizo sentirse aún más débil, pues entendió que ella ya lo consideraba derrotado. Pero él era grande y poderoso, y no se desmoralizaría por causa de la fe de una compañera eterna en las habilidades de su compañero cazador. Aunque se estaba intentando convencer a sí mismo de la verdad de sus consideraciones, en ese momento se supo ya derrotado por Lucian. Nadie era capaz de matar a un cazador tan poderoso, ni tampoco de escapar de él. Era absolutamente imposible.

Matias juró a gritos, y su voz deformada, fea, rasgó el aire claro que el viento de la tormenta había traído hasta allí. Él mismo oyó su estridencia, la nota discordante que no era capaz de evitar, que ya no podía controlar. Y se vio a sí mismo con claridad: la carne desprendiéndosele de sus huesos, los puntiagudos dientes manchados de sangre, los ojos vacíos, muertos. La cabeza le oscilaba de un lado a otro en su desesperado intento por negar la realidad de su aspecto.

—¡Basta ya! Todo esto no son más que trucos, engaños. ¿Es así como derrotas a tus enemigos? Lucian, el grande. Lucian, el poderoso. No te enfrentas a nosotros con honor, sino usando trucos y espejismos.

Uno de los clones de Lucian que se encontraban a la derecha del vampiro se inclinó levemente doblando la cintura:

—¿Te crees en condiciones de regañarme, viejo? Tú no tienes honor, y no hay honor que valga para enfrentarse a alguien como tú. Sería una completa pérdida de tiempo.

La sangre envenenada del vampiro caía a raudales al suelo y se iba extendiendo en busca de alguna víctima. Avanzaba lenta e incesantemente hacia donde estaba Jaxon, centímetro a centímetro, empapando la tierra, buscando sus pies. El monstruo giró entonces en redondo describiendo un amplio círculo y desparramando su sangre a grandes chorros por el aire para posibilitar así que el viento esparciera las gotas de aquel fluido ponzoñoso.

Súbitamente, otro de los clones alzó entonces un brazo y con un sereno movimiento de su mano calmó el viento: las gotas de sangre cayeron al suelo. Los recortables de papel con la forma de Lucian mantenían en todo momento una inexpresividad absoluta en sus rostros: nada parecía conmoverlos, nada los agitaba.

El vampiro, aullando de frustración y odio, comenzó a girar sobre sus talones cada vez más rápido hasta levantar un furioso viento huracanado, un tornado que azotó la hilera de clones que tenía a su alrededor. Las figuras resplandecieron entonces hasta hacerse transparentes, aunque no se disolvieron del todo en el aire. El ataque le llegó entonces desde arriba: un ave se precipitó en picado desde el cielo directamente sobre el vampiro avanzando por el mismísimo ojo del huracán.

Jaxon se tapó los oídos cuando los alaridos, traspasando todos los límites, se convirtieron en un chillido tan espantoso que sintió deseos de llorar. Se le llenaron los ojos de lágrimas y se le humedecieron las pestañas. Quiso correr, disolverse en la niebla y ocultarse en el espeso banco de brumas. Y, aunque tenía una confianza ciega en Lucian y estaba segura de que acabaría con la vida del vampiro antiguo, los sonidos e imágenes de aquella batalla le resultaron tan poco comunes que se sintió aterrorizada.

Justo cuando esos pensamientos asaltaron su mente, empezó a sentir de nuevo confianza y calidez filtrándose en su interior. Resultaba extraordinario hasta qué punto estaban conectados los dos, cómo Lucian, incluso mientras luchaba por su propia vida, sabía exactamente cómo se sentía ella e intentaba aliviar su dolor. En aquel momento, Jaxon supo que lo amaba. Lo amaba de verdad. No estaba obsesionada ni loca ni bajo los efectos de la hipnosis. Si tuviera que elegir, siempre elegiría quedarse a su lado, y no a causa de la intensa química que había entre los dos, sino por lo que él era. Lucian; amable, atento, amoroso. Lo amaba de verdad.

El vampiro se escurrió por debajo del borde inferior del vertiginoso tornado y se lanzó al vuelo directamente sobre Jaxon con las garras arqueadas y afiladas como cuchillos. Ella, aunque el corazón le dio un vuelco, se quedó mirándolo fijamente, impasible. El no muerto pretendía arrancarle el corazón para así acabar con Lucian; era su única oportunidad de vengarse. Su demacrado rostro estaba atravesado de cortes carmesí y alrededor del cuello tenía un halo de sangre del color del rubí. Allí donde había tenido los ojos, ahora tenía dos cuencas sin vida, dos pozos ensangrentados arruinados por su cazador.

En el momento en que el no muerto se abalanzaba ya sobre ella, lanzando alaridos de odio y furor, y con el rostro atravesado de rencor, Lucian se materializó sigilosamente delante de Jaxon: una forma sólida, inamovible, impenetrable, tan inmóvil como las montañas que los rodeaban. Ocurrió tan rápido, que el vampiro no tuvo tiempo de darse la vuelta, ni siquiera pudo reaccionar, y se empaló finalmente en el brazo extendido de Lucian.

Ella volvió la cara para no ver la espantosa e irreversible conclusión de aquella escena, aunque la estrepitosa succión y los agudos alaridos siguieron resonando en su cabeza mucho después de que Lucian le arrancara por fin el corazón al vampiro y lo tirara a cierta distancia de su cuerpo. Él no sintió odio ni ira, ni remordimientos ni sentimiento de culpa. Jaxon no detectó siquiera desprecio ni repugnancia ni sentimientos de ninguna clase en él. Se había limitado a llevar a cabo aquella tarea apartando de sí cualquier emoción. Tras unos instantes, ella se dio cuenta de que llevaba ya muchos siglos sin poder sentir nada y entendió que en la batalla su mente funcionaba tal y como lo había hecho durante casi dos mil años.

Jaxon estaba tan exhausta que apenas logró llegar dando tumbos hasta unas rocas donde poder sentarse y evitar el río de sangre venenosa que inundaba el suelo. No quería ver el cuerpo del vampiro abatido y retorciéndose por el suelo buscando impenitente su palpitante corazón. Miró hacia otra parte cuando Lucian reunió energía de los cielos para lanzarla directamente sobre el corazón de manera que el órgano quedara incinerado completamente hasta convertirse en finas cenizas. Sintió el calor cuando la bola incandescente de llamas arrasó el suelo purificándolo de su contacto con la ponzoñosa sangre y supo exactamente en qué momento el cadáver quedó destruido.

El viento dispersó las cenizas y se llevó el pernicioso olor lejos de allí. Lucian caminó hacia donde estaba Jaxon y se sentó junto a ella de forma que sus cuerpos quedaron en contacto:

—Se acabó.

Jaxon oyó su voz, tan dulce y delicada como siempre, y cuando alzó la vista para mirarlo, sus rasgos eran los de siempre, bellos y viriles, duros, perfectos. Con todo, sintió su agotamiento y el hambre que lo azotaba, y que mantenía a raya gracias a su estricta disciplina. Todo ello estaba en su mente. También encontró en ella la razón de que se hubiera retrasado hasta llegar a la superficie. El vampiro había ideado una trampa, rudimentaria pero efectiva. Mientras Lucian había corrido tras él por los túneles que éste había excavado en la tierra, se había visto perseguido por una multitud de ratas que corrían tras él atacándolo y mordiéndolo para retenerlo. Cuando al fin logró dejarlas fuera de combate, un sinnúmero de tentáculos —los mismos que habían brotado sobre la superficie— le cayeron encima rodeándolo e inmovilizándolo bajo tierra el tiempo suficiente como para que una víbora encontrara la ocasión de inyectarle un compuesto venenoso en el organismo.

Jaxon jadeó y sintió que el corazón le daba un vuelco ante el estallido de dolor que descubrió en sus recuerdos. Se trataba de un veneno letal, una compleja mezcla que había compuesto el vampiro y que se propagaba rápidamente por el sistema nervioso provocando un insoportable dolor al devorar las células, engulléndolas al tiempo que se seguía renovando. Lucian había tenido que invertir unos minutos para ralentizar su progreso, analizarlo y producir los anticuerpos necesarios para eliminarlo de su organismo.

—No puedo creer que fueras capaz de hacer eso —dijo ella asombrada—. ¿Cómo se puede hacer una cosa así? ¿Cómo puede nadie eliminar el veneno de su propio cuerpo?

—No es algo tan raro entre la gente de nuestra especie. A veces se puede eliminar por los poros. En esta ocasión fue más bien como una batalla, de hecho, una batalla en medio de la batalla, porque el veneno era una combinación de varios compuestos muy letales. Resulta extraordinario que un vampiro haya sido capaz de sintetizarlo. Lo siento, pero tuve que desconectar; de lo contrario, habrías sentido el dolor, y eso es algo que no iba a tolerar. —Le rodeó los menudos hombros con los brazos—. Además, estaba seguro de que lograrías arreglártelas bien aquí hasta que consiguiera volver junto a ti.

—Pero lograste mantenerte al tanto de lo que me pasaba incluso cuando yo era incapaz de saber lo que te estaba sucediendo a ti —observó ella algo molesta—. Por eso pudiste ayudarme, ¿verdad? ¿Cómo es posible que sepas lo que estoy haciendo mientras no estamos conectados? Te lo pregunto por si acaso esa información me resultara de utilidad algún día, por ejemplo, si me aburro de tu arrogancia y decido tener una aventura amorosa. O, mejor aún, si me quiero asegurar de que no andes detrás de mí todo el día.

Le estaba pasando las manos por el cuerpo para asegurarse de que estaba bien.

Lucian le cogió la barbilla para poder mirarla a los ojos, sus enormes ojos, que aún mantenían destellos de fuego en su interior.

—Pareces molesta, cariño.

Su voz era una prolongada y socarrona caricia.

—Por supuesto que lo estoy —juró Jaxon, aunque tuvo que apartar la mirada para no estallar en una carcajada; o acabar dándole un beso—. Tú me «permites» ser tu compañera, pero después vas y me envuelves entre algodones como si fuera una muñeca de porcelana. Debo saber lo que te está pasando en todo momento, por si me necesitas.

—Entiendo tu carácter, cielo, seguramente mejor de lo que tú misma te entiendes, y estoy dispuesto a darte todo lo que necesites para hacerte feliz. Pero tienes que entender que jamás permitiré que pongas tu vida en peligro. Si no te puedo proteger de la forma adecuada en una determinada situación, entonces no debes estar en esa situación. Eso es todo. No debes estar en esa situación.

Lo dijo en voz baja, con ternura, como un amante. Al oírlo, a Jaxon le dio un respingo el corazón y sintió un cosquilleo recorriéndole la barriga.

Suspiró y meneó la cabeza, segura de que no había remedio. Él no entendía de imparcialidad ni de igualdad. Lo único que entendía era que ella era una mujer, su mujer. Su naturaleza le exigía protegerla; para él *compromiso* significaba que ella podía acompañarlo, incluso ayudarlo, pero tan sólo en determinadas circunstancias. Jaxon volvió a menear la cabeza y la dejó caer después sobre el brazo de Lucian.

—Estoy cansada, Lucian. Nunca en la vida he estado tan cansada como ahora mismo. ¿Cuánto falta para que salga el sol y pueda acostarme a dormir un rato?

—Tienes que alimentarte, amor mío. Los dos lo necesitamos. Hacer lo que hemos hecho requiere una enorme cantidad de energía. Y tú no tienes la resistencia suficiente para aguantar estas batallas. Eres muy...

Dejó la frase sin acabar al ver que Jaxon levantaba la cabeza bruscamente y le lanzaba una mirada furiosa.

—Como digas *pequeña* o *menuda* o alguna estupidez por el estilo, te voy a enseñar yo a ti esas ganas de pelea que dices que tengo.

Lucian ocultó su mirada tras sus enormes pestañas durante unos instantes para esconder así la risa que se adivinaba en sus ojos, pues le pareció mucho más prudente que revelársela.

—Creo que deberíamos irnos ya de aquí a buscar alguna presa.

Jaxon se cubrió la cara con ambas manos y se puso a refunfuñar:

—¿Tenías que usar esa palabra? Seguro que lo has hecho sólo para sacarme de quicio. Yo no salgo a cazar presas. Las personas no son presas.

Lucian le mostró sus dientes de una blancura inmaculada al sonreír.

—Me encanta provocarte, cariño. Pones esa cara que me hace un no sé qué en las entrañas. —Se levantó con una poderosa ondulación de sus músculos y le tendió la mano—. Vamos, tenemos aún mucho por hacer esta noche. Y no sientas tanta lástima por gente como ésa. —Señaló con la mano toda el área donde los tres vampiros habían sido sacrificados—. Éste fue el que organizó todos los asesinatos de los apartamentos y la comisaría y el que fue también a por tu compañero, Barry. Esos seres no tienen alma. Son totalmente malvados. Siento tu pesar, amor mío, y me duele por ti. No puedo soportar que te pongas triste.

Ella le dio la mano.

—Estoy bien, Lucian. De verdad. Es sólo que hay tanta depravación en el mundo, tanta gente enferma.

Lucian le cogió la mano y se la llevó hasta su boca para calentársela.

—Aquí no. Aquí donde estamos ahora, no.

Capítulo 16

Lucian volvió hasta la caverna subterránea y entró en ella con sigilo. Sabiendo que Jaxon necesitaba su sustento, se había alimentado bien. Su primera obligación, y también su primera necesidad, era la de mantener a su compañera eterna. Había encontrado a unos excursionistas acampados a unos cuantos kilómetros de allí y bebido de ellos hasta saciarse para poder proveer a Jaxon de alimento.

Ella estaba de pie sobre una roca plana que daba a una de las charcas. Hacía calor e iba vestida con un largo faldón de gasa que le quedaba suelto alrededor de su menuda figura y se le ajustaba al cuerpo aquí y allá al andar, permitiendo a Lucian vislumbrar fascinantes destellos de sus bonitas piernas. Tenía el vientre al aire, pues la blusa fina que llevaba se la había atada bajo los pechos, y por el valle que se formaba entre ellos se escurrían sugerentes las gotitas de sudor.

Lucian se abandonó a la reacción de su cuerpo, duro, caliente y anhelante. Atravesó la cueva flotando y dejando caer la camisa al suelo mientras ascendía hasta la roca para situarse detrás de Jaxon. Sin llegar a tocarla, se inclinó sobre ella y le susurró muy cerca del oído:

—Siento tu apetito palpitando dentro de mí.

Su voz sonó dulce y seductora. Deslizó las manos con suavidad por sus hombros y sus brazos, y trazó la curva de su espalda hasta llegar a su cintura. Su piel era puro satén. Le acarició el final de la espalda y siguió con sus manos sobre el faldón de gasa la línea de sus caderas y, después, la de sus nalgas, descubriendo que no llevaba nada puesto bajo aquella tela vaporosa.

Lucian sintió que se le cortaba la respiración. Lava líquida circulaba mezclada con su sangre propagando calor y fuego por su cuerpo, hasta que empezó a estancarse hacia abajo produciéndole una comezón dura y palpitante. Ella se apoyó entonces en él y ladeó la cabeza hacia atrás ofreciéndole la vulnerable línea de su garganta mientras sus pechos se elevaban sugerentemente al extender uno de sus brazos para rodearle el cuello con él.

—Huele mi sangre, cariño, te está llamando. Estoy duro y caliente, necesito que te alimentes.

Necesitaba sentir su boca sobre él, el erotismo que ella le proporcionaba al compartir la esencia de su cuerpo, de su vida.

Lucian la rodeó para abarcar sus pechos con las manos, para sentir su peso a través de la fina tela de su blusa. Sólo un pequeño nudo impedía que se le desparramaran sobre las palmas de las manos.

—Te deseo, amor mío; ahora mismo.

Le susurró aquellas palabras contra la nuca mientras dejaba que una mano se fuera resbalando por la curva de una de sus caderas hasta alcanzar la raja de la falda para seguir la forma de su pierna, de su muslo, hasta encontrar el nido de ensortijado vello que lo llamaba caliente y húmedo.

Jaxon gimió suavemente mientras la necesidad que se apoderaba de Lucian se fundía con la suya y las imágenes eróticas de la mente de él danzaban en su propia mente, aumentando su propio deseo, calentándole la sangre. Se echó hacia atrás apretándose contra él y sintiendo su larga dureza mientras se empezaba a mover al seductor ritmo de sus dedos, que palpaban ya su secreta vaina de terciopelo. Calor y fuego. Las llamas le lamían la piel, su cuerpo se enroscaba más y más tenso, su deseo palpitaba como un martillo en su cabeza, en toda ella. Se percató entonces de que él tenía la mano sobre el nudo que recogía sus pechos y, acto seguido, la tela ya colgaba abierta exponiéndolos ardientes a la vista de los sedientos ojos de Lucian. Éste llevó su mano hasta la suavidad de su pecho y le acarició el pezón con el pulgar hasta que se le irguió poniéndosele de punta.

—¿Me deseas, Jaxon? —le preguntó en voz baja, ronco de pasión.

—Muchísimo —le respondió ella logrando apenas pronunciar aquellas palabras—. Te necesito, Lucian; te necesito dentro de mí, que tu sangre fluya en mi interior, tu cuerpo dentro del mío.

Lo necesitaba de verdad. Más que cualquier otra cosa, necesitaba sentir que el cuerpo de él tomaba posesión del suyo. El calor de la caverna la invadía, la rodeaba, sentía la necesidad de tener su sangre en la boca. Así lo quería, duro, caliente y sediento de ella. Deseó que aquellas imágenes danzaran en su mente toda una eternidad.

Cuando él se inclinó sobre ella, Jaxon echó la cabeza aún más hacia atrás y atrajo la de Lucian hacia sí hasta encontrar su garganta, su cuello ancho y musculoso. Sin vacilar encontró los latidos de su cuerpo, palpitando de forma irregular como prueba de su intenso deseo. Sintió en la espalda el calor de su piel, los músculos de su pecho, los latidos de su corazón, sincronizado con el suyo. Encontrando con sus caderas el ritmo de sus dedos, le llenó aún más la palma de la mano con sus pechos. Agitó entonces la boca sobre su cuello, humedeciéndoselo con su cálido y seductor aliento, sintiéndolo saltar bajo los círculos que le dibujaba con la lengua. Se apretó hacia atrás para que él la alcanzase con su volumen y su dureza a través de la ropa. Lo mordisqueó, lo arañó y lo atormentó con los dientes. Sonrió cuando él, gruñendo, le ofreció el cuello mientras con la palma de una mano le amasaba con más fuerza uno de sus suaves pechos y con los dedos de la otra se internaba en una caricia más y más profunda. Su cuerpo se apretó ávido alrededor de sus dedos mientras los engullía y se empujaba contra su mano para recibir más. Se agitaba sin reposo contra él invitándolo con su lascivia.

Jaxon respondió a la necesidad colosal que Lucian sentía a la manera como lo hacía su pueblo, hundiéndole los dientes hasta el fondo, hasta que un relámpago candente lo recorrió en su danza a él, y a ella, fustigándolos con sus ardientes caricias. Él volvió a rugir con un gruñido erótico y ronco que surgió de su garganta mientras ella siguió agitando las caderas contra su mano, estremeciéndose de placer. Se volvía loco al sentir la boca de ella sobre él. Sus pantalones, más y más tirantes a medida que su cuerpo se hinchaba de deseo, le resultaron cada vez más incómodos al roce con su sensible piel. Ella seguía alimentándose con sensualidad, ondulando su cuerpo contra el suyo, empujándolo con las nalgas, friccionándolo llena de seducción, tentándolo.

Se volvió entonces entre sus brazos y, cerrando con una pasada de su lengua los orificios que le había practicado, llevó las manos hasta los botones de sus pantalones, acariciándole la piel ardiente con los nudillos mientras se los desabrochaba. Lucian se agarró fuertemente con una mano de su cabello y cerró los ojos y echó la cabeza hacia atrás deleitándose en la libertad que sintió al quedar liberado, caliente, palpitante, grueso y duro. Ella, arañándolo levemente con las uñas, deslizó sus dedos por su cuerpo exactamente como él lo veía de forma anticipada en su mente: llevó sus manos hasta su cintura, hasta su abdomen liso y duro, y enganchó los pantalones con los pulgares para bajárselos por debajo de los muslos. El tacto de sus manos lo estaba volviendo loco. El aire mismo que los rodeaba estaba cargado con la mezcla de sus olores corporales, de la intensidad de su apetito.

Con la mente de Lucian conectada a la suya, Jaxon sabía exactamente lo que quería, lo que su cuerpo le demandaba, lo que lo estaba llevando al límite. Él se estremeció cuando ella recogió en la boca las gotas de sudor que rodaban por su vientre y siguió su rastro para encontrarlo aún más hinchado. Era hierro cubierto de terciopelo, ardiente y excitado.

La boca de Jaxon estaba apretada y húmeda, perfecta, mientras él, sin poder evitarlo, empujaba una y otra vez y permanecía aferrado a su pelo con las manos. Cuando miró hacia abajo y la vio, le resultó extraordinariamente erótica, con la blusa abierta y los pechos sobresaliendo de ella, los pezones hinchados y duros, el faldón vaporoso, casi transparente, abierto y mostrando una de sus piernas, uno de sus muslos. Movía las manos sobre él, no las dejaba quietas, abarcando su peso en ellas, apretándolas contra sus firmes nalgas, siguiendo arriba y abajo la línea de la columna de sus muslos. Tenía un aspecto exótico y bello, y estaba proporcionándoles a los dos un placer tan exquisito que Lucian pensó que se iban a incendiar.

Necesitaba tirar de ella hacia él, llevarla contra la dureza de su cuerpo, abrazarla con fuerza para sentir cada centímetro de su piel de satén. La sintió delicada mientras la exploraba con las palmas de las manos, frágil, una mujer de figura perfecta. Cada una de sus curvas, de sus contornos se había grabado ya en su memoria. Sin poder evitarlo, le susurró en la lengua de los antiguos palabras de amor, palabras de compromiso, palabras que jamás había dicho a ningún otro ser a lo largo de su eterna existencia.

Palabras para ella, que sólo Jaxon llenaba de sentido. La amaba, cada centímetro de ella, la adoraba, su mente, su cuerpo y su alma. La acostó con manos delicadas en el suave lecho de la tierra rica, usando el faldón de gasa como sábana. Al verla allí acostada alzando la mirada hacia él, llena de confianza y de amor, sintió que se le cortaba la respiración. El tiempo y el espacio se desvanecieron. En su mundo no había otra cosa más que Jaxon. En sus ojos oscuros, en su rostro, vio que lo necesitaba, que lo anhelaba. Lo vio en su mente. Fuera adonde fuera, ella, su dispuesta compañera, siempre lo seguiría.

Lucian agachó la cabeza hasta su pecho para saborear el tacto de su piel color crema. Quería hacer el amor toda la noche; y, tal vez, al despertar la noche siguiente, también. Quería disfrutar del lujo de tomarla una y otra vez, sin apresuramientos, sin temer interrupciones. Quería tiempo para acompañarla, para coquetear con ella, para complacerla. Quería que ella supiera lo hermosa que era su vida juntos. Y hacerle el amor una y otra vez. Acariciándole las piernas, los muslos, le preguntó:

—¿Tienes idea de lo que significas para mí?

Repasó con su negra mirada su rostro, estudió su cuerpo con ojos anhelantes y ardientes de deseo.

Ella le sonrió sintiendo adoración por su manera de devorarla con aquella mirada hambrienta, anhelante. Él, con el cuerpo duro y tenso, exaltado de nuevo con la urgencia de su necesidad, le acarició los muslos y dibujó la línea de sus caderas. Le dio después la vuelta sin dificultad, y exploró la limpia curva de su espalda, su menuda cintura, sus firmes nalgas, antes de acostarse sobre ella cubriendo enteramente su cuerpecito con el suyo. Le mordisqueó los hombros mientras le pasaba las manos rozándole las costillas, la suavidad de sus pechos, la curva de sus caderas, la suave línea de su trasero redondeado. Volvió entonces a sus caderas y, cogiéndola de ellas, tiró de su cuerpo hacia atrás para poder apretar contra él su palpitante lanza. Sólo con sentir su piel de satén y la forma de su cuerpo se vio traspasado por un torrente de lava líquida que prendió una danza de fuego sobre su propia piel.

—Te deseo, cielo; ahora mismo —le susurró entonces con dulzura, invadiéndola con su voz de terciopelo negro y adorando su cuerpo con sus manos.

Se apretó contra ella, restregándose de nuevo y buscando con la mano una vez más el calor húmedo y esponjoso que lo seducía y le indicaba que ya estaba dispuesta. Presionó contra su entrada, lubricada y caliente. Ella estaba prieta, agarrándolo con su canal cremoso mientras él empujaba más y más adentro invadiendo su cuerpo con el suyo, sujetándola en todo momento de las caderas mientras se enterraba una y otra vez en ella con largas y duras embestidas de puro éxtasis.

Tras sus ojos se declaró una danza de colores. El corazón le latía con fuerza mientras la embestía con violencia y le sujetaba los hombros con los dientes en una prueba de la dominación antigua de los varones carpatianos. Una furia de fuego lo traspasó, lo envolvió, y sintió tanto placer que casi no pudo resistirlo. Ella empezó entonces a agitarse moviendo su cuerpo con gran delicadeza, dulzura y feminidad, justo lo contrario de lo que él hacía. Él compartía su propio placer con ella, una tormenta de fuego que ya se declaraba y se propagaba amenazando con devorarlos a los dos.

Jaxon empujó hacia atrás apretándose contra él mientras dejaba escapar un leve gemido de sumisión deleitándose en la furia salvaje que se apoderaba de él. Ambos empezaron entonces a girar en una espiral fuera de control: ella lo envolvía más y más ceñida, él la embestía con frenesí, soldándolos a ambos con mucha más fuerza. Ella captaba todos sus deseos en la mente de él y, de forma instintiva, adaptaba su cuerpo para complacerlo; exactamente lo mismo que hacía él por ella. Jaxon sentía su cuerpo ceñirse, apretarse, para, después, estremecerse liberándose con un fuego abrasador. Los roncos gritos de Lucian quedaban amortiguados por la piel suave de los hombros de ella. Fue como una explosión de luz y color; la tierra misma se agitó debajo de ellos.

Lucian la recogió y la abrazó con fuerza, apretando su enorme cuerpo contra el suyo mientras se veían invadidos por oleadas de placer que los traspasaban y los engullían. Los dos estaban cubiertos de gotas de sudor y él le recorrió la espalda de arriba abajo sorbiéndole las que le cubrían la columna.

—Qué preciosa eres, Jaxon.

Más que decir aquellas palabras, las suspiró con los pulmones ya al límite de sus posibilidades. Con su cuerpo aún enterrado en el de ella hasta el fondo, apoyó la frente entre sus hombros.

Quiso quedarse allí eternamente, en su mente, en su corazón, en su cuerpo. Desplazó la mano que certeramente encontró en seguida la turgencia de sus pechos.

—Toda tú eres perfecta: tu tacto, tu manera de moverte, tu sabor. No puedo entender cómo he podido vivir todos esos siglos interminables sin ti. ¿Cómo lo he hecho?

Apoyándose en las manos y en las rodillas, Jaxon se apretó de nuevo hacia atrás. Mientras aquella postura la habría avergonzado hasta hacía pocas semanas, ahora la encontraba bonita, sensual, erótica. Escuchó la melodía de sus corazones latiendo al unísono. Él era omnipresente, la rodeaba, la inundaba con su masculinidad, con su enorme fuerza. El tacto de su cuerpo sobre el suyo, dentro de ella, era, a decir verdad, tremendamente sensual.

—Me encanta esto, Lucian. De verdad. Cada momento contigo.

Entonces, a regañadientes, él se retiró, se recostó hacia atrás y, dándole la vuelta, la acostó sobre su cuerpo. Sus ojos negros ardían de pasión: era tan bonita. La abrazó con fuerza, envolviéndola entre sus brazos, deseando sentir su proximidad.

—Nadie en el mundo me había tomado el pelo nunca.

—Es por tu mirada. —En ese momento levantó la cabeza para poder mirarlo a los ojos. Amaba aquellos ojos. Trazó con ternura la línea de su boca—. Más bien espeluznante. Me imagino que intimidas a la mayoría de la gente.

Enarcando las cejas, Lucian respondió:

—Yo no intimido a la gente.

Jaxon estalló en una carcajada.

—La intimidas tanto que dejas a todo el mundo confundidísimo; y lo haces a propósito.

Lucian la levantó con un suave movimiento, se puso en pie sin mayor dificultad y, sin andarse con cumplidos, la lanzó a la charca espumeante que tenían a sus pies.

Ella emergió escupiendo el agua que tenía en la boca y mirándolo burlona.

—¿Nos quedaremos aquí un tiempo?

Él asintió con la cabeza mientras le acariciaba el cuerpo, sumergido en el agua reluciente, con su mirada abrasadora.

Jaxon le sonrió; parecía una sirena que lo estuviera provocando.

—Me encanta la forma que tiene tu cuerpo de responder, Lucian.

—A mí también —dijo él con un susurro seductor—. Creo que vamos a pasar unos cuantos despertares en esta caverna. Una luna de miel.

—Pero no estamos casados —puntualizó ella.

—Por supuesto que lo estamos. El ritual carpatiano es vinculante, amor mío, más que la ceremonia humana. No tenemos una palabra para el divorcio en nuestra sociedad. No hay opción.

Aunque el tono de su voz sonaba suave, no había suavidad alguna en la ardiente pasión de su mirada hambrienta.

Ella encogió uno de sus blancos hombros.

—Pues, entonces, eres tú el que está casado, no yo. Era humana cuando empezaste todo esto.

—Entonces tendré que hacer algo para que te des cuenta de que de verdad estás atada a mí para siempre.

Sus blancos dientes de predador resplandecieron con un destello amenazador.

Jaxon tuvo el tiempo justo de lanzar un gritito antes de que Lucian, lanzándose en picado por el aire y cortando el agua limpiamente, le diera alcance. Riéndose, ella intentó alejarse a nado, pero sus fuertes manos ya la tenían cogida por la cintura y la alzaban del agua para abrazarla.

Pasaron tres noches en la reluciente caverna, tres noches de ensueño, deleitándose mutuamente: conversando entre susurros íntimos, haciendo el amor toda la noche, volando por el aire transformados en búhos, metamorfoseándose en lobos, lo que le permitió a Lucian disfrutar corriendo en libertad por el bosque con Jaxon. Pasaron juntos cada instante, cogidos de la mano, riendo, en definitiva, enamorados.

• • •

Su destino final, el viejo pabellón de caza que había comprado Lucian, estaba hecho de enormes troncos, techos altos con vigas de madera y un gran rellano abierto en la segunda planta. Era rústico, pero muy bonito. Alguien había construido aquella casa con dedicación y amor, y la había habitado durante mucho tiempo antes de que un rico deportista pasara a usarla como pabellón de caza. Con un simple movimiento de su mano, Lucian retiró todo el polvo y la suciedad acumulados. Jaxon se sintió aliviada al comprobar que no había cornamentas de ciervo ni animales disecados como motivos decorativos. Pensar que tantos animales morían sacrificados como consecuencia de la práctica de un deporte la ponía enferma.

Los muebles eran curiosos, estaban bien conservados y parecían resistentes, como correspondía a una casa de aquellas características. Jaxon se dio una vuelta por las habitaciones mientras no dejaba de preguntarse qué era lo que le pasaba. Sentía un nudo en el estómago y no podía apartar de su alma una sensación de muerte y violencia. Deseó estar de nuevo en la cueva, en las charcas purificadoras, donde el hedor de la violencia parecía no poder alcanzarlos.

El pabellón se erigía sobre un lago rodeado de árboles, prados y helechos por todas partes. Se encontraba en un emplazamiento de extraordinaria belleza, lejos de toda civilización, a varios kilómetros de los vecinos más próximos. A Jaxon le habría gustado sentirse como en la cabaña de su luna de miel, pero la caverna, con sus cristales y sus charcas, se acercaba mucho más a su gusto. El pabellón la inquietaba, como si, tal vez, estuviera percibiendo las resonancias de un pasado remoto. ¿Eran los animales sacrificados por puro placer? ¿Se había vuelto muy sensible por estar en un pabellón de caza? ¿Había ocurrido algo terrible en aquel lugar en otros tiempos? ¿Tal vez algún antiguo propietario del pabellón había cometido algún crimen en su casa, bella y remota, y ésta aún despedía vibraciones de violencia?

Paseó por la gran construcción admirando su arquitectura aunque sin sentir simpatía alguna por ella. Pese a que era capaz de regular su temperatura corporal, se percató de que estaba temblando y se frotó los brazos pasándose las manos por ellos de arriba abajo para entrar en calor, aunque sabía muy bien que sus escalofríos, en realidad, nada tenían que ver con el frío.

—¿No percibes algo peculiar aquí? —le preguntó entonces a Lucian en voz baja intentando no herir sus sentimientos en caso de que sintiera un especial cariño por aquella casa.

Pero él, una sombra en su mente, la había estado observando atentamente. Sentía su creciente inquietud, aunque, en realidad, no había resonancias de ningún mal en el pabellón. Se deslizó hasta ella de aquella forma elegante y sigilosa que lo caracterizaba y le pasó un brazo por encima de los hombros.

—¿Qué te pasa, cariño? ¿Tienes miedo de algo?

Aunque sabía que Jaxon tenía un radar innato muy especial cuando algo malo iba a suceder, él no sentía nada en absoluto. Para curarse en salud, registró no obstante toda la zona. El humano más cercano era un excursionista solitario que se hallaba aproximadamente a un kilómetro y medio de allí, y que, con la vista fija en el lago, estaba buscando nutrias y pensando en los animales silvestres. Estaba canturreando en voz baja y aquella melodía vibraba suavemente en su cabeza. A unos kilómetros de la cabaña también había un grupo de humanos riendo y jugando todos juntos. Más allá localizó a otros humanos que estaban acampando en diferentes ubicaciones, pero se encontraban a un día de camino de la cabaña y no parecían representar amenaza alguna para nadie. No registró ideas violentas en ninguno de los seres humanos que se hallaban cerca de ellos y, con toda seguridad, no había vampiros ni guls en la zona. Se habría dado cuenta de ello de forma inmediata.

—No sé lo que es, Lucian, pero este lugar me da escalofríos. Esta cabaña parece estar encantada.

Lucian enarcó las cejas:

—¿Fantasmas?

Lanzándole una mirada de desaprobación con sus ojos castaño oscuro, le dio un codazo en el pecho.

—Muy gracioso, Lucian. Y ahora no me vayas a contar que uno de tus mejores amigos es un fantasma. Prefiero no saberlo.

—No he conocido a ningún fantasma —la tranquilizó él con una de sus más encantadoras sonrisas—. Me gusta este lugar. Está apartado de todo, nos proporciona intimidad, las vistas son muy bonitas y estamos justo en medio de una de las montañas de hielo y fuego que la naturaleza ha creado. ¿Qué más podemos pedir?

Jaxon lo dejó que tirara de ella para abrazarla en su seguro regazo. Él era calidez y fuerza. Lo sintió recorriéndola para purificarla y envolverla y, sin embargo, la inquietud seguía presente. No le gustaba el pabellón y no sabía por qué.

—¿Tienes ya un dormitorio subterráneo secreto?

Mientras se lo preguntaba, intentó registrar la cabaña por sus propios medios, tal y como hacía Lucian, en busca de algo oculto, algo que pudiera estar poniéndola nerviosa. Nadie había estado desde la última estancia de Lucian en aquel lugar. Ni un solo excursionista, nadie que estuviera de acampada lo había descubierto. Sabía que Lucian se habría percatado de ello inmediatamente, y, además, ella tampoco notaba la presencia de nadie más. Y, puesto que desaprobaba la idea de que se pudiera matar animales en estado salvaje sólo por practicar un deporte, decidió que ésa debía de ser la razón de su inquietud.

—Esta montaña tiene muchas cámaras bajo su superficie. Podemos hacer uso de cualquiera de ellas para dormir. Estudia su trazado en mi mente y apréndete su ubicación para que no puedas verte atrapada en ellas sin conocer las vías de salida.

Maravillada por su precisión, recibió un alud de datos. Lucian era un mapa andante, detallado y perfecto, y le transmitía toda su información de la misma manera que siempre se la había transferido a su hermano gemelo. Jaxon se rió suavemente.

—¿Aún lo sigues haciendo?

—¿El qué? ¿Compartir mis conocimientos con Gabriel? —Lucian sonrió un tanto avergonzado—. Incluso cuando me hice pasar por vampiro, eso era lo único que no logré dejar de hacer. Incluso entonces, cada vez que aprendía algo nuevo, algo de valor, mi mente tocaba la suya de forma automática. Y él también lo hacía.

—Y aún lo sigues haciendo —afirmó ella.

Había estudiado el camino que su mente utilizaba para comunicarse con su hermano. Rebosaba cariño. Lucian no era consciente de hasta qué punto estaban unidos. Era algo tan natural para él como lo era para Gabriel. Lucian y Gabriel estaban tan cerca el uno del otro que Jaxon estaba segura de que podría alcanzar a Gabriel con su mente sin mayores problemas, aunque no hubiera intercambiado sangre con él.

—Jaxon, ¿no será que eres una urbanita empedernida? —se mofó Lucian de ella con dulzura—. ¿No será que tantos árboles y espacios abiertos te agobian?

Lucian seguía siendo consciente de su inquietud y estaba intentando tranquilizarla con un poco de humor.

Salieron los dos al gigantesco porche que rodeaba la casa, uno de cuyos lados sobresalía sobre un precipicio. La vista era realmente imponente. Apoyando ambas manos sobre la barandilla, Jaxon se asomó para observar la caída que tenía a sus pies. La nieve cubría las cumbres montañosas que se alzaban sobre ellos y salpicaba el cañón que tenían debajo. Los árboles que se erguían en el aire limpio de la noche aparecían cubiertos de escarcha. La panorámica era preciosa, y el aire, frío y despejado, tenía un olor limpio y puro.

Lucian la atrapó entre su enorme cuerpo y la barandilla.

—Entonces, ¿qué? ¿Es eso? ¿Echas de menos los enormes edificios y el ruido del tráfico? —La hizo girar sobre sus talones y, abarcando con un gesto todos los alrededores, añadió—: Te doy todo esto, ¿y prefieres la ciudad?

Jaxon se rio y alzó una mano hasta su oscura mandíbula justo en el momento en que el cuerpo de Lucian sufrió una violenta sacudida. Un chorro carmesí la empapó cayéndole sobre la cabeza y los hombros. Lucian se desplomó hacia adelante como un enorme muñeco de trapo al que le hubieran sacado el relleno. Era tan grande que la derribó al desmoronarse directamente sobre el suelo. Jaxon se quedó tumbada con el cuerpo de él cubriéndola por entero. Sólo entonces, con unos instantes de retraso, oyó aquel sonido, el silbido de una bala.

Con el corazón en un puño, se zafó de debajo del enorme cuerpo sin vida de Lucian, y de inmediato supo que Drake había dado con ellos. Debía de habérseles adelantado en avión. No sabía exactamente lo que había ocurrido; su cerebro aún estaba procesando la información. Sólo alcanzaba a oírse a sí misma gritando una y otra vez aunque no era capaz de proferir sonido alguno. De rodillas, reconoció a Lucian. No tenía pulso, sus constantes vitales no respondían. Yacía inmóvil, no respiraba, su corazón y sus pulmones se habían detenido por completo. Le llevó unos instantes aplacar el caos que se había apoderado de su mente, al menos lo suficiente como para darse cuenta de que había derramado mucha menos sangre de la que debería. ¡Lucian había detenido su propio corazón para minimizar la pérdida de sangre! El tiempo pareció detenerse. Aquel hombre era su vida, el aire que respiraba. No estaba muerto. Lucian había dicho que no podía ser asesinado, así que ella tenía que creer que no lo habían matado. En esos momentos debía de estar depositando toda su confianza en que ella hiciera lo que debía.

¿Qué es? ¿Qué debo hacer?, le preguntó a gritos mientras quería llorar, gritar, lanzar con furia cosas al aire. Tenía que salvarlo.

¿Cómo es de grave? La voz llegó de ninguna parte, surgió en su mente, por una extraña vía mental que nunca antes había utilizado. Sonaba tan sosegada como la voz Lucian. Aquella voz tan parecida a la de su compañero le sirvió de apoyo para aplacar el terrible pánico que se había adueñado de ella.

Jaxon se percató entonces de que aquella voz lejana era la voz de Gabriel, que había sabido inmediatamente que Lucian había recibido un disparo. Lo había sabido a la vez que ella y había sentido la misma espantosa desolación, un negro vacío que no se parecía a nada que ella hubiera tenido que afrontar en toda su vida.

Respira, Jaxon. Mi hermano no está muerto. Te necesita. Tendrás que sanarlo rápidamente. Necesitará sangre.

Dime qué debo hacer. No tengo mucho tiempo. Drake estará ya de camino hacia aquí. No sé cuánto tardará. Dime.

Tienes que convertirte en luz y energía. Concéntrate sólo en eso. Debes desprenderte de tu cuerpo. Entonces entrarás en el cuerpo de Lucian y localizarás la herida. Repara los daños partiendo del centro. Tendrás que contar con alguna experiencia médica. Francesca, mi compañera eterna, es sanadora. Descríbeme lo que vayas viendo y ella te irá dando instrucciones de lo que debes hacer. Sé que esto va más allá de tus posibilidades, pero no tienes elección.

Podré hacerlo, Gabriel. ¡Lucian no morirá! Y lo creía. Si en toda su vida había de hacer algo bien hecho, sería aquello. Le salvaría la vida, costara lo que costara.

Permíteme que mantenga nuestras mentes en conexión psíquica. Necesitarás toda tu fuerza para curar a mi hermano. Yo estaré a tu lado. No te sentirás sola.

No había tiempo para conversaciones. Tenía que darse prisa. Apartó de su mente la idea de que Drake debería de estar acechándola incluso mientras cubría a toda prisa la distancia que los separaba. Jaxon siguió las instrucciones que le había dado Gabriel y borró toda imagen de su mente. Cerró los ojos y aplacó el caos y el pánico, los gritos silenciosos, el horror de verlo a él tumbado en el suelo, pálido y sin vida. Se abstrajo de la sangre que le cubría el pelo y la ropa. Su mundo se fue reduciendo hasta convertirse en un estanque tranquilo, en calma, donde flotó tan liviana como el aire. Resplandor. Blancura. Energía pura. Se empezó a desplazar lentamente, se fundió con Lucian y avanzó por su interior hasta dar con la entrada del impacto que había provocado su herida en la base del cráneo. La bala había segado la espina dorsal. En su trayectoria limpia había cercenado todo lo que había encontrado a su paso. Jaxon sintió que se le desbocaba el corazón y se le cortaba la respiración al comprobar las dimensiones del daño producido. No tenía ni idea de cómo iba a reparar una herida tan terrible.

Francesca te guiará. Mantén la imagen en tu mente. Confía en ella sin importarte lo difícil que te resulte.

Había muchas venas y arterias y carne viva que no era capaz de identificar. Tuvo que obligarse a mantener su mente en calma mientras su cuerpo temblaba completamente aterrorizado. Aquello no podía estar ocurriendo. Lucian era su vida. Después de su solitaria existencia, temerosa incluso de tener amigos, por no hablar de formar una familia, él había hecho que su mundo recuperara la belleza. Había respaldado sus sueños, la había tratado como si fuese la mujer más maravillosa del mundo. Era un gran hombre, un hombre que luchaba contra los demonios y protegía a los demás sin buscar ninguna recompensa a cambio. No moriría.

No morirás. Su orden fue en todos los sentidos tan fuerte y autoritaria como cualquier orden de Lucian.

Sobreponiéndose, se entregó entonces a la terrible tarea de recomponer sus entrañas. Era como un rompecabezas de minúsculas piezas. No quería pensar que pudiera estar cometiendo algún fallo. Tenía que confiar en la voz que, susurrando en su mente, le iba diciendo lo que tenía que hacer. Tenía que confiar en que el hermano de Lucian lo quisiera tanto como ella y haría lo que fuera por salvarle la vida. Procedió con mucho cuidado, pausadamente, relegando al rincón de su mente, donde debía permanecer, la certeza de que Drake se estaba acercando, para concentrarse en lo que estaba haciendo.

Vivirás, Lucian. Susurraba en su cabeza aquellas palabras una y otra vez como una letanía. Estuviera donde estuviera, ella acudiría a su lado. La idea de vivir sin él le resultaba insoportable.

Como no era doctora ni enfermera, contaba con muy pocos conocimientos en que apoyarse. La formación paramédica que había recibido cubría algunas heridas, pero nada como aquello. Francesca, a la que aún no conocía, la asombró: su saber y su destreza para determinar en cada momento lo que debía hacerse, cómo reparar aquella devastación. Los carpatianos trataban las heridas desde su interior: alineando, ensamblando, cauterizando e inspeccionando el resultado para asegurarse de que no pudiera declararse una infección.

En su estado incorpóreo, Jaxon había perdido por completo la noción del tiempo, de cualquier cosa que no fuera la labor que tenía entre manos. *No permitiré que te mueras en mis brazos, maldito arrogante. Te dije que nos pondría en un aprieto, pero, claro, nada, no podías hacerle caso a una mujer, ¿verdad, machote?* Recitaba aquellas palabras en su mente mientras continuaba su trabajo, procediendo a un ritmo constante guiada por la voz de Gabriel. Era un método extraño: transmitía a Gabriel lo que iba viendo y Francesca, conectada a él, retransmitía a Jaxon exactamente lo que había que hacer por medio de su compañero eterno.

Una vez que Francesca tuvo la certeza de que cada detalle había sido tratado convenientemente, le dio instrucciones a Jaxon para que abandonara el cuerpo de Lucian y le proporcionara sangre. Entonces, de pronto, se encontró sentada en el suelo junto a su compañero eterno, tumbado a su lado. Estaba exhausta, tambaleándose de fatiga. Aún así, con gran dulzura se inclinó sobre Lucian y le dijo: *Despierta, amor mío. Ahora tienes que despertar.*

Lucian yacía sin vida, tan pálido que Jaxon se sintió aterrorizada. Buscó de nuevo a Gabriel. *No se mueve, Gabriel. Me habré equivocado en algo. Tal vez describí alguna cosa de forma incorrecta y por eso Francesca me asesoró mal.*

Tranquila, Jaxon. Hasta ahora lo has hecho maravillosamente bien. No dejes que el pánico se apodere de ti. Recuér-

dale que Drake va a por ti. Búscalo con toda tu mente. Te oirá
y despertará. Gabriel estaba muy tranquilo.

Jaxon inspiró profundamente y después dejó salir el aire
muy poco a poco. *Lucian, corro un grave peligro. Siente mi*
temor. Despierta. Y se quedó mirando a su pecho. Al ver que
nada ocurría, le cogió los brazos y se los agitó con delicadeza.
Despierta, machote arrogante. Estoy en peligro. Tu deber es
mover el culo para rescatarme. Francesca ha dicho que ya es-
tás bien. ¡Despierta!

Jaxon se inclinó sobre él justo en el momento en que comenzaba a pestañear. Entonces levantó un brazo para tirar de
ella hacia abajo y atraerla hacia sí. *Me ha disparado.*

—Ya veo que lo entiendes, Sherlock. Y está viniendo hacia aquí. Podría presentarse en cualquier momento. Necesitas
sangre, Lucian.

Antes de registrar la zona, Lucian hizo una somera valo-
ración de sus heridas. *Tienes razón, Jaxon. Está muy cerca.*
Alzó una mano para acariciarle el cabello y se la llevó después
hasta la nuca. Le llevó la boca hasta el cuello hasta encontrar
sus latidos; palpitaba de forma regular, aunque un poco más
rápido de lo conveniente. La acarició con la lengua una vez,
sin prisas, para prepararla antes de sufrir la sacudida que le
provocarían sus dientes al hundirse en ella. Jaxon soltó un
grito mientras deslizaba sus brazos alrededor de la cabeza de
su compañero eterno para abrazarlo con fuerza. Después cerró los ojos y se relajó. Así era Lucian: podía estar herido, incluso gravemente, pero era capaz de poner su sangre en movimiento y hacerla sentirse completamente a salvo bajo
cualquier circunstancia.

Mareada, sintió que se iba desvaneciendo adormilada su-
miéndose en un estado de sopor. Los brazos se le soltaron de
Lucian y le cayeron, sin fuerza ya, a los lados, y, sin preocu-

parse por ello, incapaz de mantenerse erguida, se desplomó sobre él. Oyó su voz susurrando amorosa su nombre mientras sentía que le cerraba los diminutos orificios del cuello. Notó la delicadeza con que sus manos la acostaban en una postura más cómoda. *Me has llamado maldito arrogante, Jaxon. Eso no ha estado nada bien. Tu manera de tratar a los enfermos deja mucho que desear.*

Tienes suerte de que no te diera una patada. Me has dado un susto de muerte. Y no lo olvides, Señor Arrogancia, ha sido un humano quien ha estado a punto de liquidarte.

Sabía que eras el tipo de mujer que dice: «Te lo dije». Pese a la fatiga de su voz, había en ella un destello de humor.

Si Jaxon hubiera tenido fuerzas, quizá le habría dado una bofetada, pero estaba demasiado cansada como para hacer aquel esfuerzo. Yacía desplomada en el suelo, inmóvil.

Ya sabía yo que te encanta buscar pelea, se mofó él.

Jaxon lo sintió de nuevo: volvía a tener aquel nudo en el estómago. *Ya está aquí.*

Sí, mi amor, ya lo sé. No te preocupes; ese monstruo no volverá a lastimar nunca más ni a ti ni a ninguno de tus seres queridos. Su voz, su bella voz de terciopelo negro, sonaba tan serena como siempre. No consideró necesario contarle que estaba terriblemente débil ni que Gabriel y Francesca lo estaban ayudando insuflándole sus fuerzas desde la distancia.

Esta vez tienes que tener cuidado. Pese a que ni siquiera había articulado aquellas palabras de viva voz, no fue capaz ya de pronunciarlas con claridad.

Duerme, amor mío, y no te preocupes por mí.

¡No! Jaxon protestó enérgicamente. *No intentes obligarme a dormir. Debo estar despierta por si necesitas mi ayuda.*

Lucian no le dijo que no tenía fuerzas ni para levantar una pluma. Se incorporó entonces con sumo cuidado para no malograr todo lo que ella había recompuesto con tanta meticulosidad y se quedó sentado en el suelo. Iba a necesitar varios días de reposo bajo la tierra rejuvenecedora para poder recobrar todas sus fuerzas.

Drake ya se encontraba a sólo escasos metros de la cabaña. Lucian lo oía avanzar hacia ella a través de la maleza. Sentado junto a su compañera eterna, con una mano enredada en la mata de cabellos sedosos y revueltos que tanto amaba, se quedó a la espera. Aquí estaba al fin, el monstruo que se había hecho con el control de la vida de Jaxon desde que era niña. Tyler Drake. Lucian sintió la tensión de Jaxon a pesar de que ella estaba intentando ocultarla.

Le envió una oleada de cálida confianza antes de centrar toda su atención en el monstruo que ya se acercaba.

—Te presentarás ante mí desarmado, Drake.

No había manera de desobedecer aquella voz que cautivaba toda voluntad sin dificultad alguna. Sin poder oponerse, Drake apareció, las manos vacías y bien visibles. Movía los ojos con inquietud, parpadeando rápidamente, una y otra vez. Su mente enferma y retorcida no procesaba los pensamientos de forma natural. Lucian se percató de que había tomado a Drake por un simple excursionista, por alguien que estaba de acampada, porque, en realidad, no estaba pensando en matar a nadie. No lo tenía planeado. Se consideraba a sí mismo un buen padre, un padre que amaba a su hija.

—Le ha causado usted a Jaxon muchos sufrimientos a lo largo de su vida, señor Drake —dijo Lucian en voz baja y con mucha suavidad—. No me queda más remedio que pedirle que abandone este mundo. Tendrá que presentarse ante alguien mucho más poderoso que yo, el cual pronunciará su sentencia final.

El menudo cuerpo de Jaxon estaba temblando. Demasiado débil como para incorporarse y quedarse sentada junto a su compañero eterno, se quedó tumbada con la cabeza en su regazo mientras él le acariciaba el pelo. Se conectó con la mente de Lucian y lo encontró tranquilo, en paz. Incluso ante alguien como Drake, no sentía ira ni simpatía ni remordimientos. Ejecutaba su deber sin sentir emoción alguna, tal y como siempre había hecho. Alojada en su mente, dejó que la paz de Lucian la inundara purificándola. No sintió odio por Drake, ni tampoco pesar; simplemente sabía que Lucian tenía que matarlo.

Evitando pronunciar la orden mortal a viva voz para que Jaxon no tuviera que oírla, se limitó a mirar a Drake fijamente. Éste, comenzando a sentir que se le cortaba la respiración, se llevó las manos a la garganta. Lucian se concentró entonces en su pecho: en su interior, el corazón, cuyas cavidades se fueron colapsando a medida que la sangre se espesaba, se le paró, las venas se atascaron, las arterias estallaron. Tyler Drake se estremeció de una sacudida y se desplomó bruscamente en el suelo cubierto de nieve, donde se quedó sentado primero y tumbado inmóvil después, cuando, por fin, cayó derribado.

Jaxon, asombrada, incorporándose a medias, no pudo hacer otra cosa que quedarse mirando estupefacta. ¿Eso había sido todo? Después de tantos años de tormento no era posible que se hubiera liberado tan fácilmente de él, de una forma tan discreta. Alzó la vista hacia Lucian. *¿Ya está? ¿De verdad está muerto?*

Lucian la rodeó con los brazos en actitud protectora.

—Está muerto —dijo entonces a viva voz a sabiendas de que ella necesitaba oír aquellas palabras pronunciadas con claridad.

Jaxon cerró entonces los ojos y se escurrió cayendo desmayada al suelo por primera vez en su vida. Lucian, reaccionando a velocidad preternatural, le rodeó la cabeza con los brazos para evitar que se golpeara contra la madera. Seguro que su primer desmayo no la iba a hacer muy feliz.

Exhausto, permitió que su hermano Gabriel hiciera la mayor parte del trabajo reuniendo las partículas cargadas de energía de los cielos y precipitándolas sobre el cuerpo de Tyler Drake para incinerarlo. Cuando ya no quedó de él más que un montón de cenizas, se recostó finalmente junto a su compañera eterna y le acomodó la cabeza sobre uno de sus hombros. Sólo entonces se dio cuenta de que estaba cubierta de sangre, su sangre. Y lo último que deseaba en ese momento era que ella se despertara en aquel estado. Iba a tener que reconocer ante ella que había sido un tanto arrogante en lo que a Drake se refería. Y es que ella jamás le iba a permitir salir airoso de aquel episodio si no estaba dispuesto a hacer, como mínimo, aquella concesión.

Tienes que abrir la tierra ahora mismo. Era Gabriel, interviniendo ante la aparente urgencia de su hermano de quedarse de nuevo a solas, a resguardo de cualquier mirada, con su deseada compañera eterna.

Captando sin dificultad los pensamientos de Lucian, su hermano soltó un resoplido burlón. *No creo que vayas a poder hacerlo tan pronto. Francesca ha dicho que abras la tierra inmediatamente y que te lleves a tu compañera eterna contigo. Ha dedicado demasiadas fuerzas a tu sanación.*

Lucian meneó la cabeza y abrazó a Jaxon. Gabriel siempre tenía que decir la última palabra. Así era él.

Bueno, es que siempre tengo razón.

Capítulo 17

Jaxon se acurrucó en el pequeño sofá que había justo frente a la chimenea. Llevaba tan sólo una bata fina, su manera de rebelarse contra lo que estaba a punto de suceder. El calor del hogar la hacía sentirse a gusto, además de que le encantaba observar los reflejos que la luz de las juguetonas llamas proyectaba sobre la pared realzando los matices dorados de las molduras de madera. Estaba nerviosa y se esforzaba por recuperar la normalidad; necesitaba algo que la entretuviera para no tener que pensar demasiado.

Abrió el periódico y comenzó a estudiarlo con la mentalidad de un policía, en busca de cualquier detalle suelto que pudiera serle de utilidad en alguno de sus casos abiertos. Muchas veces las noticias más extrañas ayudaban a reunir todas las piezas sueltas de un trabajo de investigación policial.

Ante uno de los artículos de la segunda página, apenas si dio crédito a lo que veían sus ojos. Reconoció tres nombres, supuestamente los nombres de tres grandes filántropos: Hal Burton, Harry Timms y Denny Sheldon. Los tres hombres que habían «visitado» su casa hacía poco.

—Lucian, ¿has leído el periódico esta noche?

Éste la miró sorprendido enarcando sus negras cejas.

—¿Qué pasa ahora? —le preguntó entonces ocultando su sonrisa a sabiendas de lo que ella estaba haciendo, y de lo que pretendía evitar.

—Estoy maravillada. Parece que tus tres amiguitos, los que se colaron en nuestra casa y querían que invirtieras en su infalible sistema de seguridad, se han hecho ricos por méritos propios.

—Me alegro por ellos. Al final no van a necesitar mi dinero.

—Jamás les hizo falta. Tan tonta no soy, ¿sabes? Les hiciste algo, ¿verdad? ¿El qué?

Aunque su voz sonaba perfectamente inocente, la mirada de Lucian no podía ocultar sus ganas de reírse.

—¿Qué pude haberles hecho? Tú estabas allí. ¿Qué dice el artículo?

—Que los tres trabajaban para un par de «hombres de negocios». —Lo estaba perforando con sus enormes ojos de color castaño oscuro—. ¡Ajá! Probablemente dos capos del narcotráfico. Cierto, ¿no?

Jaxon era demasiado inteligente. A Lucian le iba a costar mucho ir el resto de su vida siempre un paso por delante de ella. Él se encogió de hombros mientras una leve sonrisa se asomaba por la comisura de sus labios.

Ella lo encontraba muy sexy. Y posiblemente, al final, siempre acababa saliéndose con la suya.

—Sea como sea, esos dos «hombres de negocios» aparentemente sufrieron un accidente cuando estaban navegando y legaron sus compañías a estos tres tipos que parece que están llevando sus negocios de forma legítima y están donando una parte enorme de sus beneficios a organizaciones benéficas. Según parece, los han investigado a fondo y la policía está del todo convencida de que lo que hacen es legal.

—Bravo por ellos. ¿Y eso te parece preocupante? Explícame por qué.

Jaxon le lanzó una mirada furiosa.

—Qué inocente eres, ¿verdad, Lucian? No quiero ni saber lo que les hiciste. Probablemente fue algo ilegal.

—Pero si acabas de decir que los han sometido a una concienzuda investigación.

—Qué bien te ha venido. De todas formas, nadie sabrá nunca si les hiciste algo, ¿verdad?

—Cielo. —La voz de Lucian, dulce y delicada, no dejaba vislumbrar travesura alguna—. Viven al otro lado del continente. Yo también tengo mis limitaciones.

—Pues si las tienes, aún no me he dado cuenta —le respondió ella y, abriendo el periódico de nuevo, lo alzó lo bastante como para que le cubriera toda la cara.

Lucian se rió con dulzura.

—Creo que lo que te pasa es que estás un poco alterada debido al estrés que normalmente precede a la boda.

El crujido del periódico debió servirle de aviso.

—No estoy alterada.

—Sí que lo estás, cariño. Estoy en tu mente. Estás muy nerviosa. Debo decir que me parece un fenómeno muy curioso si tenemos en cuenta que ya estás irrevocablemente unida a mí. Juntos hemos superado las peores circunstancias, y sabes muy bien que nuestra unión está sellada, así que ¿por qué sientes ese temor tan terrible por una ceremonia de nada?

—No estoy nerviosa. —Mentía flagrantemente—. Lucian, sea como sea, no sé por qué tienes tanto interés en celebrar esa ceremonia. Dijiste que ya estábamos casados. Pues, ya está, con eso me doy por satisfecha. Además, ¿no decías que te inquietaban los rastros documentales? Si no recuerdo mal, dijiste que los carpatianos deben tener cuidado con esas cosas.

—Estás intentando escurrir el bulto —la acusó—. Pero no te va a servir de nada. He estado en tu mente y sé muy bien cuánto significa una boda para ti.

Jaxon dobló el periódico con cuidado y lo dejó a un lado.

—Lucian, mírame. —Al volver la cara hacia ella, Jaxon lo atrapó con la mirada—. Significaba mucho para mí, Lucian. Ahora sé que no es la boda en sí lo que importa, sino su significado. Estamos hechos el uno para el otro, y tu ceremonia, aunque es terriblemente sexista, es tan vinculante como la ceremonia humana.

—Más aún —corrigió él en voz baja.

—Tal vez —respondió ella con una sonrisa.

—No obstante, la ceremonia humana es muy bonita, y mi hermano ha hecho un largo viaje con su esposa para no perdérsela. He tenido que soportar sus estúpidas burlas y sarcasmos mucho tiempo. Cree que me tienes dominado. No, Jaxon, ahora vas a seguir con esto hasta el final, aunque sólo sea para compensarme por todo lo que mi hermano me ha hecho pasar.

—Tal vez podríamos escondernos en alguna montaña, Lucian. —Jaxon se levantó, se acercó hasta él y le rodeó la cintura con los brazos mientras se apretaba contra él de forma muy sugerente—. En algún lugar donde podamos estar solos.

Él se volvió de inmediato y la abrazó.

—Estás intentando seducirme con todo el descaro del mundo para que faltemos a la boda y dejemos plantados a nuestros invitados. Vergüenza debería darte, cielo. Y yo soy tan sensible a tus encantos.

Su voz tenía aquel tono ronco de deseo que a ella la dejaba siempre sin aliento.

—A mis muchos encantos —lo corrigió ella y alzó la boca ofreciéndosela para que se la besara.

Complaciéndola, él inclinó en seguida la cabeza, y su boca, húmeda y cálida, se trabó con la de ella lenta, plenamente, mientras su lengua se entrelazó en una sugestiva danza con la suya. Jaxon acarició sus largos y abundantes cabellos de ébano con amor, y luego deslizó las manos hasta su camisa apartándosela de los hombros para hundirse en su regazo y sentir su piel.

—No me importa si nuestros invitados nos echan en falta. Te quiero a ti, Lucian.

—¿No puedes esperar unas horas? —preguntó él con coquetería—. Te he hecho el amor este despertar.

A Jaxon se le oscureció la mirada mientras dejaba caer la bata al suelo.

—Pues sigamos con nuestro sexo loco y ardiente. Me sienta tan bien.

Lucian enarcó sus oscuras cejas, pero, obedientemente, agitó una mano y la puerta de la habitación quedó cerrada con llave de un golpecito seco. Tenía, ya de antemano, el cuerpo dolorosamente tenso, duro y palpitante.

—Después de todo, eres mi compañera eterna, y no me queda más remedio que mantenerte contenta.

De inmediato dejó caer toda su ropa al suelo.

Apretada contra él, Jaxon encontró la gruesa evidencia de su conformidad clavada tentadoramente contra su pecho desnudo. Lo cogió abarcándolo con la mano, deslizándole los dedos, acariciándolo hasta que él se quedó sin aliento.

—Parece que desde que me he vuelto tan insaciable, tengo que echarte una mano... para conseguir que te entren ganas.

Mientras le hablaba de aquella manera, lo bañaba con su aliento deliberadamente caliente, soplando con suavidad, con delicadeza, mientras su lengua lo acariciaba trazando círculos a lo largo de él con su calor.

Lucian dejó escapar un gruñido ronco. Jaxon se rió entonces con suavidad, y él se apretó contra ella.

—No estoy del todo segura de lo que quieres —se burló ella.

Él la agarró entonces de sus cabellos revueltos.

—Me voy a explicar con toda claridad —le susurró—. Abre la boca.

Y echó la cabeza hacia atrás, arqueándose más y más adentro de su boca que, caliente y húmeda, se cerró prieta alrededor de su parte más sensible. Jaxon jugó y danzó con su lengua mientras su mano se deslizaba apretada sobre él una y otra vez.

—Jaxon —gimió él olvidándose de la boda, los invitados, de todo salvo de su boca y de su mano.

Gozando de su reacción, ella se fue olvidando de que lo estaba seduciendo con otras intenciones y la bruma del placer que le estaba produciendo empezó a resonar en su propia mente. Tanto lo deseaba que ya no podía pensar con claridad. Y lo que había comenzado como una maniobra de distracción se acabó convirtiendo en una necesidad.

—¿Estás ya lista? Tienes que estar dispuesta —gruñó él entre dientes.

Ella alzó la cabeza lentamente y le sonrió sensual. Con toda su intencionalidad fue deslizándose entonces las manos por el cuerpo, llamando su atención sobre sus pechos, su fino tórax, su abdomen. Oyó cómo a él se le quebraba la respiración cuando los dedos le desaparecieron entre las piernas. Se agitó con una ondulación sensual de su cuerpo y retiró entonces los dedos para ofrecérselos, relucientes, calientes.

Lucian se agachó entonces y se llevó sus dedos a la boca; sus negros ojos ardieron de pasión mirándola. Sin más preliminares, la levantó a peso entre sus brazos. Jaxon lo rodeó con las piernas y se acomodó sobre él, tomándolo en su cuerpo centímetro tras centímetro con exquisitez hasta que, ensanchándola, la llenó.

—Todo, cariño, tómame todo —le susurró él estimulándola.

Ella empezó entonces a jadear entrecortadamente, con anhelo, mientras lo tomaba en su vaina, caliente, lubricada y tan apretada que Lucian se estremeció de placer. Era ahora el deseo y la necesidad de ella la que los guiaba a ambos y él dejaba que fuera Jaxon la que marcara el ritmo.

La vio cabalgando sobre él con su cuerpo ágil y fuerte, rodeándolo con los brazos alrededor del cuello, de su piel resplandeciente acariciada por el fuego del hogar. Entonces intensificó el ritmo, apretando sus músculos, agarrándolo, aferrándose a él hasta que empezó a jadear como ella y la agarró con una mano de su pequeño trasero y la empujó contra él mientras empezaba a agitarse embistiéndola una y otra vez. Rápido, con furia. Sexo duro y caliente. Justo lo que ella quería, justo lo que quería él.

Lucian le agarró entonces la cabeza por detrás y le arrimó la cara a la suya, hincándole después la lengua en la boca con violencia. Y su mente también se clavó en la de ella para compartir su excitación con ella, el sabor de ella, de él, para compartir el intenso placer y la pasión de Jaxon, de él. Se agitaron ambos al unísono. Una tormenta de fuego estalló y ardió entre los dos, resplandeciente, y les hizo remontar el vuelo, aferrados el uno al otro, sus corazones a punto de explotar por el placer compartido.

Jaxon recostó la cabeza sobre su hombro mientras lo mantenía aún muy adentro en su interior.

—Te amo. Lo sé. Vayámonos juntos, desaparezcamos por un tiempo, Lucian, solos los dos, como cuando estuvimos en la cueva.

Con mucho cuidado él la dejó en el suelo y separó sus cuerpos. Le rodeó la cara con las manos.

—¿Por qué tienes miedo de casarte conmigo?

La besó con dulzura, tiernamente.

Jaxon ocultó su expresiva mirada detrás de sus enormes pestañas.

—No es por casarme contigo, Lucian; es la boda. ¡Se nos ha ido de las manos! —protestó—. Todo el mundo me va a estar mirando. Y no conozco ni a la mitad de los invitados. Todos esos peces gordos que van a asistir. Aidan Savage de San Francisco. Desari, la famosa cantante, que actuará en nuestra boda. ¿Cómo ha ocurrido todo esto?

De forma automática, e inconsciente, Jaxon se limpió y se cubrió el cuerpo como lo hacían los carpatianos. Aún luchaba por recobrar el aliento y rebajar el ritmo de los latidos de su corazón.

Los ojos de Lucian resplandecieron de orgullo. Ella había asumido su nueva vida igual que lo hacía todo: con los brazos abiertos, sin titubeos, con pasión. Él acompasó el ritmo de su respiración y de su pulso a los de ella y los reguló con facilidad. Sólo entonces dio respuesta a sus preocupaciones con dulzura.

—El compañero eterno de Desari es Julian, el hermano gemelo de Aidan. Cuando invité a Aidan y a Alexandria, junto con Antonio, que prácticamente es un miembro de la familia, Aidan me preguntó si nos gustaría que Desari cantara en la boda. Parece que ella y Julian están de visita. Y, según entendí, ella es muy guapa. —Se vistió él también y sonrió al ver cómo Jaxon se pasaba la mano por el pelo para despeinarse una vez más su corta y sedosa melena—. Y tú has invitado a casi todo el cuerpo de policía.

—Estoy segura de que Desari es muy guapa, Lucian, pero también es famosa. —Se esforzó por no darle una patada en la espinilla. Se lo estaba poniendo mucho más difícil de lo normal. Y era tan guapo; alguien como él se merecía una mujer bella, alta y elegante—. Y no es la mayor parte del cuerpo de policía, son sólo mis compañeros y amigos. No quiero a extraños mirándome.

—Estarás muy guapa con tu vestido de novia, cielo. Todo un sueño. —Lo decía en serio—. Mi sueño. Te encuentro muy guapa e increíblemente sexy.

Ella lo miró furiosa.

—No he llevado tacones en mi vida. Me voy a tropezar y a partir la crisma —le aseguró mientras se retorcía las manos.

Encogiéndose de hombros con elegancia y naturalidad, Lucian atrapó su mano izquierda y se la volvió para darle un beso en la palma.

—¿Por qué habrías de llevar algo tan incómodo? El traje es largo y podrás ponerte el calzado que quieras.

—Vale, y cuando me quites la liga toda la multitud de invitados verá las elegantes zapatillas de deporte que llevo puestas.

Retiró la mano y se mordió las uñas nerviosa.

Lucian sintió que estaba a punto de echarse a llorar. La rodeó con los brazos y la apretó contra su firme pecho.

—Cariño, tu calzado no será ningún problema. Puedes llevar tus zapatillas de deporte hasta que llegue el momento de quitarte la liga. Entonces me aseguraré de que luzcas unos elegantes tacones.

—¿Y si te olvidas?

Él se inclinó para acariciarle la sien con su cálida boca.

—Nunca olvido nada que sea importante para ti, Jaxon. Ya deberías saberlo a estas alturas. —Buscó con la boca los latidos de su cuello, que palpitaba con fuerza bajo su piel—. Seguro que lo sabes.

Con la cara enterrada en los poderosos músculos de su pecho, Jaxon asintió con la cabeza.

—Bueno, ¿y quién más va a asistir a nuestra boda?

—El alcalde. Y más gente que ya conoces.

—No te estaba preguntando por ellos. Te estaba preguntando por tus amigos. Nos vamos a casar a medianoche para complacer a tu gente.

—A nuestra gente —la corrigió él insistente—. Por supuesto, el hermano de Desari y su compañera eterna también acudirán, y otros miembros de su grupo musical, como Barrack y su compañera eterna, Syndil, que también forma parte de su banda. La única otra persona cuyo nombre quizá conoces es Savannah Dubrinsky, la maga. Es la compañera eterna de uno de nuestros más grandes sanadores y cazadores de vampiros, mano derecha del príncipe, Gregori. Quizá vengan también.

—No voy a poder con todo esto. No. Esa gente es famosa. ¿Y qué es eso de la mano derecha del príncipe? Suena importante. ¿Por qué habría de venir?

Lucian se rió suavemente.

—Cielo, soy un miembro importante entre nuestra gente. Gregori y yo somos del mismo linaje, y asistirá a la boda por respeto. El príncipe también habría asistido, pero, de momento no está en Estados Unidos. Por supuesto, Gregori lo representará si, finalmente, no logran llegar a tiempo. Por cierto, Savannah es hija del príncipe Mikhail.

Jaxon estaba agitando la cabeza de un lado a otro.

—No sigas contándome nada más. No lo soporto. Y tú tienes todo ese dinero de verdad, ¿no? —lo acusó.

—Jaxon, el dinero no significa nada para nuestro pueblo. Lo usamos tan sólo para que todo marche sobre ruedas en cada momento.

Ella le dio un puñetazo en el pecho.

—Pero toda esa gente parece tan importante. ¿Por qué van a venir? Tienes que decirles a todos que se queden en su casa.

—En realidad, tengo mucho interés en reunirme con Desari y su hermano, Darius. Son parientes míos. Y resulta que Gregori es mi hermano más joven; tiene unos mil años, aproximadamente. Le di muchos consejos mientras era principiante y me encantaría ver lo que ha sido de él.

—¿Tus parientes? —preguntó en tono acusador—. ¿Todos ellos están emparentados contigo? ¿Tu familia? De verdad, Lucian, creo que no voy a poder.

—Por supuesto que podrás, cielo. Estaré junto a ti. Juntos. En tu mente, en tu corazón. Y, estrictamente hablando, ya estamos casados, así que todos ellos también son parientes tuyos. Cuando todo esto haya pasado, los sentirás como tu familia. Sabrás que nosotros somos una familia. Te encantará, cielo. Es la boda de tus sueños.

Jaxon logró esbozar una trémula sonrisa.

—A veces los sueños son mejores que la realidad, ¿no crees? Todo esto me resulta aterrador.

—¿Y tengo que oír eso de boca de la mujer que me ayuda a matar vampiros y guls y anda por ahí como una loca cazando criminales? —Le enredó los dedos en su pelo rubio—. Cálmate, cielo. Francesca ya viene por el pasillo para ayudarte con el vestido.

—Dame un beso, Lucian, o saldré corriendo de aquí.

Lucian se aseguró de hacer bien su cometido.

La boda pareció sacada de un cuento de hadas. Barry Radcliff acompañó a Jaxon por la nave central y ella no vio un solo rostro que la pusiera nerviosa mientras se dirigía a paso lento hacia el altar. No apartó su mirada de los ojos de Lucian. Él, alto y guapo, tenía un aspecto irresistiblemente elegante. A su lado estaba su hermano gemelo, todo un adonis, aunque ella habría visto la diferencia entre ambos en todo momento, en cualquier lugar; Lucian la dejaba sin aliento. Mientras avanzaba del brazo de Barry, supo que hacía lo que debía. Amaba a Lucian; lo amaría eternamente. Eran las dos mitades de un mismo ser. Ahora, después de tantos años de soledad, él le daría una familia.

Cautivada por los ardientes ojos negros de Lucian, sin poder apartar su mirada de ellos, Jaxon puso su menuda mano sobre la enorme mano de él sin vacilar, plenamente dispuesta a pronunciar los votos.